LA FORTUNE SOURIT AUX DISPARUS

Stephen Spotswood est un journaliste et dramaturge américain. Il a publié de nombreux articles ces vingt dernières années sur les séquelles des guerres en Irak et en Afghanistan et sur les luttes des anciens combattants blessés. *La fortune sourit aux disparus* est son premier roman.

STEPHEN SPOTSWOOD

La fortune sourit aux disparus

TRADUIT DE L'ANGLAIS (ÉTATS-UNIS)
PAR ESTELLE ROUDET

CALMANN-LÉVY

Titre original :

FORTUNE FAVORS THE DEAD

Publié par Doubleday, une division de Penguin Random House LLC,
New York, 2020.

ISBN : 978-2-253-24174-4 – 1re publication LGF

À mon père, Bob Spotswood,
qui m'a appris à apprécier un bon polar.

« Très peu d'entre nous sont
ce qu'ils semblent être. »

Agatha CHRISTIE,
L'Homme dans le brouillard

PERSONNAGES

WILLOWJEAN PARKER : Le bras droit de Lillian Pentecost. Elle a fait ses classes dans un cirque et découvre les hauts et les bas du travail de détective.

LILLIAN PENTECOST : La détective privée la plus éminente de la ville de New York. Pas aussi assurée sur ses jambes qu'elle a pu l'être, mais c'est de son esprit à l'intelligence affûtée qu'il faut se méfier.

ALISTAIR COLLINS : Magnat de l'acier et patriarche sans pitié. Il y a un peu plus d'un an, il a mis un point final à sa propre existence à l'aide d'un pistolet.

ABIGAIL COLLINS : Matriarche de la famille Collins. Quelqu'un a fichu en l'air sa soirée d'Halloween en l'assassinant avec une boule de cristal.

REBECCA COLLINS : Fille d'Al et d'Abigail. Effrontée, belle, et bien plus qu'une simple jeune fille de la haute société.

RANDOLPH COLLINS : Frère jumeau de Rebecca. Il compte prendre la suite de son père là où ce dernier s'est arrêté, et s'imagine que cela inclut de veiller à ce que sa sœur reste dans le rang.

HARRISON WALLACE : Parrain de Rebecca et de Randolph et faisant office de directeur général intérimaire de Collins Steelworks. Il dit vouloir rendre justice à Abigail, mais ce ne sont peut-être que des paroles.

ARIEL BELESTRADE : Médium et conseillère spirituelle de l'Upper East Side. Elle prétend pouvoir communiquer avec les morts, mais laisse-t-elle des cadavres dans son sillage ?

NEAL WATKINS : Ancien enfant prodige de l'université, devenu assistant d'Ariel Belestrade. Jusqu'à quel point suit-il les traces de sa patronne ?

OLIVIA WATERHOUSE : Professeure au comportement discret qui se passionne pour les sciences occultes. Son obsession pour Ariel Belestrade pourrait dépasser le cadre académique.

JOHN MEREDITH : Chef d'atelier de longue date à l'aciérie, une armoire à glace de bagarreur couvert de cicatrices. Il éprouve une solide rancune envers le clan Collins et a à leur sujet des idées bien arrêtées.

DORA SANFORD : Cuisinière des Collins depuis toujours. Plus que disposée à vendre la mèche.

JEREMY SANFORD : Majordome des Collins. Visage toujours impénétrable, il garde les secrets de famille soigneusement enfouis.

ELEANOR CAMPBELL : Cuisinière et gouvernante de Lillian Pentecost. Aimante, loyale, et avec qui on ne badine pas.

LIEUTENANT NATHAN LAZENBY : Un des enquêteurs les plus pointus de la police de New York. Si vous le sous-estimez, ce sera à vos risques et périls. Prêt à laisser suffisamment de latitude à Pentecost et à Parker pour qu'elles se cassent la figure. Ou mettent la main sur le tueur.

Chapitre 1

La première fois que j'ai vu Lillian Pentecost, j'ai failli lui défoncer le crâne avec un morceau de tuyau en plomb.

J'avais réussi à décrocher plusieurs nuits de boulot comme gardienne sur un chantier de la Quarante-deuxième Ouest. Une bonne partie de l'équipe du cirque itinérant Hart et Halloway se trouvait ce genre de job chaque fois qu'on débarquait dans une grande ville. Des jobs où on pouvait se pointer après un spectacle et être payés de la main à la main, en fin de soirée ou pendant les jours de congé.

À l'époque, ça se trouvait plus facilement. Pas mal d'hommes qui les auraient normalement occupés étaient à l'étranger, dans l'espoir de descendre Hitler. Quand on cherche désespérément à embaucher, même une fille de vingt ans bossant dans un cirque peut convenir.

Non qu'il y ait vraiment eu besoin d'un CV, cela dit. Il s'agissait d'un boulot de crétin. Arpenter la zone clôturée de vingt-trois heures à l'aube en ouvrant l'œil. Si quelqu'un tentait de se glisser à l'intérieur, j'agitais une cloche, je criais et faisais du chahut pour l'éloigner.

En cas de refus, je devais aller chercher un flic à toute vitesse.

Du moins, c'est ce que j'étais *censée* faire. McCloskey – le contremaître du chantier, qui me payait – voyait les choses autrement.

— Si tu chopes quelqu'un en train de se faufiler en douce, tu lui files un bon coup avec ça, m'avait-il dit en tirant sur sa moustache crasseuse.

Ça, c'était un bout de tuyau en plomb de soixante centimètres.

— Si tu fais ça, tu touches un dollar en plus. Faut faire un exemple.

Destiné à qui, ça, je l'ignorais. Tout comme j'ignorais ce qu'il pouvait bien y avoir sur ce chantier qui vaille la peine qu'on le fauche. Les travaux venaient juste de démarrer, et en gros, il ne s'agissait que d'un immense cratère de la taille d'un demi-pâté de maisons. Bois de charpente, tuyaux, quelques outils, mais rien qui mérite vraiment d'être piqué. Si près de Times Square, j'avais plus de chances de tomber sur des poivrots cherchant un endroit où cuver.

Je m'attendais à passer une poignée de nuits sans histoires, à récolter quelques dollars, et à en avoir terminé à temps avec ce boulot pour pouvoir regagner Brooklyn le plus vite possible et donner un coup de main pour la représentation en matinée. J'espérais aussi profiter d'un peu de calme pour dévorer le roman policier que j'avais dégotté au kiosque à journaux en bas de la rue. Et peut-être dormir quelques heures dans un coin. Sur la route, dormir seul – en particulier sans le grondement des camions ou le rugissement des tigres arpentant leur cage de l'autre côté de la cour – était une chose rare.

Les deux premières nuits, c'est exactement ainsi que les choses se passèrent. En fait, je me sentis presque seule. New York a beau être la ville qui ne dort jamais, les quelques blocs au cœur de la cité piquent quand même un petit roupillon entre deux et cinq heures du matin. Peu de piétons, ou du moins, pas grand-chose qu'on puisse entendre à travers la palissade en bois de deux mètres dix entourant le chantier. Ce trou géant dans le sol était étrangement silencieux.

Du coup, le craquement d'une planche qu'on arrache à la barrière résonna comme une volée de cloches la troisième nuit.

Le cœur battant à tout rompre, je m'emparai du tuyau en plomb et entrepris de faire le tour du cratère. Je portais une salopette et une chemise en toile de jean – des matières souples qui ne faisaient aucun bruit. Les semelles de mes bottillons étaient usées jusqu'à la corde, ce qui n'arrangeait pas mes voûtes plantaires, mais me permettait de me déplacer telle une ombre. Je m'approchai à pas de loup de la silhouette accroupie au bord du trou.

L'individu ramassa une poignée de terre et la laissa glisser entre ses doigts. Je songeai à crier pour essayer de le chasser, mais il était plus costaud que moi. De l'autre main, il brandissait ce qui ressemblait à un bâton ou un gourdin – quelque chose de plus lourd que mon bout de tuyau en tout cas. Si je me mettais à hurler et qu'il me bouscule, je n'étais pas sûre de pouvoir rester debout assez longtemps pour contre-attaquer.

J'avançai lentement, un pas après l'autre. Lorsque je ne fus plus qu'à une courte enjambée, je levai le tuyau au-dessus de ma tête, me demandant ce que je ressentirais en l'abattant. Aurais-je suffisamment de doigté pour simplement l'assommer ? Les détectives y parvenaient toujours dans les romans à quatre sous. À mon avis, j'allais plutôt lui fendre le crâne en deux. Je sentis mon estomac se retourner lentement, comme quand je regardais les trapézistes.

Je tenais encore le tuyau au-dessus de ma tête quand la silhouette fit volte-face et m'observa.

— Je préférerais ne pas terminer ma journée avec une commotion cérébrale, dit-elle d'une voix parfaitement neutre.

Le type costaud dont j'avais eu peur qu'il se rue sur moi était en réalité une femme. De l'âge de ma mère à peu près, si elle avait été en vie, avec les cheveux ramassés en un chignon sophistiqué.

— Vous n'êtes pas censée être là, dis-je, en parvenant à ne pas laisser filtrer dans ma voix les palpitations de mon cœur affolé.

— Ça reste encore à voir, répondit-elle. Ça fait longtemps que vous travaillez ici ?

— Quelques nuits.

— Hmm.

Il y avait de la déception dans son murmure.

Normalement, j'aurais dû lui dire de déguerpir. Mais pour une raison que j'ignore, appelez ça le destin, l'ennui, ou une propension innée à chercher les problèmes, je continuai à parler :

— Ça ne fait pas longtemps que McCloskey – c'est

celui qui s'occupe du chantier – embauche des gardiens de nuit, je crois. Avant, je pense qu'il restait dormir dans sa piaule pour pouvoir cumuler les deux casquettes. En tout cas, c'est ce que m'ont raconté certains gars de l'équipe de jour.

— Je préfère ça, déclara-t-elle.

Elle se releva lentement, se servant de la canne qu'elle tenait dans la main gauche comme d'un levier. Elle était grande, solidement charpentée et portait un costume pied-de-poule sur mesure apparemment hors de prix sous un manteau lui arrivant aux chevilles, dans le style de celui qu'arborait Blackheart Bart pour son numéro de fine gâchette.

— C'est sa cahute ? demanda-t-elle en se tournant pour observer la petite construction en bois un peu plus loin, près du cratère.

Je fis oui de la tête.

— Montrez-la-moi, s'il vous plaît.

Il était clair à présent que je n'allais pas utiliser ma matraque, alors pourquoi pas ? Peut-être parce que l'autre possibilité aurait été d'appeler la police, et que je cultive une aversion particulière pour tout ce qui porte un badge.

Je me dirigeai vers la cabane dans un recoin du chantier. Elle me suivit, légèrement en retrait, en s'aidant de sa canne. Elle tanguait un peu, plus qu'elle ne boitait à vrai dire. J'ignorais ce qu'elle avait exactement, mais à l'évidence, la canne n'était pas du chiqué.

McCloskey avait baptisé l'endroit son « bureau », pourtant j'avais vu des poulaillers plus solidement bâtis. On n'était pas censés entrer dedans, jamais, et de plus, la porte en était verrouillée. La mystérieuse inconnue tira quelque chose d'une poche intérieure de son manteau – un bout de fil de fer recourbé – et entreprit de s'attaquer au cadenas. Après qu'elle eut tâtonné une minute, je ne pus m'empêcher de l'ouvrir :

— Il faut l'attaquer par en dessous.

— Comment ça ?

Je lui pris le fil de fer des mains et vins à bout du cadenas en dix secondes pétantes. J'avais déjà crocheté des serrures autrement plus difficiles les yeux bandés. Littéralement.

— Vous devriez vous procurer de vrais passe-partout si vous voulez faire ce genre de truc comme il faut, dis-je.

Durant toutes les années qui ont suivi, je n'ai dû la voir décrocher un sourire qu'une trentaine de fois. Ce jour-là, elle me fit la grâce de l'un d'eux.

— Je ne l'oublierai pas, répondit-elle.

L'intérieur de la cahute était à l'image de l'extérieur. Crasseux et bricolé à la va-vite. Le bureau consistait en deux planches au rebut posées sur des chevalets pour scier le bois et jonchées d'un tas de papiers. S'y trouvaient aussi une lanterne et un téléphone de campagne de l'armée, que quelqu'un avait installé afin que McCloskey puisse passer des coups de fil sans avoir à sortir pour chercher une cabine téléphonique. Un étroit lit de camp et une pile de chiffons sales, des vêtements au second coup d'œil, occupaient le reste de l'espace.

Ma compagne alluma la lanterne. La pièce encombrée paraissait encore plus miteuse ainsi éclairée. J'ai vu des cages aux singes plus propres.

— Décrivez-moi Mr McCloskey, dit-elle en me fixant de ses yeux gris-bleu de ciel hivernal.

— Je ne sais pas. La quarantaine à peu près. Normal, je suppose.

Elle me décocha un regard que j'en suis venue à qualifier « de maîtresse d'école déçue ».

— Normal, ça n'existe pas. Pas quand on parle d'humains. Et pas de suppositions, à moins que les circonstances ne vous y obligent.

Je commençais à regretter de ne pas m'être servie du tuyau en plomb.

— D'accord, rétorquai-je avec un léger ricanement. Environ trente centimètres de plus que moi, disons un mètre quatre-vingts, plus ou moins. Dans les cent kilos – pas mal de graisse, mais il y a aussi des muscles là-dessous. Comme un manœuvre qui se serait mis à picoler. Vu les pièces sur son pantalon, je dirais qu'il possède deux jeux de vêtements, qui ne valent pas plus de trois dollars à eux deux. Il est radin, mais il aime bien en jeter.

— Qu'est-ce qui vous fait dire ça ?

— L'argent qu'il me donne. Il ne dépenserait pas un rond chez le barbier, mais il a lâché au moins un dollar pour une montre en toc.

— En toc ?

— Une fausse, une imitation.

— Comment savez-vous qu'elle est en toc ?

— Aucune chance que ce type achète de l'or.

Quelque chose passa alors dans ses yeux. Le même regard que celui de Mysterio juste avant qu'il ne scie en deux sa ravissante assistante.

— Vous avez son numéro de téléphone en cas d'urgence ? demanda-t-elle.

— Ouais, bien sûr. Mais il a dit de ne pas s'en servir, à moins que quelque chose tourne vraiment mal.

— Quelque chose a vraiment mal tourné, miss.

— Pas miss. Juste Parker, répondis-je. Willowjean Parker. Tout le monde m'appelle Will.

— S'il vous plaît, appelez Mr McCloskey, Will. Dites-lui qu'il y a une intruse et qu'elle refuse de s'en aller. Dites-lui qu'elle pose des questions sur une montre en or.

Je n'eus aucun mal à passer le coup de fil, dans la mesure où il s'agissait de la vérité. Dès que j'eus raccroché, la femme – qui ne s'était toujours pas présentée, et ne croyez pas que ce manque de savoir-vivre le plus élémentaire ne m'ait pas ennuyée – me demanda comment je l'avais trouvé.

Je lui répondis qu'il m'avait semblé normal pour commencer – abruti de sommeil et agacé. Mais que dès l'instant où j'avais mentionné la montre, quelque chose comme de la panique s'était fait sentir dans sa voix. Il arrivait sur-le-champ, avait-il dit, et en attendant, je ne devais pas laisser cette femme s'en aller.

Elle eut un petit signe de tête satisfait, puis s'assit sur le lit de camp, dos droit et mains gantées tenant sa canne sur ses genoux. Elle ferma les yeux, aussi calme que ma grand-tante Ida quand elle prie à l'église. Elle me fit penser à ces photos de femmes au visage buriné fuyant l'Oklahoma et la misère que j'avais vues dans le magazine *Life*, attendant patiemment la tempête à venir.

J'eus envie de lui demander à quoi tout ça rimait. Ou

son nom, au moins. Après tout, elle connaissait le mien. Mais je décidai de ne pas lui donner cette satisfaction. Alors, je restai où j'étais et attendis avec elle.

Au bout de dix minutes de silence, elle ouvrit soudain les yeux.

— Je crois que ce serait mieux, Will, si vous sortiez côté Huitième Avenue. Il y a un poste de police à environ douze blocs au sud.

— Vous voulez que j'aille chercher les flics ?

— Demandez-leur d'appeler le lieutenant Nathan Lazenby. Dites-leur qu'il y a eu un meurtre et que Lillian Pentecost leur suggère de venir immédiatement. Sauf s'ils ont envie de lire toute l'histoire dans le *Times*.

J'ouvris la bouche, mais le regard qu'elle me décocha me fit comprendre que ça ne servait à rien de protester. Je sortis précipitamment de la cabane, direction la Huitième Avenue, mais m'arrêtai avant d'avoir atteint la grille.

Comme je l'ai dit, je ne peux pas sentir les représentants de la loi, en particulier ceux qui portent des armes et des matraques et n'hésitent pas à cogner de leur propre initiative. En plus, que croyait-elle qu'il allait se passer ? Qu'en entendant son nom, toute une escouade d'abrutis allait se ramener en courant ?

Lillian Pentecost. Pour qui se prenait-elle ?

Je rebroussai chemin en silence. Avant d'avoir atteint la cahute, un hurlement de freins fatigués sur la Quarante-deuxième annonça l'arrivée de McCloskey.

Je me planquai à toute vitesse derrière l'édifice branlant et m'accroupis. Les murs étant fins, j'entendais tout. Ça marchait sûrement dans les deux sens, aussi demeurai-je immobile sans faire de bruit.

On entendit des pas précipités sur le sol dur, puis la porte s'ouvrit en grinçant.

— Hé. Vous êtes qui ? Où est la gamine du cirque ?

— J'ai dit à Will de partir, mister McCloskey. J'ai pensé que ce serait mieux que nous ayons cette conversation en privé.

— Quelle conversation ? C'est quoi le problème ? Vous êtes qui ?

— Je suis Lillian Pentecost.

J'entendis une courte inspiration. Il connaissait ce nom, apparemment, et ça ne semblait pas le réjouir plus que ça.

— Et le problème, c'est que vous portez la montre d'un homme qui s'est fait assassiner.

— De quoi vous parlez ? C'est un mensonge. J'ai acheté cette montre. À un gars dans un bar. Vingt dollars, qu'elle m'a coûtés.

Je secouai la tête. Personne ne lui avait jamais expliqué, semblait-il, que donner trop de détails était le moyen le plus rapide de trahir un mensonge.

— La police va évidemment vous demander le nom du bar, celui de l'homme censé vous avoir vendu la montre, et ainsi de suite, répondit Ms Pentecost. Mais je crois qu'on peut se dispenser de ça. Ne serait-ce que parce que personne ne vendrait une Patek Philippe pour vingt dollars.

— Jamais entendu parler de Patty Phillip. Ce type m'a dit qu'il était fauché. Qu'il avait besoin d'espèces.

Son ton geignard clamait sa culpabilité mieux que ne l'aurait fait n'importe quel fronton à Broadway.

— Jonathan Markel avait effectivement besoin

d'argent, mister McCloskey. Mais pas au point de marchander avec vous.

— Qui est Jonathan Markel ?

— L'homme que vous avez matraqué à mort et dont vous avez volé la montre.

— Ma petite dame, vous êtes folle.

— Ça se discute. J'ai été accusée de narcissisme galopant, d'hystérie, de déviance, ainsi que d'une variété de psychoses hallucinatoires. Mais la poussière sur la veste de costume de Mr Markel n'avait rien d'une hallucination. Poussière qui ne provenait sûrement pas de la ruelle où on a retrouvé son corps. Tout comme les entailles sur son crâne. Entailles qui, j'en suis certaine, correspondront au genre de tuyau en plomb que vous avez conseillé à Will d'utiliser contre les intrus.

Même à travers le mur de la cabane, j'entendais la respiration de McCloskey. Bruyante et paniquée.

Tandis que Ms Pentecost continuait, sa voix se mit à achopper. Comme si les mots butaient sur quelque chose dans sa gorge. Je commençai à me demander si cette femme était vraiment calme.

— Je vous aurais mis le grappin dessus plus tôt, mais… ce n'est qu'hier que j'ai pu examiner les vêtements que Mr Markel… portait cette nuit-là. Il n'y a… qu'une poignée de chantiers entre son club et la ruelle où on l'a retrouvé, et celui-ci en fait partie. Vous ne pensiez peut-être pas à mal au départ. Peut-être que… après une soirée bien arrosée, Mr Markel a cherché un endroit où se soulager en privé et qu'il s'est glissé dans le chantier par le trou de la palissade. Vous l'avez pris pour un voleur et vous… l'avez frappé. Un peu… trop fort, peut-être ? Un accident ?

— Ouais… Ouais, un accident, murmura McCloskey d'une voix rauque, comme si on lui comprimait la poitrine – et que ce n'était pas fini.

— Mais le deuxième et… le troisième coup n'étaient certainement pas accidentels. Pas plus que le vol de son portefeuille et de sa… montre. Ou le camouflage du crime qui a suivi. Rien de tout cela… n'était accidentel.

C'est à cet instant que je fus prise d'une crampe dans la jambe. Je changeai de position, en évitant soigneusement de faire crisser le gravier. Lorsque je me fus réinstallée, on n'entendait plus que le silence dans le cabanon. Puis le déclic d'un flingue qu'on arme.

— Bougez pas, ma petite dame.

La panique dans la voix de McCloskey avait enflé. J'entendais presque le pistolet trembler dans sa main.

— Mister McCloskey, ce n'est pas en creusant davantage le trou dans lequel vous vous trouvez… que vous pourrez vous en échapper. La police a été prévenue. Elle est en chemin… à l'instant même où nous parlons.

Elle lui tint ce discours sur un ton de légère remontrance, comme si elle informait une serveuse qu'elle avait commandé la soupe à la tomate et non le minestrone.

Mais elle se trompait. La cavalerie n'avait absolument pas été prévenue.

Je ne sais pas ce qui se dit ensuite, parce que j'étais occupée à contourner discrètement la cahute, tous les muscles bandés dans l'attente du claquement imminent d'une détonation. La porte de la baraque était ouverte. Je jetai un coup d'œil à l'intérieur.

McCloskey me tournait le dos. Il tenait un flingue – un affreux machin au museau aplati – pointé droit sur la tête de Ms P. Je le surpris au beau milieu d'une phrase.

— … censée être là. Je rapplique, je trouve cette drôle de bonne femme en train de fouiner. Peut-être que vous m'avez sauté dessus avec ce tuyau à la main. Celui qui aurait prétendument tué ce type.

Ms Pentecost était assise exactement dans la position où je l'avais laissée, mains gantées sagement croisées sur la canne posée sur ses genoux. J'aurais sué comme un bœuf à sa place, mais rien en elle ne trahissait la moindre peur. En fait, dans ses yeux, brillait quelque chose qui ressemblait à de la joie.

Elle secoua la tête d'un geste brusque.

— Ça m'étonnerait que la police gobe cette théorie, mister McCloskey. Ils sont souvent… têtus, mais rarement… stupides.

La canne paraissait assez solide – bois sombre et poli surmonté d'un lourd pommeau en laiton. Je me dis qu'elle avait peut-être l'intention de le prendre par surprise et de riposter. Mais j'avais eu une cousine qui achoppait sur les mots de la même manière qu'elle. Et qui boitait, aussi, et de façon bien plus prononcée. D'après moi, bondir sur ses pieds et frapper un homme n'était pas dans les cordes de Lillian Pentecost.

— Ouais, ben… ce sera votre parole contre la mienne, ricana McCloskey. Et vous risquez pas de parler.

Lorsqu'on m'interrogea plus tard – et bon sang, qu'est-ce qu'on a pu m'interroger –, je répondis que je n'avais pas réfléchi. Juste réagi.

Sauf que j'avais réfléchi. Le cirque me gardait parce que j'avais les mains agiles et l'esprit plus vif encore. Alors, pendant une fraction de seconde, je me livrai à un débat intérieur éclair.

D'un côté, la voix qui me conseillait de décamper et de laisser arriver ce qui devait arriver ressemblait beaucoup à celle de Darla Delight. Dee-Dee était une ancienne danseuse qui tenait les comptes du cirque. Une femme très pragmatique. Quand Big Bob Halloway, le propriétaire, présentait deux fois par semaine son brillantissime projet de nouveau spectacle, Darla était celle qui calculait les dépenses et refusait neuf idées lumineuses sur dix.

— Il faut penser aux coûts, disait-elle. En particulier ceux qui ne se voient pas. Toutes ces choses qui n'apparaissent peut-être pas sur la facture mais qu'on finit par payer sur le long terme. Elles vous rattrapent et vous retombent dessus.

L'autre voix ressemblait fortement à celle de mon père. Peu lui importaient les coûts. Il faisait simplement ce qu'il voulait, et tant pis pour ceux qui y laissaient des plumes. Que j'écoute sa voix plus souvent que je ne le devrais est quelque chose contre quoi je lutte toujours.

McCloskey marmonna un truc qui m'échappa. Quoi qu'il ait dit, cela poussa Ms Pentecost à se pencher en avant sur le lit de camp, tel un chien testant la longueur de sa laisse.

— Qui ? demanda-t-elle. Qui vous a dit ça ?

— Oh, bon, grommela-t-il, plus pour lui-même qu'à son intention. Quand le vin est tiré… etc.

Son bras se raidit et son doigt se crispa sur la détente.

Plus de débat. J'avais fait mon choix. Déjà à genoux, je remontais la jambe de mon pantalon pour attraper le manche de mon couteau.

Les longues heures passées avec Kalishenko dans la poussière étouffante d'une centaine de champs entre Boise et Brooklyn rendirent ce qui se passa ensuite presque trop facile. Je me relevai et amenai le couteau au-dessus de ma tête en un long arc de cercle dans un même mouvement.

Je me souvins des paroles de Kalishenko, prononcées avec cet accent russe pâteux qui ne le quittait jamais : « Tu ne lances pas la lame. Tu ne lances pas ton bras. Tu lances ton corps tout entier en avant. Le truc, c'est d'apprendre à lâcher pile au moment voulu. »

Je me lançai en avant et lâchai pile au moment voulu.

La lame lestée atteignit son but avec un écœurant bruit sourd. Mais au lieu d'une cible en bois grêlée d'entailles, c'est dans le dos de McCloskey qu'elle s'enfonça, de huit bons centimètres. J'apprendrais plus tard que seule l'extrême pointe de la lame avait touché son cœur. C'était peu. Mais c'était suffisant.

Le flingue lui échappa des mains. Ms Pentecost l'envoya valser hors de portée avec sa canne. McCloskey tituba, agrippant le manche qui dépassait de son dos. Puis il s'effondra en avant, sa tête heurta le coin du lit de camp. Il fit entendre un dernier gargouillis répugnant et s'immobilisa, silencieux.

Ms Pentecost s'agenouilla près du corps. Je m'attendais

à ce qu'elle vérifie le pouls, mais ses mains allèrent directement à la montre. Après l'avoir retournée lestement plusieurs fois, le cadran s'ouvrit, révélant un minuscule compartiment secret. Elle fit disparaître ce qui s'y trouvait dans la poche intérieure de son manteau, avant de refermer le cadran avec un déclic.

— Comment vous sentez-vous ? demanda-t-elle en se relevant.

— Je ne sais pas, répondis-je.

J'avais les mains qui tremblaient et ma respiration était rapide et superficielle. On aurait pu jouer mon évanouissement à pile ou face.

— Vous pouvez marcher ?

Je fis oui de la tête.

— Parfait. J'ai bien peur que nous ne devions toutes les deux… nous rendre au poste de police.

— On doit vraiment ? répondis-je. C'est juste que je ne suis pas très fan des flics.

Elle sourit *presque*, une fois encore.

— Ils ont leur raison d'être. Et ils… n'apprécient pas vraiment qu'on balance des cadavres comme si de rien n'était. Mais je serai avec vous.

Nous commençâmes à marcher au cœur de la nuit new-yorkaise. J'avançais lentement, à la fois pour m'adapter à ma nouvelle compagne et parce que je me sentais encore un peu chancelante. Les immeubles paraissaient plus imposants, les rues plus étroites. Tout semblait plus haut, plus sombre et plus dangereux.

Ms Pentecost posa une main sur mon épaule. Elle la laissa presque tout le trajet jusqu'au poste de police. Pour une raison inexplicable, cela m'aida à me sentir mieux. Comme si elle me transmettait un peu de ce qui lui avait permis de garder son calme et son flegme face au canon d'une arme.

Elle ne me remercia pas de lui avoir sauvé la vie. Quand j'y repense, elle ne l'a jamais fait. Même si on peut affirmer qu'elle m'a payée au centuple en retour.

Ce n'est que des années plus tard, lorsque quelqu'un me suggéra de mettre tout ça par écrit, que l'histoire des coûts invisibles me revint. Ils avaient fini par être plus élevés que je ne l'aurais jamais cru possible. Je n'ai jamais vraiment fait les comptes, cela dit. J'imagine qu'en écrivant cette histoire, je vais y être obligée. Je ne sais pas exactement ce qu'il en sera du bilan. Dans le rouge ? Ou dans le noir ?

Chapitre 2

La promesse de Ms Pentecost de rester à mes côtés ne dura pas plus de dix minutes après notre arrivée au poste. On nous sépara et je fus conduite dans une salle d'interrogatoire sans fenêtres, où je passai les heures suivantes à me faire cuisiner avec acharnement par une équipe tournante d'hommes aux visages rougeauds et en costume bon marché.

Je songeai à essayer de jouer de mes charmes féminins, mais je n'ai jamais vraiment pigé comment faire. Flirter était aussi hors de question. Je n'étais pas habillée pour le rôle et, en plus, je ne me faisais aucune illusion sur mon allure. J'avais hérité du pif de bouledogue et des yeux couleur de boue de mon père, et les taches de rousseur qui me viennent de ma mère ont tendance à s'amasser en grappes malavisées en haut de mes pommettes.

Alors j'optai pour la vérité à peine déformée.

Les réjouissances commencèrent par deux sergents qui me firent raconter les événements de la soirée en long, en large et en travers. Je leur dis tout, sauf le coup de la montre, et comme ce n'était pas un détail essentiel, il fut assez facile à passer sous silence.

Finalement, l'équipe de sergents fut remplacée par un inspecteur à l'air tellement inexpérimenté que j'étais surprise qu'on lui laisse porter une arme. Il me fit à nouveau raconter les événements de la soirée, en se concentrant cette fois davantage sur tout ce que Ms Pentecost avait dit à propos de ce Jonathan Markel.

De nouveau, je lui racontai le tout, à un détail près.

Au bout d'une heure, je montai encore en grade. Autre inspecteur – celui-là avec un visage aussi dur et froid qu'un bloc de granit et une barbe poivre et sel qui dégringolait furieusement jusqu'à son nœud Windsor. Il avait de la bouteille, ou c'est du moins ce que j'en conclus au vu de son âge, de son attitude, et de la façon dont l'inspecteur en herbe lui fit des courbettes en sortant de la pièce. Il s'avère que ce géant barbu – il mesurait facilement un mètre quatre-vingts – était le lieutenant Lazenby, l'inspecteur auquel Ms Pentecost avait fait allusion. Si j'avais pu avoir l'impression qu'ils étaient amis, il m'en détrompa rapidement.

« Combien Pentecost vous paye-t-elle ? »

« Quand vous a-t-elle offert ce job ? »

« Est-ce que c'est Pentecost qui a placé le flingue ou vous a-t-elle demandé de le faire ? »

« Qui est son client ? »

« Vous a-t-elle dit qui a réellement assassiné Markel ? Si vous nous avouez ce que vous savez à ce sujet, on s'arrangera pour que le procureur vous propose un accord. »

Et davantage du même style.

J'imagine que pour quiconque ne s'est jamais retrouvé directement confronté à des représentants de la loi, tout cela pourrait paraître terrifiant. Faisant partie d'un cirque itinérant qui a déjà contourné, pour ne pas dire carrément piétiné, à l'occasion les arrêtés municipaux, il se trouve que j'ai une longue expérience des postes de police où l'on se fait malmener par tout un tas de policiers et de shérifs de campagne. Pour être honnête, les péquenauds me faisaient bien plus peur que n'importe lequel de ces flics de ville.

Si Lazenby espérait me faire lâcher mon histoire, c'était raté. Il finit par s'en rendre compte, et on me donna une déposition à signer. Après l'avoir lue en entier pour vérifier que rien n'avait été ajouté, j'y apposai ma griffe.

— Willowjean Parker ? Ça existe vraiment comme nom ? demanda-t-il après que j'avais donné mon autographe.

— Vous croyez que si je devais me trouver un surnom, j'aurais gardé Willowjean ? répondis-je en m'essayant au sourire charmeur.

Apparemment sans effet.

— Je ne sais pas si je crois un seul mot de tout ça, dit-il en montrant la déposition. Je ne sais pas si le procureur le croira non plus. Mes hommes et moi, on va confirmer les détails. D'ici là, si vous repensez à quelque chose que vous voulez ajouter, faites-le-moi savoir.

— Pas de problème. À quel numéro je peux vous joindre ?

Cette fois, ce fut à son tour de sourire. Puis il ordonna rapidement qu'on me fasse descendre jusqu'aux cellules de détention.

Le gardien faillit me mettre dans le quartier des hommes, mais j'ôtai vite fait ma casquette pour dévoiler ma tignasse de boucles rousses et il se dépêcha de me pousser de l'autre côté du bâtiment, vers le quartier plus petit, et légèrement plus propre, des femmes.

Je passai les trois jours suivants en cellule, sans pratiquement aucun contact extérieur autre que celui des gardiens. À l'exception du premier matin, aux aurores, lorsque je fus rejointe par trois filles qui s'étaient fait arrêter dans un bordel de Chinatown. Apparemment, le propriétaire avait omis de s'acquitter d'un versement auprès d'un juge et les filles en payaient le prix. Elles me prirent pour une des leurs et me refilèrent le nom et le numéro de téléphone de leur employeur. En m'expliquant qu'il existait un marché pour les filles qui peuvent passer pour des garçons et vice versa. Rien que je ne sache depuis longtemps.

Quoi qu'il en soit, je passai quelques heures à apprendre les tenants et aboutissants du plus vieux métier au monde, tel qu'on le pratique dans les hautes sphères de New York. Vers midi, les filles avaient été libérées sous caution et je me retrouvai seule, si on omet les punaises de lit qui grouillaient par milliers, invisibles. Je récupérai un vieux journal auprès d'un gardien et le posai sur le matelas, espérant ainsi mettre une barrière entre la vermine et moi. Malgré ça, tout ce que je portais devrait sûrement être récuré, décapé ou carrément brûlé quand je rejoindrais Hart et Halloway.

Si je les rejoignais.

Le cirque devait partir dans trois jours et je n'avais

pas entendu un seul mot sur ce qu'on allait faire de moi.

Bizarrement, ce n'était pas l'éventualité qu'on m'épingle pour meurtre qui me tracassait le plus, mais le regard de Lazenby quand je lui avais affirmé que Willowjean Parker était mon vrai nom. Parce que j'avais menti.

Je m'appelais réellement Willowjean. D'accord, il y avait plus courant comme prénom, mais ma mère m'avait donné celui-là, et je ne pouvais pas me résoudre à m'en débarrasser. Par contre, j'avais bazardé mon nom de famille dès mon arrivée au cirque. Parker avait été emprunté à un personnage d'un numéro de *Black Mask*[1].

Je n'arrêtais pas de me dire qu'il y avait une chance sur cent de retrouver mes parents. Et en outre, quel mal y avait-il à ça ? J'étais une femme adulte à présent. Et non plus la petite fille effrayée qui s'était enfuie de chez elle toutes ces années auparavant.

Mais dans cette cellule, mes angoisses allaient bon train, et gratter là où ça faisait mal rendait les choses pires encore, comme avec les punaises. Je passai la seconde nuit seule. L'unique éclairage provenait d'une ampoule faiblarde tout au bout du couloir. La bravade que j'avais réussi à afficher comme un bouclier avait disparu. Je voyais la porte de la cellule s'ouvrir et mon père entrer, visage rubicond, ceinture en cuir enroulée autour du poing.

---

1. Magazine bon marché d'intrigues policières, qui parut de 1920 à 1951 et publia notamment Dashiell Hammett et Raymond Chandler. *(Toutes les notes sont de la traductrice.)*

J't'ai trouvée.

Je fermais très fort les yeux jusqu'à ce que je parvienne enfin à sombrer dans un sommeil agité.

Le troisième jour, un peu avant midi, on déverrouilla la porte de la cellule. Mais personne n'entra. À la place, on me fit sortir et on m'escorta jusqu'à une salle d'interrogatoire différente à l'étage. Leur modèle de luxe. Avec une fenêtre et des chaises qui n'étaient pas bancales. Cette fois, j'attendis une demi-heure seulement avant que la porte s'ouvre à la volée sur une Dee-Dee qui entra en trombe, crinière de fausse rousse échevelée et décolleté pigeonnant.

— Will, bébé, j'étais tellement inquiète !

Elle se précipita pour me prendre dans ses bras mais je l'en empêchai.

— Vaut mieux pas, lui dis-je. Pas avant qu'on m'ait épouillée.

Elle se contenta de m'envoyer un baiser de loin et s'assit en face de moi à la petite table d'interrogatoire.

— Qu'est-ce qu'il se passe, Dee-Dee ? Ça fait trois jours que je navigue à vue.

— Je ne suis pas sûre, mon chou. D'après ce que je comprends, les flics ont approfondi certains détails dans le meurtre de ce Markel. Mais on est sûrs que c'est bien McCloskey qui l'a tué. Du moins, c'est ce que disent les journaux.

— C'est dans les journaux ?

— En première page deux jours de suite, répondit Dee-Dee en souriant. Ils racontent comment ce McCloskey aurait déjà commis ce genre de choses avant sans que personne ait rien soupçonné… Comment cette femme, Pentecost, a réussi là où la police a fait chou blanc. De toute façon, ils te laissent filer plus tard dans l'après-midi.

— *Yes !*

Je donnai un coup de poing triomphant sur la table.

— Je n'ai jamais été plus heureuse de retrouver mon petit lit de camp défoncé près de la cage aux tigres.

Dee-Dee fronça les sourcils. Mimique qu'elle réservait en général à Big Bob lorsqu'il avait une idée de génie particulièrement coûteuse en tête.

— C'est de ça que je voulais te parler, continua-t-elle. Cette femme, Pentecost, elle est venue chez nous hier. Elle est restée une heure dans la caravane de Big Bob, à lui balancer des questions.

— Sur quoi ?

— Sur toi. Il semblerait qu'elle ait une proposition à te faire.

Je me laissai aller contre le dossier de ma chaise, soudain méfiante.

— Quel genre de proposition ?

— Une sorte de boulot. Un truc à long terme. D'après Bob, elle n'a pas été très précise. Cela dit, il est convaincu qu'elle est réglo. Il a dit que tu devrais l'écouter.

— Bob veut que je parte ?

Elle se pencha par-dessus la table et me prit la main.

— Ce n'est pas ça. Il pense simplement que c'est dans ton intérêt. Et je dois reconnaître que je suis d'accord.

— De quoi tu parles, Dee ?

Le cirque comptait plus que tout, c'était l'alpha et

l'oméga pour Bob et Dee-Dee. Je ne les voyais ni l'un ni l'autre prendre parti contre la vie sous le chapiteau.

— Voilà ce qu'il en est, chérie. Les cirques ambulants sont en voie de disparition. Ils n'attirent plus beaucoup de spectateurs. Les parcs d'attractions leur font de plus en plus concurrence. Les cirques les plus petits sont avalés par les grands. Tu connais l'histoire. Et ça ne fera qu'empirer. Mieux vaut partir à tes conditions qu'attendre un avis de licenciement.

J'avais passé les cinq dernières années à manger, dormir, respirer l'air du cirque. Partir serait comme renoncer à mon oxygène.

— Je ne dis pas que tu dois accepter son offre, continua Dee-Dee. Je te dis juste d'écouter ce qu'elle a à proposer. De peser le pour et le contre avec autant de discernement que possible.

Elle se leva.

— Et maintenant, je me fiche de la vermine que tu as attrapée, je veux un câlin.

Elle me prit dans ses bras et fit de son mieux pour me casser une côte.

— Si tu acceptes, pour finir, et que tu t'aperçois que cette bonne femme a une case en moins ou qu'elle est du style à avoir des goûts tordus, tu te ramènes en courant. Compris ?

— Compris, Dee.

— Je t'aime, Will. Fais attention à toi.

Sur ce, elle sortit.

Quelques minutes plus tard, un gardien que je n'avais pas vu avant m'escorta dans un labyrinthe de couloirs et me fit sortir par une porte à l'arrière. Dehors, une berline

Cadillac noir de jais m'attendait. Le chauffeur était une femme âgée et corpulente, qui tenait à peine derrière le volant. On aurait dit l'enfant cachée d'un colosse de foire et d'une gardienne de prison pour femmes.

— Vous êtes celle qui se fait appeler Will Parker? demanda-t-elle avec un accent écossais à couper au couteau.

— Je suis celle qui se fait appeler ainsi.

— Je dois vous emmener chez Ms Pentecost, continua-t-elle. Montez à l'arrière. J'ai mis un drap sur le siège. Qui sait ce que vous avez dû attraper en trois jours dans cet endroit sordide.

Je m'installai à l'arrière en faisant attention à ne toucher aucune surface non protégée. Je me retrouvai embarquée dans une course cahoteuse et pleine d'embardées, mon chauffeur écrasant la pédale de frein chaque fois qu'un piéton faisait ne serait-ce que jeter un coup d'œil dans sa direction. Nous traversâmes le pont de Brooklyn et entrâmes dans un des plus jolis quartiers de cet arrondissement.

La voiture s'arrêta devant une maison en brique de deux étages, séparée de ses voisins de chaque côté par d'étroites ruelles dotées de barrières. La femme m'escorta à l'intérieur, le long d'un petit couloir où s'alignaient des bancs rembourrés. Je passai devant ce qui ressemblait à un bureau de bonne taille et la suivis au premier étage, où elle me conduisit jusqu'à une modeste chambre avec salle de bains attenante. Une pile de vêtements pliés que je reconnus comme étant les miens était posée sur le lit.

— Ms Pentecost a pris la liberté de récupérer une

partie de vos affaires. Il y a du savon et tout le nécessaire dans la salle de bains. Lavez-vous comme il faut et quand vous aurez fini, Ms Pentecost vous recevra en bas, dans son bureau. Laissez ce que vous avez sur le dos dans la salle de bains et je veillerai à ce que tout soit bien nettoyé.

— Je pense que le mieux serait de tout brûler.

Elle lâcha un grognement que je pris pour sa version personnelle du gloussement, puis me laissa à mon bain.

C'était la première fois que j'avais l'occasion de me servir d'une véritable douche. J'ouvris les robinets au point de m'ébouillanter et restai là-dessous jusqu'à ce qu'il n'y ait plus d'eau chaude. Je passai quelques minutes à me brosser les cheveux, merveilleusement emmêlés après trois jours sous ma casquette. Puis j'enfilai mes vêtements propres – une autre chemise de travail en denim bleu, ma deuxième meilleure paire de bottillons et une salopette en velours côtelé marron achetée au rayon hommes d'un magasin de prêt-à-porter qui m'allait comme un gant. Pas exactement la tenue adéquate pour un entretien d'embauche, si c'était ce dont il s'agissait, mais ça ferait bien l'affaire.

Je descendis l'escalier et pénétrai dans le bureau devant lequel j'étais passée en arrivant. Il était étonnamment grand et devait occuper la moitié du rez-de-chaussée. Des étagères imposantes couraient sur toute la longueur de deux murs, pleines à craquer de livres tirant sur la reliure en cuir et l'ennui, vraisemblablement. Pour ma part, je préférais ceux qui avaient des couvertures papier aux couleurs criardes, montrant des poulettes armées de flingues. Pour être honnête, je préfère toujours.

Les murs sans étagères étaient recouverts de papier peint – un jaune plaisant agrémenté de minuscules coquelicots bleus. Je vis un énorme bureau en chêne à l'autre bout de la pièce, ainsi qu'un plus petit contre le mur de droite, sur lequel se trouvait une machine à écrire. Des lampadaires disposés dans les coins éclairaient la pièce, auxquels s'ajoutaient deux lampes de bureau dans des tons vert satiné.

Au-dessus du grand bureau, on avait accroché une peinture à l'huile aussi large que j'étais haute, représentant un arbre au tronc noueux en plein milieu d'un champ désert couleur safran. Je trouvai plutôt menaçant d'avoir ce genre de peinture pendue au-dessus de la tête.

Une série de fauteuils tapissés du même jaune clair que le papier peint étaient disposés en arc de cercle ouvert. Ils semblaient plus fonctionnels que décoratifs, et leur agencement suggérait des assemblées régulières d'individus dont l'attention était tournée vers la personne installée à la place d'honneur.

Je m'assis dans le plus grand de ces fauteuils et attendis. Sur le mur, une petite pendule très ornée égrenait les minutes.

En observant mieux le tableau, je remarquai un élément qui m'avait échappé – une femme en robe couleur bleuet assise en tailleur à l'ombre de l'arbre. Je me penchais pour y regarder de plus près quand la porte s'ouvrit. Ms Pentecost entra.

Elle était habillée comme trois nuits plus tôt – costume trois-pièces indéniablement taillé pour une femme, agrémenté d'une cravate de soie rouge à nœud simple. Dans la chaude lumière des lampes, je pus distinguer des détails que je n'avais pas vus avant. Elle avait dans les quarante-cinq ans, peut-être un peu moins. Des pommettes marquées remontant si haut qu'elles menaçaient d'empiéter sur ses yeux, une bouche large et un menton trop pointu. Tout cela disposé autour d'un nez pas tout à fait crochu, mais pas loin.

Ses cheveux avaient une nuance brun foncé que la plupart des femmes obtiennent par coloration, mais j'aurais mis ma main à couper que la sienne était naturelle. Une mèche gris argent partait de son front profondément ridé pour aller se perdre dans le labyrinthe de son chignon natté. Elle tenait sa canne à la main, mais s'appuyait à peine dessus.

— Je vois que vous avez pu vous laver, dit-elle en s'installant dans le fauteuil en cuir pivotant derrière son bureau.

— J'ai pu, merci.

— Vous avez mangé ?

— Rien depuis ce qu'ils m'ont apporté à dîner hier soir, répondis-je. Mortadelle et fromage. Du moins, je crois que c'était de la mortadelle. Je n'ai pas regardé de près.

Elle plissa le nez d'un air dégoûté.

— Mrs Campbell est en train de préparer le déjeuner, continua-t-elle. Un coquelet. Dans cette maison, on aime bien savoir ce qu'on mange comme viande.

— Ça me paraît bien.

Un euphémisme. Après trois jours de nourriture carcérale et cinq ans de *chow mein* au cirque, le coquelet tenait plus du fantasme que d'un vrai repas.

— De fait, à part le régime draconien, j'espère que la police ne s'est pas montrée trop odieuse.

Je n'avais jamais rencontré les mots « de fait » et « odieux » dans une conversation courante, mais je me débrouillai pour traduire.

— Ils ont pas mal crié en me montrant du doigt et en me traitant de sale pourriture de menteuse, répondis-je. Mais ils n'ont pas utilisé leurs matraques.

Elle acquiesça.

— Bien. Je m'excuse du temps qu'il a fallu pour vous faire libérer. Tracasseries administratives, ou du moins, c'est ce qu'on a dit à mon avocat.

— Ouais, je crois qu'ils espéraient me faire craquer pour que je leur avoue que vous aviez planifié toute l'affaire. Quelle que soit l'« affaire » en question.

Elle leva la main comme si elle chassait une mouche.

— La police a parfois des lubies. Ils n'ont pas encore compris que corrélation ne signifiait pas causalité.

Mon traducteur interne déclara forfait.

— Ça veut dire quoi ?

— Que je sois impliquée dans l'élucidation d'un crime ne veut pas nécessairement dire que j'en suis responsable. Bien au contraire. Quoique dans ce cas précis, je leur accorde au moins un demi-point, étant donné que c'est mon arrivée qui a directement causé la mort de McCloskey.

Je réfléchis deux secondes à sa démonstration.

— Un type dans son genre, qui enfonce le crâne d'un homme pour lui piquer sa montre et son portefeuille, il finit forcément en taule ou sous terre. Vous n'y êtes pour rien.

Elle hocha lentement la tête d'un air satisfait.

— Très pragmatique comme philosophie. Peut-être un peu trop tristement optimiste.

— D'accord, ouais. Vous avez raison, dis-je, en faisant comme si je savais ce qu'elle voulait dire. Alors… c'est quoi le baratin ?

— Le baratin ?

— Dee-Dee m'a expliqué que vous aviez une proposition. Que je devrais y réfléchir à deux fois avant de vous envoyer balader.

— Que savez-vous de moi et de mon travail ? demanda-t-elle.

Il y a quelque chose que vous devez prendre en compte. J'avais passé les cinq années précédentes à sillonner en tous sens une bonne partie du pays, cloîtrée dans des caravanes et des camions, et j'avais bénéficié d'une éducation plutôt unique. Éducation qui n'incluait certainement pas la lecture régulière des journaux new-yorkais.

Si vous vous dites : comment cette fille pourrait-elle ignorer qui est Lillian Pentecost ? La détective la plus célèbre de toute la ville, et peut-être même du pays ? La femme qui a retrouvé le meurtrier d'Earl Rockefeller. Qui a découvert l'identité du boucher de Brooklyn. Vers qui Eleanor Roosevelt en personne s'est tournée lorsque quelqu'un a tenté de faire pression sur elle.

Tout ce que j'ai à répondre, c'est que je peux crocheter une serrure les yeux bandés, marcher sur une corde raide à six mètres du sol sans filet, me battre avec un homme qui fait deux fois ma taille et en venir à bout. Et vous ?

Quant à elle, je lui répondis :

— Tout ce que je sais de votre boulot, c'est ce que j'ai appris chez les flics. Vous êtes un genre de privé.

— Un détective privé, oui.

— Et les gens vous paient pour résoudre des affaires que la police a foirées.

— En général, je m'occupe des affaires que la police a été incapable de résoudre ou dans lesquelles, pour une raison ou une autre, elle refuse d'investir du temps et de l'énergie.

— Comme celle de ce Markel ?

— C'était inhabituel. Je connaissais Markel, il y avait donc une composante personnelle dans cette histoire.

Sur ces paroles, elle détourna le regard. Pas vraiment un tic, mais proche. Je remarquai pour la première fois que quelque chose clochait avec un de ses yeux – le gauche. Il n'était pas tout à fait de la même nuance gris-bleu que le droit. Il paraissait juste un peu plus terne – comme s'il réfléchissait la lumière différemment. Je devais découvrir par la suite qu'il s'agissait d'un œil de verre. Elle en avait fait fabriquer plusieurs au fil des ans, et personne n'avait réussi à trouver la couleur exacte.

— Et qu'est-ce que ça a à voir avec moi ? demandai-je.

— Comme vous l'avez peut-être remarqué, je suis physiquement limitée.

— Ouais, j'ai vu. Sclérose, c'est ça ?

— Sclérose en plaques. Très perspicace.

— J'ai eu une cousine qui l'avait. Elle était beaucoup plus mal en point que vous, cela dit.

J'étais en dessous de la vérité. La dernière fois que je l'avais vue, Laura passait plus de temps dans son lit que sur ses pieds.

Ms P hocha la tête d'un air lugubre.

— Oui, d'après mes médecins, mes symptômes progressent plus lentement que chez la plupart des gens. (Elle décocha un regard sinistre à la canne appuyée contre son bureau.) Mais ils progressent quand même.

Une étincelle qui aurait pu être de la rage traversa son œil valide. Elle prit une profonde inspiration puis expira longuement, et l'étincelle s'éteignit.

— Ma profession est stressante et peut demander beaucoup, physiquement et mentalement. Malheureusement, cela ne fait qu'aggraver mon état. Ce qui veut dire que je suis souvent trop épuisée pour pouvoir répondre au courrier, organiser des entretiens et par ailleurs gérer les aspects plus prosaïques de mon activité. Mrs Campbell est une cuisinière et une gouvernante parfaite, mais ses compétences ne vont pas au-delà. Et, pour être honnête, son imagination possède des limites ancrées en elle depuis fort longtemps.

— Alors vous voulez m'embaucher pour être quoi, secrétaire ? Parce que je ne sais pas taper et je n'ai aucune jupe droite.

— Plutôt une assistante qu'une secrétaire, répondit-elle. Vous vous chargeriez des affaires courantes au bureau, mais ça ne se limiterait pas à ça. Comme vous avez pu le découvrir l'autre nuit, le travail de terrain est aussi nécessaire, même si cela se termine rarement dans un bain de sang. Quant à la partie administrative, je suis certaine que vous pouvez apprendre à taper à la machine. D'après ce que m'a dit Mr Halloway, vous avez un esprit vif et vous êtes capable d'acquérir de nouvelles compétences très rapidement.

« Quant à la tenue vestimentaire, continua-t-elle, je ne vois aucune raison à ce que vous ne portiez pas ce que vous voulez, dans les limites de la bienséance. En ce qui me concerne, je préfère les costumes. Je trouve les nombreuses poches assez utiles. En échange, je vous offrirais le gîte et le couvert, et je prendrais à ma charge toutes les formations que je pourrais vous demander de suivre. Vous recevriez aussi un salaire, versé tous les quinze jours.

En entendant le chiffre qu'elle citait, je faillis laisser tomber mon air impassible. Un seul de ces chèques représenterait plus d'argent que je n'en avais jamais eu en main de toute ma vie. N'empêche, pour toucher ce chèque, il me faudrait couper les ponts avec tout ce que j'avais connu depuis que je m'étais enfuie de chez moi. Mes amis. Ma famille. Mon monde. Pour venir travailler au service d'une femme que je connaissais à peine.

— Pourquoi moi ? demandai-je. Si c'est à cause de ce que j'ai fait l'autre soir, vous pourriez vous contenter de me filer quelques dollars et on serait quittes. Je suis sûre que vous pouvez trouver des gens mieux que moi. Des gens qui savent vraiment faire les choses que vous attendez d'eux.

Elle prit dix longues secondes pour répondre. Elle n'aime pas choisir ses mots au hasard et elle a tendance à faire attendre les gens pendant qu'elle rumine une réponse d'un air impassible.

— Vous avez peut-être raison, reprit-elle enfin. Mais

j'ai appris à me fier à mon instinct. Ayant pu directement apprécier vos facultés d'observation et de réaction, et ayant entendu parler de vos compétences si particulières ainsi que de votre aptitude à acquérir de nouveaux talents, je crois que vous pourriez être exactement la personne que je recherche.

En gros, ouais, il y avait des gens mieux que moi pour ce boulot, mais je pouvais me mettre à niveau. La proposition paraissait valable, et presque trop belle pour être vraie. Pourtant, restait le truc avec la montre. Je ne pouvais tout simplement pas laisser passer ça.

— J'apprécie votre offre, répondis-je. Mais je dois demander… Vous êtes une espionne ou un quelque chose du style ? Il y a peu de lignes que je ne franchirais pas, mais travailler pour une nazie en fait définitivement partie.

Elle haussa un sourcil interrogateur.

— Pourquoi demandez-vous cela ?

— Le coup de la montre au compartiment secret. Ça ne ressemblait pas au genre d'objet qu'on cache à l'improviste. Et ça ne peut pas être des pierres précieuses. On ne les aurait pas planquées dans un truc qui pourrait tenter quelqu'un. J'ai pensé à une sorte de message.

Son expression me confirma qu'il s'agissait précisément de ça.

— Ne vous inquiétez pas, repris-je. Je n'ai rien lâché aux flics. Je me suis dit que ce qu'ils ignoraient ne pouvait pas jouer contre moi. Mais je ne veux pas que ça me revienne dans la figure, vous comprenez ?

Encore un long silence.

— Je ne suis pas une espionne, nazie ou autre. Et

Mr Markel ne l'était pas non plus, dit-elle enfin. Bien qu'il y ait effectivement eu un message dans la montre, il était personnel.

— Oh.

Elle secoua la tête.

— Pas ce genre de personnel.

Je n'étais pas certaine de la croire, mais je laissai passer.

— Est-ce que ça avait un lien avec ce que McCloskey a dit à la fin ? demandai-je.

— Comment ça ?

— Il a dit quelque chose que je n'ai pas compris. Vous vous êtes énervée et vous lui avez demandé : « Qui vous a dit ça ? »

Elle me lança un regard que je ne sus interpréter. Comme si, soudain, elle avait des doutes sur la race du chien qu'elle avait ramené de la fourrière. Elle prit une profonde inspiration en se tortillant les doigts, un de ses rares tics nerveux.

— Si vous deviez accepter ce travail, je vous mettrais dans la confidence concernant presque toutes mes enquêtes. Agir différemment serait irréaliste. Mais il vous faudrait admettre que je ne partagerai pas tout avec vous. Il y a certaines enquêtes – enquêtes que je mène depuis plusieurs années et qui comportent un élément de danger – auxquelles je me refuse à vous exposer. Vous comprenez ?

— Bien sûr, répondis-je. Chaque artiste avec qui j'ai travaillé avait un secret. En général son meilleur truc.

— Truc ?

— Truc. Tour. Astuce.

Elle approuva ma comparaison de la tête.

— Je comprends que ce soit une proposition qui demande une foi aveugle, ajouta-t-elle. Je ne peux pas vous promettre que vous serez heureuse. Le bonheur, ai-je découvert, est une chose insaisissable. Mais je crois pouvoir vous promettre que vous trouverez le travail intéressant.

— Est-ce que je dois répondre tout de suite ?

— Bien sûr que non. Je vous en prie, prenez la journée.

Elle contourna le bureau et attrapa un paquet sur une desserte.

— Alors que je m'apprêtais à quitter le cirque, un certain Mr Kalishenko m'a arrêtée. Il m'a demandé de vous remettre ceci.

Elle me tendit le paquet. Il était petit et lourd, emballé dans du papier marron entouré de ficelle, avec une enveloppe scellée collée sur un côté.

— Je serai dans la cuisine, je m'occupe du déjeuner.

Lorsqu'elle eut quitté la pièce, j'ouvris l'enveloppe. Je n'avais jamais vu l'écriture de Kalishenko, mais elle était telle que je l'avais imaginée, des pattes de mouche élégantes mais difficiles à déchiffrer, aussi peu claires que son élocution en un sens. Pas d'accent russe, mais je ne pus m'empêcher d'en entendre un en le lisant.

Ma chère Will,

Tu m'as dit un jour que tu considérais le cirque comme ta famille de cœur. Je crois que tu sais que j'éprouve un sentiment très proche, ayant laissé la mienne dans les steppes derrière moi. Mais pour les jeunes, les familles ne devraient pas être des choses à quoi s'accrocher. Elles devraient leur servir de tremplin vers de nouveaux sommets. Le truc, tu vois, c'est de savoir lâcher pile au moment voulu.

Ton ami pour la vie,

Valentin Kalishenko,
Danseur de lames, Maître du feu,
dernier et ultime héritier de Raspoutine.

PS : J'ai entendu dire que le commissaire n'avait pas voulu te rendre ta lame. J'espère que celles-ci la remplaceront avantageusement à tes yeux. J'espère aussi que tu n'auras plus jamais à les utiliser de cette manière. Quoi qu'il en soit, l'espoir est fragile et le monde difficile. Tu dois y entrer préparée.

Déballant le paquet, j'y trouvai, non pas un, mais tout un jeu de couteaux de lancer. Contrairement à celui que j'avais laissé dans le dos de McCloskey, chacun d'eux possédait un manche en bois poli à force d'avoir été huilé et utilisé. Ils faisaient partie des couteaux originaux de Kalishenko – ceux qu'il avait emportés avec lui lorsqu'il avait fui les conséquences de la révolution. C'était le plus beau cadeau de départ que j'aurais pu imaginer.

Et puis soudain, je compris. Pour lui, je partais vraiment. Dans son esprit, j'avais déjà dit oui.

Pour la première fois depuis des années, je me mis à pleurer. Juste un instant. Puis cela passa et je m'essuyai les yeux. Je posai la lettre et les couteaux sur le plus petit bureau.

Mon bureau à présent, me dis-je.

La première fois que j'étais partie de chez moi, j'avais couru aussi vite que je le pouvais. Cette fois, j'avais besoin d'un petit coup de pouce. Mais se disputer avec un héritier de Raspoutine n'avait aucun sens.

J'entrai dans la cuisine pour voir ce qui était en train de cuire.

Chapitre 3

Trois années s'écoulèrent.

Il se passa assez de choses durant cette période pour pouvoir écrire une douzaine de livres. Et si vous vous demandez pourquoi je ne commence pas par là – par la première affaire que Ms P et moi résolûmes ensemble –, c'est parce que j'ignore comment les choses peuvent tourner.

Il est possible que je tape le mot «Fin» et que je ne veuille plus jamais effleurer la moindre touche.

Alors, si je dois ne vous raconter qu'une seule histoire, autant que ce soit le meurtre Collins. À bien des égards, ce fut un moment décisif pour nous deux. Cela déclencha des réactions en chaîne, à l'instar des dominos qui s'écroulent, et j'en gardai plus d'une cicatrice, tant physiquement que mentalement.

Mais tout d'abord, je me rends compte que jusque-là, je me suis montrée un peu réticente quant à ma biographie. Ça ne va pas aller. Pas si je veux que vous compreniez tout ce qui va suivre. En voici donc les grandes lignes.

Née dans une petite ville. Je ne vous en donnerai pas

le nom, pour que vous n'ayez pas à faire semblant d'en avoir entendu parler. Enfant unique ; mère morte quand j'avais six ans ; père, troisième génération de cheminots et quatrième de pochtrons. Vous ne serez probablement pas surpris d'apprendre que je me suis enfuie de chez moi le lendemain de mon quinzième anniversaire.

J'ai marché deux villes plus loin, là où le cirque itinérant Hart et Halloway remballait après une semaine de représentations. Je me suis fait emmener et je suis devenue copine avec un groupe de filles – les danseuses de revue qu'on voit dans les numéros plus importants sous le chapiteau, ainsi que sous la tente où ont lieu les effeuillages, à la nuit tombée. Dès la ville suivante, les membres du cirque m'avaient pratiquement adoptée. Je ne sais pas s'ils me voyaient comme une petite sœur ou la fille qu'ils n'avaient jamais eue. Quoi qu'il en soit, ils me trouvèrent un petit boulot tout en bas de l'échelle. À vrai dire, il me fallait tendre le cou pour apercevoir le barreau du bas. Je passai les premiers mois à récurer les cages des animaux, à vider les latrines – tout ce qu'ils pouvaient refiler à la gamine nouvellement débarquée.

Lorsque j'eus prouvé que je pouvais pelleter du fumier avec adresse, on m'embaucha pour faire du montage et du démontage, servir de remplaçante pour les jeux, chauffer la foule pour les artistes de l'allée centrale.

Cela faisait peut-être six mois que j'étais là quand Lovely Lulu se retrouva clouée au lit avec un polichinelle dans le tiroir, privant du même coup Mysterio et Kalishenko de l'assistante qu'ils se partageaient.

Entre la personnalité de Kalishenko et les mains

baladeuses de Mysterio, aucune des danseuses ne voulait du boulot, aussi me retrouvai-je embauchée de force. On m'obligea à enfiler un costume qui me comprimait et laissait voir mes cuisses nues, avec des strass et un bustier à paillettes que les filles rembourrèrent avec des chutes de tissu. Je passais chaque jour des mains du magicien à celles du lanceur de couteaux et retour.

Je n'étais assurément pas Lovely Lulu, et aucun rembourrage n'aurait pu me faire passer pour autre chose que ce que j'étais : un garçon manqué de quinze ans en costume de lumière emprunté. Ce qui n'empêchait pas une grande partie de notre public masculin de me faire des propositions que vous seriez choqués d'entendre dans la bouche de bons pères de famille allant à l'église.

Ou si vous êtes une femme, peut-être ne seriez-vous pas choquée le moins du monde.

Mysterio se montra à la hauteur de sa réputation, mais il gardait les mains dans ses poches après que j'avais volontairement fait foirer un de ses numéros, le mettant ainsi dans l'embarras devant une salle comble.

Quant à Kalishenko, c'était une autre histoire.

Son surnom dans la troupe était le Russe fou. En partie parce qu'il prétendait être un descendant de Raspoutine, en partie à cause de sa propension à claquer la langue, à siffler, et à lancer un couteau de temps à autre sur quiconque le prenait à rebrousse-poil.

Mon boulot consistait essentiellement à rester immobile et à le laisser dessiner ma silhouette à coups de lames, à tenir entre les dents des ballons de baudruche qu'il faisait éclater – ce genre de choses.

— Tu te tiens droite, tu souris, tu te penches régulièrement pour montrer ton cul au public et tu te tais, m'avait-il expliqué entre ses dents. Aucune raison qu'une gamine parle.

Après deux semaines de ce numéro, il eut l'idée de rajouter une saynète dans laquelle je me mettais en colère contre lui, attrapais un des couteaux sur la cible en bois et le lui renvoyais. Il était censé passer largement à gauche. Au lieu de quoi, la première fois où nous jouâmes la scène en public, le couteau passa si près de son visage que je lui taillai pratiquement les favoris.

— Tu l'as fait exprès ? me demanda-t-il après le spectacle.

— Il fait trente-deux degrés et ma culotte remonte comme c'est pas permis. Alors, oui, je l'ai fait exprès.

Un grand sourire lui fendit la barbe – quelque chose que je ne l'avais jamais vu faire en privé.

— Fantastique ! s'exclama-t-il. On garde ça. Mais on va t'améliorer, d'accord ?

Et je me suis améliorée.

En me voyant travailler avec Kalishenko, les autres artistes se dirent que si je pouvais rendre le Russe fou heureux, ça valait peut-être la peine d'investir du temps sur ma personne. Durant les cinq années qui suivirent, je fis mon apprentissage auprès de tous ceux qui voulaient bien de moi. J'appris à jongler avec le feu et à marcher sur des charbons ardents, les bases du costume et du maquillage avec les danseuses et l'équipe des clowns, à monter un cheval à cru, le tir de précision, la lecture à froid avec Madame Fortuna, le dressage des félins, et davantage encore sur les résidents du vivarium, avec lesquels je n'ai jamais été vraiment à l'aise. Je passais tellement de temps dans le cabinet de curiosités que je pouvais dire en une seconde si une nouvelle trouvaille était fausse et deviner presque à coup sûr en quoi consistait le trucage.

Les monstres de naissance qu'on présentait en attractions n'avaient pas grand-chose à m'apprendre. On a la chance d'avoir une queue, ou pas. Mais je me sentais plus à l'aise à traîner avec eux qu'avec à peu près n'importe qui d'autre dans le cirque. Je me consumais dans des soirées interminables à écouter les histoires du bon vieux temps que racontaient l'Homme alligator ou la Femme tatouée.

Je passais aussi du temps avec les équilibristes, mais la corde raide n'avait rien de naturel pour moi. Je peux effectuer une traversée, mais j'y laisse un seau de sueur et une année de vie chaque fois.

J'acquis mes compétences en crochetage de serrure au cours d'une courte et peu judicieuse amourette avec un contorsionniste. Il ne resta au cirque qu'un été, mais durant ce laps de temps, il m'enseigna comment venir à bout de n'importe quel verrou ; comment me dépêtrer d'une camisole de force, truquée ou conforme ; et quelques autres trucs qu'on ne met pas dans un CV.

Je fis même mon apprentissage auprès de Mysterio, qui s'avéra être un professeur relativement convenable, une fois qu'il eut compris que me faire des avances ne lui apportait que des ennuis. J'avais des doigts tellement agiles qu'il commença à m'utiliser comme comparse dans le public. Devant un chapiteau bondé, je pouvais exécuter le tour de cartes le plus fluide qu'on ait jamais vu. Ou pas vu.

En bref, j'étais devenue la touche-à-tout du cirque – capable d'assister n'importe quel artiste et de boucher les trous si nécessaire. Mais j'ai toujours dû rembourrer le bustier, cela dit.

C'est là que j'en étais lorsque ma vie croisa celle de Lillian Pentecost. Après avoir accepté son offre, je commençai dès le lendemain une nouvelle phase de mon étrange éducation.

Elle avait dit dans son baratin qu'elle paierait pour n'importe quelle formation, et elle tint parole. Les trois années qui suivirent, je pris des cours de sténographie, de comptabilité, de droit, de tir de précision, de mécanique auto et de conduite, ainsi qu'une foule d'autres choses. Elle tira même certaines ficelles pour me procurer un faux certificat de naissance, faisant ainsi de moi une Willowjean Parker tout ce qu'il y a de légal. Cette contrefaçon en main, je pus obtenir un permis de conduire, une licence de détective privé et un permis de port d'arme.

— Je ne m'attends pas à ce que vous ayez beaucoup de raisons de vous en servir, dit Ms P quand j'allai acheter cette dernière. Mais on vous demandera d'aller dans certains endroits où il serait imprudent de se rendre sans protection.

En réalité, j'étais plus souvent dans les amphithéâtres que dans les salles de billard. Il ne se passait pas une semaine sans que nous allions voir tel ou tel expert donner une conférence sur les invertébrés, ou l'astronomie, ou la psychopathologie.

— Quand est-ce que la différence entre une moisissure et un champignon va me servir ? demandai-je avant l'une de ces excursions.

J'étais contrariée parce que la conférence en question me privait d'une soirée que j'attendais depuis longtemps au Rivoli, où l'on jouait le dernier Hitchcock.

— Je ne sais pas, répondit-elle. Mais mieux vaut avoir les connaissances à disposition et ne pas s'en servir que l'inverse.

Je ne pouvais rien redire à ça. Bien qu'aucune enquête jusqu'à présent n'ait reposé sur nos connaissances en matière de cycle de vie du champignon.

Quoi qu'il en soit, c'était la vie – du moins entre les affaires.

Quand nous étions à fond dans une enquête, il n'y avait pas de temps pour les conférences ou les films, et à peine pour les repas. Une de mes fonctions tacites – et il y en avait de nombreuses – était de m'assurer que Ms Pentecost avale au moins un repas consistant par jour. Très souvent, cela signifiait la conduire jusqu'au *diner* le plus proche et refuser de bouger tant qu'elle n'avait pas avalé un sandwich au rosbif.

Cela allait de pair avec une autre de mes fonctions implicites, qui était de garder un œil sur la santé de Ms P et de faire en sorte qu'elle ne pousse pas la machine trop loin. Sa maladie n'avait pas trop évolué durant ces quelques premières années. Il y avait les bons jours et les mauvais jours. Les bons jours, on ne se rendait pas compte qu'elle était malade, on aurait même pu prendre la canne pour une déclaration d'intention, un genre d'accessoire de mode. Les mauvais jours, elle boitait, trébuchait et parlait d'une voix hachée. Elle était aussi plus fatiguée et souffrait davantage, bien qu'essayant de ne pas le montrer.

Et puis il y avait aussi les très mauvais jours. Ceux qui duraient une semaine, ou plus. Dieu merci, ça n'arrivait pas trop souvent.

L'un dans l'autre, c'était une vie agréable.

Le meurtre Collins tomba dans notre escarcelle un mardi matin de la mi-novembre 1945. On avait passé une grande partie de l'été à traquer un incendiaire qui mettait le feu à des logements de Harlem. Ms Pentecost avait bouclé l'affaire juste à temps pour que nous puissions célébrer la capitulation du Japon avec le reste de la ville. Une fois la gueule de bois passée et les confettis balayés, nous nous retrouvâmes immédiatement plongées dans un homicide déguisé en suicide – manœuvre qui avait échappé à la police jusqu'à ce que Ms Pentecost ne le leur fasse gracieusement remarquer.

Juste pour que vous sachiez, le point d'orgue de ces affaires consistait en général en de brefs coups de fil aux autorités. Pas question de réunir tous les suspects dans une même pièce et d'exposer les faits avant de pointer quelqu'un du doigt. Pour autant que j'apprécie ce genre de roman policier, nos enquêtes se terminaient la plupart du temps par un discret murmure dans la bonne oreille. Pas de révélation spectaculaire.

Le mardi matin en question, cela faisait seulement quelques jours que nous étions en vacances, les premières depuis très longtemps. J'avais pris un rapide petit déjeuner d'œufs et de *biscuits*[1] dans la cuisine, préparé

1. En français dans le texte. Petits pains levés, avec levure chimique, bicarbonate de soude et babeurre, servis en accompagnement de plats.

par Mrs Campbell. Elle vit dans une étable rénovée à l'arrière de la maison et, aussi matinale que je sois, elle est déjà dans la cuisine à remuer et à mélanger.

Si vous cherchez sa bio, je ne peux pas vous en dire grand-chose. Elle est veuve et vit depuis toujours avec Ms P ; elle vient d'un endroit qu'elle appelle les « comtés frontaliers » et, si elle sait cuisiner, laver et tenir une maison dans l'ensemble, elle conduit comme un pied. Elle parle rarement d'elle, et à ce stade, j'avais appris à ne pas poser de questions.

J'ouvris et classai le courrier, puis parcourus rapidement les journaux du matin les plus importants, marquant les articles à découper pour nos dossiers. Une fois cela terminé, j'entrepris de faire la liste des coups de fil que je devais passer. Pour la plupart, il s'agissait de réponses à des demandes d'interviews, de citations et de photos. Tout ce qui pouvait faire parler de Ms Pentecost et sonner le téléphone. Je terminais la liste quand c'est précisément ce qui arriva.

— Pentecost Investigations. Will Parker au téléphone.

Une voix aristocratique et nerveuse me demanda si Ms Pentecost serait disponible pour rencontrer Rebecca et Randolph Collins l'après-midi même. À cette heure, la grande détective était encore endormie. Comme elle vit pratiquement la nuit, il est rare de la voir dès le matin. Heureusement, elle m'avait depuis longtemps laissé toute latitude pour fixer les horaires des consultations en faisant preuve de jugeote, et ma jugeote me soufflait d'accepter l'affaire Collins.

Ni le meurtre ni l'incendie volontaire ne nous avaient

rapporté beaucoup d'argent. Mais j'étais sûre que la famille Collins pourrait débourser les honoraires que nous demandions, quels qu'ils soient. Au cours des quinze derniers jours, les journaux avaient fait allusion à l'étrangeté de l'affaire, ce qui, je le savais, ne manquerait pas de piquer la curiosité de ma patronne. Et si ça ne suffisait pas, j'avais un atout dans ma manche.

Je répondis à la voix aristocratique que Ms Pentecost se ferait un plaisir de rencontrer les enfants Collins à quinze heures. Ce qui me laissait suffisamment de temps pour la tirer du lit, demander à Mrs Campbell de lui préparer des *biscuits* nappés de sauce et lui faire un résumé des gros titres de la dernière quinzaine.

Le meurtre Collins faisait grand bruit dans une ville indifférente aux crimes atroces. Et ce n'était pas la première fois que la famille avait droit aux gros titres. Ils avaient déjà fait la une près de vingt ans auparavant lorsque Alistair Collins, propriétaire et directeur général de Collins Steelworks & Manufacturing, avait épousé sa secrétaire, Abigail Pratt. Abigail était sa cadette de trente ans, résolument de la classe ouvrière, et enceinte de quatre mois à l'époque. Les mariages précipités étaient chose rare dans cette fourchette d'imposition – du moins aussi médiatisés que celui-là – et la presse s'en était donné à cœur joie.

Durant les deux décennies suivantes, le nom d'Al Collins était apparu assez régulièrement dans les pages économiques, en général pour souligner l'aisance avec laquelle il dirigeait son entreprise. Il s'était retrouvé une ou deux fois en première page au cours des années trente, lorsqu'il avait embauché des gros bras pour briser une grève. Ce qui s'était soldé par un certain nombre de crânes fracassés et au moins un mort. Ou du moins, un qui soit connu des flics. Rien de très inhabituel à l'époque, mais cela avait poussé un journaliste à laisser libre cours à sa fibre poétique : « Collins, avait-il écrit, est connu pour avoir un cœur aussi dur et froid que l'acier forgé dans son usine. »

Cinq ans auparavant, il avait de nouveau eu les honneurs de la une quand Collins Steelworks avait remporté un gros contrat gouvernemental et qu'Alistair avait annoncé le réaménagement des usines de l'entreprise afin d'y fabriquer des pièces détachées de matériel militaire et non plus des fournitures de bureau ; les fusils étaient devenus légèrement plus lucratifs que les agrafeuses.

Et puis les gros titres avaient viré au sinistre pour le clan Collins.

Cela faisait un an en septembre : Alistair s'était assis au bureau dans son cabinet de travail, avait enfoncé le canon d'un revolver dans sa bouche et pris le train express jusqu'au terminus. Les interrogatoires de ses associés avaient révélé que le magnat de l'industrie souffrait depuis peu de dépression, mais personne n'en connaissait la raison.

Quelques journaux insinuèrent de façon peu subtile qu'Abigail avait donné un coup de main à son mari pour presser la détente. En réponse, les représentants de la famille firent remarquer qu'Alistair avait récemment fait annuler un contrat prénuptial limitant sévèrement l'accès de sa femme au compte courant de la famille. Ça, plus le fait que la plus grande partie de la fortune familiale, d'après le testament, allait dans un trust destiné à leurs enfants, avait mis un terme aux ragots sur les éventuels mobiles qu'Abigail aurait pu avoir de précipiter la fin de son époux. Le procureur de district en personne, rien que ça, avait déclaré que la mort était sans le moindre doute un suicide.

Tout cela avait récemment refait surface dans les journaux, à la lumière de ce qui s'était passé deux semaines plus tôt, lors de la soirée d'Halloween. Selon les comptes-rendus, Abigail Collins avait donné sa fête annuelle – une soirée costumée où les cadres supérieurs de Collins Steelworks devaient se déguiser, se trémousser avec raideur au son d'un quatuor de jazz et descendre des quantités infernales de champagne.

Édition du 2 novembre du *Times* :

> *Au milieu de toutes ces frivolités masquées, les invités ont perdu Mrs Collins de vue. Aux environs de minuit, on vit de la fumée s'échapper sous la porte du cabinet de travail de feu Alistair Collins. Il s'avéra que celle-ci était verrouillée de l'intérieur. Lorsqu'on l'eut enfoncée, on s'aperçut qu'une flambée allumée dans la cheminée s'était propagée dans toute la pièce. Plus horrible encore, on découvrit Mrs Collins assise au bureau de son mari décédé, battue à mort.*
>
> *La façon dont le tueur a pu s'échapper de la pièce après avoir commis son horrible forfait laisse la police perplexe. D'après un officier anonyme : « Cette porte ne peut être fermée à clé que de l'intérieur. La seule fenêtre existante est verrouillée. Et il n'existe aucun passage secret. Nous avons vérifié. C'est une véritable énigme. »*

Le lieutenant Nathan Lazenby a déclaré ne pouvoir faire aucun commentaire sur une enquête en cours, mais il a ajouté que la police suivait un certain nombre de pistes prometteuses et espérait mettre la main sur un coupable très bientôt.

« Très bientôt » était devenu deux semaines. Apparemment, il s'agissait effectivement d'une « véritable énigme ».

Aucun journal ne donnait de compte-rendu détaillé des événements de cette soirée. Pas de chronologie, pas d'entretien officieux avec les invités. Rien.

Cette absence de détails titillait ma curiosité. Soit quelqu'un avait payé pour que rien ne transpire, soit la police avait un coupable en vue et faisait le maximum pour garder les choses sous cloche, de façon à ne pas effrayer leur proie. Quinze jours s'étant écoulés sans la moindre allusion à une arrestation imminente, je pariais sur la première solution.

Quand la pendule sonna treize heures, j'attrapai une tasse de café serré et montai au premier étage frapper à la porte de Ms Pentecost. Pas de réponse. Sans me laisser décourager, j'entrai.

— Bonjour, lançai-je d'un ton enjoué en ouvrant d'un coup sec les lourds rideaux pour que la lumière grise de novembre se déverse dans la pièce. Enfin, bon après-midi devrais-je dire, mais ça revient au même. Vous vous êtes endormie à quelle heure ?

Un lit à baldaquin occupait tout le centre de la pièce. Sous l'épaisse courtepointe blanche, j'entendis murmurer une réponse.

— Six heures.

Je posai le café et les journaux du jour sur la table de chevet en faisant attention à ne pas pousser l'œil de verre qui me contemplait, douillettement niché dans un mouchoir blanc replié.

— Est-ce qu'il fait jour à six heures du matin en novembre ? demandai-je. Je suis une lève-tôt, mais pas à ce point. À moins que des rendez-vous ne l'exigent ou que j'aie veillé particulièrement tard et que je ne sois pas encore allée me coucher. Cela dit, si quelque chose est assez excitant pour que je veille jusque-là, en général, je ne regarde pas ma montre.

Elle rejeta la courtepointe et me décocha un regard furibond – d'autant plus menaçant qu'une partie de celui-ci provenait d'une orbite vide. Mais l'effet en était contrecarré par ses cheveux, qui ont tendance à friser quand elle défait ses nattes et lui donnent une allure de sorcière des marais après une nuit au lit.

— Tu me tourmentes pour une raison précise ? siffla-t-elle entre ses dents.

J'affichai un sourire radieux et secouai la tête.

— Je vous apporte simplement le café et des nouvelles de clients potentiels qui doivent arriver à quinze heures. Je pensais que vous voudriez avoir le temps de prendre une douche, de manger et de dompter votre tignasse.

— On n'a pas de rendez-vous aujourd'hui.

— On n'en avait pas, corrigeai-je. Maintenant, si.

Je sortis.

Cela peut sembler curieux comme attitude de la part de quelqu'un dont le boulot comporte le mot

« assistante » et qui peut se faire virer à volonté. Mais j'ai découvert que, parfois, la meilleure façon d'assister Ms Pentecost, c'est de m'assurer qu'elle est réveillée, qu'elle a mangé, et qu'elle tient suffisamment debout pour pouvoir effectuer le boulot auquel elle a consacré sa vie.

En plus, si je lui avais révélé que nos potentiels clients étaient les héritiers Collins, elle aurait été capable de refuser immédiatement, ou du moins de me demander de reprogrammer le rendez-vous avant de s'enfouir de nouveau sous sa courtepointe.

Ms P et moi partageons certains préjugés quand il s'agit du gratin. Les miens découlent de la rancœur habituelle qu'on trouve chez les habitants de la classe ouvrière des petites villes. Les siens résultent du fait que les riches sont en général ceux qui ont le moins besoin de ses services. Quoi qu'il en soit, une partie de mon travail d'assistante consiste à l'orienter ponctuellement vers la clientèle capable de signer un chèque à cinq chiffres sans la moindre sueur froide.

On avait des frais après tout, dont le dernier n'était pas mon salaire.

Une heure plus tard, lavée, nourrie, vêtue de tweed bleu marine, et les cheveux suppliciés en son habituel paquet de nattes, elle entra dans le cabinet de travail. Elle avait laissé sa canne à l'étage, ce qui suggérait qu'on était dans un bon jour, ou qu'elle faisait preuve d'entêtement. Elle s'assit à son bureau et je lui fis un topo, sans omettre la chronologie d'infortunes et de scandales de la famille Collins, qui faisaient la une des journaux.

Lorsque j'eus terminé, elle prit deux bonnes secondes avant de demander :

— Y a-t-il une raison d'accepter autre que le compte en banque des clients ?

— Leur compte en banque n'est pas à mépriser, répliquai-je. Du moins si l'on en croit les derniers cours de la Bourse, dans le *Journal*. Mais si l'appât du gain ne vous intéresse pas, reste aussi le fait qu'il s'agit d'une authentique énigme en chambre close. Une énigme en chambre close ! Quelles sont les chances de tomber là-dessus ?

— Je n'ai pas la même fascination pour la littérature de gare que toi.

— Et si je vous dis qu'une femme a été sauvagement assassinée, que la police sèche, et qu'il est de votre devoir en tant que citoyenne de faire de votre mieux pour que le tueur soit traîné en justice ?

— Beaucoup de meurtres mériteraient mon attention, rétorqua-t-elle. La plupart touchent des familles qui ne peuvent pas utiliser leur influence et leur fortune pour se payer les services d'un consultant privé.

Je pris une posture de défaite.

— Je renonce, dis-je. Je suppose que je n'ai plus qu'à rappeler pour annuler.

Faisant mine d'attraper le téléphone, j'arrêtai mon geste, comme si je venais de me souvenir de quelque chose.

— Ah, au fait, il y a ce truc.

Je sortis une coupure de journal de la poche de ma veste et la lançai négligemment sur son bureau. Elle la ramassa, circonspecte, et la parcourut du regard.

Il s'agissait d'un article de suivi, écrit trois jours après le meurtre. J'avais entouré un nom noyé en page intérieure. Lorsqu'elle tomba dessus, Ms Pentecost se ragaillardit. Ou du moins, haussa très légèrement un sourcil, son maximum en matière de bonne humeur.

— Pourquoi est-ce que je n'ai pas vu ça avant ?

— Vous étiez jusqu'aux nattes dans l'affaire Palmetto, du coup, vous êtes encore en train de rattraper votre retard pour les coupures de journaux, répondis-je. En plus, il s'agit d'un article de l'*Enquirer*. En général, on ne lit pas ce torchon. Une chance que je l'aie vu !

— On est sûres que c'est exact ? Ils auraient pu inventer ça de toutes pièces. Tu as dit qu'aucun autre journal n'avait joint de liste d'invités.

— C'est possible. Je n'ai pas d'informateur à l'*Enquirer*. Mais je pourrais probablement dénicher quelqu'un en un jour ou deux et lui filer un billet de vingt. Non, oubliez. Pour un nouveau contact, il faudrait sûrement refiler un billet de cent. Ensuite, on pourrait croiser les doigts pour que leurs informations soient fiables, on parle de l'*Enquirer* après tout. Ils colleraient même leur mère en première page si ça faisait vendre. Ou alors…

— Ou alors, quand les Collins arriveront, on pourrait leur demander qui se trouvait à leur soirée, tout simplement, termina Ms P avec un soupçon de sarcasme.

— On peut certainement l'envisager, répondis-je.

Elle tapota d'un doigt l'aile de son nez pas tout à fait crochu en regardant dans le vide.

— Monte aux archives et rapporte-moi toutes les coupures que tu peux trouver sur la famille Collins, y compris celles sur le suicide du père, reprit-elle après quelques secondes d'intense réflexion.

— Vous pensez qu'il y a un lien?

— Je ne pense rien pour l'instant. Je ne sais même pas si je vais accepter l'affaire. Mais mieux vaut avoir les informations à disposition que d'être prise en défaut.

Je lui demandai si elle aimerait les dossiers sur l'autre personne – celle dont j'avais entouré le patronyme –, mais elle me répondit que non. Elle les connaissait déjà.

Je me hâtai de grimper les deux volées de marches jusqu'à la pièce qui occupe l'intégralité de notre deuxième étage. Sous ses hauts plafonds, elle est pleine de rangées d'étagères immenses et ressemble à certaines sections de la bibliothèque dans la Quarante-deuxième Rue. Un tapis égyptien géant crée une sorte d'îlot en son milieu. Un fauteuil confortable et une grande lampe Tiffany occupent une place d'honneur en son centre. La mer de rayonnages qui entoure l'îlot est remplie de cartons contenant des dossiers, des centaines de dossiers.

Tous soigneusement scellés pour protéger leur contenu de la lumière se déversant par les lucarnes qui dessinent un motif à damiers au plafond.

Les cartons contiennent des années de coupures de journaux méticuleusement classées sur des crimes, des événements notables, des citoyens présentant un certain intérêt, ainsi que des notes de cas, diverses curiosités, des preuves, et un assortiment de curieux objets accumulés par Ms Pentecost au cours de sa carrière.

Je trouvai le carton adéquat et, comme prévu, il contenait des coupures sur le suicide d'Alistair Collins. Une de mes tâches consiste à découper tous les articles sur les morts suspectes ou les situations bizarres en général, et à les mettre de côté en vue d'une possible utilisation future. J'ai tenté de convaincre Ms P que c'était une perte d'énergie, étant donné que chaque journal possède ses propres archives, auxquelles je peux avoir accès sans problème. Mais elle aime avoir tout ce qu'il lui faut à portée de main.

Je descendis les dossiers qu'elle parcourut pendant que je découpais de nouveaux articles dans les journaux du jour. Aujourd'hui, j'avais le choix entre l'overdose de Charlie Silverhorn, un musicien de jazz assez connu, et le dernier d'une série de cambriolages qui empoisonnaient la vie des habitants proches de Central Park.

À quinze heures pile, la sonnette retentit. J'ouvris la porte sur Rebecca et Randolph Collins, que je reconnus d'après leurs photos dans le journal, accompagnés de Harrison Wallace, qui se présenta comme directeur général intérimaire de Collins Steelworks et exécuteur testamentaire des Collins. C'était lui, l'aristo tatillon à qui j'avais parlé au téléphone.

Après les avoir débarrassés de leurs manteaux et de leurs chapeaux, je leur indiquai les fauteuils faisant face à Ms Pentecost. Puis je m'installai à mon propre bureau, d'où je pouvais observer parfaitement nos visiteurs.

Wallace était le type même de l'avocat. Quelque part entre l'âge mûr et la retraite, il était grand et voûté, avec un front haut et des lunettes en demi-lune centrées sur un profil qui aurait pu être beau en y apportant un certain nombre d'ajustements. Sa peau pendait mollement par endroits et adhérait trop à son crâne ailleurs. Son veston gris deux boutons était plutôt à la mode, mais aussi mal ajusté que son visage. Il portait une serviette en cuir qu'il posa par terre près de son fauteuil en me décochant un regard effrayé, comme s'il craignait que je m'enfuie avec en courant. Perché entre les héritiers, on aurait dit un pigeon parmi les tourterelles.

Je décris d'abord Wallace pour me débarrasser de lui, parce que les jumeaux Collins faisaient partie des humains les plus beaux qu'il m'ait été donné de voir, et Dieu sait que durant mes années de cirque, j'avais eu l'occasion de rencontrer quelques spécimens admirables.

Je savais par les journaux qu'ils avaient à peine vingt et un ans. Par contre, je n'aurais su dire lequel était le plus beau : Randolph, avec ses pommettes saillantes et sa bouche en cœur, juchées au sommet d'un corps de nageur d'un mètre quatre-vingts ? Ou Rebecca, avec ses dents subtilement en avant, à la Gene Tierney, et son physique à la Rita Hayworth, beaucoup moins subtil, coincé dans une taille trente-six ?

Ils avaient tous les deux les yeux bleus et des cheveux blonds très clairs, ceux de Randolph lissés en arrière, et ceux de sa sœur en bouclettes qui se balançaient juste sous les oreilles. Il portait un costume gris clair coupé sur mesure et négligemment froissé, qui avait vraisemblablement coûté au moins trois cents dollars pour obtenir cet effet. Elle portait quant à elle une robe bleu foncé à pois blancs qui laissait voir ses bras. En général, je me fichais de ce genre de chose, mais dans son cas, ça plaidait en sa faveur.

Levant les yeux, je la découvris en train de me regarder la regarder. Quelque chose dans ses yeux me mit le rouge aux joues. Je me surpris à penser que j'aurais dû passer plus de deux minutes à me coiffer.

Le pigeon gazouilla en premier.

— Merci de nous recevoir aussi rapidement, mistress Pentecost, commença Wallace.

Ma patronne leva une main.

— Ms[1] Pentecost, s'il vous plaît. Je ne suis pas mariée, et j'ai depuis longtemps passé l'âge d'être une « miss », je crois.

Wallace eut l'air chiffonné, mais pas plus que ça.

— Bien entendu. Ms Pentecost. Je suppose que la raison pour laquelle nous avons demandé à vous consulter n'est pas un mystère pour vous.

— Je déteste faire des suppositions, déclara ma patronne. Si j'y suis obligée, je dirais que cela concerne la disparition récente d'Abigail Collins, et l'incapacité de la police à localiser le coupable.

Wallace laissa entendre un grognement de mépris.

— C'est une façon très polie de dire que les policiers sont des idiots. Ce qu'ils sont.

— Je trouve que les inspecteurs de la criminelle à New York sont plutôt obstinés.

— Si par « obstinés », vous voulez dire qu'ils tournent en rond, rétorqua-t-il méchamment, je suis d'accord. Ils nous ont assuré que l'affaire sera rondement menée.

---

1. La formule « Ms » désigne une femme dont le statut marital n'est pas précisé, au contraire de « Miss » (non mariée) et de « Mrs » (mariée). La formulation est elle aussi différenciée puisque « Ms » se prononce « mizz » et non pas « miss ». Cette forme a été popularisée dans les années 1970.

Deux semaines plus tard, non seulement ils n'ont aucun coupable, mais ils n'ont aucune piste, aucun suspect, et ils ont entrepris de harceler les amis et les associés des Collins.

— Ce n'est pas si grave, oncle Harry, intervint Randolph en lui décochant un sourire apaisant de sa bouche en cœur. Ils font juste leur travail.

« Oncle », soit dit en passant, était un titre de pure forme. Dans les journaux, Wallace était décrit comme un des associés principaux de Collins Steelworks et un ami de longue date de la famille. Aucun lien de sang.

— Si, c'est grave, le corrigea-t-il. Plus cette histoire dure, pire c'est pour l'entreprise.

— Pourriez-vous développer, mister Wallace ? demanda Ms Pentecost.

— Tant que la mort de Mrs Collins n'a pas été élucidée, le contrôle majoritaire de Collins Steelworks demeure dans les limbes d'un point de vue légal. Si vous avez lu la rubrique économique du *Times*, vous savez probablement tout là-dessus. Avec la fin de la guerre, les contrats militaires de l'entreprise vont faire l'objet d'une renégociation. Si nous les perdons, nous serons obligés d'en revenir à notre statut d'avant-guerre, à savoir fabricant de matériel de bureau. Il y a des millions de dollars en jeu, et tout est en suspens, parce que la police est incapable de faire son boulot.

— Je voudrais simplement qu'ils nous laissent enfin l'enterrer.

La remarque venait de Rebecca, dont la voix était une octave plus basse que je ne m'y serais attendue. Le genre de voix qu'on verrait plutôt sortir de la gorge d'une chanteuse de jazz, et non de celle d'une femme du monde.

— Ils ont toujours son… corps.

Wallace lui tapota le genou.

— Bien sûr, ma chère. Je n'aurais pas dû commencer en me focalisant sur les affaires. C'était inconsidéré de ma part. Vous voyez, Ms Pentecost, la police ne fait pas que jouer avec les finances d'une entreprise multimillionnaire, elle joue aussi avec les émotions de mes filleuls. Ils méritent qu'on mette un terme à cette affaire.

— Qu'est-ce qui vous fait croire que je vais réussir là où la police échoue ? demanda ma patronne. Et pourquoi vous tourner vers moi spécifiquement ? Il existe des agences plus importantes.

— Vous m'avez été chaudement recommandée par plusieurs membres de notre conseil d'administration, expliqua Wallace. Par leurs femmes, à vrai dire.

Ça n'avait rien de surprenant. Ms P s'était fait une spécialité d'enquêter sur les crimes contre les femmes. La surprise, en revanche, c'était que Wallace lâche ce commentaire sans le ton condescendant auquel on a généralement droit avec la plupart des hommes de son âge.

— Elles ont chanté vos louanges d'ingéniosité, mais, plus remarquable, de discrétion, continua-t-il. Ces agences plus importantes ? Nous avons fait appel à certaines d'entre elles par le passé pour d'autres missions. Des soupçons d'espionnage industriel, ce genre de choses. Mais elles sont si démesurées, elles emploient tellement d'hommes en free-lance. Il y a trop de risques que certains éléments de l'enquête ne fuitent.

— Et cela vous inquiète ?

Ils échangèrent tous les trois un regard que je ne pus déchiffrer.

— Il y a certains détails autour de la mort d'Abigail qui sont… embarrassants, répondit Wallace. Si vous acceptez de vous charger de l'affaire, je vous les dévoilerai tous.

— J'ai peur que vous ne deviez d'abord me les dévoiler, répliqua Ms P en jetant un coup d'œil au groupe. Je n'accepte jamais une affaire à l'aveuglette.

Wallace se rengorgea.

— J'ai bien peur que nous ne puissions accepter. Nous devons être certains que ce qui se dit ici ne sera jamais dévoilé.

Je décidai de m'en mêler.

— La réputation de Ms Pentecost devrait vous rassurer, dis-je. Si vous n'avez pas confiance en elle, vous devriez probablement vous adresser à une de ces grosses agences. Elles accepteront une affaire sans poser de questions.

Wallace me dévisagea en plissant les yeux, comme s'il tentait de déterminer à quelle espèce de volatile j'appartenais – pigeon, tourterelle ou autre.

— C'est ridicule, lâcha Randolph. La fille a raison. On devrait aller voir Sterling et Swan. Père leur faisait une confiance aveugle. Vous vous rappelez cet… incident… avec le syndicaliste ?

— Non, répondit Wallace en secouant la tête. Trop de personnel, trop de variables.

Je sentais que Ms Pentecost commençait à s'impatienter.

— Mister Wallace, reprit-elle, d'une voix plus que glaciale. J'ai traité un nombre incalculable d'affaires sensibles, dont beaucoup n'ont pas contribué à ma réputation dans la mesure où personne, hormis mes clients et moi-même, n'en a jamais entendu parler. Quoi que vous ayez à me dire, je peux vous l'assurer, à moins que cela n'implique les preuves d'un crime ou l'intention d'en commettre un, ce sera protégé.

— Dis-le-lui, insista Rebecca, d'une voix où perçait un peu de la froideur de ma patronne.

Wallace hésitait encore.

— Ça finira par s'ébruiter, tu le sais.

Rebecca se tourna vers Ms Pentecost et se pencha vers le grand bureau.

— Les gens croient déjà savoir qui l'a tuée.

— Vous pensez savoir qui a tué votre mère ?

— Je n'ai pas dit ça. J'ai juste dit que les gens croyaient le savoir.

— Becca, s'il te plaît. Ne sois pas stupide, la sermonna Randolph.

— C'est ce que tout le monde murmure. Ils pensent qu'il s'agit de notre père.

— Je croyais que votre père s'était suicidé il y a plus d'un an ? dit Ms Pentecost. Votre mère s'était-elle remariée ?

Rebecca fit non de la tête.

— Oh, non. C'est bien de lui que je parle. Les gens pensent qu'elle a été assassinée par le fantôme de notre père.

Chapitre 4

Si Wallace et Randolph étaient des femmes, j'utiliserais probablement le mot « affolement » pour décrire la situation. En fait, c'est celui que je vais utiliser. L'affolement les saisit.

— Tu dois arrêter de raconter ce genre de chose, lança Randolph en s'agitant en tous sens.

— Rien ne suggère qu'il s'agisse d'autre chose que l'œuvre d'un… fou, ajouta Wallace en émoi, faisant ainsi trembloter ses bajoues. Tous ceux qui affirment le contraire sont stupides, cruels et insensés. Il s'agit de ragots superstitieux et je ne le tolérerai pas. Pas parmi les employés de la compagnie.

— Ce n'est pas moi qui le dis, rétorqua Rebecca. Ce sont les autres.

— S'il vous plaît.

Ms Pentecost leva la main pour les calmer.

— Si vous vouliez bien commencer par le début. Mais d'abord, l'un de vous aimerait-il boire quelque chose ? Cognac, Miss Collins ?

— Gin, si vous avez.

Nous en avions effectivement, et je lui en versai trois

doigts bien tassés avec un peu d'eau. Wallace prit un scotch au lait, ce à quoi je m'oppose, mais chacun son truc. Lorsque je demandai à Randolph ce qu'il aimerait, il lança un regard à sa sœur.

— Rien, merci. J'aime garder l'esprit clair.

Il me déplut immédiatement. Non à cause de sa sobriété – moi-même, je ne bois pas –, mais à cause du jugement implicite.

— Comme vous voulez, répondis-je en versant à Ms Pentecost son hydromel coutumier.

Mrs Campbell le fait venir d'Écosse à un prix, sinon impie, du moins embarrassant.

Une fois que chacun eut son verre et que nous fûmes tous installés, ils commencèrent leur récit, se passant la parole si nécessaire, et aiguillés à l'occasion par les questions que Ms Pentecost leur posait. Clairement, ils avaient déjà raconté toute l'histoire, probablement devant une escouade tournante de types arborant des badges.

Le récit commençait durant la soirée d'Halloween. Les vacances tombant un mercredi, la majorité des citadins avait fait la fête le week-end précédent. Le samedi et le dimanche, les rues avaient été envahies de noceurs costumés, qui titubaient de bars en soirées diverses et retour. En milieu de semaine, la plupart des festivités étaient terminées, sauf si on avait des enfants sur les bras.

— Mère voulait absolument que la soirée ait lieu le jour d'Halloween. Même s'il s'agissait d'un jour de semaine. Selon elle, le voile était moins épais, dit Randolph.

— Le voile ? reprit aussitôt Ms Pentecost.

— Entre les morts et les vivants, expliqua Randolph d'une voix qui dégoulinait pratiquement de sarcasme.

Wallace regarda le sol, embarrassé.

Seule Rebecca gardait un visage impassible.

— Chaque année, il y avait un spectacle sous une forme ou une autre, dit-elle. Cette année…

— On y arrive, Becca ! la coupa Randolph d'un ton sec.

Ils se ressemblaient peut-être, mais je doutais qu'ils soient sur la même longueur d'onde de sitôt.

Wallace reprit le fil de l'histoire.

— C'est Al qui a lancé la tradition peu de temps après leur mariage. En partie pour donner à Abigail l'occasion d'avoir une vie sociale, de se distraire en organisant une fête. Mais c'était surtout pour divertir les cadres de l'entreprise. Cette année, il y avait environ une centaine d'invités en moins – par rapport aux éditions précédentes. À cause de la… disparition d'Al l'année dernière, ajouta Wallace. Presque tous les gens présents étaient des employés de l'entreprise et leurs épouses.

« Les festivités avaient démarré aux environs de vingt et une heures. Un quatuor à cordes jouait dans la salle de bal, des serveurs faisaient circuler des hors-d'œuvre sans discontinuer, et trois bars – deux à l'intérieur et un sur la véranda – s'assuraient que personne n'avait à faire la queue pour prendre une cuite.

« Comme les années précédentes, tout le monde est arrivé déguisé. Pas de costumes de gorille de location ici. Beaucoup de toges et de capes, de cravates noires et de masques élaborés, la plupart ne couvrant que le haut du visage pour permettre de manger, boire, parler, fumer, et ainsi de suite.

Je fus surprise d'apprendre que Wallace s'était pointé en Oncle Sam des pieds à la tête, avec smoking rouge, bleu et blanc, haut-de-forme à paillettes et fausse barbe.

— C'est ma femme qui m'a persuadé de le faire, reconnut-il en rougissant. Pour célébrer la victoire outre-mer. Elle a dit que les invités allaient adorer.

— Ils ont adoré, oncle Harry, confirma Rebecca en lui décochant un sourire pour lui remonter le moral.

Wallace lui retourna un sourire un brin pâlot en comparaison.

— Peu après minuit, Abigail a réuni tout le monde dans le cabinet de travail au premier. C'était la pièce qu'Al utilisait comme bureau, expliqua-t-il. En y entrant, on a découvert du velours noir partout. Sur les étagères de livres et la plupart des meubles. Le bureau d'Al avait été recouvert de soie aux couleurs criardes, et cette absurde boule de cristal trônait en plein milieu. Et il y avait cette femme, assise dans le fauteuil d'Alistair. C'était ridicule.

— Horrible, ajouta Rebecca. Hideux.

— De quelle femme parlez-vous ? demanda Ms Pentecost.

— Il s'agissait d'une séance de spiritisme, vous voyez, continua Randolph. Elle avait invité sa conseillère spirituelle – les mots de Mère, pas les miens. Cette femme s'apprêtait à dire la bonne aventure, lire les cartes de tarot et parler avec les morts.

Ms Pentecost se pencha en avant de façon à peine visible.

— Quel était le nom de cette conseillère spirituelle ?

— Belestrade.

Le nom sortit comme distordu dans la bouche de Wallace, de sorte qu'il le cracha presque.

— Ariel Belestrade.

On y était. Le nom que j'avais entouré en rouge sur la coupure de journal. L'appât dont je m'étais servie pour embringuer Ms Pentecost dans cette enquête.

Belestrade faisait partie de ces citoyens présentant un intérêt dont j'avais appris à repérer le nom chaque fois qu'il apparaissait dans les journaux. En tant que conseillère spirituelle d'une poignée de personnes appartenant au gratin, elle faisait parler d'elle à l'occasion, bien qu'en général dans les pages mondaines et de façon passagère.

Dans nos archives du deuxième étage, deux cartons lui étaient entièrement dédiés. Pourquoi Ms Pentecost suivait-elle d'aussi près les mouvements d'une femme qui n'était rien d'autre, finalement, qu'une Madame Fortuna œuvrant dans des quartiers plus huppés ? Je n'en avais pas la moindre idée. Lorsqu'il s'agissait de ses étranges lubies, j'avais appris à ne pas poser de questions. Elle m'expliquerait quand elle le jugerait nécessaire.

Ai-je mentionné à quel point cette femme m'exaspère ?

De l'autre côté du bureau, je vis les signes trahissant l'excitation de Ms Pentecost – tension dans les doigts, sourcil à peine levé, lueur dans son œil couleur de ciel d'hiver.

— Belestrade, marmonna Wallace. Probablement

même pas son vrai nom. Avec ce genre de personne, ça ne l'est jamais.

— Quel genre de personne ? l'asticota Ms Pentecost.

— Les imposteurs. Les charlatans, répondit Wallace en ricanant.

— Becca pense qu'elle est véritablement médium, ajouta Randolph, la mine renfrognée.

— Je n'ai jamais dit ça, répondit sa sœur. Jamais. J'ai seulement dit qu'elle… qu'elle était douée.

Ms Pentecost leva encore une fois la main pour les apaiser.

— Qu'a fait exactement Ms Belestrade lors de cette soirée ?

Ils reprirent tous les trois leur calme et commencèrent à décrire quelque chose qui n'aurait pas détonné parmi les attractions du cirque. Elle avait dit la bonne aventure aux épouses, éventant même le secret d'une grossesse pas encore annoncée pour l'une d'elles. Puis elle avait lu les tarots. Certains hommes étaient entrés dans la danse à ce moment-là. Belestrade avait révélé qu'un gentleman âgé projetait de prendre sa retraite, annonce qui avait quelque peu surpris ses patrons.

Pour le bouquet final, on avait éteint les lampes électriques. Seule la cheminée diffusait un peu de lumière. La soirée était froide et la chaudière avait du mal à réchauffer la pièce. La spirite avait demandé un volontaire. Personne ne se précipitant pour répondre, Belestrade avait fait signe à Rebecca. « Venez, ma fille. Je sens que quelqu'un veut vous parler », avait-elle déclaré.

— Elle m'a fait asseoir en face d'elle, continua Rebecca. Puis elle m'a demandé de lui prendre les mains, ce que j'ai fait, et elle les a posées sur la… sur la boule de cristal.

La médium avait fermé les yeux et demandé à Rebecca de faire de même. Au bout d'une longue minute de silence embarrassant, la tête de Belestrade avait roulé en arrière et elle avait commencé à parler d'une voix basse et sonore.

— « Il y a un esprit ici… qui vous est proche… Quelqu'un qui… qui est mort dans cette même pièce. Quelqu'un qui est encore ici. » C'est là que sa voix a de nouveau changé. Elle est devenue… plus grave. Plus dure…

— Tout le monde dans la pièce a perdu les pédales, ajouta Randolph.

— Pourquoi ? demanda Ms Pentecost.

— Parce que c'était la voix de notre père, répondit Rebecca, d'une voix qui tremblait. Sa voix, exactement.

— Et qu'a-t-il dit ?

Rebecca ferma les yeux pour revivre la scène.

— « … Qui est là ? Qui est-ce ? Il fait noir ici. Je ne vois rien. Je… Je sens une odeur de lavande… White Orchid ? C'est toi, Becca ? Ça vient du flacon que tu as volé ? »

Elle fut traversée d'un frisson.

— C'était révélateur ? demanda Ms Pentecost.

— Oui, répondit Rebecca. Quand j'étais enfant, une amie m'a mise au défi de voler un flacon de White Orchid dans un grand magasin. Je me sentais mal et je l'ai raconté à mon père plus tard. Il m'a promis de n'en parler à personne, mais m'a obligée à rembourser le magasin. Je… je porte toujours ce parfum.

Ma patronne lui laissa un moment pour se reprendre, puis demanda :

— Que s'est-il passé ensuite ?

— Je pense que je… Je pense que j'ai dit quelque chose. Je ne… je ne me souviens plus quoi.

— Tu as dis « Papa ? c'est toi ? », intervint Randolph, les yeux baissés tant il se sentait gêné pour elle.

Ceux de Wallace, au contraire, brûlaient de colère.

Rebecca continua.

— Et puis il… elle… a dit quelque chose comme : « Je me sens si seul. Je veux juste aller de l'avant. Je veux trouver le repos. S'il vous plaît, laissez-moi trouver le repos. » Et j'ai entendu notre mère derrière moi qui demandait : « Que veux-tu dire, Allie ? Comment est-ce qu'on peut t'aider à trouver le repos ? » Et la… la médium a répondu : « Ne me trahis pas. Ne me trahis pas, mon amour. »

Rebecca secoua la tête, comme si elle se libérait du joug de la mémoire.

— Je ne pouvais pas en supporter davantage, continua-t-elle. J'ai arraché mes mains aux siennes et couru m'enfermer dans ma chambre.

— Et après ? dit Ms Pentecost.

— La fuite de Becca a rompu le… prétendu charme… sous lequel était cette femme, ou du moins, c'est ce qu'elle a affirmé, expliqua Randolph. Alors notre mère a ordonné à tout le monde de quitter la pièce. Elle a dit qu'elle voulait rester seule avec…

— Avec son mari. Avec Al, termina Wallace. Elle a demandé à tous les invités de regagner la soirée, Belestrade comprise.

Naturellement, l'atmosphère de la soirée avait tourné au vinaigre par la suite. Les gens avaient commencé à s'excuser. Randolph avait rejoint quelques amis sur la véranda pour fumer une cigarette, tandis que Wallace faisait rapidement le tour des invités avant que trop de gens ne s'en aillent.

— Je voulais avoir une petite discussion avec certains des membres les plus influents du conseil d'administration, expliqua-t-il. Je ne voulais pas que ça jase. Pas avec le futur de l'entreprise au bord du précipice.

Wallace avait dû leur coller une peur bleue, parce qu'aucun n'avait encore fait fuiter la séance auprès des journaux. Et pourtant, « Une mondaine meurt en communiquant avec les morts » aurait fait vendre un sacré paquet d'éditions du matin.

— Avez-vous une idée de ce qu'il a voulu dire par : « Ne me trahis pas » ? demanda Ms Pentecost.

— Absolument aucune, répondit Wallace en secouant la tête.

Ms Pentecost termina son verre et je me levai pour lui en verser un autre.

— Et vous, Miss Collins ? Avez-vous regagné la soirée ?

— Non. Je suis restée dans ma chambre.

— Tout le temps ?

— Oui, répondit-elle. Et puis j'ai entendu… Eh bien, j'ai entendu hurler. Quand je suis sortie, ils avaient enfoncé la porte du bureau.

— Les journaux ont raconté qu'il y avait le feu. Que quelqu'un avait senti une odeur de fumée ? demanda Ms Pentecost.

— C'est moi, répondit Wallace. Au début, j'ai cru qu'on avait peut-être laissé la porte de la véranda ouverte, mais ça ne sentait pas la cigarette. Alors je suis monté à l'étage et j'ai vu de la fumée qui sortait sous la porte du bureau.

— Qu'avez-vous fait alors ?

— J'ai essayé d'ouvrir la porte, mais elle était fermée à clé. Je me suis mis à hurler.

— Il criait tellement fort qu'on l'a entendu de l'extérieur, continua Randolph.

— « On » ? releva Ms Pentecost.

— John Meredith et moi – c'est le chef d'atelier de l'usine de Jersey City. On s'est précipités à l'étage. Oncle Harry essayait d'enfoncer la porte. Meredith y est allé à coups d'épaule, il a presque réussi à la faire sortir de ses gonds. Une épaisse fumée s'échappait de la pièce, mais John a foncé à l'intérieur. C'est ce genre de type.

— Impétueux ? demanda Ms Pentecost.

— Homme d'action, répondit Randolph. Un petit incendie ne lui faisait pas peur.

Il était évident que ni Wallace ni Rebecca ne partageaient son culte du héros, mais aucun ne dit mot.

— Une fois la fumée un peu dispersée, nous avons tous suivi. Le feu dans la cheminée avait enflammé une partie du velours noir. Je l'ai arraché et piétiné. Je n'ai pas… Je ne l'ai même pas remarquée au début. Pas jusqu'à ce que je voie Becca et la direction de son regard.

— Quand j'ai entendu les cris, expliqua Becca, j'ai ouvert ma porte et vu toute cette fumée dans le couloir.

Je me suis précipitée dans la pièce. Les gens couraient en tous sens et elle était juste là. Avachie sur le bureau.

Je pris le gin sur le chariot à liqueurs et resservis Rebecca. Elle ne le remarqua même pas.

— Au début, j'ai cru qu'Abigail était inconsciente, reprit Wallace. À cause de la fumée, vous comprenez ? Je l'ai attrapée par les épaules pour la redresser et…

Il avait besoin d'un petit coup de pouce et Ms Pentecost le lui donna.

— Et vous avez compris qu'elle n'était pas seulement inconsciente.

— Sa tête était… il y avait du sang. Et ses yeux…

Il ne termina pas sa phrase et personne ne s'en chargea à sa place. C'était inutile. Ms P et moi avions vu notre lot de cadavres, y compris certains ayant été battus à mort. Nous avions de quoi faire en matière d'imagination.

— C'était la boule de cristal, dit Randolph, dont la voix se brisa. On l'a retrouvée dans la cheminée. Elle était fendue et… pleine de sang.

Wallace avala une gorgée de whisky au lait et grimaça, soit à cause du goût, soit à cause du souvenir.

— On a appelé la police, continua-t-il. Elle est arrivée en quelques minutes et… Et tout le reste, vous l'avez très certainement lu dans les journaux.

Ms Pentecost secoua la tête.

— Vous exagérez ce qu'on peut trouver dans ces articles, ou alors, vous minimisez les efforts que vous avez faits pour passer sous silence les détails les plus horribles.

— Peut-on m'en blâmer ? rétorqua Wallace. C'est

déjà assez terrible sans que toute cette histoire – y compris mes filleuls – soit donnée en pâture au grand public.

— Mon commentaire ne visait pas à jeter l'opprobre, répondit Ms Pentecost, mais à attirer l'attention sur le fait qu'il y a beaucoup de choses que j'ignore, mais que je vais certainement avoir besoin de connaître avant de pouvoir m'y mettre. Par exemple, il va me falloir une liste complète des invités, des domestiques et du personnel embauché pour la soirée, ainsi qu'une chronologie détaillée des arrivées et départs de tout un chacun, en portant une attention toute particulière aux personnes encore présentes lorsque le corps de Mrs Collins a été découvert. Je vous demanderai aussi une description exhaustive de la vie de cette dernière, aussi bien sa vie quotidienne que son passé.

— Bien entendu, répondit Wallace. Je n'avais même pas pensé au personnel extérieur. Les serveurs, les musiciens, et ainsi de suite. C'était sûrement l'un d'eux. Un voleur ou un fou.

Ms P haussa les épaules.

— Peut-être. Bien que je soupçonne la police d'avoir vérifié les antécédents des extras avec soin. C'est en général la première chose qui leur vient à l'esprit. Après la famille, bien sûr.

Sa remarque mit nos invités légèrement mal à l'aise, mais ils ne firent aucune objection. Apparemment, deux semaines leur avaient suffi pour comprendre qu'ils pouvaient se retrouver les dindons de la farce.

— Abigail tenait un journal qui devrait vous donner une idée générale de ses occupations. Avec qui elle déjeunait. Quels rendez-vous elle avait. Ce genre de choses, dit Wallace. Quant à son histoire personnelle, je peux vous parler de sa vie après son embauche dans l'entreprise, étant donné qu'il s'agissait de ma secrétaire.

— Votre secrétaire ? répéta Ms P en levant des sourcils interrogateurs. Je croyais que c'était celle de Mr Collins.

— Techniquement, Al et moi nous la partagions, répondit Wallace. Mais c'est mon domaine qui nécessitait le plus d'assistance administrative et elle travaillait donc à partir de mon bureau. Malheureusement, elle n'a jamais parlé de sa jeunesse ou de sa vie personnelle avant son arrivée chez nous, je ne peux donc pas vous être d'un grand secours à ce sujet.

Ms Pentecost regarda Rebecca et Randolph, qui confirmèrent simultanément d'un geste de la tête.

— Elle ne parlait jamais de son enfance, renchérit Rebecca. Du moins, pas à moi.

— Ni à moi, ajouta Randolph. On savait juste qu'elle était orpheline et qu'elle avait grandi dans la pauvreté quelque part au nord de l'État de New York.

Ms P fronça les sourcils. Elle détestait avoir des trous dans la biographie d'une victime. L'expérience lui avait montré que c'était là que les assassins aimaient se dissimuler.

Elle se tourna vers moi.

— Avant que nous parlions de mes honoraires – Will, aurais-je négligé certaines questions ?

— Vous la gardiez sûrement pour plus tard, mais Belestrade était-elle encore présente lorsque le… lorsqu'on a découvert Abigail ? demandai-je.

— Je crois qu'elle est partie après la fin de la séance, répondit Wallace. Mais je ne peux pas en être sûr.

— Et avait-elle amené quelqu'un avec elle ? Un assistant ou un partenaire ?

Je pensais à mon expérience auprès de Madame Fortuna. Ça aide toujours d'avoir quelqu'un dans le public.

Wallace fit non de la tête.

— Je ne crois pas. Elle avait un chauffeur, je me rappelle. Mais il n'est jamais entré dans la maison.

Rebecca lui posa une main sur le bras.

— Oncle Harry. Tu oublies cette professeure d'université.

— Mais bien sûr ! Elle était si calme, je l'ai oubliée. Elle est arrivée avec Belestrade.

— Je lui ai un peu parlé, ajouta Randolph. Elle ne laissait pas une impression impérissable.

— De quelle professeure est-ce qu'on parle ? demandai-je.

— Une certaine Dr Waterhouse. Pas un médecin. Une universitaire, répondit Wallace. Je n'arrive pas à retrouver son prénom.

— Olivia ? lança Ms Pentecost. Le Dr Olivia Waterhouse ?

— Vous la connaissez ?

— Je connais son travail. Vous êtes certain qu'elle accompagnait Ms Belestrade à la soirée ?

— Je suis sûr qu'elle n'était pas venue avec quelqu'un d'autre, affirma Wallace. Elle ignorait qu'il s'agissait d'une soirée costumée. Elle a dû emprunter un masque à un des serveurs.

— Elle a parlé d'apprécier la théâtralité et de vouloir voir de près comment ça se passait, ajouta Randolph. Pour être honnête, je n'ai pas fait très attention. Je me suis juste montré poli.

— Il faudra l'interroger, déclara Ms Pentecost. Comme de nombreuses personnes. Mais d'abord, j'aimerais visiter la maison et voir la pièce par moi-même.

— Vous acceptez l'enquête ? demanda Wallace.

Elle acquiesça. Il eut l'air soulagé. Rebecca et Randolph ne manifestèrent rien de particulier.

— Et vous agirez en toute discrétion ? Je refuse que les détails les plus sordides transpirent dans les journaux.

— Je serai aussi discrète que la loi me le permet, mister Wallace. Néanmoins, il est inévitable que les détails sordides, comme vous les appelez, parviennent aux oreilles de la presse. C'est toujours le cas avec ce genre de choses.

Wallace se tassa sur lui-même.

— Avec un peu de chance, quand ça arrivera, l'entreprise aura consolidé son assise. Maintenant, voyons vos honoraires.

Ms Pentecost donna un chiffre qui les fit tous trois ciller.

— Est-ce que vous demandez autant à tout le monde ? lança Randolph.

— Bien sûr que non, mister Collins. De même que vous n'êtes pas obligé d'accepter. Je facture ce qui est raisonnable en fonction de l'affaire et du client. À ce propos, pour qui est-ce que je travaille ? La famille Collins ou l'aciérie du même nom ?

— Aucune des deux, répondit Wallace. L'entreprise ne peut pas officiellement vous embaucher.

Il fouilla dans la serviette à ses pieds et en sortit trois liasses de billets qu'il posa délicatement sur le bureau.

— Il s'agit de mon argent personnel, Ms Pentecost. Si vous devez mettre un nom sur votre travail, utilisez le mien. J'agis en tant que parrain et ami de la famille et non en tant que directeur intérimaire de Collins Steelworks.

Seule la fine pellicule de sueur froide qui lui couvrait le front trahissait le fait qu'il était en train de lui remettre en espèces l'équivalent d'un an de salaire probablement.

— C'est un investissement important pour un particulier, mister Wallace.

— J'ai été un ami de la famille Collins la plus grande partie de ma vie d'adulte, répondit-il en se redressant. Al était mon meilleur ami. Abigail, la mère de mes filleuls.

Ms Pentecost fit un signe de tête satisfait, puis se leva en vacillant très légèrement.

— Will, s'il te plaît, rassemble les informations nécessaires et prends rendez-vous pour visiter le domicile des Collins demain matin, aussi tôt que les convenances le permettent.

M'ayant transmis ses ordres, elle serra la main de nos nouveaux clients, leur souhaita une bonne journée et quitta le bureau.

Comme elle m'en avait donné l'instruction, je recueillis les numéros de téléphone et les emplois du temps et pris rendez-vous pour une visite chez les Collins le lendemain matin à dix heures. Puis je rapportai chapeaux et manteaux et les raccompagnai à la porte. Rebecca s'attarda un instant.

— C'est une femme étrange.

— Sans doute, dis-je. Il s'avère que je ne suis pas toujours la mieux placée pour diagnostiquer l'étrangeté chez les autres.

Elle me gratifia d'un petit sourire poli.

— Est-elle aussi douée que les gens le disent ?

— Meilleure, répondis-je d'un air impassible. Mais je croyais que vous pensiez à l'œuvre d'un fantôme ?

— J'ai dit que les autres le pensaient.

Je décidai de tenter le coup.

— Si vous deviez mettre ça sur le dos de quelqu'un, ça tomberait sur qui ?

Elle ouvrit la bouche pour répondre, mais regarda alors vers le trottoir, où l'attendaient son frère et son parrain. Elle referma la bouche, secoua la tête et se détourna sans même un au revoir.

Chapitre 5

Après avoir raccompagné l'équipe des Collins, je rangeai l'argent dans le coffre – une planque maison dissimulée par quelques lattes de plancher trafiquées sous mon bureau. Puis je grimpai à l'étage où je découvris ma patronne assise en tailleur au beau milieu du tapis égyptien, dos calé contre le fauteuil. Deux cartons d'archives étaient posés à côté d'elle et il y avait des coupures de journaux éparpillées tout autour. Le nom d'Ariel Belestrade avait été souligné dans chacune.

— Une femme très appréciée, notai-je. Je suppose que vous ne voulez pas me dire pourquoi vous vous intéressez tellement à ce qui n'est rien de plus qu'un simple numéro de fête foraine ?

— Je m'intéresse à de nombreuses personnes. As-tu relevé quoi que ce soit à propos de nos clients et de leur histoire ?

Quand il s'agit de changer de sujet, ma patronne apprécie les virages à cent quatre-vingts degrés. Mais si elle ne voulait pas cracher le morceau, rien de ce que je pourrais dire ne la forcerait à le faire.

— J'ai noté un paquet de trucs intéressants, répondis-je. Vous les voulez par ordre chronologique ou par ordre d'importance ?

Elle agita un doigt impatient.

— Les jumeaux ne peuvent pas se piffer, commençai-je. J'aimerais bien savoir ce qu'il y a derrière. L'habituelle rivalité entre frères et sœurs ou quelque chose de plus récent ? Rebecca cache un truc, c'est évident. À nous ou aux deux autres, je n'en suis pas sûre.

— Je suis d'accord, dit-elle en fouillant dans les coupures.

— Et puis il y a Wallace. Il joue plutôt bien les parrains offensés. Oh, le charlatan ! C'était sûrement un « détraqué parmi les extras » !

Je pris une pose de bourgeoise outrageusement choquée. Ms Pentecost me décocha le regard résigné d'une vieille tante célibataire qui a déjà entendu ça des centaines de fois.

— Mais il est malin, continuai-je. Peu importe le genre de mise en garde qu'il a adressée aux invités. Pour empêcher cette histoire de sortir, il lui aura fallu glisser quelques billets aux journalistes. Peut-être même aux rédacteurs en chef. Au moins mille dollars par personne pour qu'ils la bouclent. Ça requiert pas mal de savoir-faire et de subtilité. Ce qui me fait penser qu'il n'en est pas à son coup d'essai avec ce genre de manœuvre.

Je me demandai si Wallace était assez sournois pour avoir commis le meurtre lui-même puis tenté de brouiller les pistes en faisant appel à Ms Pentecost. Ça n'aurait pas été la première fois que la personne signant nos chèques s'avérait en définitive être celle à qui on passait les menottes.

— En plus, vous avez remarqué combien il avait du mal à cacher son chagrin devant la disparition de Mrs Collins ?

— J'ai effectivement remarqué que ça ne sautait pas aux yeux.

— Ouais, répondis-je. Et ça dit quoi sur Abigail Collins d'après vous ?

— D'après moi, ça dit qu'on n'a pas assez d'informations, déclara ma patronne en survolant un article sur une collecte de fonds destinés à un musée, dans laquelle Ariel Belestrade avait joué un rôle de tout premier plan. Tu te souviens du Dr Waterhouse, bien entendu.

— Bien entendu.

Elle avait été la raison d'une de nos sorties-conférences nocturnes un an auparavant à peu près. Une anthropologue qui gagnait sa vie comme professeure d'université. Elle avait monologué sur la persistance des superstitions dans la culture moderne. Aride comme sujet, mais elle s'était montrée suffisamment distrayante pour me tenir éveillée. Je me souvenais vaguement avoir lu un article en page trois du *Times* à propos d'une échauffourée qu'elle avait eue avec des adeptes de Father Divine[1] quelque part vers Harlem. C'est le minimum auquel s'attendre quand on essaie d'éloigner les gens de leur propre dieu. Même si celui-ci est un arnaqueur.

---

1. « Divin père », de son vrai nom George Baker. Leader spirituel afro-américain, qui s'est fait connaître comme le « Messager », ou l'incarnation de Dieu. Considéré par un charlatan par certains, ou un précurseur du mouvement des droits civiques par d'autres.

— C'est bizarre de la voir se pointer à une séance de spiritisme, dis-je. J'aimerais bien savoir ce qu'elle fabriquait à traîner avec Belestrade.

— Effectivement.

Il s'écoula environ trente secondes sans un mot et j'envisageai de quitter la pièce sur la pointe des pieds. Parfois, le cerveau de Ms P produit les mots, « tu peux y aller », mais elle est trop distraite pour qu'ils passent ses lèvres.

Je m'apprêtais à avancer le premier orteil quand elle demanda :

— Est-ce que Hiram travaille ce soir ?

— Je sais pas, répondis-je. Il devrait. Ce n'est pas shabbat et les vacances ne commencent pas avant deux semaines. En plus, ça n'est pas comme s'il était à cheval sur la tradition.

— Tu crois qu'il serait réveillé ?

Je vérifiai à ma montre – seize heures trente. Quand il travaillait de nuit, Hiram se levait tard, même selon les critères de Ms Pentecost, mais à mon avis, il devrait au moins être debout et devant son petit déjeuner. Je le lui dis.

— Appelle-le, ordonna-t-elle. S'il est de service ce soir, dis-lui qu'on aimerait lui faire une petite visite vers une heure du matin.

— Juste pour information, nous avons rendez-vous au manoir des Collins demain matin à dix heures. Vous voudriez peut-être vous coucher plus tôt que d'habitude.

Le regard qu'elle me lança n'aurait jamais appartenu à une vieille tante célibataire, aucun doute là-dessus. Même si la seule tante que j'avais tenait un resto en bord de route dans la banlieue de Chicago et avait passé trois ans en taule pour homicide involontaire, alors qu'est-ce que j'en savais ?

— Demande à Hiram si vingt-trois heures lui conviennent, alors, répondit-elle en poussant un gros soupir.

— Je peux faire autre chose en attendant ?

Elle fit non de la tête.

— Choisir un angle d'attaque dès maintenant serait une perte d'énergie pour toi. On doit vérifier quels points la police a passés en revue, ce qu'ils ont découvert, et à quel genre de crime on a affaire exactement. Appelle Hiram.

Elle se replongea dans les cartons.

Je descendis au rez-de-chaussée pour appeler un homme à propos d'un cadavre.

Les homicides ne représentaient qu'une infime partie des affaires auxquelles nous nous attaquions. Cela dit, j'ai vu plus de corps – in situ et sur des tables d'autopsie – que quatre-vingt-dix-neuf pour cent des New-Yorkais. Ce n'est pas une chose à laquelle on s'habitue.

Ce ne sont pas les plus horribles qui m'atteignent. Impacts de balles, blessures à l'arme blanche, entrailles en miettes après un accident de la route ou un saut dans le vide – je peux supporter tout ça.

Ce sont ceux qui ont l'air de dormir qui me donnent du fil à retordre.

Au bout d'un moment, je finis par remarquer leur immobilité. L'absence de signes qui me semblent couler de source : rythme lent et régulier de la respiration, battement du sang qui pulse sous la peau. Je me rends compte avec un choc qu'ils ne jouent pas simplement à faire le mort. Je comprends alors combien la ligne qui me sépare d'eux est mince. Un dé à coudre de poison dans mon café et c'en est terminé.

C'est à ce moment-là qu'un doigt glacé me remonte le long de la colonne.

Abigail Collins se situait quelque part entre les deux. Du cou jusqu'aux orteils, elle avait plutôt belle apparence, abstraction faite de la pâleur crayeuse due au séjour de deux semaines dans le frigo de la morgue et de l'incision en Y de l'autopsie. Clairement, elle avait été une belle femme à l'orée de la quarantaine avant son décès, qui partageait les traits avenants de ses enfants.

Au-dessus du cou, c'était une autre histoire. Le bout de sa langue pointait au coin de ses lèvres, conférant à cette mondaine une allure de gamin impétueux. Son œil gauche, rempli de sang, avait la pupille orientée de façon grotesque. L'autre œil avait pris la nuance blanc bleuté des cadavres.

— Vous me montrez la blessure ? lança Ms Pentecost à l'homme debout à côté d'elle.

Ma patronne n'exigeait jamais rien de Hiram. Tout était une invitation. Elle savait les risques qu'il prenait à nous laisser pénétrer dans la morgue après la fermeture. Mesurant un peu plus d'un mètre cinquante, avec une barbe noire taillée de près et des yeux très enfoncés, Hiram se conduisait avec la solennité d'un rabbin.

Travaillant depuis près de dix ans comme assistant du légiste, il avait pu observer un échantillon considérable de méthodes toutes plus créatives les unes que les autres en matière d'assassinat de son prochain. N'eût été le fait qu'il soit juif, il aurait été le patron de son patron à l'heure actuelle. Peut-être même un officier de justice, s'il avait eu la patience de supporter le jeu de la politique. Le revers de la médaille, c'est que sa profession le mettait en porte-à-faux vis-à-vis de sa communauté, faisant doublement de lui un paria. Mais personne dans cette pièce, mort ou vif, ne se méprenait sur l'injustice du monde.

Il tourna doucement la tête de Mrs Collins. Sur la gauche du crâne, là où le front pâle rejoignait les cheveux blond doré, se trouvait une plaie profonde due à une entaille irrégulière qui mesurait bien sept centimètres de long. Ms Pentecost fit délicatement courir un doigt ganté de blanc le long de l'entaille.

— On m'a dit que ça avait été fait avec le socle d'une boule de cristal, dit Hiram d'une voix basse et pleine de respect. Un seul coup porté avec une force considérable.

— L'agresseur aurait-il eu besoin d'être particulièrement costaud ?

— Pas particulièrement, non, répondit Hiram en secouant la tête.

Étant donné qu'on avait retrouvé la victime assise, l'angle de la blessure ne voulait rien dire, si ce n'est qu'elle avait probablement vu venir sa mort. Ce qui signifiait que notre meurtrier était un homme ou une femme d'une force inconnue et d'une taille indéterminée.

Excellent ! On pouvait éliminer les jeunes enfants et les comateux.

Ms Pentecost avança le long du corps, en examinant

chaque centimètre. Elle s'arrêta au poignet gauche de Mrs Collins et se pencha si près que son nez effleura pratiquement la chair froide.

— Vous avez observé ces ecchymoses ?

Hiram acquiesça.

— On les voit à peine, fit-elle remarquer.

— Elles ont probablement été faites très peu de temps avant sa mort.

— Par le tueur ?

— Je ne saurais dire, répondit-il. C'est votre boulot, Lillian. C'est à vous de déterminer ce qui est possible ou non. Le mien, c'est de prendre soin des morts.

Je peux compter sur les doigts des deux mains les gens qui l'appellent Lillian, et j'ai de la marge. Elle avait aidé sa famille à se sortir d'une situation délicate quelques années auparavant. Je ne connais pas les détails. C'était avant que je sois là. Quoi qu'il ait pu se passer, il l'appelle Lillian et nous fait entrer en douce dans la morgue quand on en a besoin, et elle essaie de ne pas abuser de son hospitalité.

N'empêche, avant de partir, je glissai quelques billets provenant de la liasse de notre client dans la poche de sa blouse blanche. Il ne protesta pas. Il avait une famille et l'esprit pratique. Il me remercia d'un bref signe de tête, puis nous fit sortir par la porte de derrière qui donnait dans une ruelle longeant le bâtiment où se trouvait la morgue.

J'avais garé la Cadillac à quelques pâtés de maisons de là. Même s'il était minuit passé et qu'il n'y avait pas beaucoup de flics dans le coin, pas la peine que quelqu'un voie la grande détective entrer et sortir en douce de la morgue. Sur le trajet qui nous ramenait à Brooklyn, j'eus l'impression qu'on nous suivait. Mais après quelques tours et détours dans certains quartiers choisis du centre-ville, les phares s'évanouirent. Soit je m'étais imaginé des choses, soit ils étaient vraiment bons.

Une fois à la maison, la patronne disparut au deuxième étage et je me retirai dans ma chambre. Le lit était le même qu'à mon arrivée. J'avais meublé le reste de la pièce avec mes propres deniers : deux étagères que je remplissais petit à petit de romans policiers, une table basse pas trop délabrée, un lampadaire et un fauteuil à oreilles que j'avais récupérés dans un terrain vague. Les murs étaient décorés d'affiches de films encadrées et de photos d'exploitation signées provenant de spectacles à Broadway. Quand je peux, j'assiste en douce à des comédies musicales ou à des spectacles de cabaret. Ça me rappelle un peu le cirque. La pièce possédait une petite cheminée, mais il ne faisait pas encore assez froid pour l'allumer.

J'enfilai mon pyjama en soie verte, cadeau de Ms Pentecost le Noël précédent, et je passai un long moment dans mon lit à digérer les événements de la journée. Pièces fermées à clé, esprits vengeurs et femmes assassinées nichées dans le froid. Au-dessus de moi, j'entendais un trottinement familier sur le plancher : rythme feutré de pieds habillés de chaussons se mêlant au martèlement sec d'une canne.

Lorsque je réussis enfin à m'endormir, je rêvai du cirque, de clowns tapant sur des tambours, et du bruit de couteaux fendant l'air jusqu'à leur cible.

Chapitre 6

La maison des Collins n'était pas exactement le manoir des Vanderbilt, mais elle s'en approchait. Édifice de granit de trois étages situé au cœur d'un pâté de maisons de l'Upper East Side, elle possédait la façade grise et sans relief d'un asile haut de gamme. Nous fûmes accueillies à la porte par Sanford – un homme d'une maigreur squelettique en tenue traditionnelle de majordome. Il arborait une moustache blanche méticuleusement pommadée et la réserve d'un serviteur de longue date.

Ayant lu plus que mon compte de romans policiers, j'espère toujours connaître le moment « c'est le majordome qui l'a fait ». En observant le détachement soigneusement cultivé de Sanford, je doutai qu'il ait pu trouver en lui la colère suffisante pour élever la voix, sans parler de brandir un instrument contondant.

À l'intérieur, nous découvrîmes Randolph qui attendait avec une impatience à peine dissimulée. Wallace, nous apprit-on, avait été appelé à une réunion du conseil d'administration, et c'était donc au jeune Mr Collins que revenait de nous faire faire le tour du propriétaire.

— Rebecca s'est couchée tard, nous annonça-t-il sur un ton dédaigneux. Elle dort encore.

— Quelle chance, marmonna Ms Pentecost.

Elle avait le droit de se montrer contrariée. On l'avait tirée du lit quatre bonnes heures trop tôt pour elle. Mais elle avait bu assez de café pour pousser Rip Van Winkle à danser le *jitterbug*, alors j'espérais qu'elle tournait presque à plein régime.

Randolph portait un pantalon gris foncé et une chemise de travail résistante. Lorsque je fis un commentaire sur sa tenue, il répondit :

— Je dois me rendre à l'atelier plus tard. Ce n'est pas un endroit pour le costume-cravate.

Il se donnait des airs et me fit penser à un petit garçon qui joue à se déguiser.

Alors que l'extérieur de la maison tirait vers le lugubre, l'intérieur, lui, était assez agréable. Le rez-de-chaussée consistait en une vastitude de salons, une salle à manger, une cuisine, plus une pièce à laquelle Randolph fit référence en la qualifiant de « modeste salle de bal ».

Le premier étage comprenait les chambres des enfants, ainsi que le bureau et la chambre d'Alistair. Le second abritait la chambre principale, où Abigail avait dormi, ainsi qu'une série de logements pour les domestiques, tous vides. Ni Sanford, ni la cuisinière, ni la femme de ménage à temps partiel ne vivaient sur place. Le troisième étage, en grande partie inutilisé, possédait un jardin d'hiver et une pouponnière.

Je notai mentalement qu'Abigail et Alistair faisaient chambre à part. Il y avait peut-être quelque chose là-dessous. Ou peut-être que l'un des deux ronflait.

Notre tour du propriétaire se limita aux deux premiers étages. Ms P n'était pas dans un de ses mauvais jours, mais elle avait trébuché plusieurs fois en montant l'escalier.

Randolph nous conduisit au bureau qui, nous dit-il, était resté en l'état depuis la nuit du meurtre. Je découvris avec surprise que ça allait jusqu'au velours noir drapé sur les murs et l'unique fenêtre grillagée de la pièce. Cela conférait à l'endroit un aspect de matrice sombre et propice à la claustrophobie, avec le bureau de ce bon vieil Alistair, d'au moins deux fois la taille de celui de Ms Pentecost, se détachant au centre. Les bougies, les soieries tachées de sang et, bien sûr, l'arme du crime, avaient toutes été embarquées par la police.

Il demeurait dans la pièce une odeur persistante de tissu et de papier brûlés qui était plus forte autour de la cheminée, à gauche du bureau.

Ms Pentecost s'avança à grands pas vers celui-ci et se laissa lourdement tomber dans le fauteuil. Randolph resta dans l'embrasure de la porte, essayant de prendre un air nonchalant et absent.

— La police a insisté pour que nous laissions la scène intacte, quoi que cela signifie, nous dit-il. Pour être honnête, une fois la succession réglée, on va probablement vider entièrement cette pièce. Tout enlever et la transformer en… autre chose.

Qui pourrait les en blâmer ? Leurs deux parents ayant connu une mort violente alors qu'ils étaient assis dans le fauteuil même qu'occupait actuellement ma patronne. Moi aussi, j'aurais eu envie de rénover à fond.

— On dirait que les serrures de ces tiroirs ont été forcées, nota Ms Pentecost.

— La police, répondit Randolph, d'une voix où perçait nettement le mépris. S'ils avaient demandé, nous aurions pu leur fournir la clé, mais pourquoi demander quand on peut tout simplement détruire une antiquité ?

Je n'aurais pas qualifié quoi que ce soit de « détruit », mais je me gardai de le faire remarquer.

— Étaient-ils fermés à clé le soir de la fête ?

— Oui, répondit-il. Ils l'étaient toujours. Bien que tout ce qui avait réellement de la valeur ait été enlevé après le décès de notre père.

Pendant que ma patronne fourrageait dans le bureau, je vérifiai derrière chaque rideau de velours. Ils étaient tous accrochés au ras du mur ou près d'une étagère. Impossible pour qui que ce soit de se dissimuler derrière sans que ses pieds dépassent en dessous. Il y avait bien un espace près de la porte – un intervalle entre l'étagère et le mur. Je m'y faufilai de justesse et me rendis compte que c'était très étroit. Seule une personne minuscule aurait pu s'y cacher, et encore, si elle ne faisait pas trop de cas de sa respiration.

— Avez-vous trouvé quelque chose ? demanda Rebecca qui se tenait derrière son frère, vêtue d'un pyjama en soie blanche.

Elle avait les pieds nus et ses boucles blondes étaient emmêlées.

— C'est gentil de nous rejoindre, marmonna Randolph.

— Désolée. Je n'ai pas bien dormi.

— Peut-être que si tu ne sortais pas jusqu'au petit

matin…, rétorqua-t-il avec un peu plus de fermeté que nécessaire.

Mais Rebecca n'écoutait pas. Elle regardait fixement le bureau, le fauteuil dans lequel elle s'était assise durant la séance.

— J'aimais cette pièce avant. Maintenant, c'est fichu, dit-elle. Cette seule séance aurait suffi à m'empêcher d'y pénétrer à nouveau pour le restant de mes jours.

— Croyez-vous que la séance ait été authentique, Miss Collins ? demanda Ms Pentecost. Maintenant que vous avez eu le temps d'y réfléchir ?

Rebecca laissa passer un moment avant de répondre.

— Je suppose que non, reconnut-elle finalement. Mais si cette femme est une arnaqueuse, alors je dois admettre qu'elle m'a bien eue. Penser que mon père s'adressait vraiment à nous par-delà son tombeau – ç'aurait été moins douloureux.

— Oncle Harry a dépensé pas mal d'argent pour s'assurer que ce genre de propos ne se répande pas, intervint Randolph.

— L'esprit de votre père aurait-il eu des raisons de faire du mal à votre mère ? ajouta Ms Pentecost.

— Ne soyez pas stupide, répliqua Randolph avec un grognement de mépris. Quel genre de question est-ce là ?

— Une question nécessaire, répondit Ms Pentecost. En supposant que le coupable ne soit pas feu votre père, alors il pourrait s'agir de quelqu'un qui veut nous le faire croire. Si c'est le cas, le véritable tueur semblerait avoir connaissance d'une raison rendant une telle chose plausible.

Randolph marmonna quelque chose qui ne mérite pas d'être retranscrit.

— Pour dire les choses autrement, continua Ms Pentecost, les relations entre votre mère et votre père étaient-elles cordiales de leur vivant ?

— Oui, lâcha-t-il d'un coup. Elles étaient bonnes. Ils étaient heureux.

Rebecca ne dit rien.

— Y avait-il le moindre soupçon quant au suicide de votre père ?

La question parut toucher un point sensible.

— Il n'y en avait pas ! Peu importe ce que les journalistes ont essayé de déterrer, il était très clair que…

Il se mit à bredouiller des grossièretés. Rebecca lui posa la main sur le bras. Son geste le remit sur les rails.

— Écoutez, c'était l'idée d'oncle Harry de vous embaucher. Je lui ai dit de faire appel à quelqu'un avec qui nous avions déjà travaillé, un cabinet auquel on puisse faire confiance. Mais à présent que vous avez accepté de nous aider à faire le ménage, remuer davantage la boue ne servira à rien. Il est évident que cette Belestrade a joué un rôle dans cette affaire. Pourquoi est-ce que vous n'allez pas l'interroger ?

J'étais plutôt d'accord, mais ça me démangeait malgré tout de lui dire de se carrer ses suggestions où je pense. Ms P se contenta de pencher la tête, comme si elle examinait le tableau d'un artiste particulièrement médiocre.

Rebecca ouvrit la bouche pour ajouter quelque chose, mais Sanford choisit ce moment pour passer sa tête au visage inexpressif dans l'entrebâillement de la porte.

— Mr Wallace est rentré. Il vous attend au salon.

Ma patronne brossa quelques cendres égarées sur sa veste et se tourna vers moi.

— Willowjean, ça ne te dérangerait pas de terminer l'inspection de cette pièce ? J'aimerais poser certaines questions à Mr Wallace.

— Pas de souci, boss. Ça ne vous ennuie pas si j'enlève les étoffes ? demandai-je aux jumeaux Collins. Ça me faciliterait les choses.

— Faites-en ce que vous voulez, répondit Rebecca. Je ne rentrerai plus jamais dans cette pièce.

Ms P suivit Randolph vers le rez-de-chaussée. Rebecca, quant à elle, vira à droite.

— Je vais prendre une douche et m'habiller, lança-t-elle par-dessus son épaule. Je vous rejoins dans un moment.

Randolph, toujours en ébullition, grommela pour toute réponse.

Je comptai jusqu'à vingt, sortis à mon tour du bureau, virai à droite et m'arrêtai devant la porte de la chambre de Rebecca. Ms P et moi avons mis au point certains codes au fil des ans. Quand elle m'appelle « Willowjean », c'est le signal pour que je fouille les environs et voie ce que je peux découvrir.

Je frappai. Une voix répondit de l'autre côté de la porte.

— Oui ?

J'ouvris. Rebecca avait enlevé son haut de pyjama et je fus accueillie par une vision de son dos dénudé. Durant une fraction de seconde, je me demandai si le reste de son individu était aussi lisse et sans défaut.

Surprise, elle renfila son haut et se hâta de rattacher le minimum de boutons.

— Désolée, dis-je. J'ai pensé que vous aimeriez échanger quelques mots hors de la présence de votre frère ou de votre oncle.

— Je ne crois vraiment pas que ce soit une bonne idée, répondit-elle.

— Et si je vous posais une question directe ? Si vous vous sentez de répondre, vous répondez, sinon, je ne vous en voudrai pas.

Elle écarta une anglaise égarée de ses yeux.

— Je n'ai pas l'habitude d'inviter des inconnus dans ma chambre pour qu'ils me cuisinent.

— Je ne suis pas exactement une inconnue.

— Mais suffisamment quand même, répliqua-t-elle avec un demi-sourire.

— Dans ce cas, j'imagine qu'on doit faire correctement les présentations. Je suis Will Parker.

Je lui tendis la main. Après avoir mentalement joué à pile ou face, elle la serra. Elle avait de longs doigts satinés, mais sa poigne n'était pas exempte d'une certaine fermeté.

— Ravie de faire votre connaissance, Miss Parker.

— Juste Will.

— Dans ce cas, vous allez devoir m'appeler Becca.

— À présent, nous ne sommes plus des inconnues, répliquai-je.

Elle me lâcha alors la main avec un vrai sourire – de ceux qui s'étirent jusqu'aux yeux.

— Très bien. Posez votre question.

— C'était vrai ce qu'a dit votre frère ? Que votre mère et votre père étaient heureux ?

Son sourire s'effaça peu à peu. Elle se rassit sur le lit et fixa le sol de ses yeux bleus.

— Je ne dirais pas heureux. Peut-être contents de leur sort. Ou satisfaits. Toutes les relations ne reposent pas sur la passion.

— C'est votre mère qui vous a dit ça ? demandai-je.

— Ça fait deux questions, Will.

— Faites-moi un peu crédit.

Elle recroquevilla ses orteils dans le tapis luxuriant.

— C'est mon père qui l'a dit. D'après lui, nos vies reposent peut-être sur des fondations d'idéaux, mais le reste de la structure est fait de compromis.

— C'est plutôt dur comme vision de la vie.

— Mon père pouvait être un homme dur. Il n'était pas… sentimental.

Ça collait. Quiconque avait réussi à maintenir et à faire prospérer une entreprise dans les années ayant suivi le krach boursier devait avoir un minimum de férocité en lui. Plus qu'un minimum, si on en croyait les articles sur Al Collins au cœur de pierre. Bien que ça ne corresponde pas vraiment au profil d'un type qui se serait flingué.

— Vous pensez qu'il s'est vraiment suicidé ?

Elle releva brusquement la tête, les yeux étincelants. Rien à voir avec les balbutiements de colère de son frère. Là, c'était autre chose.

— Oui, je le pense, répondit-elle. Aucune hésitation. Aucun doute.

— Ça ne vous a pas surprise ? insistai-je. Vu comment les journaux en ont parlé, ça sortait de nulle part.

J'ignore ce qui lui passa brièvement en tête tandis

qu'elle concoctait une réponse, mais j'aurais donné dix dollars pour assister à la séance.

— Oui, j'ai été surprise, dit-elle enfin. C'était un… Ça ne lui ressemblait pas.

— Mais vous ne pensez pas que quelqu'un l'ait tué.

— Non. Non, je ne le pense pas, répondit-elle sur un ton résolu, ou du moins, correctement imité. Maintenant, il faut vraiment que je prenne une douche et que je m'habille. Et vous avez épuisé votre crédit.

Elle se leva et me raccompagna gentiment, mais fermement, à la porte.

Au moment où je franchissais le seuil, elle lança :

— Puis-je vous poser une question, Miss Parker ?

— Ce n'est que justice.

— Savez-vous danser ?

— Je… hm… Je… Oui ? bafouillai-je. Je veux dire, oui. Je danse.

— Bien.

Et elle me referma la porte au nez.

Chapitre 7

Je restai devant la porte de la chambre une bonne trentaine de secondes, essayant de retrouver mon équilibre intérieur. Je ne sais pas ce qui me désarçonnait le plus – la question sur la danse ou le fait que j'étais persuadée qu'elle m'avait menti. Je n'arrivais pas à mettre le doigt dessus.

Je regagnai le bureau, et après avoir décroché les tentures des murs, je passai l'heure et demie suivante à fouiller consciencieusement la pièce. Ce qui signifiait secouer chaque livre dans les étagères, dévisser les prises électriques avec mon canif pour vérifier qu'il n'y avait pas de planques secrètes, tester les lattes de parquet branlantes et examiner le bureau centimètre par centimètre.

Pas un indice. Ou, devrais-je dire, des milliers d'indices, dont aucun n'était pertinent, probablement.

Je découvris environ deux cents bouts de papier, essentiellement des reçus de librairies, coincés entre les pages des livres. Je trouvai des chèques annulés et quelques documents sans intérêt concernant l'entreprise. Je mis la main sur deux douzaines de trombones égarés, un paquet de moutons de poussière, et une cigarette coincée au fond d'un tiroir que Mr Collins avait dû planquer là pour un jour de pluie.

Aucune révélation dans tout ça. J'étais déçue, mais pas franchement surprise. Une affaire repose rarement sur un indice clé.

Je vérifiai que les barreaux de l'unique fenêtre étaient bien réglo et que celle-ci était depuis longtemps bloquée par la peinture. Les monte-en-l'air ayant été éliminés, je passai les quinze minutes suivantes à essayer de verrouiller la porte de l'extérieur à l'aide de crochets. Pas moyen. On ne pouvait la fermer que de l'intérieur.

La seule trouvaille présentant vraiment un intérêt – même si on peut difficilement parler d'indice – était une photo de famille encadrée sur une des étagères. On y voyait Al Collins assis dans l'escalier principal de la maison. Il paraissait aussi énigmatique et glacial que dans les journaux – large front, calvitie naissante, moustache soigneusement entretenue au-dessus d'une bouche en lame de rasoir.

Il tenait sur ses genoux un bambin souriant que je supposai être Rebecca, bien qu'il n'eût pas l'air particulièrement ravi de l'avoir avec lui. À ses côtés, Abigail tentait de consoler un Randolph hurlant. Un homme se trouvait sur la marche au-dessus d'eux – plus jeune qu'Alistair, mais de peu, avec des traits pleins de charme, quoique irréguliers.

Après avoir examiné la photo un moment, je me rendis compte que j'avais sous les yeux un Harrison Wallace jeune. Les années ne lui avaient pas fait de cadeau, mais dans sa jeunesse, il n'était pas loin de ressembler à un bourreau des cœurs. Il se penchait en avant entre les deux, pour aider à calmer bébé Randolph, me sembla-t-il. Ce faisant, il était collé tout contre Abigail. De tous les protagonistes de la photo – bambins et adultes compris –, c'est lui qui affichait le plus large sourire.

Harry et Abigail. Pourquoi pas ?

Abigail aurait-elle partagé plus que ses compétences de secrétaire avec les deux hommes ? Aucun des jumeaux ne ressemblait beaucoup à son père. Mais ils ne ressemblaient pas non plus à oncle Harry. N'empêche, ça méritait d'y réfléchir.

Au rez-de-chaussée, je retrouvai Randolph, Rebecca – je devais commencer à l'appeler Becca –, Wallace et ma patronne, installés dans un des salons. Randolph était en pleine diatribe.

— Je ne dis pas qu'en tant qu'hommes d'affaires, nous ne devrions pas faire preuve d'éthique, mais – nom de Dieu, c'était la guerre ! Ça aurait été immoral de ne pas contribuer à armer nos soldats !

Il n'en fallait pas beaucoup pour retrouver le bambin grognon derrière le beau visage de Randolph.

— Et votre mère désapprouvait ? demanda Ms Pentecost.

— Selon elle, nous avions le sang de tous ceux qui avaient été tués par nos bombes sur les mains.

— Chose qui ne l'avait jamais préoccupée auparavant, ajouta Wallace en fonçant dans la brèche. Du moins jusqu'à ce qu'elle noue des liens avec cette spirite. Et on parle de millions. Plus encore si on pense au cours des actions de la société.

Tandis que Wallace s'échauffait tout seul, Ms P me

lança un regard que je lui retournai. J'étais toujours en mission.

Je traversai la modeste salle de bal et entrai dans la cuisine. J'y trouvai une femme râblée d'une cinquantaine d'années en tablier, occupée à surveiller trois casseroles fumantes et ce qui ressemblait à une demi-vache en train de grésiller dans le four.

Je toussai poliment et elle se retourna pour voir qui pénétrait sans autorisation dans son royaume.

— Je peux vous aider ? demanda-t-elle avec un soupçon d'accent irlandais.

— Willowjean Parker. Je suis l'assistante de Lillian Pentecost.

Je sors toujours le prénom au complet pour le personnel judiciaire et les femmes d'un certain âge. Ça évite une trop grande confusion.

— Je suis Dora. La cuisinière. Au cas où ça ne serait pas évident.

— Vous avez quelque chose de frais à boire ? Un soda, peut-être ?

— Je pense qu'il doit y en avoir un ou deux dans la glacière. Je vais regarder.

— Ne vous dérangez pas, dis-je. Je peux ouvrir une porte de glacière aussi bien que n'importe qui. Continuez à faire ce que vous faites. On ne voudrait pas qu'il y ait des grumeaux dans la sauce.

— Non, sûrement pas, répondit-elle en se remettant à tourner. Remarquez, quelques grumeaux passeraient inaperçus. Le jeune Mr Collins aspire sa nourriture, Miss Collins a un appétit d'oiseau et Mr Harry ne reste plus jamais pour manger. Mais j'ai passé la plus grande partie de ces vingt dernières années à faire des sauces pour feu Mr Collins, et il aimait les choses parfaites.

Dieu soit loué pour le personnel de maison à la langue bien pendue.

Je passai la tête dans la glacière et en sortis une bouteille sur l'étiquette de laquelle on pouvait lire « soda citron ». Je l'ouvris et j'en bus une gorgée. C'était répugnant, mais tenir une boisson à la main vous donne une contenance et vous rend plus difficile à virer. Je m'assis à la petite table dans le coin de la cuisine où Sanford et Dora devaient sûrement prendre leurs repas.

— Je mangerais une bonne sauce quelle que soit sa consistance, dis-je. Mais je comprends qu'on veuille que tout soit parfait. Il était comme ça ? Feu Mr Collins ?

— Oh, oui. On n'arrive pas là où il en était, un homme important, chef d'entreprise, en négligeant les détails.

Jamais elle ne quittait des yeux les casseroles sur le fourneau, sauf pour attraper une pincée de ceci ou un nuage de cela sur un comptoir. Mrs Campbell aurait approuvé.

— Vous devriez voir ma patronne, lui dis-je. Elle m'entend faire une faute de frappe à cent pas.

— J'ai lu des articles sur elle dans les journaux, répondit Dora. Ces meurtres à Central Park. Joli coup d'avoir résolu cette affaire.

— Ouais, ça a été deux semaines tendues.

— Ça a l'air d'être une femme intelligente. Douée pour dénicher des informations.

Elle avait un ton mi-figue mi-raisin. Je n'aurais su dire si elle appréciait ou non les qualités de fouineuse de Ms Pentecost. J'attendis qu'elle reprenne où elle en était, mais elle avait reporté son attention sur une casserole de légumes.

— Ça fait vingt ans que vous êtes dans la famille, vous avez dit ?

— Un peu plus de vingt ans.

Elle dosa une pincée de sel.

— Jeremy et moi, on est arrivés quelques années avant que Miss Abigail et lui ne se marient.

Jeremy devait être le prénom de Sanford. Vu la façon dont elle l'avait dit, j'en conclus qu'ils étaient en couple. Je n'arrivais pas franchement à me les imaginer nageant dans le bonheur conjugal, mais j'essaie de ne pas juger l'étrangeté des compagnons de lit.

— Ça doit être une bonne maison si vous y êtes restés aussi longtemps.

— On a eu de la chance de trouver cette place. Particulièrement à l'époque. C'était difficile en ce temps-là, répondit-elle. Et puis les enfants sont arrivés – les jumeaux. J'avais travaillé comme bonne d'enfants, alors j'ai passé beaucoup de temps avec eux deux.

Elle entrouvrit la porte du four et scruta le rôti qui grésillait. Elle dut aimer ce qu'elle vit car elle la referma sans rien ajouter ni soustraire.

— Quand j'ai dit que Mr Collins était exigeant, ça n'était pas dans un mauvais sens, continua-t-elle en s'essuyant le front avec un torchon. Il a toujours été très généreux. Des primes à Noël et pour nos anniversaires. Chaque fois qu'il se débarrassait de meubles, de vêtements, ou d'autre chose, il nous laissait toujours choisir en premier, Jeremy et moi. Jeremy possède pas mal de vestes de costume ayant appartenu à Mr Collins.

Quand quelqu'un en fait des tonnes pour me prouver que tel ou tel était un saint, je me demande toujours quels péchés il essaie de camoufler.

— Et Mrs Collins ? demandai-je. Elle était exigeante ?

Dora remua sa cuillère en silence.

— Elle était exigeante aussi, j'imagine, Dieu ait son âme. Mais ses exigences n'arrêtaient pas de changer, si vous voyez ce que je veux dire.

— Une femme versatile ?

Elle fit entendre un petit aboiement que je pris pour un rire.

— Versatile. C'est bien comme mot. Toujours à essayer de nouvelles choses, de nouveaux passe-temps, de nouvelles tendances. Monter à cheval, tirer à l'arc, tricoter pendant environ une semaine, cette danse mexicaine avec les grandes robes. Et son régime n'arrêtait pas de changer non plus, comme le reste. Une semaine, on aurait dit qu'elle adorait un plat, et la suivante, elle le boudait. (Elle secoua brusquement la tête.) Je ne devrais pas dire des choses comme ça. Ce n'était pas une mauvaise patronne. Juste un peu difficile à contenter.

Je lâchai un rot citronné.

— Excusez-moi. Est-ce que… hum… Est-ce que Mr Collins et elle s'entendaient bien ?

— Ils étaient mariés, répondit-elle du tac au tac.

— Il y a marié et marié, répliquai-je. Mes parents, par exemple. Des vrais tourtereaux toute leur vie. Ils se tiendront les mains et partageront leur chocolat malté jusqu'à la fin de leurs jours. Mais j'ai un oncle et une tante – du côté de mon père. Vous écoutez à leur porte n'importe quel après-midi, et vous jureriez être en train d'espionner une salle de bar du Bowery.

Rien de tout ça n'était vrai, mais je n'ai jamais reculé quand il s'agit de sacrifier l'honnêteté au profit d'une bonne histoire.

Dora se tourna vers moi, lèvres pincées en une ligne implacable.

— Je sais ce que vous voulez me faire dire. Je ne suis pas idiote.

— Loin de moi de penser une chose pareille, répondis-je. Quiconque garde une jatte de graisse de bacon à portée de main et sait comment s'en servir ne peut pas être une imbécile.

— Très bien, dit-elle. J'imagine que Ms Pentecost et vous accomplissez l'œuvre du Seigneur. J'ai une amie qui travaille dans une pension du Bronx. Elle y a rencontré votre patronne une ou deux fois. Elle n'a que du bien à en dire.

Je savais de quelle pension elle parlait. On y gardait quelques chambres à disposition pour des femmes qui se retrouvaient soudain dans le besoin. Ms P y passait à l'occasion pour donner des consultations gratuites. La moitié du temps, le problème venait de l'alcool ou d'un mari trop sanguin, ou les deux. En général, l'aide de Ms P se résumait à assister ces femmes pour qu'elles trouvent un moyen de partir, et de partir vite.

Dora baissa le feu et entreprit de remuer une dernière fois.

— Je ne les ai jamais vus se bagarrer. Des disputes,

ça oui. Tous les couples se disputent. En général à propos d'argent. Bien que j'aie essayé de ne pas écouter.

— Bien entendu.

— N'importe comment, je ne dirais pas que c'était le couple le plus affectueux qui soit – pas du style à se tenir la main. C'est le cas de beaucoup de couples.

Elle se livrait à un numéro de contorsionniste pour me faire croire qu'Abigail et Al s'en sortaient bien, mais je n'avais aucun mal à lire entre les lignes : froids, distants, et se disputant pour l'argent. Elle s'empara d'une paire de maniques, ouvrit le four et attrapa le plat.

— Est-ce que sa mort vous a surprise ? demandai-je.

Elle resta à demi plongée dans le four si longtemps que je crus que j'allais devoir la secourir avant qu'elle ne se mette à griller.

— Bien sûr que ça m'a surprise, dit-elle en sortant le rôti fumant qu'elle posa sur un plan de travail et commença à découper en tranches. Mais ce genre de chose… On ne peut pas toujours le voir venir, non ?

Je crois qu'elle essuya une larme, mais comme elle me tournait le dos, ça aurait pu être de la sueur. Sentant qu'elle essayait d'esquiver, je cessai de tirer sur cette corde-là.

— Que pensait Mr Collins du fait que son épouse voie une conseillère spirituelle ?

La femme gnome pivota sur elle-même, fourchette à viande dans une main, manique dans l'autre.

— Conseillère ! cracha-t-elle. Cette femme n'était rien d'autre qu'une source d'ennuis.

À chaque syllabe, elle fendait l'air devant elle à coups de fourchette.

— Et pourquoi ça ?

— On peut dire ce qu'on veut de Miss Abigail et de son côté versatile. Mais au moins, elle avait du bon sens. Et puis elle se met à fréquenter cette bonne femme. Tout le monde a pensé que c'était encore une de ses lubies. Qu'elle passerait à autre chose dans une semaine, un mois, ou Dieu sait combien de temps. Mais elle a continué. Et ensuite, elle a commencé à l'amener ici.

— Ariel Belestrade ? Pour quoi faire ?

— Décrypter l'atmosphère des pièces, soi-disant. Sentir l'énergie de l'endroit – c'est ce qu'elle a dit. Je m'en souviens clairement, parce qu'elle a débarqué ici au beau milieu de la préparation d'un soufflé au chocolat, ce qui nécessite un peu d'attention. Elle a décrété qu'il y avait une mauvaise énergie dans cette pièce. Une énergie agressive. Elle m'a regardée comme si c'était ma faute.

Elle leva les mains au ciel d'un geste tellement brusque que les maniques s'envolèrent, rebondirent sur le plafond et manquèrent retomber dans la casserole de légumes.

— Vous voyez ? Rien que d'y penser, ça me hérisse. Et bien entendu, le soufflé a raté. J'ai dû en faire du pudding.

— C'est terrible de faire ça à un soufflé, commentai-je en hochant la tête d'un air grave. Et que pensaient les autres d'elle ?

— À peu près comme moi, pour autant que je sache. Mr Collins l'ignorait. Mr Randolph faisait la grimace dans son dos. Miss Becca l'évitait dans l'ensemble.

Tout en parlant, elle retira les casseroles du feu et

commença à transférer la nourriture dans des plats à l'aide d'une louche.

— Et Mr Wallace ? continuai-je. Il passe beaucoup de temps ici, n'est-ce pas ?

— Oh oui, répondit-elle avec un sourire non feint. Mr Harry fait pratiquement partie de la famille. C'est un vieil, vieil ami de Mr Collins. Et puis bien sûr, c'est le parrain des enfants.

— Que pensait-il de Belestrade ?

— Pas grand-chose. En particulier après ce qu'elle lui avait dit. On ne peut pas lui en vouloir, vraiment.

— Bien sûr que non, répondis-je en sirotant mon horreur au citron et en essayant de prendre un air désinvolte. C'était quoi ses mots exacts, déjà ?

— Qu'il était une source d'énergie négative pour toute la famille. Qu'il était spirituellement toxique. Mr Harry ! Un des hommes les plus gentils que je connaisse. Un deuxième père pour les enfants. Si cet homme est toxique, alors moi, je dois être Mary Typhoïde[1] !

— A-t-elle expliqué pourquoi ?

— Pas à moi. J'imagine que c'est parce que Mr Collins et lui parlaient constamment affaires. D'après elle, « l'argent souillait le puits de l'âme ». (Si elle lâchait un sarcasme de plus, j'allais devoir utiliser une serpillière.) Ceux qui disent ce genre de choses n'ont jamais eu à se préoccuper d'argent de toute leur vie.

---

1. Ou Mary Mallon, première personne identifiée aux États-Unis comme porteur sain de la fièvre typhoïde, qui causa l'infection de cinquante et une personnes.

— Et qu'a pensé Mrs Collins de tout ça ? continuai-je. A-t-elle pris la défense de Harry ?

Elle m'aurait sans doute répondu si Sanford n'avait pas choisi ce moment pour entrer. Quand il me vit assise à la table de la cuisine, il laissa tomber son masque de retenue une fraction de seconde, laissant percer… quoi ? De la panique ? De la colère ?

— Puis-je vous aider, miss ? demanda-t-il en remettant son masque.

— Non, je vous remercie. J'ai trouvé ce que je cherchais, répondis-je en le saluant avec mon soda citron.

— J'étais en train de lui parler de cette Belestrade, expliqua Dora. De la façon dont elle s'est imposée.

Les épaules de Sanford se détendirent légèrement. De quoi avait-il eu peur que nous parlions ?

— Est-ce que vous croyez qu'elle est mêlée à ce qui est arrivé à Mrs Collins ?

Dora s'apprêtait à répondre, mais son mari intervint :

— On ne peut pas vraiment dire. On aidait à la cuisine pendant tout ce temps. Et en particulier quand… quand l'incident a eu lieu.

Sa femme s'aligna sur sa version et acquiesça.

— C'est vrai, confirma-t-elle. On a passé tout ça en revue avec la police.

— Je crois qu'ils terminent dans le salon, m'annonça Sanford.

En clair, ça voulait dire qu'il était temps pour moi de mettre les voiles. Je remerciai la cuisinière pour le soda et la conversation, et quittai la pièce.

Dans le salon, les choses en étaient effectivement à leur conclusion.

— Je ne comprends pas pourquoi c'est nécessaire, disait Wallace. Ce sont des gens très occupés.

— Raison pour laquelle il vaut mieux en interroger le plus possible d'un coup sans qu'ils aient besoin de venir à mon bureau.

Entre les lignes, il fallait comprendre que soit Wallace acceptait, soit les gros bonnets de Collins Steelworks seraient forcés de se traîner jusqu'à Brooklyn.

— Très bien, dit-il enfin. Je vais tous les prévenir afin qu'ils se rendent disponibles.

Nous prîmes congé et Ms Pentecost promit de les tenir au courant de la moindre avancée. Durant le trajet qui nous ramenait chez nous, dans cette banlieue tant redoutée, elle m'annonça que j'allais devoir me rendre à Jersey City, où se trouvait l'usine des Collins, plus tard dans la semaine. J'y rencontrerais un certain nombre de dirigeants et de cadres, ainsi que diverses autres personnes, qui tous avaient assisté à la soirée. Bien sûr, on aurait pu se débrouiller pour qu'ils viennent à nous, mais elle voulait que je m'imprègne de l'atmosphère des lieux.

— Il semblerait qu'une situation de crise ait été en train de se faire jour dans l'entreprise avant le décès de Mrs Collins, m'expliqua Ms Pentecost, nichée dans le siège en cuir à l'arrière de la berline. Le conseil d'administration dans sa grande majorité était en faveur du renouvellement des contrats militaires. Cependant, au cours de l'année précédente, Mrs Collins avait changé de point de vue et l'avait fait savoir. Elle parlait de revenir au marché intérieur pour l'entreprise. Apparemment, s'enrichir grâce à la guerre commençait à lui poser un problème de conscience.

— Avait-elle adopté ces préoccupations éthiques sous l'influence de Belestrade ?

— C'est l'opinion qui prévaut, répondit Ms Pentecost. Avec quarante pour cent des parts restant sous le contrôle de la famille, elle aurait pu trouver des soutiens parmi les autres actionnaires minoritaires ayant des préoccupations similaires.

Je donnai un coup de volant pour éviter un piéton égaré et lui fis un doigt d'honneur, notre pare-chocs étant passé à quelques centimètres de ses genoux.

— Alors, qui vote ces quarante pour cent à présent ?

— Une fois la succession réglée, les parts seront réparties de façon équitable entre les enfants, mais gérées par un curateur jusqu'à l'année prochaine, quand ils auront vingt et un ans. Tu veux parier sur le nom du curateur ?

— Pas la peine, répondis-je. C'est Wallace.

Je la vis acquiescer dans le rétroviseur.

— Et quelle est la position d'oncle Harry ?

— Il ne s'engage ni dans un sens ni dans l'autre.

Je réfléchis un moment à la question. Aucun doute, les fusils seraient toujours plus lucratifs que les agrafeuses. Pas mal d'argent aurait pu dépendre de cette décision. Si Mrs Collins avait insisté en faveur des agrafeuses, ça constituait un mobile de première classe. Puis je repensai à la photo dans le bureau. Et si en plus de l'argent, il y avait une histoire d'amour clandestine ?

Laissant mon raisonnement de côté, je racontai à Ms P mes conversations avec Becca et la cuisinière, ainsi que les réflexions que m'inspirait la photo de famille. J'omis la vision furtive d'un dos dénudé et la question sur la danse.

— Alors qu'est-ce que vous en pensez ? demandai-je. Oncle Harry pourrait-il être papa Harry ? Ou au moins, Harry l'amant ?

— On sentait assurément une émotion intense quand il a parlé d'Abigail, mais il le cache bien.

Elle se tortilla sur le siège pour essayer de trouver une position plus confortable. Ça voulait dire qu'elle avait mal, ce qui voulait dire qu'elle était fatiguée, ce qui signifiait que j'allais devoir la pousser à faire un petit somme avant le dîner, pour éviter que la journée du lendemain ne vire au cauchemar.

— Bien sûr, ça pourrait être exactement ce que ça semble être, concédai-je. Une employée séduit le grand patron, se retrouve en cloque et gagne le gros lot. Difficile d'en juger sans en savoir un peu plus sur le genre de femme auquel on a affaire.

— Malheureusement, ni Mr Wallace ni ses filleuls n'ont été aptes, ou disposés, à nous fournir beaucoup de détails sur la vie d'Abigail avant son mariage, répondit Ms Pentecost. Elle est arrivée à New York en 1924, a obtenu un poste de secrétaire auprès de Mr Collins et de Mr Wallace à l'automne, et s'est retrouvée enceinte dans l'année. À leur connaissance, elle n'avait conservé aucun document ni aucun souvenir de sa vie d'avant.

— Quelles sont les chances que l'effet domino ayant entraîné sa mort remonte aussi loin dans le temps ? demandai-je.

Aucune réponse sur le siège arrière. Il s'agissait d'une question rhétorique, et en plus, elle savait que je connaissais son sentiment quant aux chapitres manquants dans la vie des victimes.

— Je me prédis une somme considérable de recherches à venir, dis-je.

— Pas difficile à prévoir.

— En parlant de prédire le futur, qu'en est-il de Belestrade ?

— Comment ça ?

— Elle était là ce soir-là. C'est elle qui a orchestré toute cette mise en scène dans le bureau. Ça provoque pas mal de sentiments exacerbés. Qu'elle ait ou non eu quelque chose à voir avec le meurtre, elle s'était indubitablement immiscée dans la famille Collins.

Aucune réponse. Je jetai un coup d'œil dans le rétroviseur et vis qu'elle avait fermé les yeux. Impossible de dire si elle réfléchissait à fond ou si elle faisait semblant.

— Tout ce que je dis, c'est que cette femme ferait un suspect correct, et une source d'informations absolument parfaite, et comme je ne vais pas à Jersey avant vendredi, peut-être qu'on pourrait lui rendre une petite visite demain ?

Toujours rien sur la banquette arrière. Je m'apprêtais à la titiller à nouveau quand elle lâcha lentement :

— Non. Je ne crois pas. Pas encore.

— Qu'est-ce que vous attendez ? Honnêtement, patronne. Si c'était moi qui tenais les rênes, on irait chez elle tout de suite.

— Je sais. Mais tu ne tiens pas les rênes, et on va donc attendre avant d'affronter Ms Belestrade.

Ce n'est pas souvent qu'elle refuse de façon catégorique, alors je la bouclai.

— Très bien. D'accord. Qu'est-ce qu'on fait pendant les deux jours qui viennent ?

— Je crois qu'une visite à la professeure Waterhouse s'impose, répondit-elle tandis que la berline entrait dans Brooklyn. Elle observait Ms Belestrade. J'aimerais savoir ce qu'elle a vu exactement.

— Je vais appeler l'université et voir si elle est disponible. Ça occupera toujours une heure ou deux. Quoi d'autre ?

Oui, j'obtempérai avec une docilité teintée d'agressivité, mais je voulais mettre la main sur Belestrade, et je voulais lui mettre la main dessus tout de suite. Ma patronne ignora ma remarque.

— Je crois que tu gagneras du temps pendant ta visite à l'usine si on sait où en est exactement la police avec les alibis et le reste, dit-elle. Appelle tes contacts au département. Et garde les inspecteurs de la criminelle pour la fin. Je ne veux pas prendre le risque de dévoiler notre jeu.

Je garai la Cadillac devant la maison, le pare-chocs avant à quelques centimètres seulement d'une berline banalisée bien connue.

— Je pense qu'on ne va même pas avoir besoin de se donner cette peine, dis-je, en arrêtant la voiture.

Les flics étaient là.

Chapitre 8

Le lieutenant Lazenby eut la politesse d'attendre dans sa voiture que nous soyons entrées et que nous nous soyons servi à boire – eau pour moi, bourbon pour Ms Pentecost, histoire d'atténuer la douleur. Pas exactement les ordres du médecin, mais j'avais appris à choisir mes batailles.

Au bout de trois gorgées, il sonna.

— Vous bossez pour la famille ou pour l'entreprise ?

Comprimé dans le plus large de nos fauteuils, Lazenby ressemblait en tout point à l'homme que j'avais vu pour la première fois de l'autre côté de la table d'une salle d'interrogatoire. Il avait pris quelques centimètres de tour de taille et pas mal de gris dans la barbe, mais il était toujours le plus fin limier de la police new-yorkaise quand il s'agissait d'aller au fond des enquêtes les plus ardues. Il avait aussi une silhouette impressionnante dans son costume de laine gris foncé à rayures, dont la couleur était assortie à celle de ses yeux. Vu la qualité de celui-ci, quelques personnes devaient sûrement se demander s'il touchait des pots-de-vin. Ça n'est pas le cas. Il se trouve qu'il a un cousin tailleur du côté de Madison Avenue.

Il répéta sa question.

— La famille ou l'entreprise ?

Ms P se laissa aller dans son fauteuil en sirotant son bourbon.

— Donc… *vous*, vous enquêtez sur l'entreprise, dit-elle d'un ton songeur, tandis qu'une étincelle dansait dans son œil valide.

Ça n'était pas une question.

Lazenby fronça les sourcils et remua sa carcasse imposante.

— Nous enquêtons sur un certain nombre de pistes.

— Mais vous préférez l'entreprise. Vous pensez que le meurtre est lié aux affaires, et non personnel.

— Je pense que pour beaucoup de gens, les affaires *sont* personnelles, fit remarquer le policier. Mais qu'est-ce qui vous fait croire…

— C'est simple.

Qu'on le coupe en plein milieu d'une phrase le met en fureur. Mais il sait qu'elle le sait, alors ça le dérange un peu moins quand elle le fait, ou en tout cas, il essaie de ne pas le montrer.

— Vous n'avez pas demandé si j'enquêtais sur la mort d'Abigail Collins. Pour vous, ça allait de soi. J'attribue cette certitude à vos talents d'enquêteur.

Lazenby poussa un grognement, bien que le compliment fût sincère. Je revis en un éclair la filature que j'avais repérée à notre sortie de la morgue.

Elle continua.

— Nos chemins se sont croisés durant des affaires de conflits familiaux auparavant. Souvent pour notre bénéfice mutuel.

Autre grognement.

— Ce qui suggère que vous vous inquiétez de ce que Collins Steelworks ait fait appel à moi et craignez que ma présence n'interfère dans le champ de l'enquête en cours.

— Vous n'avez toujours pas répondu à la question, lâcha-t-il, la mâchoire serrée.

— Non, je ne l'ai pas fait, répliqua-t-elle, avec un vague écho de sourire dans la voix. Je ne suis pas obligée de révéler le nom de mon client. À moins que vous ne soyez venu avec un mandat.

Lazenby commença à protester, mais elle lui coupa à nouveau la parole.

— Cependant… par courtoisie professionnelle, je vais vous répondre. Je ne travaille pas pour Collins Steelworks.

Le grand type trapu se détendit un poil dans son fauteuil.

— Ce qui ne veut pas dire que je ne chercherai pas un mobile du côté de l'entreprise, ajouta-t-elle. Will doit aller interroger les cadres de l'usine de Jersey City ce vendredi… en se concentrant principalement sur ceux qui assistaient à la fête le soir d'Halloween.

Il redevint nerveux.

— Ouais, ajoutai-je, ça va probablement me prendre toute la journée. Ça pourrait peut-être même m'entraîner jusqu'à lundi ou mardi. J'ai beaucoup de gens à voir.

Je lissai des plis inexistants sur mon pantalon.

— Évidemment, si je savais qui se trouvait où durant la dernière manche de cette soirée, j'en aurais terminé beaucoup plus vite. Il y aurait moins de risques que je mette le nez par inadvertance dans ce que vous avez sur le feu.

« Par inadvertance. » Quelque chose de désagréable mijotait dans son regard.

— Comme si vous deux, vous faisiez quoi que ce soit par inadvertance. (Après quelques secondes de colère noire, son visage retrouva son calme.) Voyons ce que nous avons. Par courtoisie professionnelle.

Cette fois, ce fut son tour d'écraser des plis invisibles.

— Alors… pourquoi vous ne croyez pas à la responsabilité de l'entreprise dans cette affaire ?

Ce n'était pas une remarque anodine. Il voulait vraiment savoir. Ms Pentecost avait plus d'une fois abordé une affaire sous un angle détourné et ainsi débusqué un coupable là où la police n'avait jamais cherché. Il était normal qu'il ait le sentiment d'avoir la poisse.

— Je n'ai pas dit ça. Simplement que c'est à la demande de la famille que je m'occupe de cette affaire.

— Ouais, vous l'avez déjà dit. Mais vous la jouez trop roublard. Si vous pensiez vraiment que le meurtre avait un rapport avec l'entreprise, c'est vous qui seriez allée en personne à Jersey City et pas votre acolyte ici présente.

Je me préparai à lui balancer une remarque indignée, mais Ms P me prit de vitesse.

— Ms Parker est mon assistante, pas mon acolyte, et elle possède une licence d'enquêteur de l'État de New York. Ses talents ne sont pas à sous-estimer.

— Acolyte, assistante, intrigante – comme vous voulez. Je vous ai assez vues à l'œuvre pour savoir de quel côté vous cherchez. Pourquoi pensez-vous que ça vient de la famille et pas de l'entreprise ? D'après nos hommes de la brigade financière, si Abigail Collins avait obtenu gain de cause et que la boîte s'était remise à produire des fournitures de bureau, ça aurait signifié une perte de revenus à neuf chiffres dans les dix prochaines années. Ça fait un bon gros mobile. Que savez-vous que j'ignore ?

— En ce qui concerne cette affaire, vous en savez beaucoup plus que moi, sans le moindre doute. Ça fait deux semaines que vous travaillez dessus. Je ne suis là que depuis une journée. Les choses étant ce qu'elles sont, mes informations sont nettement insuffisantes pour que je puisse parvenir à une conclusion fondée et donc, je fonctionne à l'instinct.

— Et votre instinct vous dit que ça ne vient pas de l'entreprise ?

Elle haussa les épaules en un geste évasif. Même la grande détective sait jouer les fausses timides quand elle le veut.

— Faites comme vous voulez. Simplement, ne vous mettez pas en travers de mon chemin.

Il s'extirpa péniblement du fauteuil et se dirigea vers la porte. Je courus devant, décrochai son manteau de la patère dans l'entrée et en profitai pour lui glisser quelques questions de mon cru.

— Je suppose que les empreintes sur l'arme du crime n'ont rien donné ? Puisqu'on l'a balancée dans la cheminée ?

Le regard qu'il me jeta était un subtil mélange d'agacement et de soupçon.

— On a joué certaines cartes sur table, dis-je en lui tendant son manteau. Jouez franc jeu.

— Le fait que vous preniez ça pour un jeu fait justement partie du problème, répondit-il. On a trouvé des empreintes. Mais ça ne nous aide pas vraiment. Elles correspondaient toutes à ce qu'on attendait : la spirite, son assistant, la fille – les divers invités qu'elle avait embringués dans son numéro. Et des traces brouillées ayant été laissées, d'après notre spécialiste, par quelqu'un qui portait des gants.

— Intéressant, dis-je. Le tueur avait tout prévu.

Il haussa les épaules dans son pardessus et ouvrit la porte. Il s'apprêtait à sortir quand je lui balançai une dernière question :

— Vous avez déterré des choses intéressantes sur Belestrade ?

— Du style ? lança-t-il, le regard brillant de colère.

— Son vrai nom, par exemple.

— Désolé de vous décevoir, dit-il, mais pour autant qu'on sache, Belestrade est son véritable nom. Ça, ou alors quelqu'un s'est donné un mal de chien pour falsifier ses papiers. *Tout le monde* ne se balade pas avec un nom d'emprunt, ajouta-t-il avec un sourire assassin.

Ainsi donc, il savait que Parker n'était pas mon vrai nom. Parfois, j'oublie à quel point il doit être bon pour conserver son poste comme meilleur enquêteur de la criminelle dans cette ville.

— Essayez de vous tenir à carreau dans cette affaire, ajouta-t-il. Et pas de couteaux, non plus.

Sa remarque fit mouche.

La plupart du temps, Lazenby et ses hommes me traitent comme une gamine qui joue à enquêter. Plus mascotte que protagoniste sérieuse. Trois ans à bosser sur des affaires, Ms P qui répond de moi et pourtant, il me rappelle constamment que la première fois qu'on s'est vus, je me trouvais de l'autre côté de la table.

Loin de moi l'intention de lui laisser voir ce que je pensais. À la place, je fis la moue.

— Lieutenant, vous êtes blessant. Ça fait des lustres que je n'ai pas poignardé qui que ce soit.

Mais il avait déjà descendu trois marches et rien ne montra qu'il m'avait entendue.

De retour dans le bureau, je trouvai Ms Pentecost en train de se servir un autre bourbon. Je lui lançai un regard désapprobateur qu'elle ignora habilement.

— Pas l'entreprise, hein?

Elle ne répondit pas.

— Alors, pourquoi ça? insistai-je. Quelqu'un vous a fait passer un mot?

Elle se rassit derrière son bureau, tenant délicatement son verre rempli de Kentucky gold entre ses mains.

— Je n'ai pas dit que je croyais le meurtre étranger aux liens que Mrs Collins entretenait avec les affaires.

J'articulai à peine un demi-mot de protestation avant qu'elle ne lève la main.

— J'ai simplement dit au bon lieutenant que je travaillais pour la famille, que je n'avais pas assez d'informations en l'état pour en tirer des conclusions fondées et que je fonctionnais à l'instinct. Tout le reste n'est qu'extrapolation de sa part. Et de la tienne.

Je me laissai une demi-minute de réflexion avant de répondre.

— Donc, il est parti en pensant que vous alliez démolir le clan Collins et que ma visite à Jersey n'était rien de plus qu'une vérification classique d'alibis. Du coup, les gars de Lazenby auront moins tendance à vouloir me surveiller quand je serai là-bas.

Pour toute réponse, elle se contenta de siroter lentement une longue gorgée. Je sais que vous venez juste de la rencontrer, mais ma patronne – au cas où vous ne l'auriez pas encore compris – est un génie.

— Quelles sont les chances que le lieutenant accepte de nous laisser voir ses notes sur les invités de la soirée ? demanda-t-elle.

— Dix contre un, répondis-je. Cinq contre un s'il a vraiment peur qu'on tombe sur un truc. Qui nous dit qu'ils ont réellement mis le doigt sur quelque chose ? Si ça se trouve, il a joué à pile ou face et c'est l'entreprise qui est sortie.

— Non, répondit-elle en secouant la tête, je crois qu'ils enquêtent sérieusement. Il a dit « nos hommes de la brigade financière ». Ça signifie qu'il a fait appel au service de répression des fraudes.

— Vous croyez que c'est de ça qu'il s'agit ? Quelqu'un se serait servi dans le tiroir-caisse et Mrs Collins s'en serait aperçue ?

— Je pense que dans une entreprise aussi importante et houleuse que Collins Steelworks, une enquête approfondie risque de prendre beaucoup de mains dans beaucoup de sacs. Quant à savoir si ces mains se sont retrouvées en contact avec l'arme du crime, je l'ignore.

Cette fois, il ne me fallut que quelques secondes de réflexion pour suivre le raisonnement jusqu'au bout.

— Si c'est de ça qu'il s'agit – un détournement

de fonds pur et simple –, Lazenby en arrivera à cette conclusion avant nous.

— Il y a de grandes chances, admit-elle. On ne peut pas rivaliser avec les effectifs de la police de New York et on n'a pas non plus le luxe de demander des mandats.

— Et Sid a beau être bon, je ne suis pas sûre qu'il soit partant pour une tâche de cette importance.

Sid était notre comptable. En tant qu'ancien membre d'une certaine organisation fraternelle, son boulot avait consisté à faire circuler le pognon du cercle en question afin qu'il disparaisse aux yeux des fédéraux. Il avait vaguement piqué dans la caisse, avait été pris et s'était retrouvé en tête de liste des types à éliminer. Ms Pentecost s'était débrouillée pour le sortir de là en découvrant qui avait tué l'oncle du boss une dizaine d'années plus tôt. En guise de paiement, elle avait demandé que Sid soit épargné. Il lui doit donc la vie sauve, et la remboursait à tempérament en donnant un coup de main quand on avait besoin de passer des finances au peigne fin.

— Tu as raison, dit Ms Pentecost. Cela dit, ça ne t'empêche pas d'ouvrir les yeux et les oreilles vendredi. Renseigne-toi peut-être sur les mandats et les questions que la police a posées, et vois qui réagit et comment.

— Compris, dis-je. Poser des questions. Obtenir des réponses. Prêter attention. Je pourrais peut-être même penser à apporter du papier et un crayon pour prendre des notes.

Ma remarque sarcastique passa inaperçue.

— À présent, si on n'a rien d'autre de prévu, j'aimerais déjeuner à l'extérieur et faire le tour de certains journaux. Pour voir s'il n'y aurait pas des choses qui pourraient nous intéresser dans ce qu'ils ont évité de publier. À mon avis, ils sont déjà au courant qu'on bosse sur cette affaire. Si les flics savent qu'on est dans le coup, il y a fort à parier que les journalistes ne sont pas loin derrière.

— Je suis d'accord, dit-elle. Mais d'abord, appelle l'université et renseigne-toi sur le planning de la professeure Waterhouse pour demain.

Ce que je fis. Je découvris qu'elle était prise toute la journée – deux cours le matin et deux l'après-midi, ce qui lui laissait à peine le temps de s'infuser un sandwich entre les deux. Nous décidâmes d'aller la voir après son dernier cours. Sans la prévenir. Qui sait quel rôle elle jouait dans tout ça ?

Une fois les choses réglées, j'attrapai mon manteau et mon chapeau et sortis mettre à profit mes talents sous-estimés.

Chapitre 9

Lorsque je me suis attelée à la tâche d'écrire cette histoire, je me suis rendu compte que j'étais constamment confrontée à la même grande décision. Qu'est-ce que je garde et qu'est-ce que je balance ? De nombreux événements ont surgi au cours de cette affaire sans aucun rapport avec rien ni personne ou, du moins, rien qui vaille la peine d'être relaté par écrit – juste les détails triviaux qui s'accumulent au cours de n'importe quelle grosse enquête. Ceux-là sont faciles à éliminer.

Ensuite, il y a les choses qui sont moins pertinentes pour l'enquête qu'elles ne le sont pour ma patronne ou moi. Des choses privées qui ne verraient pas la lumière du jour autrement, mais que vous pourriez trouver éclairantes. Avec celles-ci, c'est plus difficile. Je les traite au cas par cas.

Et puis il y a les moments où je ne me suis pas aussi bien acquittée de ma tâche que je l'aurais voulu. En langage clair : les plantages. Je suis humaine. Les humains se plantent. À l'époque, j'étais encore en apprentissage et je foirais des trucs assez régulièrement, mais heureusement de moins en moins souvent. Ce qui suit est l'exemple même d'une situation où je me suis emmêlé les pinceaux dans les grandes largeurs. Je pourrais sûrement trouver un moyen de couper le passage, mais je vous respecte en tant que lecteur et j'espère que vous regarderez cela d'un œil bienveillant.

Je fis exactement ce que j'avais annoncé à Ms P et visitai plusieurs salles de rédaction. Beaucoup de journalistes me voyaient en partie comme une source potentielle, en partie comme une apprentie reporter, ce qui m'arrangeait plutôt. Un certain nombre d'entre eux me voyaient aussi comme une jeune femme célibataire qui leur offrait parfois un verre, et ils se faisaient des idées. Mélanger le travail et le plaisir ne me dérangeait pas, tant qu'ils comprenaient bien qu'il s'agissait d'une histoire sans lendemain et qu'ils ne s'attachaient pas. Je n'avais rien contre l'idée de sortir avec quelqu'un, mais j'avais des règles : pas de flics, pas de clients, pas de journalistes. Rien qui puisse interférer avec le travail.

Cette fois, je me limitai à poser des questions détournées et à faire quelques promesses indirectes – oui, je leur fournirais des renseignements quand j'en aurais. Je confirmai aussi que Ms Pentecost était sur l'affaire, mais je restai vague quant à la personne qui signait les chèques. Et à l'éternel, « Qui a fait le coup à son avis ? », je répondis par le traditionnel, « Pas de commentaire » passe-partout.

Je réussis à glaner un certain nombre d'informations en retour. Dans le désordre :

Alistair Collins avait sous-enchéri sur de nombreuses entreprises concurrentes afin d'obtenir ces fameux contrats militaires, se faisant ainsi quelques puissants ennemis au passage.

De l'argent avait effectivement changé de main pour étouffer l'affaire dans les journaux.

Et Becca Collins avait eu la réputation d'être une lycéenne coincée jusqu'à la mort de son père. Elle était maintenant devenue une gamine incontrôlable et borderline, bien que « incontrôlable », selon les critères de sa catégorie fiscale, puisse se résumer à utiliser la fourchette à salade pour manger l'entrée.

Je fis mes adieux aux marchands d'information et me rendis à la bibliothèque publique de New York, caressant au passage la patte d'un des lions pour me porter chance avant d'entrer. Le but de ma visite était Hollis Graham, qui gérait les archives des périodiques. Avant d'occuper ce poste, ça avait été un journaliste de classe internationale. Hollis avait suivi le flux et le reflux de l'élite de la ville pendant près de trente ans – d'abord dans les pages société, puis dans le domaine du crime, puis à la municipalité, avant d'être poussé dehors à la suite d'un scandale le concernant. Durant sa période de gloire, non seulement il pouvait vous dire où étaient enterrés les cadavres, mais aussi qui avait creusé et quelle marque de pelle avait été utilisée.

Un assistant m'apprit qu'il était en vacances, ce qui lui arrivait rarement, et qu'il ne reviendrait que la semaine suivante. Je lui laissai un message lui disant de me rappeler à son retour. Puis je remontai un pâté de maisons pour aller déjeuner tardivement dans un petit resto au coin de la rue.

Après avoir avalé une salade aux œufs sur une

tranche de pain de seigle et une part de tarte meringuée au citron, je parcourus à pied les quarante blocs qui me séparaient de ma destination, plus au sud. La journée était lumineuse et revigorante, et je me dis que nous n'en aurions plus beaucoup d'autres comme celle-ci avant que l'hiver s'installe.

En chemin, je fis un crochet par un kiosque à journaux pour acheter un roman policier d'occasion à cinq *cents*, un sachet de pop-corn et un soda à la cerise. Puis je suivis les indications jusqu'à un petit quartier près de Greenwich Village. Je longeai un pâté de maisons en brique toutes identiques, dont la monotonie était uniquement rompue par une église d'un côté et un minuscule parc de l'autre.

Je me dirigeai vers le parc, en détournant soigneusement le visage du numéro 215. Du coin de l'œil, je réussis quand même à déchiffrer les mots gravés sur la porte vitrée.

Ariel Belestrade
Renseignements à l'intérieur

Le parc était juste assez grand pour contenir un arbre, un petit bout de pelouse et un banc de chaque côté. Je m'installai sur le banc libre. L'autre croulait sous le poids de deux vieilles femmes en robe noire informe avec des foulards colorés sur la tête. Chacune tenait à la main un petit sachet de graines pour oiseaux, et elles discutaient tranquillement en russe tandis que les pigeons voletaient et picoraient à leurs pieds.

J'ouvris mon soda et mon livre et mâchonnai du

pop-corn tout en partageant mon attention entre le héros endurci et la façade du numéro 215 sur laquelle j'avais une vue assez correcte à travers les branches basses et dénudées de l'arbre solitaire. Une lumière brillait à la fenêtre, et je crus voir un instant l'ombre d'une personne se déplacer à l'intérieur. La spirite était là.

J'essayai de me justifier en me disant que je ne désobéissais pas vraiment aux consignes de Ms P. Elle avait dit que nous n'étions pas prêtes à questionner Belestrade. Je n'avais aucune intention de la questionner. Je voulais juste entrapercevoir cette potentielle meurtrière. Les journaux ne possédaient aucune bonne photo, et je voulais savoir à quoi ressemblait la femme qui mettait ma patronne tellement à cran. Elle était la suspecte n° 1 après tout. La reléguer au second plan me paraissait ridicule.

C'est ce que je me disais, en tout cas.

En réalité, j'étais encore blessée par la remarque de Lazenby. Je voulais prouver quelque chose. À ce dernier, à Ms P, à moi-même. Peut-être aussi à Becca.

Je passai le temps en imaginant des scénarios tout droit sortis de *Black Mask*. J'entendais un hurlement dans l'appartement de Belestrade, enfonçais la porte à coups de pied et découvrais la mégère, un couteau sur la gorge de Becca.

« Un geste et elle est morte », sifflait la sorcière.

Je dégainais mon .38 plus vite que mon ombre et lui collais une balle pile entre les deux yeux. Becca s'effondrait dans mes bras. À partir de là, les choses évoluaient.

Le soleil commença à décliner et les deux grands-mères abandonnèrent leur poste. Je pris le relais, jetant du pop-corn aux pigeons, mais au bout d'un moment, je tombai en panne, et les oiseaux m'abandonnèrent à leur tour. Entre dix-sept et dix-huit heures, les piétons se firent plus nombreux dans la petite rue, hommes et femmes qui rentraient chez eux après le travail. Puis le rush se calma, et la rue devint sombre et silencieuse.

Les lampadaires s'allumèrent en tremblotant lorsque la nuit tomba. Le vent s'était levé et je commençai à regretter de ne pas avoir apporté une paire de gants ou pris mon chapeau en laine plutôt que ma casquette.

Je continuai à faire semblant de lire, mais ma couverture devenait de moins en moins plausible, maintenant que je tournais les pages à la lumière des lampadaires.

Le détective endurci était en train de se demander s'il devait suivre sa brunette incendiaire de cliente dans sa chambre, et moi si je devais rentrer à la maison, quand la porte du numéro 215 s'ouvrit brusquement. Une femme en sortit.

La première chose que je remarquai fut sa taille. Elle mesurait pas loin d'un mètre quatre-vingts, et on ne parlait pas de cent quatre-vingts centimètres longilignes. Elle était large d'épaules et solidement charpentée. Elle portait un manteau de fourrure blanc lui arrivant à la cheville sur une robe noire ajustée, et des chaussures à talons assorties. Ses cheveux bruns coupés au carré encadraient un visage doux et ouvert aux grands yeux sombres.

Pas de regard incandescent. Pas de sourire vipérin. Pas que je puisse voir, en tout cas.

Je m'étais arrangée pour qu'un de mes contacts dans les journaux me la décrive. Il m'avait dit qu'elle ressemblait à une Myrna Loy surdimensionnée, mais sans le côté provocant.

Il avait mis dans le mille.

Belestrade atteignit le trottoir, prit à droite et commença à s'éloigner. Sur un coup de tête, je décidai qu'un aperçu ne suffisait pas. Je lui laissai une confortable avance et lui emboîtai le pas.

Tout en marchant, je fis mentalement l'inventaire du contenu de mon portefeuille. Je m'attendais à ce qu'elle prenne un taxi dès qu'elle aurait atteint une artère importante, ce qui m'obligerait à faire de même et à jouer à « Suivez cette voiture ». J'avais assez d'argent pour faire le tour de l'île, mais j'aurais préféré que le trajet soit court. Même quand un taxi est prêt à jouer au chat et à la souris, il finit toujours par saloper le boulot.

Belestrade me surprit. Plutôt que de héler un taxi, elle se dirigea vers la station de métro la plus proche et y entra. Je la suivis. Elle sauta dans un train à destination des beaux quartiers et je fis de même, laissant une rame entre nous. Entre sa taille et son manteau, ne pas la perdre de vue était un jeu d'enfant.

Quelques stations plus loin, elle sortit du métro et se dirigea vers l'ouest. Après avoir parcouru deux pâtés de maisons, elle entra dans une librairie. Celle-ci ne vendait pas beaucoup de romans de gare, mais Ms Pentecost m'y envoyait tous les mois récupérer son stock de magazines européens.

Je laissai trente secondes à Belestrade, puis entrai à mon tour. Aucun signe d'elle. Je passai quelques minutes à parcourir les allées en soufflant puis j'entendis tinter la sonnette au-dessus de la porte. En regardant à travers la vitrine, je la vis qui repartait d'où on était venues.

Je me précipitai dehors à temps pour l'apercevoir qui descendait à nouveau dans le métro. Je parvins à la rattraper juste au moment où elle montait dans un train à destination des quartiers chics. Cette fois, j'atterris dans la même rame qu'elle, mais il y avait foule et elle ne me jeta même pas un regard. Deux stations plus loin seulement, elle sortit près de Times Square. Même si ça n'était pas la saison touristique, le quartier n'est jamais vide. Je me bagarrai pour ne pas la perdre de vue, sans pour autant attirer son attention. Filer quelqu'un est l'une des rares activités où ma taille présente un avantage, me permettant de me glisser entre les gens sans donner trop de coups de coude.

Quelques blocs plus loin, elle entra brusquement dans un théâtre. Maintenant sa tenue prenait tout son sens.

J'avais vu le spectacle la semaine précédente. Il s'agissait d'une toute nouvelle comédie qui virait à la grivoiserie alors qu'elle aurait gagné à en dévoiler un peu moins. Heureusement, c'était une de mes actrices préférées qui en montrait trop, et du coup, j'avais été la première à applaudir.

Je me dis que je ferais mieux de rentrer vérifier qu'elle était bien en train d'assister au spectacle et non de rencontrer quelqu'un. Ou de matraquer une personne à mort dans les toilettes des femmes. Je suivais un groupe de spectateurs se dirigeant vers l'entrée quand la porte s'ouvrit soudain, laissant apparaître Belestrade.

Elle passa si près de moi que nos épaules se frôlèrent. Une fois mon rythme cardiaque redescendu sous les deux cents battements à la minute, je lui emboîtai le pas. Nous regagnâmes le métro.

Durant les deux heures qui suivirent, je lui filai le train en un vain périple autour de l'île. Elle m'entraîna dans un restaurant de la Cinquième Avenue qui concocte un Reuben[1] à tomber ; dans deux nouvelles librairies – dont l'une possède une collection de romans policiers géniale et l'autre gonfle ses chiffres en les falsifiant dans l'arrière-boutique ; dans un bar de flics idéal pour les potins de commissariat ; et enfin dans une boîte de nuit qui préfère rester discrète. J'évitai de la suivre dans les deux derniers, étant connue aux deux endroits. Je ne voulais pas prendre le risque de tomber sur quelqu'un qui se serait mis à gueuler : « Hé, Will Parker ! Comment va ta patronne, la célèbre détective ? »

Durant nos pérégrinations, j'eus le temps de m'interroger sur ce que fabriquait Belestrade. Au début, je crus qu'elle essayait de semer une filature ou, du moins, de vérifier si on la suivait. Mais si elle était suffisamment perspicace pour faire ça, elle l'était aussi pour m'avoir repérée dès la première demi-heure, auquel cas, pourquoi continuer ses sauts de puce ?

Puis je me dis qu'elle était peut-être en train de vérifier ses sources. Si c'était une arnaqueuse, elle avait besoin de cibler des proies potentielles. Tous ces endroits étaient parfaits pour y rencontrer des contacts et obtenir des informations.

Je réfléchissais à cette possibilité lorsque je la suivis

---

1. Sandwich grillé au pastrami, avec de la choucroute, du fromage suisse et de la sauce russe.

à nouveau dans le métro. Cette fois, nous le prîmes jusqu'à Brooklyn et sortîmes à l'arrêt qui m'était le plus familier. Je lui emboîtai le pas pendant deux pâtés de maisons, tournai à droite, à gauche, de nouveau à droite. Quand je compris où elle se rendait, les poils de mes bras se hérissèrent.

Jetant un coup d'œil furtif au dernier coin de rue, je la vis debout sur le trottoir, les yeux levés vers une maison dont j'avais les clés en poche. Je glissai la main dans mon manteau et sentis la crosse réconfortante de mon .38, bien planqué dans mon holster d'épaule.

Non, je n'étais pas une dingue des armes d'habitude. Mais il s'agissait d'une femme dont Ms P semblait tout particulièrement se méfier, et ma patronne n'est pas du genre à prendre peur facilement. De plus ça n'aurait pas été la première fois que quelqu'un s'attaquait à mon employeur.

Après avoir observé notre porte quelques minutes, elle pivota sur ses talons et se mit à marcher dans ma direction. Je courus à l'autre bout du pâté de maisons, tournai au coin d'un bâtiment et m'accroupis derrière le perron d'une habitation mitoyenne. Quelques instants plus tard, le souffle court, j'entendis les talons de ma proie passer devant moi en claquant, et s'éloigner.

Je repris la filature, la suivis à nouveau dans le métro jusqu'à Greenwich Village. Dans l'escalier, un bouchon humain m'obligea à rester plus en arrière que je ne l'aurais voulu. Je la perdis de vue une ou deux fois, et lorsque je parvins au coin de son bloc, la porte du numéro 215 était fermée et les lumières allumées.

Je jetai un coup d'œil aux fenêtres en passant,

espérant apercevoir furtivement l'intérieur. Je ne réussis qu'à voir l'envers des rideaux. Tout en continuant à avancer avec précaution, je m'interrogeai. À quoi cela rimait-il ? Avait-elle passé la soirée à rencontrer des contacts puis planifié une visite à Ms Pentecost avant de se dégonfler ? Ou était-ce plus sinistre que ça ?

Comme je longeais le minuscule parc, une voix me héla.

— Vous auriez un briquet ?

Je me retournai, et elle était là, son mètre quatre-vingts de robe noire et de fourrure blanche se prélassant sur le banc même où je m'étais assise à peine deux heures plus tôt. Une cigarette pendait au bout de ses longs doigts.

— On dirait que j'ai laissé le mien à la maison, ajouta-t-elle.

Tout en essayant de garder une respiration régulière, je sortis mon briquet de ma poche. Je ne fume pas, mais j'en garde toujours un à portée de main pour ce genre d'occasion.

Je m'approchai et allumai sa cigarette. Lorsqu'elle aspira la fumée, l'extrémité brilla tel un œil dans l'obscurité. Elle resserra la fourrure autour d'elle en croisant les jambes.

— La nuit est fraîche, dit-elle d'une voix de miel épicé – riche avec un peu de mordant. Novembre est un mois délicat. Ce lent passage de l'automne à l'hiver. On pense être confortablement installé et tout à coup, une rafale vous transperce jusqu'aux os.

Elle leva la tête et sourit.

C'était là. Juste un soupçon de fiel autour des lèvres.

Et plus qu'une petite étincelle illuminant ces grands yeux noirs. Une vingtaine de réponses me vinrent à l'esprit, mais aucune ne parvint jusqu'à ma langue. Elle se baissa et enleva ses talons hauts.

— Et ceux-ci qui vous font mal, en plus. Une des nombreuses choses dont les hommes n'ont pas à se soucier. J'applaudis votre choix. Jolie paire de richelieus. Mais j'aime tellement le clic-clac des talons sur le béton. Comme si on tapait un code secret que seuls les initiés peuvent déchiffrer. Vous comprenez, n'est-ce pas, Miss Parker ?

L'instinct de fuite dont j'avais entendu parler lors d'une des excursions en salle de conférences avec Ms P aurait dû se déclencher à ce moment-là. Mais sa voix – riche, profonde et rythmée – était comme un élixir. Douce et apaisante.

Elle se leva et passa tout près de moi pour la seconde fois de la soirée. Balançant ses chaussures à la main, elle traversa la rue à pas feutrés, pieds nus, laissant une traînée de fumée dans son sillage. Une fois sur le seuil de sa maison, elle ouvrit la porte et caressa de sa main libre le message gravé dans le verre.

Renseignements à l'intérieur

Et elle disparut. J'attendis que la porte se referme avec un bruit sec, mais il n'en fut rien. Elle resta entrouverte de quelques centimètres. Un rai de lumière jaune se déversa sur le trottoir, se déployant dans la rue comme une invitation à entrer.

Je réfléchis. J'avais des questions, et les réponses se

trouvaient de l'autre côté de cette porte. Je fis un pas, puis un autre. J'arrivais au pied des marches lorsque j'entendis un hurlement de freins et un klaxon qui mugissait en signe de protestation plus bas dans la rue.

La rumeur de la ville m'arracha à ma transe. Je décidai que j'avais assez fait mes preuves pour la soirée et me dépêchai de regagner la Sixième Avenue, ses devantures de magasins et ses trottoirs encore animés.

Je hélai un taxi. Sur le trajet qui me ramenait à Brooklyn, je repensai aux questions que j'avais laissées devant cette porte. Quand avait-elle compris que je la suivais ? Comment connaissait-elle mon nom ? De quelle façon avait-elle découvert que nous enquêtions sur l'affaire ? Quelqu'un lui avait-il filé un tuyau ? Que serait-il arrivé si j'avais passé cette porte ?

Alors que je réfléchissais, le taxi dépassa la boîte de nuit, où la soirée ne faisait que commencer. Au moment où nous passions devant, quatre femmes disparurent à l'intérieur, composant un code secret de leurs talons.

Vous comprenez, Miss Parker ?

Et en un éclair, je compris, effectivement. La soirée entière me revint brusquement à l'esprit et me heurta de plein fouet, telle une vague sur la plage de Rockaway. Je marmonnai quelques jurons choisis. Le chauffeur me lança un regard nerveux.

Le théâtre, les librairies, les bars. Certains que je connaissais suffisamment bien pour qu'on puisse parler de repaires, d'autres, où je m'étais seulement rendue à l'occasion. Mais je m'y étais bien rendue. Ça demandait un effort pour me relier à certains d'entre eux, la boîte de nuit, en particulier. Mais elle l'avait fait.

La soirée dessinait une carte de ma vie à New York City. Ce dernier geste et la porte ouverte ? C'était un message : *Je vous connais. Si vous voulez me connaître aussi, tout ce que vous avez à faire, c'est de frapper.*

La soirée entière n'avait été qu'un long spectacle de cirque. Et j'en avais été l'objet.

Chapitre 10

— Les morts jouent un rôle primordial dans n'importe quelle culture civilisée, des tribus d'Amazonie en passant par les déserts d'Arabie, et jusqu'ici, au cœur de New York. Nous les vénérons. Nous leur parlons. Nous leur demandons conseil. Ils sont présents dans tous les actes de notre vie, que nous en ayons conscience ou pas. De bien des façons, nous sommes gouvernés par les morts.

J'étouffai un bâillement.

Non parce que la femme qui intervenait sur la scène de l'amphithéâtre de l'université était ennuyeuse. Mais parce que j'avais passé trop d'heures éveillée dans mon lit à me rejouer le moindre geste de Belestrade, ses moindres paroles.

J'aurais dû comprendre son petit jeu plus tôt. Je l'avais laissée me balader comme un poney de cirque. Me mettre à l'épreuve.

Pire, elle savait des choses sur moi que je préférais taire. Je n'étais allée dans cette boîte de nuit particulière que quelques fois, et ça remontait à bientôt six mois. Mais si on apprenait par le bouche-à-oreille que je passais du temps dans ce genre d'endroit – et avec qui je le passais –, j'ignorais jusqu'où l'information pourrait remonter.

Ms P et moi nous étions fait des ennemis. Certains portaient des badges. Et il existait de nombreuses lois dont ils pourraient tirer parti s'ils voulaient se venger de nous.

Je n'avais pas parlé à ma patronne de mon aventure nocturne. Comment aurais-je pu ? J'étais sortie pour montrer que j'avais ce qu'il fallait pour mériter le titre de détective, et j'avais fini avec un sentiment bien différent.

J'avais honte.

Mais elle savait que quelque chose me tracassait. Pendant le déjeuner, elle m'avait demandé trois fois si je voulais davantage de ragoût aux fruits de mer. Pour elle, c'était pratiquement de la flagornerie.

À présent, nous étions assises au dernier rang et regardions le Dr Olivia Waterhouse attaquer son ultime cours de la journée. Petite, presque de la taille d'une enfant, Waterhouse ressemblait plus à une de ses étudiantes qu'à une professeure respectée d'une quarantaine d'années. Elle avait une masse de boucles châtain indisciplinées qui semblaient résister à la brosse de façon chronique, et des lunettes à monture d'acier qui cachaient des yeux noirs. Elle portait une jupe et une veste en laine marron qui avaient connu des jours meilleurs, et qu'elle avait probablement achetées au rayon ado d'un magasin de prêt-à-porter.

— Je sais ce que vous pensez, lança-t-elle à l'amphithéâtre à moitié plein. « Je suis un citoyen rationnel du XXe siècle. Je ne souscris pas à une illusion. Dire que les morts parlent, que nos actes nous sont dictés par nos ancêtres disparus depuis longtemps, c'est quelque chose que nous avons laissé derrière nous, dans l'ancien monde. Ça n'a aucune place dans le nouveau. Nous sommes libres d'accomplir notre destinée. Nous ne sommes liés par aucune superstition. » Je suis ici pour vous dire que vous vous trompez.

Elle avait une voix haut perchée et peu puissante, mais on sentait l'énergie et la passion dedans. On ne se retournerait sans doute pas sur le Dr Waterhouse en la croisant dans la rue. Mais sur scène, discourant depuis son estrade universitaire préférée, elle avait les yeux qui s'illuminaient et tirait son charisme d'on ne sait où.

Sa centaine d'étudiants, ou presque, suivait ses propos avec attention, ce qui en dit beaucoup pour un cours de licence en fin d'après-midi.

— Pensez à cela, continua Waterhouse. Combien d'églises y a-t-il dans cette ville ? Combien de cimetières ? Combien de cryptes ? Combien de statues sculptées à l'image d'hommes depuis longtemps disparus ? Chacun d'eux existe parce que nous croyons que les morts sont plus que de la simple poussière et des os. La plupart des religions modernes – le christianisme en particulier – ont inventé des hiérarchies complexes entre les morts qui feraient honte aux anciens Égyptiens. On nous enseigne que les morts nous entourent encore. Qu'ils planent autour de nous. Soit au-dessus, soit, pour nos ancêtres les plus libres-penseurs, au-dessous.

Ce qui lui valut un gloussement poli de son auditoire.

— Laissez-moi me livrer à un petit exercice.

Combien d'entre vous, enfants, ont-ils volé quelque chose ? Quelque chose de petit, comme un bonbon dans un magasin ?

J'ignorais où ce revirement allait nous mener, mais je levai la main avec une poignée d'autres. Elle fit semblant de compter les rares mains levées.

— À présent, continua-t-elle, combien d'entre vous, enfants, ont-ils pensé à voler quelque chose – l'ont vraiment envisagé – et ont décidé de ne pas le faire ?

Environ cinq fois plus de mains se levèrent. Waterhouse sourit en hochant la tête.

— Pour ceux d'entre vous qui ont choisi de ne pas voler, qu'est-ce qui vous a poussés à ne pas le faire ? demanda-t-elle. Une soudaine bouffée d'esprit civique qui vous aurait fait détester l'idée de transgresser les lois de notre société ?

Je commençais à voir où elle voulait nous emmener. La première fois que Ms P et moi avions vu le Dr Waterhouse, j'avais été frappée par ses qualités d'oratrice. La plupart des universitaires n'en ont pas. C'est comme s'ils ne se rendaient pas compte qu'ils sont sur scène et que c'est leur boulot de tenir le public en haleine et de ne pas le lâcher. Mais Waterhouse, elle, savait quand respirer, quand souligner ses propos par des gestes, quand lever la voix et quand la baisser pour que la foule tende l'oreille.

— Ou était-ce la culpabilité qui vous a maintenu dans le droit chemin ? proposa-t-elle. Était-ce parce que, même enfant, vous aviez déjà intégré que depuis les cieux on vous regardait, on vous surveillait, on vous jugeait ? Il est beaucoup plus difficile de voler une barre de Mars quand on croit qu'on peut être damné pour ça. Ou qu'on pense que la grand-tante Grace vous regarde par-dessus votre épaule.

Il y eut des rires en cascade et sa petite blague permit d'évacuer un peu de la tension qui régnait dans la salle.

— Si j'ai fait cette courte digression, c'est pour souligner que nous, les hommes et les femmes modernes du XXe siècle, ne sommes pas si éloignés des cultures ancestrales que nous étudions. Nous sommes aussi tributaires de nos superstitions qu'ils l'étaient des leurs, ajouta-t-elle sérieusement. Je ne dis pas cela pour vous provoquer. Juste pour vous rappeler que nous ne sommes pas autant sortis de la caverne que nous aimerions le croire. Maintenant, s'il vous plaît, ouvrez vos livres au chapitre quinze.

Elle revint à un cours plus traditionnel et passa l'heure suivante à parler des Sumériens dont les dieux, pour autant que je puisse en juger, étaient beaucoup plus intéressants que n'importe quel saint créchant à Saint-Patrick.

Lorsqu'elle eut terminé, nous nous faufilâmes parmi les étudiants quittant la salle, nous présentâmes et sollicitâmes quelques minutes de son temps.

— Bien sûr. C'est mon dernier cours, et, comme d'habitude, je n'ai aucune sortie prévue. S'il vous plaît, venez dans mon bureau. Qu'avez-vous pensé de la conférence ? demanda-t-elle, tandis que nous la suivions dans un dédale d'étroits couloirs.

— Surprenante, répondit ma patronne. Moins par son contenu que pour ce que vous avez judicieusement laissé de côté.

— Et de quoi s'agit-il ?

— L'argument auquel vous vouliez arriver, me semble-t-il, était que la religion a servi de bâton pour faire respecter la loi à travers les âges, expliqua Ms P. Que ceux qui planent au-dessus de nous ne sont pas simplement les morts, mais toute personne détentrice de pouvoir, toute personne qui s'accroche à ce bâton.

— C'est bien de ça qu'il s'agissait, non ? lança le Dr Waterhouse en s'arrêtant devant la porte d'un bureau. J'aurais aimé que mes étudiants fassent le rapprochement aussi vite que vous, ajouta-t-elle en tâtonnant pour sortir une clé de sa poche. Malheureusement, la plupart d'entre eux ne sont là que pour répondre à certaines conditions de l'université. Quant aux rares qui font le rapprochement, je me suis souvent rendu compte que la vie leur avait déjà appris ce qu'étaient le pouvoir et l'injustice.

Elle ouvrit la porte et nous pénétrâmes dans une pièce qui devait faire deux fois la taille d'une cabine de douche. Le Dr Waterhouse se glissa derrière un bureau grand comme un timbre-poste, tandis que nous prenions place sur des chaises en bois branlantes.

Mis à part des papiers et des livres éparpillés un peu partout, la pièce était pratiquement vide. La seule touche personnelle que je repérai était une vitrine en verre accrochée au mur derrière son bureau. Elle contenait une rangée de pointes de flèches en pierre, semblables à celles sur lesquelles je tombais souvent là où j'avais grandi, une fois les champs labourés. Je vis que ma patronne l'avait remarquée, elle aussi.

— Illinois ? demanda-t-elle en désignant la vitrine de la tête.

Le Dr Waterhouse parut surprise.

— La couleur de la pierre, expliqua Ms P, pour répondre à la question non formulée. Et les pointes barbelées.

La professeure sourit.

— Je dois dire que vous êtes aussi perspicace qu'on le prétend, dit-elle en retournant un exemplaire du *Times* plié sur son bureau.

En page trois, on pouvait lire un article de suivi sur l'affaire Collins, avec pour gros titre : CÉLÈBRE DÉTECTIVE APPELÉE POUR LE MEURTRE COLLINS. L'article était accompagné d'une photo de Ms P qui devait bien avoir au moins cinq ans. Je notai mentalement de prévoir une séance photo, que la fameuse enquêtrice le veuille ou non.

— Étiez-vous à la fête le soir où Abigail Collins a été tuée ? demanda Ms P.

C'était une mise en jambes, mais il fallait bien commencer quelque part.

— J'y étais. Bien que je ne voie pas trop en quoi je puisse aider. (La professeure ôta ses lunettes et étrécit les yeux avant de les chausser de nouveau.) La police m'a interrogée, bien entendu. Ils n'ont pas eu l'air de trouver mon témoignage très intéressant. Je me suis creusé les méninges pour essayer de me souvenir d'autres détails concernant la soirée.

— Commençons par le début, suggéra Ms P. Comment en êtes-vous venue à accompagner Ms Belestrade ?

— Eh bien, je ne m'y attendais pas, répondit le Dr Waterhouse. Elle m'avait invitée quelque temps auparavant, mais j'avais décliné son offre. Je n'apprécie pas vraiment ce genre d'événements. Ils ressemblent aux soirées conviviales entre collègues, vous voyez ce que je veux dire ? Je me sens toujours tellement empotée et pas à ma place, et du coup, je me mets à parler du système de castes implicite existant dans la culture américaine moderne, et de la façon dont, en un sens, il est plus régressif que dans des civilisations plus anciennes, en particulier pour ce qui est de la façon dont les femmes sont traitées, et… Bon, les gens n'ont pas l'air de vouloir se lancer dans ce genre de conversation lors d'une soirée, alors j'essaie de changer de sujet, mais ça ne fait qu'empirer les choses apparemment. Plus tard, en discutant avec mon éditeur, il m'a suggéré de rajouter ce qu'il appelle un exemple concret dans le dernier chapitre, et je me suis dit que ça pourrait être l'occasion.

Jetant un coup d'œil à ma patronne, je découvris avec soulagement qu'elle était aussi perdue que moi. Elle attendit que le Dr Waterhouse reprenne son souffle, puis leva la main.

— Peut-être devrions-nous commencer par des choses plus élémentaires. Comment avez-vous connu Ms Belestrade ?

En tant que rousse à la peau pâle, je suis passée maître dans l'art de rougir. Mais avec le doc, j'étais battue haut la main.

— Je suis désolée, dit-elle. Si je n'ai pas de plan de cours, ça a tendance à partir dans tous les sens. Je travaille sur un livre, vous voyez ? En fait, il est chez mon éditeur à présent, donc le plus gros est fait. Dedans, j'interviewe un certain nombre de voyants, de médiums, de spirites, et ainsi de suite. Des hommes et des femmes qui prétendent avoir des pouvoirs surnaturels ou affirment être en contact avec les morts. Ce genre de choses.

— C'était dans le but de les discréditer? demanda Ms P.

— Je n'utilise pas le mot « discréditer ». Certainement pas dans les entretiens, répondit Waterhouse. Ce qui m'intéresse, c'est moins la façon dont ils font ce qu'ils font que les moyens qu'ils utilisent pour trouver leur place dans le schéma général de notre culture. Notre empressement à croire l'incroyable si cela apporte du réconfort. Étant donné que la plupart de ces spirites visent les pauvres et les populations laborieuses, ce réconfort prend souvent la forme d'un espoir. Que les choses vont s'améliorer. Que, comme ils disent, leur heure viendra.

— On peut difficilement qualifier la clientèle de Ms Belestrade d'ouvrière, fit remarquer ma patronne.

— C'est vrai ! Ariel – je veux dire Ms Belestrade – a quelque chose d'une survivance du siècle précédent. Les séances de salon, la théâtralité, tout cela est pratiquement passé de mode. Ça a commencé par les bouleversements en science et en technologie, mais c'est la grande dépression qui a achevé le tout, vous voyez?

Nous ne voyions pas, et le lui fîmes savoir.

— Pour les riches et les puissants, le réconfort apporté par les spirites se présentait sous la forme d'un message, à savoir que les choses resteraient toujours telles qu'elles étaient. Que tout allait bien et continuerait à aller bien. Même après la mort.

Waterhouse était assise au bord du fauteuil, de nouveau en mode conférence.

— Le krach boursier a prouvé que ce message était un mensonge. Et les années qui ont suivi en ont apporté la preuve en enfonçant le clou. Les choses n'iraient pas toujours bien. Même pour les riches et les puissants.

Elle reprit enfin son souffle et Ms P en profita pour lancer une question.

— Comment se fait-il que Ms Belestrade prospère, alors, comparée aux autres ?

Coupée dans son élan, Waterhouse prit un moment pour réfléchir.

— Un message différent, je suppose, répondit-elle enfin. Dans sa pratique, il s'agit moins de communiquer avec le monde des esprits que d'optimiser le succès de ses clients dans le nôtre. Il ne faut pas non plus négliger son considérable talent.

— Son talent ?

La professeure se laissa aller dans son fauteuil. Ce qui, vu les dimensions de cellule de son bureau, revenait à se pencher à la diagonale par rapport à la pièce.

— Je l'ai rencontrée lors d'une soirée à laquelle on m'avait traînée il y a des années de ça. On a commencé à bavarder. Elle avait entendu parler de mes recherches et m'a invitée à venir la voir chez elle. Je l'ai interviewée à de nombreuses occasions et j'ai assisté à plusieurs de ses rendez-vous avec des clients. Elle est très vite devenue un élément central de mon livre. À l'époque, on ne la sollicitait pas autant que maintenant, mais j'étais certaine que ça finirait par arriver.

— À cause de son talent ? lui souffla ma patronne.

— Ariel a une personnalité très… affirmée, répondit Waterhouse.

Et j'enlève les lunettes, je plisse les yeux, je remets les lunettes. Au premier coup d'œil, j'aurais dit que la très chère professeure avait un peu le béguin pour la médium. Au deuxième aussi.

— Connaissez-vous la lecture à froid ? demanda-t-elle.

Ma patronne se tourna vers moi.

— J'ai eu quelques expériences avec ce genre de manipulateurs, répondis-je. Ils posent des questions suffisamment imprécises ou affirment le genre de choses qui peuvent faire mouche avec n'importe qui. Du style : « Je sens que vous avez perdu quelqu'un. » Si la réponse est oui, la suite logique est, « Je sens que cette personne vous était chère », parce que si on pense en termes de « perdu », alors évidemment que la personne vous était chère. À partir de là, ils affinent les questions. La personne visée a l'impression que la voyante sait des choses qu'elle ne devrait pas savoir. Alors qu'en réalité, c'est elle-même qui dévoile son jeu.

— Oui, oui, exactement !

Un peu de l'éclat de l'amphithéâtre illumina de nouveau son regard.

— Une personne qui va voir ce genre de… « manipulateurs », c'est le mot que vous avez utilisé. Ça me plaît. J'aurais aimé l'employer dans mon livre. Quoi qu'il en soit, une personne qui va voir un médium ou une diseuse de bonne aventure est presque toujours émotionnellement vulnérable, d'une façon ou d'une autre. Même ceux qui n'y croient pas veulent y croire, au plus profond d'eux-mêmes.

— Et si le médium, ou qui que ce soit d'autre, met dans le mille dès le début, ajoutai-je, alors la victime est toute disposée à croire qu'il sait des choses que les autres ignorent. Et donc, même s'il tombe à côté de la plaque par la suite, la personne ciblée lui donnera quand même le bénéfice du doute.

Waterhouse hocha la tête d'un air pensif. J'eus l'impression qu'elle me voyait pour la première fois.

Ma patronne reprit l'entretien en main et lança :

— Et qu'est-ce qui différencie Ms Belestrade du reste de ces prétendus « manipulateurs » ?

— Non seulement Ariel est capable de glaner des informations d'après le moindre mot ou le moindre geste de ses clients, mais elle possède une présence absolument magnétique, expliqua la professeure. Elle arrive à détendre le sujet à un point tel qu'il finit par divulguer plus de renseignements qu'il ne l'aurait voulu. Sa voix, la façon dont elle se tient, le rythme de ses paroles. Tout cela contribue à mettre la personne à l'aise et dans de bonnes dispositions.

— À vous entendre, on dirait de l'hypnose, commenta Ms Pentecost sur un ton qui laissait percer exactement ce qu'elle pensait de cette pratique.

— Non, non, répondit Waterhouse en secouant la tête. L'hypnose sur des sujets réticents sans utilisation d'un soporifique est un mythe. Ariel est plus subtile que ça.

Je repensai à cette voix de miel épicé dans mon oreille.

— En plus, durant certaines de nos discussions, elle a dévoilé des choses à mon sujet que je n'avais absolument jamais divulguées, involontairement ou pas. Des choses que très peu de personnes connaissent sur moi. Elle a dit qu'elles lui avaient été révélées par les esprits.

— Et vous l'avez crue ? demanda Ms P.

Waterhouse se fendit d'un sourire embarrassé.

— Je dois reconnaître que ça a failli. J'imagine que j'étais juste comme tous les autres – quelqu'un qui voulait y croire.

— Mais pour finir, ça n'a pas été le cas.

— Pour finir, j'ai reconnu son assistant, dit-elle. Il avait été étudiant ici. Neal quelque chose. Watkins. Neal Watkins. Option histoire et anthropologie, mais il a laissé tomber avant d'obtenir son diplôme. Par manque de moyens, je crois. J'ai interrogé les gens autour de moi et ses professeurs se souviennent de lui comme d'un excellent chercheur. J'ai supposé qu'on lui avait confié la tâche de déterrer d'obscurs détails à mon sujet.

— Alors en fin de compte, vous l'avez démasquée ?

— Sans pouvoir le prouver. Du moins, pas suffisamment pour l'écrire dans mon livre. Je ne crois pas aux accusations non fondées. Et…

— Et ? insista ma patronne.

— Et certaines des choses qu'elle connaissait sur moi… n'étaient pas de celles qu'on peut découvrir en faisant des recherches occasionnelles. Je ne sais pas comment elle y est parvenue. Même avec de l'aide.

Quelle que soit la nature de ces choses, il paraissait évident à sa façon d'en parler qu'il était hors de question d'approfondir le sujet. Ms P avait dû saisir le message elle aussi, car elle changea d'approche.

— D'après les descriptions de la soirée d'Halloween,

elle a fait passablement la même chose avec Rebecca Collins. Quelle impression vous a laissée sa représentation ?

— C'est intéressant que vous appeliez ça une représentation, répondit-elle. Parce que c'est ce qu'elle est. En représentation. Et elle est très bonne en général. Mais ce soir-là…

Elle se laissa de nouveau aller en arrière et ferma à demi les paupières.

— Au début, ça a été les trucs habituels. Tirer les cartes, les petits tours. Et puis il y a eu… l'incident… avec la fille Collins et le contact avec son père. Aucune subtilité. Aucun tact.

— Vous vous étiez déjà trouvée là auparavant, lorsqu'elle entre soi-disant en contact avec les morts ? demanda Ms P.

— Par deux fois – mais aucune ne s'est passée de cette manière.

— Étiez-vous encore là lorsque le corps a été découvert ?

Elle fit non de la tête et bascula une fois de plus son fauteuil vers l'avant.

— Non. Je suis partie immédiatement après la séance.

— Avez-vous eu l'occasion de discuter avec Ms Belestrade de sa prestation ce soir-là ?

— Non, je n'ai pas pu. Je lui ai laissé des messages, mais elle ne m'a pas retourné mes appels.

On sentait le regret dans sa voix. Je décidai que l'intérêt du Dr Waterhouse pour la voyante dépassait sans le moindre doute les limites du professionnel.

Ms P lui posa encore quelques questions sur la soirée et

les invités, ce qu'elle avait vu et entendu là-bas, mais il n'y eut pas de nouvelles révélations. Nous la remerciâmes de nous avoir accordé du temps et revenions sur nos pas dans le dédale de couloirs lorsqu'elle se hâta de nous rattraper.

— Serait-il possible de vous interviewer un jour, Ms Pentecost ? demanda-t-elle après avoir repris son souffle. Ce serait fascinant de voir les techniques utilisées par ma ribambelle de charlatans mises au service de la justice. Cela ferait un chapitre fantastique dans les futures éditions de mon livre.

Pendant une seconde, je crus que Ms P allait relever le défi. Puis elle secoua la tête.

— Non, je ne crois pas, Dr Waterhouse. Tout comme votre ribambelle de charlatans, je n'aime pas dévoiler mes secrets.

Ms P ne dit pas un mot de tout le trajet jusqu'à Brooklyn. Moi non plus. Je connais son expression lorsqu'elle est en pleine réflexion, et je n'aime pas la déranger quand elle chemine dans un raisonnement.

À la place, je réfléchis moi aussi de mon côté. À Ariel Belestrade et à Abigail Collins, et à ce qui avait pu dérailler durant la soirée d'Halloween. En me garant devant le *brownstone*, je remarquai une voiture arrêtée de l'autre côté de la rue. Je la remarquai parce qu'une Pierce-Arrow bordeaux – modèle V12 de 1935 – était aussi incongrue dans notre avenue qu'une opale dans une boîte de Cracker Jack[1].

---

1. Marque de friandises. Maïs soufflé à la mélasse et enrobé de caramel et d'arachides dont chaque paquet contient un petit cadeau sans valeur.

Un homme se trouvait au volant – jeune et élancé, avec une crinière de cheveux noirs lui retombant en cascade soigneusement agencée sur les épaules. Tandis que nous montions les marches, je l'observai qui nous observait.

J'avais à peine mis la clé dans la serrure que Mrs Campbell ouvrit la porte, son visage de gardienne du temple habituellement inflexible assombri par l'inquiétude.

— Vous voilà de retour, dit-elle avec un grognement à la fois soulagé et contrarié. Je lui ai dit que vous étiez absentes, mais elle n'a rien voulu entendre. Elle a dit qu'elle attendrait aussi longtemps qu'il le faudrait. Que c'était une question de vie ou de mort. Et puis elle est tranquillement entrée dans le bureau et a pris ses aises.

Ms Pentecost lui demanda si la femme en question s'était présentée, mais, cette fois, c'est moi qui avais une longueur d'avance sur elle. Ce qui ne tenait en rien du génie, cela dit. Derrière Mrs Campbell, accroché au portemanteau de l'entrée, se trouvait un long manteau de fourrure blanche que je connaissais bien.

Chapitre 11

— Je suis désolée de m'être imposée auprès de votre gouvernante, mais j'avais le pressentiment – un pressentiment très fort – que nous devions nous rencontrer. Et que ça devait être aujourd'hui.

La spirite se prélassait dans notre fauteuil le plus confortable, tout en jambes interminables et coupe au carré, vêtue d'un pantalon blanc et d'un chemisier violet qui offrait un contraste saisissant avec les couleurs ocre qu'affectionnait Ms Pentecost. Elle était fidèle à ses talons d'une hauteur vertigineuse – ces derniers d'un violet assorti à son chemisier.

— Pourquoi fallait-il absolument que ce soit aujourd'hui ? demanda Ms P, que la soudaine apparition d'Ariel Belestrade n'avait pas l'air de gêner.

Mais je savais que sa nonchalance était feinte. On sentait une tension juste sous la surface. Ça se voyait autour de ses yeux et à la façon dont elle refermait les doigts sur les accoudoirs du fauteuil. Elle était en train d'observer un tigre en cage et se demandait si elle pouvait faire confiance aux barreaux.

— Je ne sais pas pourquoi, mais je sais que c'est important, répondit Belestrade.

Il y avait moins d'épices et plus de miel dans sa voix aujourd'hui. Non que Ms P ait eu de l'appétit pour l'un ou l'autre.

— Elle a appelé, continua la spirite, en ajoutant juste le soupçon de stress nécessaire. Elle a besoin d'aide. Je sens que vous êtes la seule capable de la lui apporter.

— Qui a besoin de mon aide ?

— Abigail, répondit Belestrade, comme si la réponse était des plus évidentes. Une personne qui connaît une mort violente peut rester dans les parages longtemps avant de s'en aller. Piégée par la douleur et la peur. La rage la retient en ce bas monde. Comme un terrible poids mort autour de son cou.

Je vis une douzaine d'arguments passer sur le visage de ma patronne – avec lesquels elle aurait pu démonter les superstitions de la spirite. Je l'avais vue faire pleurer quelqu'un parce qu'il réfutait la théorie de l'évolution.

Au lieu de quoi, elle me prit par surprise.

— Abigail Collins a-t-elle apporté de nouvelles informations ? demanda-t-elle sur un ton tout ce qu'il y a de sérieux. L'identité de son meurtrier, peut-être ?

Belestrade secoua tristement la tête, les yeux écarquillés et pleins de bonne foi, ou du moins, de quelque chose qui y ressemblait.

— J'ai bien peur que non. Les esprits qui meurent de mort violente ne sont pas aussi lisibles que les autres. La rage perturbe les choses.

Ma patronne n'essaya même pas de répondre, aussi décidai-je de me lancer :

— J'ai le même problème quand j'essaie de régler le poste sur un match des Dodgers les soirs où il y a du vent, raillai-je en lui décochant mon troisième sourire le plus narquois.

Dommage pour toi, semblait dire son hochement de tête.

— Je ne m'attends pas à ce que vous me croyiez.

— Alors vous vous attendez à quoi ? demanda Ms P.

— À ce que nous puissions nous entretenir. Je sais que vous êtes curieuse à mon sujet. Pourquoi tout simplement ne pas nous rencontrer au lieu d'envoyer Miss Parker me surveiller ?

Ms P leva un sourcil à mon intention. Sa façon de me dire que nous en discuterions plus tard. Je sentis mon estomac se nouer à l'idée de devoir lui expliquer de quelle façon Belestrade m'avait baladée.

Pour la spirite, tout cela était lumineux, comme ourlé de néon.

— Ah, dit-elle, en se tournant vers moi. Ainsi vous n'étiez pas envoyée par votre employeur. Peut-être nous sommes-nous rencontrées par hasard ?

Le sourire vipérin reparut. Je me demandai à quel point cette femme était toxique.

Je n'eus pas le temps de le découvrir car ma patronne vola à mon secours.

— Je laisse à Miss Parker le loisir de faire preuve d'initiative quand il s'agit de récolter des informations sur les suspects, dit-elle.

— Et je suis une suspecte ? Comme c'est excitant, répondit la spirite avec un soupçon de joie malsaine. Ridicule, évidemment. Je n'avais aucune raison de vouloir du mal à Abigail. Mais ça a un côté très morbide qui est fascinant.

— C'est vous qui menez une vie plutôt morbide – au sens le plus strict du terme, répliqua Ms P.

— Mon travail s'adresse beaucoup plus aux vivants qu'aux morts, expliqua Belestrade. Je leur offre réconfort et conseils.

Ms P changea légèrement de position dans son fauteuil, afin de prendre ce que j'appelle sa posture d'enquêtrice.

— Maintenant que vous avez délivré le message de feue Mrs Collins, seriez-vous assez aimable pour répondre à quelques questions ?

La médium réfléchit – ou fit semblant de réfléchir, car elle devait s'attendre à une telle demande.

— Je suis une personne qui tient beaucoup à sa vie privée, Ms Pentecost.

— Pourtant, vous ne vous dérobez pas à l'attention des médias, si l'on en croit les coupures de presse vous concernant.

Touchée. Touchée de façon palpable.

— Vous avez regardé mes coupures de journaux ? Est-ce qu'il vous a fallu les chercher ? Ou est-ce que vous les conservez dans vos énormes dossiers ? Ceux que vous gardez à l'étage ?

Apparemment, je n'étais pas la seule habitante de la maison sur laquelle elle avait mené des recherches. Si ma patronne était déroutée, elle n'en laissa rien paraître.

La spirite agita une main, comme si elle chassait ses propres questions.

— Ça ne me dérange pas. Chaque fois qu'on a mentionné mon nom dans les journaux, c'était toujours pour un rôle de second plan dans la vie d'autres personnes. Jamais à propos de mon histoire personnelle. Qui est ce que vous cherchez, me semble-t-il.

Elle afficha un visage pensif, et je revis nos parties de poker du temps du cirque. En particulier mon pote Pauly, le clown. Même avec trois couches de maquillage, il était incapable de cacher qu'il avait une bonne main.

— Je vous propose un marché, reprit Belestrade. Je vous accorde une heure par-ci par-là pour répondre à toutes les questions que vous me poserez. En échange, vous devez toutes les deux venir me rendre visite chez moi et m'accorder une heure de votre temps.

Un sacré pari.

— Dans quel but ? demanda Ms P.

— Afin de lire votre passé et de prédire votre avenir, répondit notre invitée d'un ton neutre. Et de vous apporter mes conseils, dans la mesure du possible.

Un long silence s'ensuivit. J'entendais pratiquement les rouages tourner dans la tête de ma patronne. Et je hurlais intérieurement : *Couchez-vous ! Couchez-vous, nom d'une pipe !*

Aucune des réponses qu'elle nous donnerait ne serait fiable. En plus, on finirait bien par tout découvrir nous-mêmes, avec du temps et du travail de terrain. Je refusais que Ms P mette un pied dans le salon de cette araignée. Non que je l'aie jamais prise pour une mouche, mais mieux valait prévenir que se faire gober.

— D'accord, répondit Ms Pentecost.

J'essayai de ne pas montrer ma déception, mais vu la

perspicacité des deux femmes avec qui je me trouvais dans la pièce, c'était probablement peine perdue.

Belestrade afficha le sourire de celui qui vient d'abattre une quinte flush et attend de récupérer un gros pactole.

— Posez vos questions.

Chapitre 12

Un des premiers cours que Ms P m'avait obligée à suivre avait trait à la sténographie. Moi, vingt ans, m'obstinant à vouloir porter des salopettes et des chemises de flanelle, débarquant parmi deux douzaines de petites secrétaires de centre-ville tirées à quatre épingles et bien propres sur elles. Pas mes trois heures préférées de la semaine, mais des plus utiles au bout du compte.

Durant cette heure passée avec Ariel Belestrade, je levai à peine les yeux de mon calepin. Fidèle à sa parole, la médium répondit à toutes les questions qui lui furent adressées. Pas d'hésitation, pas de bafouillage, pas de pauses pour se préparer mentalement. Je n'aurais su dire si elle falsifiait certaines choses.

Si le Dr Waterhouse avait dit vrai, elle était maître dans l'art de la tromperie, alors je ne prenais rien pour argent comptant.

Voici une transcription des moments les plus marquants :

LP : Où êtes-vous née, Ms Belestrade ?
AB : S'il vous plaît, appelez-moi Ariel. Et je suis née à

La Nouvelle-Orléans, mais j'ai grandi dans de nombreux endroits. Louisiane, Floride, Tennessee, Texas, Californie, quelque temps à Londres et à Paris, et puis une grande partie de mes années d'adolescence à Savannah, en Géorgie.

LP : Et pourquoi une telle éducation ?

AB : Ma mère voyageait.

LP : Pour le travail ou pour le plaisir ?

AB : C'est… une question épineuse. Vous comprenez, c'était une maîtresse professionnelle. Les hommes l'engageaient comme compagne pour une semaine ou un mois. Parfois plus. Parfois juste pour un événement particulier. Ou des vacances. Une fois, un homme l'a embauchée pour un voyage de six mois en Europe. D'où le temps que j'ai passé à Londres et à Paris. Vous trouvez ça choquant ?

LP : Peu de choses me choquent en ce qui concerne la façon dont les femmes sont obligées de se frayer un chemin en ce monde. Vous l'accompagniez partout ?

AB : Pas toujours. Lorsque c'était le cas, une bonne d'enfants ou une autre compagne voyageait avec nous. Ou alors, elle me laissait à une amie en qui elle avait confiance en ville. Durant notre voyage en Europe, c'est ma grand-mère qui nous a accompagnées. Aux frais du client, évidemment.

LP : Votre mère devait être très belle.

AB : Justement, Ms Pentecost. Elle ne l'était pas. Ou, devrais-je dire, elle était attirante et en bonne santé, mais pas franchement éblouissante. Malgré tout, elle avait belle allure. Les hommes trouvaient plaisant de se montrer en sa compagnie.

LP : Vous avez mentionné votre grand-mère. Approuvait-elle la profession de votre mère ?

AB : Certainement pas. Mais elle avait compris très tôt que rien de ce qu'elle pourrait dire ne changerait le cours de la vie de sa fille. Cependant, sa désapprobation ne venait pas des mœurs sexuelles de ma mère, mais de son inquiétude pour moi, par rapport à mon éducation et à ma formation.

LP : Votre formation ?

AB : C'est au cours de notre voyage à l'étranger qu'on a remarqué mon don pour la première fois. Ma grand-mère me surprenait en train de jouer toute seule. De parler à des gens qui n'étaient pas là. Ma mère m'avait déjà vue le faire, mais j'étais alors une enfant – huit ou neuf ans – et les amis imaginaires ne sont pas inhabituels à cet âge. Mais ma grand-mère y a prêté attention. Lorsqu'elle m'a demandé à qui je parlais, j'ai répondu Charlotte. Quand elle m'a demandé qui était Charlotte, je lui ai dit qu'il s'agissait d'une petite fille comme moi qui avait été très malade. Et puis elle s'était réveillée un matin et plus personne ne pouvait la voir ni l'entendre, que ce soit sa mère, son père ou son frère. Et elle avait très peur.

LP : Charlotte était un fantôme ?

AB : Je n'aime pas ce mot, « fantôme ». Il fait penser aux histoires de zombies. Qui ont pour but de nous faire peur. On n'a pas besoin d'avoir peur des morts. C'est ce que ma grand-mère m'a appris. Elle a convaincu ma mère de me laisser vivre avec elle à Savannah. Le don s'était transmis de ce côté-ci de la famille. Ma grand-mère ne l'avait pas, mais sa sœur et sa mère, si.

Elle savait comment m'aider et me former pour que je puisse tirer parti de mon talent.

WILL : Je vais sauter la période durant laquelle elle a appris à parler aux fantômes, à Savannah. Les nombreuses heures qu'elle a passées assise en tailleur dans des cryptes à attendre que ces derniers apparaissent. Ainsi qu'une longue digression concernant l'interprétation des cartes de tarot et le meilleur jeu : la version française du XVIIIe siècle ou la plus récente de Rider-Waite-Smith. Intéressant si vous êtes féru de ce genre de choses. Mais c'est de la pure fiction, et à ce compte-là, je préfère mes romans qui annoncent franchement la couleur. En plus, je veux en arriver au meurtre-mystère du moment. Je dirai juste ceci : Belestrade raconta l'histoire de son enfance avec un sens de la dramaturgie qui ne peut venir que d'une longue pratique. À mon avis, un certain nombre de ses clients pensaient eux aussi avoir eu droit à ces révélations personnelles obtenues à force de persévérance. J'y retourne.

LP : Comment avez-vous rencontré Abigail Collins ?

AB : Dans un gala organisé par un musée, il y a environ deux ans. Elle m'a été présentée par un autre client. Je ne me rappelle plus qui. On a immédiatement noué un lien très fort. Elle a pris rendez-vous pour venir me voir la semaine suivante.

LP : Ce lien très fort, pouvez-vous le décrire ?

AB : C'est différent avec chaque client. Pour moi, ça signifie qu'une personne est transparente. Que je vois et que je sens clairement les éléments toxiques dans sa vie. Pour eux, ça signifie qu'ils perçoivent en moi quelque chose dont ils ont besoin dans leur existence. Certains sont perdus ; d'autres en lutte ; d'autres encore trouvent simplement avec moi une facilité à s'exprimer qu'ils ne rencontrent nulle part ailleurs.

LP : Ça ressemble à la relation entre un patient et son psychiatre.

AB : Je suppose que ça l'est. Quoique, contrairement à un psychiatre, je reconnaisse que le monde intérieur ne peut pas toujours apporter les réponses. Il y a un autre monde au-delà de celui-ci.

LP : Quel genre de cliente était Mrs Collins ? Perdue, en lutte, ou cherchait-elle simplement quelqu'un à qui parler ?

AB : Elle était en recherche. Elle attendait quelque chose de plus de cette vie.

LP : Vous pouvez développer ?

AB : Non.

LP : Non ?

AB : Le détail de mes discussions avec mes clients, des voyages spirituels que nous faisons ensemble, est sacro-saint. Je suis tenue de ne rien en divulguer.

LP : Ms Belestrade, un conseiller spirituel n'est pas un conseiller juridique. La loi ne reconnaît pas la confidentialité dans votre profession. Et même si c'était le cas, cette confidentialité serait levée avec la mort de Mrs Collins.

AB : Mais ça n'est pas le cas ! Abigail a peut-être abandonné son corps, mais elle n'a pas quitté ce niveau d'existence. Elle s'accroche toujours à ses passions et à ses secrets, et je dois respecter ça. Et s'il vous plaît, appelez-moi Ariel.

LP : Ariel… Vous devez vous rendre compte que quelque part dans les échanges que Mrs Collins a eus avec vous, dans ses passions et ses secrets, il pourrait y avoir la clé permettant de comprendre son meurtre. Si, comme vous le dites, elle est entrée en contact avec vous par-delà la tombe pour vous orienter vers moi, peut-être qu'on peut laisser tomber la confidentialité.

AB : Je comprends. Et je compatis. En même temps, je ne veux pas étaler ses secrets les plus intimes devant des étrangers. Voilà ce que je peux dire. Le mariage d'Abigail était… compliqué. Elle est restée avec son mari par amour pour ses enfants et elle en a payé le prix, dans sa tête, dans son cœur et dans son âme.

LP : Par « compliqué », vous voulez dire qu'elle a été physiquement maltraitée ?

AB : J'ai peur de ne pouvoir en dire davantage.

LP : Et comment est-ce que vous vous y êtes prise pour l'aider ?

AB : Je lui ai montré qu'il y avait de la lumière dans les ténèbres. Qu'elle n'était pas piégée. Qu'il existait des chemins permettant de revenir à une vie où elle pourrait être heureuse.

LP : C'était peu de temps avant la mort de son mari ?

AB : Est-ce que vous êtes en train d'insinuer quelque chose ?

LP : J'établis simplement une chronologie.

AB : Je vais être claire. Abigail n'avait rien à voir dans

la mort de son mari. Je n'ai aucune raison de croire qu'il s'agit d'autre chose que d'un suicide, et elle a exprimé le même sentiment de nombreuses fois.

LP : Avait-elle une idée de la raison pour laquelle son mari aurait mis fin à ses jours ?

AB : Là encore, nous entrons dans des considérations intimes sur sa vie et ses émotions dont je préférerais ne pas parler.

LP : Et qu'en est-il de son récent virage concernant la contribution de son entreprise à l'effort de guerre ? Cela vous pose-t-il un problème d'en parler ?

AB : Dans la mesure où il s'agit de quelque chose qu'Abigail avait publiquement exprimé, ça ne me pose pas de problème. Sa conscience ne lui permettait plus de prendre part à la cruauté des hommes les uns envers les autres.

LP : Ce changement était-il dû à votre influence ?

AB : Absolument. Quand on comprend à quel point le voile entre les morts et les vivants est ténu, et que la souffrance éprouvée au cours de la vie perdure bien au-delà du dernier souffle, il devient beaucoup plus difficile de passer outre aux vies qu'on fauche par la violence. Même quand c'est au nom d'une prétendue noble cause.

LP : En parlant du voile entre les morts et les vivants, venons-en aux événements de la soirée d'Halloween. Qui a eu l'idée de vous engager pour la fête ?

AB : C'était l'idée d'Abigail. Je fais rarement des séances publiques comme celle-ci. Tellement de gens, tellement d'énergie négative. Je tire le meilleur de mon talent quand je peux me concentrer sur les complexités d'une seule personne, d'un seul cœur. Ce genre de soirée a tendance à virer à l'exhibition.

LP : Pourquoi avoir accepté dans ce cas ?

AB : Un pressentiment. Un pressentiment très fort que je devais être là. Que j'avais un message à faire passer.

LP : Étiez-vous payée pour votre performance ?

AB : J'ai reçu un salaire généreux.

LP : Abigail s'est-elle montrée aussi généreuse durant toute votre relation ?

AB : Ne soyez pas aussi pusillanime. Ça n'est pas digne de vous. Demandez-moi simplement si je faisais payer mes services.

LP : Le faisiez-vous ?

AB : Oui. Et je prends cher. J'aurais cru que vous comprendriez. En tant que femme dont les talents sont rares et très demandés.

LP : Pourriez-vous, s'il vous plaît, nous raconter les événements de la soirée de votre point de vue ?

AB : Je suis arrivée un peu après vingt-trois heures. Abigail voulait que tout soit une surprise et je ne devais donc pas me mêler aux invités. Je suis entrée par-derrière et on m'a tout de suite conduite à l'étage, dans le bureau qui avait été aménagé selon mes directives. J'ai consacré la demi-heure suivante à méditer et à me concentrer. Puis Abigail a introduit ses invités. J'ai commencé par de simples prophéties, qui consistent moins à lire le passé ou à prédire l'avenir qu'à indiquer à la personne concernée quelles sont les voies qui s'ouvrent à elle. Ça semblait se passer plutôt bien, mais dans l'ensemble, le groupe était chahuteur, un peu éméché et pas très réceptif. Et puis on a commencé la séance. J'ai éprouvé un fort besoin de parler avec Rebecca Collins et je lui ai demandé si elle acceptait. Je suppose que vous avez discuté avec d'autres de ce qui s'est passé. J'ai peur de ne pouvoir vous en dire beaucoup sur ce qui a été transmis. Lorsque je suis connectée à l'au-delà, je n'en ai que très peu de souvenirs après coup.

LP : D'après les témoins, vous avez parlé d'une voix assez semblable à celle de feu Mr Collins. Vous avez dit : « S'il vous plaît, laissez-moi trouver le repos. Ne me trahis pas, mon amour. »

AB : Alors c'est ce que j'ai dit.

LP : Avez-vous une idée de la raison pour laquelle l'esprit d'Alistair Collins aurait dit une chose pareille ?

AB : Je suis désolée, je ne sais pas. Dans le meilleur des cas, je peux faciliter une conversation. Mais dans la plupart, comme celui-ci, je ne suis qu'un simple messager.

LP : Ça semble très frustrant. D'être ainsi utilisée. Contre votre volonté.

AB : C'est un privilège, Ms Pentecost. Peu de personnes peuvent faire ce que je fais. Il est de mon devoir de suivre cette vocation. Tout comme vous sentez qu'il est de votre devoir de suivre la vôtre, j'en suis certaine.

LP : Une fois que vous avez… émergé de votre transe, qu'avez-vous fait ensuite ?

AB : Quand j'ai repris conscience, Abigail était en train de demander à tout le monde de quitter la pièce. J'ai été entraînée dans le couloir avec tous les autres. J'ai quitté la soirée peu après.

LP : Après votre départ, où êtes-vous allée ?

AB : Chez moi. Neal, mon assistant, m'a ramenée en voiture.

LP : Où se trouvait-il durant la soirée ?

AB : Il attendait dans le véhicule. Et avant que vous ne le demandiez, oui, il y est resté tout le temps et non, il n'a rien remarqué d'important. Je l'aurais invité à la soirée lui aussi, mais j'avais déjà abusé de la générosité d'Abigail pour lui imposer une invitée.

LP : Vous faites référence au Dr Waterhouse. Pourquoi lui avez-vous proposé de venir assister à la séance ?

AB : Je me donne rarement la peine de narguer les sceptiques, mais Olivia est tellement incrédule et inflexible, et elle met un tel enthousiasme à découvrir mes « trucs » que je n'ai pas pu m'empêcher de tenter le coup avec elle.

LP : Nous avons parlé au Dr Waterhouse et elle a mentionné que vous aviez des dispositions extraordinaires s'agissant de cerner les gens. Vous êtes d'accord ?

AB : Les gens ne sont pas des livres. Je ne les ouvre pas pour feuilleter leurs pages. Je dirais plutôt que c'est moi qui m'ouvre au monde. Je deviens extrêmement sensible au monde et aux âmes qui m'entourent.

LP : Durant le temps que vous avez passé dans la maison des Collins, avez-vous… senti… quoi que ce soit de notable parmi les autres invités ?

AB : La plupart des gens présents se préoccupaient plus d'être vus que de profiter de la compagnie d'autrui. Beaucoup d'entre eux avaient l'air blasés. Soit ils attendaient l'occasion de parler affaires, soit ils faisaient acte de présence jusqu'au moment de pouvoir partir. Triste, vraiment. De gaspiller sa vie de cette façon.

LP : Croyez-vous qu'Abigail Collins ait été tuée par l'esprit de son mari ?

AB : J'ai vu d'innombrables esprits transpercer le voile. Je les ai vus se manifester de façon matérielle. Je les ai sentis pénétrer en moi et m'utiliser pour parler à leurs bien-aimés. Je les ai vus pénétrer le corps d'autres personnes et se déplacer à l'intérieur. Je suis entrée dans des maisons assaillies d'esprits frappeurs – des esprits tellement perdus et oubliés qu'ils ne sont guère plus qu'une rage insensée ayant pris forme. Mais je n'ai jamais vu un esprit assassiner un être humain. D'après mon expérience, et la vôtre j'en suis sûre, nous autres mortels en savons suffisamment sur le meurtre. Nous n'avons pas besoin de compter sur les morts pour ça.

Chapitre 13

— Maintenant que je me suis rendue disponible pour vous, quand cela vous conviendrait-il de me rendre la pareille ? demanda Belestrade à la fin de l'entrevue. Vous pouvez me rendre visite n'importe quel jour à n'importe quelle heure.

La détective imperturbable se tortilla dans son fauteuil mais finit par convenir du mercredi suivant en fin d'après-midi. Je crois qu'elle espérait que nous aurions bouclé l'affaire d'ici là et qu'elle pourrait y échapper.

Je raccompagnai Belestrade à la porte.

— J'espère que vous vous joindrez à nous mercredi prochain, Miss Parker, lança-t-elle en plaçant sa voix d'une façon telle que j'en eus des frissons le long de la colonne. L'invitation est valable pour vous deux.

— Je ne manquerais ça pour rien au monde, répondis-je avec un sourire enthousiaste qui ne trompa personne.

De retour dans le bureau, je m'assis dans le fauteuil que Belestrade venait de quitter, inspirai un grand coup pour me calmer, et déballai les événements de la nuit précédente, sans rien omettre.

Je conclus le tout en m'excusant.

— Je suis désolée de ne pas vous l'avoir dit. Je me suis fait prendre et j'étais embarrassée.

— Tu es désolée de ne rien m'avoir dit, mais pas désolée de t'être rendue là-bas pour commencer – laisse-moi finir ! Tu as désobéi à un ordre direct et approché la femme que je t'avais expressément demandé de ne pas approcher. Tu n'es pas désolée pour ça ?

J'avais les joues en feu. Je faillis ergoter sur « ordre direct » et « approché », mais je ravalai mes paroles.

— Je suis désolée, répétai-je, d'une voix faible et tremblotante qui me fit horreur.

Ouais, j'avais honte. Ma patronne m'avait fait confiance et j'avais foiré. En même temps…

— Oui ? dit Ms P. Tu as autre chose à ajouter ?

— Ouais, répondis-je en rassemblant tout mon courage. Je regrette de m'être fait prendre. Je regrette de m'être fait avoir. Mais je ne regrette pas d'avoir essayé d'enquêter sur cette femme. Elle est suspecte dans une affaire de meurtre. Elle est, et de loin, la personne la plus bizarre de toutes. Et elle vous rend nerveuse comme jamais personne auparavant.

Ma patronne ouvrit la bouche pour démentir, mais je ne lui en laissai pas le loisir.

— Elle savait des choses sur moi qu'elle n'aurait pas dû savoir, dis-je. À propos d'endroits sur lesquels je fais très attention de rester discrète. Alors, à moins que vous croyiez vraiment qu'elle ait une ligne directe avec les morts, elle nous surveillait avant même que l'affaire Collins ne se présente. Je sais que vous travaillez seule sur certaines affaires, et en général, ça ne me pose aucun problème. Mais cette fois, j'ai besoin de savoir. Je crois que vous me devez bien une explication.

Durant les quelques secondes de silence glacial qui s'ensuivirent, j'évaluai à pile ou face les chances que j'avais de me faire virer dans la minute. Il régnait un tel silence que j'aurais presque pu entendre la pièce voler dans les airs. Puis elle retomba et Ms P hocha la tête.

— Tu as raison, Will. Je te dois bien ça.

Elle avait une voix fatiguée et semblait porter le poids du monde sur ses épaules. Elle se leva et se dirigea vers la bibliothèque à l'autre bout de la pièce pour y prendre un livre. Elle chancela trois fois – deux à l'aller et une au retour. Je ne m'étais pas rendu compte jusqu'à présent combien l'entrevue l'avait épuisée.

— Que sais-tu de Jonathan Markel ? demanda-t-elle.

— L'homme dont le meurtre nous a permis de nous rencontrer ? Si je me rappelle bien, vous n'avez jamais dit un seul mot à son sujet.

— Comme tu l'as prouvé, tu n'as pas peur de chercher des réponses de ta propre initiative.

Je lui concédai le point et repensai aux heures que j'avais passées à potasser les vieux journaux.

— Jonathan Markel, trente-cinq ans, jamais marié, fils aîné d'une riche tribu, commençai-je. Pas aussi riche que les Collins, mais une fortune à six chiffres quand même. Mondain. Se contente de passer ses journées à courir le jupon et à dilapider la partie émergée de son héritage. Débuts d'après-midi à son club, débuts de soirée au théâtre ou à l'opéra, fins de soirée dans des établissements plus sordides où ses propres pairs ne mettraient jamais les pieds. Une nouvelle petite amie au bras chaque soir. Comme me l'a dit un journaliste devant une bière, c'était un homme que rien ne passionnait hormis toutes ses passions.

— Excellemment formulé, commenta Ms P avec un hochement de tête approbateur. Bien qu'inexact au point que c'en est presque risible. Tu n'as rien à te reprocher en tant qu'enquêtrice, ajouta-t-elle. Jonathan n'était pas doué comme dissimulateur. Même si sa famille avait été richissime, le krach boursier ne leur avait pas fait de cadeau. Son héritage était plus modeste qu'il ne le laissait croire à la plupart. Il le complétait en jouant les intermédiaires.

— De quelle sorte ? demandai-je.

— L'information, essentiellement. Jonathan savait passer avec habileté d'un univers à l'autre. Il était aussi à l'aise dans les chambres hautes du pouvoir qu'à discuter avec des gangsters dans un club du centre-ville. Il possédait une capacité hors du commun à débusquer même les bribes d'informations les plus secrètes. Que ce soit pour de l'espionnage industriel, du chantage, ou des raisons plus honnêtes, il acceptait tous les clients si le prix était correct. Les gens étaient prêts à payer cher pour ses services.

— Vous en étiez ?

— C'est exact, répondit-elle. À plus d'une occasion. Bien que ça ne m'ait pas coûté aussi cher qu'à Jonathan.

Elle entrouvrit le livre, le feuilleta jusqu'à ce qu'elle y trouve un petit bout de papier qu'elle tint délicatement entre deux doigts.

— Durant les années qui précèdent notre rencontre, quand je n'étais pas encore aussi connue et que ma santé me laissait un minimum d'énergie, je prenais souvent l'initiative d'enquêter sur des affaires pour lesquelles je n'avais pas été engagée. Il m'est arrivé de nombreuses fois de faire des suggestions à la police ou aux journaux.

J'acquiesçai.

— Une façon d'attirer la clientèle.

— En partie.

Pas besoin de mentionner le reste. Quand Ms Pentecost a du temps libre, elle devient dangereuse. Elle a tendance à considérer les crimes non résolus comme une affaire personnelle.

— Certaines enquêtes résistaient à mon talent, continua-t-elle. Au fil du temps, j'ai commencé à voir un schéma récurrent dans plusieurs d'entre elles. Ce président de banque tombé du pont de Brooklyn. Ce magnat du textile brûlé vif dans son penthouse. Ce commissaire à l'urbanisme disparu de sa chambre avec sa femme endormie à ses côtés et qu'on n'avait jamais retrouvé. Et d'autres du même style. Je peux te montrer les dossiers. Ils concernent tous des gens riches ou influents impliqués dans des activités sinon criminelles, du moins suspectes. Leurs morts ou leurs disparitions ont eu des répercussions importantes et toutes présentaient certains éléments obscurs.

Voilà qui expliquait pourquoi elle m'ordonnait régulièrement de parcourir les journaux. J'avais toujours cru qu'elle avait un penchant pour les crimes tordus. À présent, je comprenais qu'en fait, elle cherchait d'autres fils conducteurs.

— En dehors de leur… similitude, je n'ai pu trouver aucun… aucun autre point commun, ajouta-t-elle. Au même moment, les affaires que je réussissais à résoudre m'amenaient de nouveaux clients. J'avais de moins en moins de temps à consacrer à mon hobby. Alors je suis allée voir Jonathan. Je… lui ai dit que je recherchais une personne… ou des personnes liées à plusieurs de ces crimes, si ce n'est à tous. Que je cherchais n'importe quel lien. J'ai payé… un acompte que je ne pouvais pas vraiment me permettre à l'époque et il s'est mis au travail. C'était… cinq mois avant sa mort.

Je commençais à comprendre où tout cela allait mener et je n'étais pas sûre que ça me plaise. Je n'aimais pas non plus la voir aussi fatiguée.

— Vous n'avez pas besoin de me raconter tout ça maintenant, dis-je. Faites une pause. Reposez-vous avant le dîner et on pourra parler de ça plus tard.

— On va en parler maintenant, répondit-elle d'un ton hargneux.

Je savais qu'elle n'était pas fâchée contre moi. Elle était fâchée contre la maladie. Je me dirigeai vers la desserte à alcools et lui servis un verre d'eau. Elle l'accepta avec un signe de tête et en but une grande gorgée avant de se mettre à tousser. Je lui tendis mon mouchoir.

— Je suis désolée, Will.

— Ça va, répondis-je. Prenez votre temps.

Autre gorgée, plus lentement cette fois. Puis elle continua :

— La veille de sa mort, Jonathan m'a contactée en me disant qu'il avait trouvé quelque chose. Ou quelqu'un, dit Ms P. Je lui ai demandé de… m'expliquer. Il a refusé. Et il a ajouté que ce qu'il avait pour moi valait plus que ce que je lui donnais. Il a voulu qu'on se voie… l'après-midi suivant. Dans un endroit public… Un parc. Il avait l'air… inquiet. J'ai accepté. Je devais… lui apporter le reste de… ses honoraires. Cette nuit-là… il a été assassiné.

C'était bien ce à quoi je m'attendais. Et j'avais raison : ça ne me plaisait pas. Un homme qui détient des renseignements sur des crimes en série se fait buter moins de vingt-quatre heures avant le moment où il est censé les remettre ?

— Qu'est-ce que vous êtes en train de me dire ? demandai-je. Que McCloskey n'a rien fait ?

— Oh si, je suis sûre qu'il l'a fait, répondit Ms P. Tu te souviens de ses derniers mots ?

J'allai à la pêche aux souvenirs.

— Je crois me rappeler que ses derniers mots ont été un truc du style : « Autant faire les choses », etc. Avant, je n'ai pas saisi. J'étais trop occupée, je me préparais à lui planter un couteau dans le dos. Par contre, je me rappelle bien que ses paroles vous ont mise hors de vous.

— Les paroles en question, qui m'ont tellement intéressée, c'était : « Elle a dit que ça ne me retomberait pas dessus. »

Je laissai infuser cette bribe d'information.

— Je suppose que le « elle » auquel il faisait référence n'était pas sa chère mère disparue.

— Mr McCloskey ne me semblait pas du genre à penser souvent à sa mère.

— D'accord, je donne ma langue au chat. De qui parlait-il ?

— C'est ce que je lui ai demandé, me rappela-t-elle.

Malheureusement, il s'est très vite retrouvé dans l'incapacité de répondre.

Je me préparai à lui balancer mes excuses les plus goguenardes pour lui avoir sauvé la vie, mais avant que je puisse le faire, elle fit glisser le morceau de papier sur la table.

— Voilà ce que j'ai pris dans la montre de Jonathan. Une cachette que peu connaissaient, si ce n'est personne, dit-elle. C'est le message qu'il s'apprêtait à me faire passer.

Sur le papier, écrit en pattes de mouche serrées, je lus *Ariel Belestrade*.

Elle se laissa aller dans son fauteuil, comme si le simple fait de m'avoir raconté ça l'avait vidée. Je ramassai le bout de papier et l'étudiai, tout en rassemblant les questions que j'avais en tête.

Je récapitulai les informations que j'avais réussi à glaner en douce à propos de l'incident qui nous avait amenées dans l'orbite l'une de l'autre. La police n'avait aucun doute sur la culpabilité de McCloskey dans le meurtre de Jonathan Markel, je le savais. Dès l'instant où ils avaient commencé à décortiquer sa vie, ils avaient découvert une douzaine d'autres effractions à son actif. Dont plusieurs ayant aussi entraîné la mort des victimes.

— Un lien entre Belestrade et McCloskey ? demandai-je.

Elle fit non de la tête.

— Aucun que je parvienne à établir.

— Vous étiez-vous déjà intéressée à Belestrade avant ?

— Non, répondit-elle. Je n'avais jamais entendu parler de cette femme.

— Et les autres affaires ? demandai-je. Est-ce qu'elle apparaît dans certaines ?

— Aucune.

— Elle aurait eu quelque chose à y gagner ?

— Pas que je sache, répondit-elle. Rien dans ces affaires ne prouve qu'elle aurait pu en bénéficier, directement ou non.

Elle cambra le dos, essayant de trouver une position confortable. Je voyais qu'elle souffrait – en partie physiquement et en partie parce qu'elle butait sur des impasses.

— Et la vengeance ? suggérai-je. Chacun de ces hommes a peut-être été un client de sa mère qui se serait mal comporté avec elle.

— Maintenant que je comprends mieux d'où vient Ms Belestrade, à supposer que tout ce qu'elle nous a raconté soit vrai, je vais devoir le prendre en compte. Bien que pour une affaire aussi complexe en apparence, la vengeance me semble un mobile assez peu sophistiqué…

Je repensai à ma propre mère et à la façon dont elle avait été traitée. Et jusqu'où je pourrais aller, si j'en avais l'inclination et l'occasion, pour obtenir une petite vengeance.

Parfois, les mobiles les plus basiques sont ceux qui demeurent.

— Pourquoi venir ici ? dis-je tout haut. Est-ce qu'elle joue avec nous ?

— Certainement, répondit Ms P en se calant contre

le dossier et en fermant les yeux. Elle savait qu'on ne tarderait pas à l'approcher. De cette façon, c'est elle qui pose ses conditions.

Je continuai à réfléchir à la question. Non que j'espérais trouver une réponse que ma patronne n'aurait pas déjà envisagée et rejetée. Mais une chose me vint tout de même à l'esprit.

— Quelles sont les chances que Markel se soit trompé ? demandai-je.

— Il a bâti... sa réputation sur... la fiabilité de ses informations, répondit-elle, les yeux toujours fermés.

— D'accord, alors peut-être trompé volontairement.

— Qu'est-ce que tu suggères ? dit-elle en soulevant furtivement une paupière.

— Vous avez dit qu'il cherchait à gagner plus d'argent. Qu'il vivait au-dessus de ses moyens. Peut-être qu'il était à sec et qu'il a décidé de vous balancer un nom.

Elle rouvrit brusquement les yeux et un défilé d'émotions diverses passa sur le visage de ma patronne.

— Jonathan n'aurait... pas... fait ça. Il était... dépravé... mais c'est sa réputation... qui le faisait vivre, ajouta-t-elle. Je lui faisais confiance... comme... je te fais... confiance.

— Très bien, dis-je. Si vous lui faisiez confiance, c'est qu'il en valait la peine.

Je ne laissai pas tomber mon idée pour autant, mais je la mis de côté dans un coin de mon esprit, afin de la reprendre plus tard. Ce n'est pas que je mette en doute les capacités de Ms Pentecost à jauger les gens. Elle m'a embauchée, après tout. J'avais simplement le sentiment, renforcé par sa réaction, que sa relation avec cette personne allait peut-être au-delà du professionnel.

Au cours des quelques années que j'avais passées avec elle, Ms Pentecost n'avait jamais montré le moindre intérêt romantique envers qui que ce soit, homme ou femme. Évidemment, la grande majorité des gens qu'elle rencontre sont des criminels, des victimes, ou des flics. Ce n'est pas le genre de vie qui offre beaucoup de perspectives en matière de rendez-vous amoureux.

Cela dit, je n'étais pas assez stupide pour la croire incapable d'éprouver de tels sentiments. Elle m'avait donné des conseils de temps à autre, des choses qu'on ne trouve pas dans les magazines féminins, suggérant incontestablement qu'elle avait eu une vie amoureuse.

Je me demandai si Markel en avait fait partie. Bien sûr, il était « dépravé ». Mais c'était aussi un bel homme du monde, doté d'un esprit vif et curieux qui franchissait les barrières de classe avec facilité. Est-ce que ça ressemble à quelqu'un que je connais ?

Ms Pentecost ferma de nouveau les yeux et sa respiration ralentit. Elle eut tôt fait de ronfler doucement. Je sortis de la pièce à pas de loup et me rendis à la cuisine pour dire à Mrs Campbell de revoir ses plans pour le dîner. Puis je regagnai le bureau et secouai gentiment Ms P par l'épaule.

La célèbre enquêtrice se réveilla en grognant.

— Venez, dis-je. Vous allez au lit.

— Je vais bien, répondit-elle d'un ton somnolent. Le dîner sera bientôt prêt.

— Le dîner est repoussé. Mrs Campbell va faire des

sandwiches avec le poulet rôti. Je vous en monterai un ou deux.

Elle ne protesta pas. Ce qui m'indiqua à quel point elle était fatiguée. Je l'aidai à s'extirper du fauteuil et à monter l'escalier. Une fois à la porte de sa chambre, je lui tendis sa canne.

— Vous voulez que je vous aide à vous mettre au lit ?

— Je ne suis pas infirme, grommela-t-elle. Puis elle prit une inspiration chevrotante. Je vais bien, Will. Merci. Si je dors quand tu remontes, laisse le dîner près de la porte.

— Oui, patronne.

Je redescendis à mon bureau. Je l'écoutai se déplacer dans la chambre, aller dans la salle de bains et regagner son lit. Je continuai à tendre l'oreille jusqu'à ce que j'entende grincer les ressorts.

Je restai assise un moment, repensant à Belestrade, à Markel et au clan Collins. En gros, j'essayais d'assembler les pièces du puzzle. Non seulement je n'y parvins pas, mais je ne réussis même pas à avoir une vision d'ensemble.

Je pensais aussi à ce qu'avait dit Ms P.

Je ne suis pas infirme.

Je pensais en particulier au mot que je m'attendais à l'entendre prononcer. Même si elle ne l'avait pas fait, il restait en suspens. Silencieux et abominable.

Encore.

Chapitre 14

Le lendemain, le vendredi, il était prévu que j'interroge les employés de Collins Steelworks toute la journée. Lazenby ne nous ayant jamais recontactées pour nous informer du travail fait par ses hommes, je partais donc de zéro.

J'étais debout avant l'aube, et je faillis pratiquement devancer Mrs Campbell à la cuisine.

— Vous avez fière allure, dit-elle en me voyant. On dirait la secrétaire de quelqu'un.

— C'est l'idée, répondis-je en drapant mon blazer en laine sur le dossier de la chaise et en tirant sur ma jupe droite pour m'asseoir à la table de la cuisine. J'espère que le paquet de cadres que je vais passer au peigne fin baissera la garde si je ressemble plus à leur secrétaire qu'à…

— Qu'à quelqu'un qui garde un pistolet dans sa poche ? suggéra la gouvernante.

— Exactement.

Je coinçai une serviette dans mon col avant de m'attaquer aux œufs et aux *biscuits* au cheddar. Je voulais au moins attendre le déjeuner pour tacher mon chemisier blanc.

Juste avant de partir, je demandai à Mrs Campbell d'aller voir la patronne aux environs de midi et de vérifier si elle était en train de dormir, de manger, ou autre chose.

Strictement nécessaire ? Non. Mais quand on bosse sur une affaire, j'ai une petite tendance à jouer les mères poules et Ms P me laisse faire jusqu'à ce qu'elle n'en puisse plus.

Je sortis de Brooklyn pile au moment où le soleil se levait et arrivai à Jersey City en même temps que le reste des employés de bureau. Je suivis les indications jusqu'à une zone industrielle tentaculaire sur les rives de l'Hudson. Appeler l'établissement une usine est au-dessous de la vérité. Il n'y avait peut-être eu qu'un seul bâtiment au départ, mais au fil des ans, l'entreprise s'était étendue tel un champignon de béton et d'acier jusqu'à occuper une bonne partie du terrain en bord de rivière.

Au centre du complexe se trouvaient les bureaux de la direction, dans un cube en brique de cinq étages pour lequel, à l'évidence, l'architecte ne s'était pas trop foulé question créativité. Harrison Wallace m'accueillit à la porte. Je n'aurais su dire si son visage renfrogné m'était destiné, ou si c'était simplement dû à l'agencement de ses traits.

— J'ai pris les dispositions nécessaires pour que vous puissiez avoir du temps avec chaque personne présente à la soirée, m'annonça-t-il en me précédant dans le labyrinthe jusqu'à une petite salle de conférences dont la rangée de baies vitrées surplombait la rivière. Ils viendront vous voir un par un. Tous, sauf John Meredith – c'est un de nos chefs d'atelier. Il faudra aller lui parler là-bas.

Pas exactement comme ça que j'aurais organisé les

choses. Ils allaient tous rester sur leurs gardes. Je n'aurais aucune chance de les voir dans leur habitat naturel.

Mais Wallace était le client, et je devais réussir à caler près de quarante entrevues en une journée.

— La police est-elle toujours en train de fouiner? demandai-je.

— Mon Dieu, oui. (Il prit une pose de martyr.) Ils y passent des heures et des heures. Deux d'entre eux ont épluché nos comptes toute la journée de mercredi et de jeudi. Je ne suis même pas certain qu'ils aient parlé à tous ceux qui se trouvaient à la soirée. Comme je l'ai dit : des incompétents.

Il sortit pour m'envoyer mon premier client et je me retrouvai à me demander sur quelle piste Lazenby et ses hommes s'étaient lancés. Wallace se trompait à cet égard. Lazenby était beaucoup de choses, mais pas du genre à perdre son temps. S'ils suivaient l'argent, c'est qu'il y avait de l'argent à suivre.

Je vous épargne le compte-rendu détaillé de la journée. Ce fut sans conteste une des corvées les plus longues et les plus ennuyeuses qu'on m'ait jamais ordonné d'effectuer. Je parlai à quarante-trois cadres – dont quarante hommes. La plupart étaient mariés, divorcés ou veufs, et sept sur dix avaient l'âge mûr dans leur rétroviseur. Mon scénario, au fil de son évolution, donnait quelque chose du genre :

Depuis combien de temps travaillez-vous pour Collins Steelworks ?
Était-ce la première fois que vous alliez chez les Collins ?
Avez-vous apprécié la soirée ?

Étiez-vous proche d'Abigail ou d'Alistair Collins ?
Qu'avez-vous fait durant la soirée ? Avec qui avez-vous passé du temps à discuter ?
Avez-vous vu ou parlé à Abigail Collins avant minuit ? Et de quoi ?
Vous est-il arrivé de voir ou de parler à Rebecca ou à Randolph Collins ?
Étiez-vous dans le bureau durant la séance ? Qu'en avez-vous pensé ?
Comment les autres invités prenaient-ils la chose ?
Quelqu'un en dehors d'Abigail ou de Rebecca vous a-t-il semblé particulièrement bouleversé ?
Quand avez-vous quitté la soirée ?
Étiez-vous présent lorsqu'on a découvert le corps ?
Quel est le meilleur moment pour téléphoner à votre épouse ? Je vous promets de ne pas l'importuner. Vraiment, je vous le promets.

Il y eut des variantes, mais ce fut plus ou moins ainsi que se passa ma journée. Alors que Ms Pentecost aurait été capable de transformer cette boue en or, je n'en voyais pas l'intérêt.

Les seuls détails qui piquèrent ma curiosité furent les suivants, en vrac.

Al Collins était presque aussi universellement admiré que craint, et il comptabilisait à lui tout seul plus d'heures au bureau que deux de ses subordonnés pris au hasard.

Abigail Collins était… moins admirée. On fit entendre les grognements compatissants de circonstance, mais j'eus l'impression qu'une bonne partie de l'équipe dirigeante n'appréciait pas qu'elle vienne fourrer son nez dans les affaires de l'entreprise après le décès de son mari. Qu'elle se soit découvert une conscience et envisage de renoncer aux contrats militaires faisait grincer les dents à plus d'un.

L'homme dont Belestrade avait dévoilé durant la soirée qu'il envisageait secrètement de prendre sa retraite admit que ça n'avait pas été aussi secret que ça. Il en avait parlé à plusieurs amis et collègues et avait commencé à réduire ses heures de présence. Même si personne n'avait mouchardé, on avait pu en tirer certaines conclusions.

La femme dont Belestrade avait deviné la grossesse ? Le mari avait laissé échapper que son épouse était une amatrice de champagne bien connue. Pas une alcoolique, non. Une connaisseuse. Peu importe la formulation, le fait qu'elle s'en tienne au soda gingembre durant la soirée n'était peut-être pas passé inaperçu.

À propos d'alcoolique, j'ai découvert qu'« indisposé » était le nom de code en vigueur chez les cols blancs pour « vomir dans la salle de bains ». Dans une phrase, ça donne : Conroy, de la comptabilité, a été indisposé dans la salle de bains du premier étage de la fin de la séance jusqu'au moment où ils se sont mis à crier « au feu ! ». Entre-temps, il n'a entendu personne entrer dans le bureau. Ce qui ne veut pas dire grand-chose, vu qu'il était « fortement » indisposé. Il est sorti de la salle d'eau quand ils ont commencé à défoncer la porte du bureau, mais assure qu'il n'est jamais entré dans la pièce.

La femme d'un des cadres s'étant récemment mise à la photographie, elle avait apporté son Kodak tout neuf à la fête. Elle avait passé la soirée à claquer toute sa pellicule. La nouvelle me remonta le moral mais le mari, cadre intermédiaire dans la vente, au menton tellement fuyant qu'on l'aurait cru inexistant, m'assura que tous les clichés seraient flous, surexposés, ou les deux. Je lui fis néanmoins promettre de me faire parvenir des copies de ces derniers dès qu'ils auraient été développés.

Toutes ces choses présentaient-elles vraiment un intérêt ? Ou étaient-elles simplement un peu moins ennuyeuses que le reste ? Je n'avais pas envie de parier. Pas tout de suite.

Je pris une pause déjeuner à midi et demi et la passai dans la cafétéria de l'entreprise, au sous-sol, un endroit propre et spacieux qui proposait de la bouffe plutôt correcte. Elle servait à la fois pour les cols blancs et les employés de l'usine, mais il existait une ligne de démarcation invisible, néanmoins très nette, entre les deux.

Passant outre à la différence, je m'installai à une table de secrétaires où je jouai les timides en attendant que l'une d'entre elles fasse le premier pas.

Au bout d'un moment, une grande nénette avec des lunettes en écaille de tortue et une queue-de-cheval d'un noir de jais se pencha vers moi et murmura, presque sur un ton de conspiratrice :

— Vous travaillez pour Lillian Pentecost, n'est-ce pas ? C'est comment ?

Je me lançai dans quelques-unes de mes anecdotes préférées et, avant longtemps, j'avais toute la tablée pendue à mes lèvres. Certaines persiflèrent et froncèrent les sourcils en agrippant leurs perles à l'idée qu'une femme puisse se salir les mains avec des violeurs et des meurtriers. Mais je remarquai qu'elles se rapprochaient pour écouter avec la même avidité que les autres aux moments dramatiques.

Une des choses que m'ont apprises les cours de sténographie, c'est que la vie d'une secrétaire de direction est une vie de désespoir silencieux et que les potins sont de l'or en barre. Bientôt, je les amenai à parler, elles aussi. Pour être honnête, ce n'était pas exactement un exploit digne d'Hercule. La mort violente de la matriarche de l'entreprise y était pour beaucoup.

Voici quelques petites choses récoltées auprès des secrétaires que leurs patrons avaient omis de me dire :

Harrison Wallace n'était plus le même depuis la mort d'Al Collins. Les mots « lunatique », « déprimé » et « irritable » furent prononcés, caractéristiques qui n'avaient jamais été siennes auparavant. Ainsi, il n'était pas né avec ce visage aigri.

Une des secrétaires plus âgées fit remarquer que ce changement d'humeur datait d'avant le suicide de son ami, et que les deux s'étaient peut-être disputés. Wallace et Collins avaient depuis toujours des bureaux mitoyens, mais, quelques mois avant la mort de ce dernier, Wallace avait déménagé dans un nouveau local, de l'autre côté du bâtiment.

— Il a dit que c'était à cause de l'air conditionné qui ne fonctionnait jamais correctement dans son bureau, ajouta la femme aux cheveux gris. Mais je ne pense pas que ce soit vrai.

Lorsque je demandai pourquoi, elle me répondit que Wallace n'avait pas vraiment l'air de vouloir changer de bureau.

Deux femmes parmi elles étaient là depuis assez longtemps pour se souvenir de l'époque où Abigail avait servi de secrétaire à Harrison et à Alistair.

— La grossesse a été un énorme scandale, dit une autre. Et quand Mr Collins a annoncé que les jumeaux étaient de lui ? On n'avait jamais vu ça !

— Quelqu'un avait-il soupçonné qu'ils étaient ensemble avant ?

— Pas le moins du monde, répondit-elle. Mais ça ne m'a pas surprise. Abigail était… aimable.

— Et elle aurait pu être aimable avec quelqu'un d'autre ?

J'espérais qu'elle pointe Harrison Wallace du doigt, mais elle secoua la tête.

— Oh, je ne faisais pas attention à ce point, m'assura-t-elle. Ça se savait, c'est tout. Elle était libérée. Et ça, bien avant que ça ne soit la mode.

Toutes les anciennes se mirent à glousser en hochant la tête de concert. Peu après, elles s'excusèrent et retournèrent travailler.

Donc, Abigail Collins était aimable. Intéressant.

Bien entendu, une rumeur vieille de vingt ans comme celle-ci pouvait ne rien signifier du tout. Une belle jeune femme qui piège son riche patron, accidentellement ou non, est exactement le genre de personne qui attire la calomnie après coup.

Pourtant, ça étayait davantage l'hypothèse de différents candidats à la paternité.

Encore une chose que j'avais réussi à soutirer de la bouche des secrétaires : la police distribuait des assignations à comparaître à tout va. Ils se montraient évasifs sur le sujet – demandant qu'on leur remette dossiers, registres des employés, rapports de dépenses, et ce, dans de nombreux services. En gros, le bureau du procureur jouait au bonneteau avec son enquête. Ce qui me fit me demander où était la dame de cœur.

Chapitre 15

Je passai quelques heures encore dans la salle de conférences, puis, à quinze heures trente précises, Wallace réapparut pour m'escorter jusqu'au bâtiment principal de l'usine. On me tendit un casque et on me conduisit à l'atelier.

Le contraste était saisissant avec les bureaux silencieux et aseptisés. Tout puait les produits chimiques et le métal en fusion. La chaleur était épouvantable et je me mis immédiatement à transpirer dans mon blazer en laine. Wallace paraissait insensible à la fournaise et il frissonna même une ou deux fois, comme frôlé par une brise arctique que lui seul pouvait sentir.

Les machines martelaient, pliaient, rivetaient et, dans l'ensemble, elles transformaient des monceaux d'acier en d'autres monceaux d'acier aux formes plus élégantes. La plupart serviraient à contenir des explosifs pouvant ensuite être lâchés, mis à feu, lancés, ou autrement utilisés pour expédier je ne sais qui dans l'autre monde. La guerre était peut-être terminée, mais l'industrie de l'armement battait son plein.

Environ deux cents personnes s'agitaient autour des

machines, transpirant toutes dans des bleus de travail plus ou moins identiques. Je constatai avec plaisir que plus de la moitié au moins étaient des femmes, mais je savais que ça ne durerait plus très longtemps. Les p'tits gars commençaient à rentrer au pays, et les entreprises avaient déjà fait savoir publiquement que leurs boulots les attendraient à leur retour. Rosie la Riveteuse allait regagner sa cuisine ou les rangs des demandeurs d'emploi.

Wallace et moi nous faufilâmes à travers l'atelier, esquivant les coudes et les chariots élévateurs, tâchant essentiellement d'échapper à une mort atroce. Pas très différent du cirque, à vrai dire. Il suffisait de remplacer l'odeur du fumier par celle de la soudure.

Je le suivis dans un escalier qui menait à une passerelle surplombant l'atelier. Là, nous découvrîmes Randolph en pleine conversation animée avec un personnage qui aurait pu jouer l'homme fort au cirque : un mètre quatre-vingts et des poussières, complètement chauve, des épaules et des bras qui mettaient à l'épreuve l'intégrité structurelle de sa salopette.

J'aurais parié pour un fondeur, un meuleur ou un boulot du même genre, demandant à soulever et à reposer de lourdes charges, mais la chemise blanche et la cravate qui dépassaient de la salopette parlaient plutôt en faveur du management. Randolph et le costaud s'arrêtèrent brusquement de parler en nous voyant.

— Miss Parker, voici John Meredith, notre responsable d'atelier ! hurla Wallace par-dessus le vacarme. Meredith, c'est la… hm… la personne dont je vous ai parlé. S'il vous plaît, répondez à toutes les questions qu'elle pourrait vous poser.

— Oui, monsieur Wallace, répondit-il d'une voix rocailleuse, comme si on avait glissé des gravillons dans ses Grape-Nuts.

— Vous voulez que je reste ? demanda Randolph à Meredith.

C'était étrange comme question de la part de quelqu'un qui possédait en partie l'entreprise. La mine renfrognée de Wallace me fit comprendre qu'il avait lui aussi senti le mépris de la hiérarchie, mais il ne dit rien.

— Ça va aller, Randy, répondit Meredith, plus narquois que souriant. Si je peux faire tourner l'atelier, je peux aussi m'en sortir avec les questions d'une gamine.

Je laissai passer le sarcasme. Après tout, j'avais mon déguisement de jeune femme très comme il faut.

— Viens, Randolph, dit Wallace. Il faut qu'on passe en revue les rapports trimestriels si tu dois siéger au prochain conseil d'administration. Miss Parker, aurez-vous besoin de moi après en avoir terminé ici ?

— Je ne crois pas, répondis-je. Et si c'est le cas, je sais comment vous trouver.

Il acquiesça et suivit Randolph dans l'escalier.

Meredith me précéda sur la passerelle jusqu'à une porte derrière laquelle se trouvait un petit couloir humide, puis une autre porte ouvrant sur une petite pièce. Ou un placard à balais avec de l'ambition, plutôt. Elle était meublée d'une chaise métallique et d'un bureau tellement éraflé qu'on n'aurait pas pu écrire dessus.

Il referma la porte derrière nous, mais le bruit de l'atelier nous parvenait quand même. Je pris l'unique chaise tandis qu'il s'asseyait d'un bond sur le bureau.

Je retins mon souffle une seconde, persuadée qu'il allait s'écrouler, mais contre toute attente, il résista.

— Je ne m'en sers pas beaucoup, dit-il. Je n'en ai pas tellement l'utilité.

Il était si près de moi que je pouvais sentir son odeur – amidon, talc et sueur. Son visage se trouvait à soixante centimètres seulement du mien. Pas génial en gros plan. Il avait eu le nez cassé plus d'une fois et les petites éraflures autour de ses yeux trahissaient le bagarreur.

— Qu'est-ce que vous voulez savoir ? demanda-t-il de sa voix rocailleuse.

— Ça fait longtemps que vous êtes dans l'entreprise ? demandai-je.

Il éclata de rire.

— Depuis que je suis en âge d'utiliser un marteau sans m'écrabouiller les doigts. J'ai commencé à l'atelier quand j'avais quinze ans, en trimballant de la ferraille. Ensuite, je suis passé au stockage des cartons dans l'entrepôt. Et puis j'ai été riveteur, assistant du chef d'atelier, chef d'équipe et chef d'atelier. Maintenant, j'en suis arrivé à superviser tout le bazar, dix changements d'équipe par semaine.

Il devait avoir autour de quarante-cinq ans, peu ou prou, ce qui faisait de lui un des plus anciens employés de Collins avec qui j'avais parlé.

— Vous avez dû connaître Abigail Collins quand elle était encore Abigail Pratt.

— Pas vraiment, répondit-il. Je veux dire, je la connaissais assez pour la saluer. Elle venait à l'atelier avec son vieux… enfin, son patron. Pour prendre des notes, et tout ça. Il était tout le temps fourré sur la passerelle. Il ne nous faisait pas confiance pour le boulot. Ce genre de type. Mais je ne la connaissais pas plus que ça, à part pour dire bonjour.

— Vous avez l'air d'être ami avec son fils, lui fis-je remarquer.

— Je ne sais pas si on est amis, répondit-il en essuyant son crâne luisant de sueur. On s'entend bien. C'est un bon gamin. Je lui ai fait faire son premier tour d'atelier quand sa sœur et lui m'arrivaient tout juste aux genoux.

— C'est lui qui vous a invité à la soirée ? demandai-je.

— J'ai été invité parce que je fais partie de l'encadrement, répondit-il en s'approchant un peu plus. Vous savez, je m'étais porté volontaire pour partir à l'armée, mais ils n'ont pas voulu de moi. Ils ont dit que mon boulot était vital pour l'effort de guerre.

L'énorme ressentiment qu'on sentait en lui remonta un instant à la surface, mais il se maîtrisa.

— Très bien, dis-je. Vous étiez là parce que c'était votre place. À qui avez-vous parlé ?

— Surtout Randy, répondit-il. Un ou deux gars du département expédition et distribution. J'ai papoté avec le chef du personnel – c'est toujours bon de se mettre dans la poche le type qui signe vos heures supplémentaires, non ?

Je souris en hochant la tête comme si, oui, nous n'étions tous les deux que des ouvriers déguisés en cols blancs.

— Avez-vous parlé à Mrs Collins ?

Il déplaça le poids de son corps, et le bureau grinça dangereusement.

— Un peu, dit-il. Je l'ai remerciée de m'avoir invité. Histoire d'être poli, vous voyez ?

— Vous l'a-t-elle retournée ?

— Quoi ?

— La politesse, dis-je. A-t-elle été polie avec vous ?

Il transpirait vraiment à présent. Cela dit, moi aussi. Il n'y avait pas de ventilation dans le bureau et on commençait à cuire.

— Bien sûr qu'elle s'est montrée polie. Pourquoi est-ce qu'elle ne l'aurait pas été ?

— J'ai parlé avec d'autres personnes ici, et apparemment, on ne l'apprécie pas tant que ça. En particulier les personnes qui l'ont connue avant.

— Ça n'a rien de surprenant. Elle avait de l'ambition et elle ne s'en cachait pas.

— Comment le saviez-vous ?

— Les filles comme elle se repèrent facilement, dit-il. Le genre de filles qui pensent être mieux que tout le monde.

S'il s'agissait d'une pique à mon encontre, ça n'avait rien de subtil. J'ignorai la remarque.

— Qu'avez-vous pensé de la séance ? demandai-je.

Il laissa échapper un ricanement.

— J'ai pensé que c'était n'importe quoi. Un truc pour gaspiller de l'argent quand on en a à gaspiller. C'est pour ça que je ne suis pas monté.

— Vous n'êtes pas allé dans le bureau ?

— Nooon, répondit-il. J'ai demandé à un des serveurs de me préparer quelque chose de plus costaud que du champagne, et puis je suis sorti par-derrière pour fumer un cigare et boire un coup. J'ignorais ce qui s'était passé jusqu'à ce que Randy s'amène et me raconte.

— Que vous a-t-il dit ?

— Que cette prêtresse vaudoue, ou peu importe le nom qu'elle se donne, avait fait quelques tours de passe-passe et que ça avait vraiment bouleversé Becca. (Il fit lentement craquer ses jointures, l'une après l'autre.) Elle ne méritait pas ça.

J'eus l'impression qu'il faisait sien le désarroi de Becca.

— Avez-vous des relations aussi amicales avec Miss Collins qu'avec son frère ? demandai-je.

— Pas autant, je suppose. Je ne suis jamais parvenu à la connaître comme je connais Randy.

— Vous ne l'aimez pas autant ?

— Je l'aime beaucoup. Elle est juste plus… distante.

Il y avait quelque chose là, c'était incontestable. De l'amertume, peut-être ? Comme s'il avait essayé de s'insinuer dans les bonnes grâces de Becca et qu'elle l'avait rejeté. Je me demandai si Meredith avait le béguin pour la fille du patron.

— De toute façon, ajouta-t-il, si quelqu'un avait dû se faire matraquer, ça aurait dû être cette Belestrade. À jouer avec les gens comme elle l'a fait. Quelqu'un devrait la coincer dans une allée sombre et lui donner une bonne leçon.

À chaque mot, il se rapprochait un peu plus, jusqu'à ce que son visage ne soit plus qu'à une dizaine de centimètres à peine du mien. Je ne pouvais m'empêcher de regarder fixement son nez cabossé en me demandant qui avait eu le cran de s'attaquer à lui, et à quoi il avait dû ressembler après.

La chaise en métal commençait à me paraître beaucoup plus inconfortable. Je croisai les jambes et il baissa la tête pour se rincer l'œil. En prenant son temps. Lorsqu'il la releva, nos regards se rencontrèrent, et il comprit que je l'avais vu. Il ne cilla même pas. Se contenta d'un petit sourire du style : « Et qu'est-ce que vous allez faire ? »

Tout à coup, je pris conscience combien nous étions isolés. Deux portes entre nous et l'atelier, et un tel vacarme que n'importe quel bruit venant du bureau se perdrait en chemin.

— Je… hm, d'après ce que je comprends, c'est vous qui êtes parvenu à enfoncer la porte, repris-je.

— J'ai encore le bleu sur l'épaule.

— Et qu'avez-vous vu ?

— Rien au début, dit-il. Il y avait trop de fumée. Et puis j'ai vu le feu et je l'ai étouffé avec plusieurs de ces rideaux noirs. Ensuite, Becca a hurlé et j'ai aperçu… j'ai aperçu Mrs Collins.

— Qui vous a suivi à l'intérieur ?

— Wallace, Randy. Conroy était là aussi, mais je ne crois pas qu'il soit entré dans la pièce. Becca était là. Et c'est quoi son nom… le majordome. Et cette femme vaudoue.

Je levai les yeux de mon calepin.

— Belestrade était encore là ?

— Ouais, dans le couloir, je crois, avec Conroy. Juste derrière lui.

Conroy n'avait pas mentionné la présence de la voyante après que la porte avait été enfoncée. Mais il avait aussi admis avoir descendu deux bouteilles de champagne et être atteint de myopie.

— Vous êtes certain que c'était elle ? insistai-je. Ça aurait pu être quelqu'un d'autre ?

— Ouais, j'en suis certain, répondit-il. Ce n'est pas le genre de femme qu'on oublie.

Belestrade était encore là quand on avait trouvé le corps, mais elle avait disparu à l'arrivée de la police. Cette simple petite info aurait pu suffire à justifier une journée entière de travail contraignant.

Avec un demi-sourire, je pris mon élan et lançai :

— Vous auriez un nom à proposer ?

Il sauta à bas du bureau et me regarda de toute sa hauteur, comme si j'étais un rat ayant réussi à échapper au piège.

— Non, répondit-il, je n'en ai pas. Ce sera tout ? J'ai un changement d'équipe à superviser.

— C'est tout, répondis-je avec ce qui me restait de sourire. Merci de m'avoir accordé du temps, mister Meredith.

Il ouvrait déjà la porte et sortait.

Chapitre 16

Je quittai l'usine au moment du changement d'équipe. Il faisait bien quinze degrés de moins à l'extérieur et j'étais trempée de sueur. Je frissonnais en arrivant à la voiture. Je mis le chauffage à fond, sortis du parking de l'usine et tombai immédiatement au pire moment de l'heure de pointe.

Je mis le ralentissement à profit pour penser à Meredith. C'est sûr, il était immense, affreux et adorait se bagarrer, mais ça ne faisait pas de lui un meurtrier. Cela dit, c'était le premier protagoniste que je rencontrais jusque-là qui ne semblait pas dérangé par l'idée de tabasser quelqu'un à mort.

J'avais l'impression de ne pas en avoir eu pour mon argent avec cet entretien. L'espace confiné et sa tentative pour se rincer l'œil m'avaient désarçonnée plus que je ne le pensais. J'avais négligé certaines questions subsidiaires.

Je commençais à me demander si Meredith n'avait pas délibérément essayé de me faire perdre mes moyens et pas simplement tenté d'apercevoir un bout de cuisse.

D'un autre côté, son mobile de meurtre était tiré par

les cheveux. Rancœur envers Abigail pour avoir grimpé dans l'échelle sociale ? Attirance pour Becca à laquelle sa mère se serait opposée ? Rien ne tenait vraiment la route – du moins, pas pour le moment.

D'un autre côté encore, il avait aussi ouvert la première brèche dans la version de Belestrade, la plaçant dans la maison au moment où le meurtre avait eu lieu. Décisions, décisions. Heureusement, je n'étais pas payée pour les prendre. C'était le rôle de ma patronne.

Lorsque j'arrivai à la maison, je trouvai Ms P encore au lit, mais en meilleure forme. Ça avait été une mauvaise journée, mais pas une des pires. Elle était adossée à une montagne d'oreillers et parcourait les éditions du soir. Ses cheveux brossés lui tombaient aux épaules, sa mèche gris acier perdue dans des flots châtains.

— Je reviens du champ de bataille, annonçai-je en m'affalant dans le fauteuil. Vous voulez le rapport complet maintenant ou juste les principaux points ?

— Les principaux points, répondit-elle en posant le journal. Ensuite, tu taperas les notes que tu as prises pour que je puisse les lire en entier demain soir.

— Préparez-vous, dis-je en guise d'avertissement. C'est un voyage court et pas franchement palpitant.

Je lui racontai ma visite dans les grandes lignes, passant la moitié du temps sur Meredith. Pour autant que je puisse en juger, la fréquence cardiaque de Ms P demeura au repos tout du long, même quand je lui annonçai que Belestrade avait été vue après qu'on avait enfoncé la porte du bureau.

— Ça ouvre le champ des possibles, dis-je. Elle frappe. Mrs Collins la laisse entrer. Elle se livre à son méfait, verrouille la porte, allume le feu et attend. La porte est enfoncée, mais la pièce est remplie de fumée. Elle se glisse discrètement dans le couloir et détale avant l'arrivée de la police.

Pour seule réponse, j'obtins un « hmmm » de la détective alitée.

— Vous n'aimez pas ?

— Au contraire, répondit-elle, c'est une excellente théorie. Ça explique habilement la porte fermée de l'intérieur.

J'étais si peu habituée aux compliments que je n'y crus pas. Cependant, je laissai passer.

— Je suis désolée que tu aies dû endurer une journée aussi pénible, mais c'était nécessaire, ajouta Ms P en reprenant son journal. Le dîner va être quelque peu retardé. Mrs Campbell a réussi à se procurer des coquilles Saint-Jacques au marché aux poissons cet après-midi. Elle est en train de les faire mariner dans une sorte de préparation au beurre.

C'était sa façon de me congédier. Je me rendis dans ma chambre et pris une douche pour éliminer la puanteur de la soudure et de la sueur. Je songeai à brûler la jupe, mais qui sait quand j'aurais de nouveau à jouer les filles comme il faut. J'enfilai une salopette et un maillot de corps d'homme, qui dataient tous les deux de l'époque du cirque. On ne faisait pas de chichis au dîner et il y avait toutes les chances que Ms P se pointe en pyjama.

Comme j'avais quelques minutes à perdre, je décidai de me mettre au travail et de taper mes notes. Les samedis sont chargés pour nous, et ça m'éviterait des soucis si je commençais maintenant. Je posais la première feuille de papier sur la machine à écrire lorsque le téléphone sonna. C'était en dehors des heures de bureau, mais quand on bosse sur une affaire, je réponds chaque fois, de jour comme de nuit.

— Bureau de Lillian Pentecost, Will Parker au téléphone.

— Will. C'est Becca Collins.

Entendre mon nom prononcé par cette voix éraillée n'était pas déplaisant.

— Bonsoir, Miss Collins. Que puis-je pour vous ?

— C'est un peu… Je ne suis pas sûre…

— Crachez le morceau.

— Êtes-vous libre ce soir ?

— Le bureau est fermé, répondis-je. Ms Pentecost ne peut recevoir personne avant demain.

Son rire évoquait l'eau d'une rivière courant sur des galets.

— Non, Will, reprit-elle d'une voix où perçait un sourire. Vous, êtes-vous libre ce soir ?

Est-ce que j'ai déjà mentionné que, parfois, je suis un peu lente à la comprenette ?

— Je vous pose la question parce que j'avais l'intention de me rendre dans un club, mais la personne qui devait m'accompagner a annulé. Je sais que c'est à la dernière minute, mais vous avez affirmé que vous aimiez danser.

— Miss Collins…

— Becca.

— Becca. Ça ne serait pas très professionnel. Aller à une… Sortir avec une…

Suspecte.

— … Cliente.

— S'il vous plaît, minauda-t-elle d'une voix enjôleuse. Une chanteuse que j'adore absolument donne un concert ce soir dans un petit club qui ne paye pas de mine près de Columbia, et je ne veux pas y aller seule. Je vous en supplie. Oubliez le professionnel, juste pour cette fois.

Je lui dis de rester en ligne, me précipitai à l'étage et passai la tête dans la chambre de Ms P.

— Les coquilles sont prêtes ? demanda-t-elle.

— Il faut voir ça avec Mrs Campbell, répondis-je. Je suis montée parce que le coup de fil à l'instant, c'était une de nos clientes – celle avec les bouclettes et les jambes interminables – et elle veut m'inviter à aller danser ce soir.

Elle haussa les deux sourcils, d'au moins un centimètre.

— Je ne sais pas ce qu'elle a en tête, mais si l'endroit qu'elle suggère est bien celui auquel je pense, ses intentions pourraient aller au-delà du simple besoin de compléter une table de deux. Je sais qu'il s'agit d'une cliente, enfin peut-être pas techniquement parlant, mais de la filleule de notre…

— Tu devrais y aller, me coupa-t-elle.

J'émis une sorte de bruit avec la bouche, je ne sais pas vraiment quoi.

— On a besoin d'en apprendre plus sur cette famille, déclara-t-elle. Pour le moment, on a un regard trop extérieur.

Je me ressaisis.

— Je dois emmener Becca Collins danser pour essayer d'avoir un aperçu de son mécanisme interne ?

— Ne sois pas grossière. (Elle renifla et, oserais-je le dire, rougit légèrement.) J'ai confiance en toi, je sais que tu feras preuve de discernement. Ne fais rien qui t'embarrasse.

— Vous savez qu'au cirque, j'étais habillée comme une danseuse de music-hall et qu'on me lançait des couteaux au visage ? Mon seuil de tolérance en matière d'embarras est assez élevé.

Elle releva son journal, histoire de cacher un sourire, j'en suis presque sûre.

— J'ai confiance en ton jugement, répéta-t-elle.

Je redescendis en courant annoncer la bonne nouvelle à Becca. Elle répondit qu'elle passerait me prendre en taxi dans une heure environ.

— À très vite, Will, ronronna-t-elle avant de raccrocher.

Je restai assise à mon bureau trente secondes, à la fois nerveuse et fébrile. Puis je m'observai de haut en bas.

— Mince, marmonnai-je dans le vide. Il va encore falloir que je me change.

Chapitre 17

J'ai marché jusqu'à saint Peter
J'lui ai dit, hé, qu'est-ce que tu peux faire ?
Il a dit, réjouis-toi
Tiens simplement jusqu'au bout
Et tu iras au paradis, toi aussi.
Tu chanteras au paradis, toi aussi.
Alors je suis allée voir le Diable
J'ai chevauché les portes de l'enfer.
Qu'est-ce qu'il a à en dire,
J'ai des factures à payer,
Mon âme, c'est tout ce que j'ai à vendre.
C'est tout ce qui me reste à vendre.
Les temps sont durs.
Mon ange, les temps sont durs.

La chanteuse était drapée dans une robe cousue de paillettes qui lui arrivait à la cheville et tenait Dieu sait comment. Elle agrippait le micro comme une corde de survie et cherchait à établir un contact visuel avec tous les spectateurs, même à travers l'épaisse fumée de cigarette et de marijuana, en se lamentant sur la vie et la mort et les choix difficiles que l'on fait dans l'existence.

La scène était aussi étroite qu'une cabine téléphonique, mais elle parvenait à la partager avec un batteur, un saxophoniste et un pianiste, ainsi qu'une grande asperge pinçant une contrebasse. La musique qu'ils produisaient sur cet emplacement minuscule faisait tanguer tout le monde.

Le club était une cave anonyme en sous-sol tout près de Harlem. Du genre de ceux qu'on trouvait un peu partout en ville avant que les loyers hors de prix et les voisins trop curieux ne les obligent à déménager.

Je n'étais jamais venue dans cette boîte en particulier, mais j'en avais entendu parler. Elle passait pour être une sorte de lieu de perdition pour noctambules de tous types et de tous penchants. Tout le monde y était le bienvenu, tant qu'on payait l'entrée et qu'on consommait, qu'on applaudissait au bon moment, et qu'on n'attirait pas les ennuis.

Ce soir-là, la majorité des spectateurs, y compris la chanteuse et le groupe, venait de l'autre bord, côté Harlem. Les entrées et la moitié des recettes du bar allaient permettre de payer les funérailles de Charlie Silverhorn, le chanteur de jazz qu'on avait retrouvé mort avec une aiguille dans le bras plus tôt dans la semaine.

Becca nous avait dégotté une table en coin au fond de la salle. Elle semblait connue ici. Le videur à l'entrée l'avait saluée par son nom, et toutes les serveuses lui décochaient de grands sourires, visant le pourboire. Elle paraissait dans son élément.

— Vous êtes en beauté, dit-elle en sirotant le cocktail

maison, essentiellement du gin allongé d'une boisson gazeuse.

— Merci, répondis-je. Vous n'êtes pas mal non plus.

Pour être honnête, il n'y avait pas photo. Imaginez Veronica Lake en… à peu près n'importe quoi, et vous avez une petite idée de Becca ce soir-là. Elle portait une robe de satin rouge lui arrivant juste au-dessus du genou qui lui tombait dangereusement bas dans le dos. Elle avait complété sa tenue par des talons assortis et des boucles d'oreilles en perles.

En attendant qu'elle vienne me chercher, j'avais passé une heure à hésiter entre une demi-douzaine de vêtements. Ne pas savoir exactement de quoi il retournait avait rendu le choix de la tenue plus difficile qu'il n'aurait dû l'être. S'agissait-il d'un rendez-vous galant, lui servais-je de cavalière, ou avait-elle l'intention de laisser fuiter ce qu'elle avait précédemment caché ? Voulait-elle du sex-appeal ou un côté plus camionneur ? Quelque chose de plus viril ?

Je possédais une robe portefeuille bleu sarcelle fendue tellement haut sur le côté que dans certains États, c'était illégal. Dans n'importe quel club de Manhattan, on ne l'aurait même pas remarquée. Mais je venais de passer huit heures en jupe droite et j'en avais marre de m'habiller pour me fondre dans la masse.

Je m'étais décidée pour un costume bleu marine deux boutons à fines rayures, venant de chez l'émigré italien dont Ms Pentecost raffole. Il était ingénieusement coupé de façon à donner l'illusion que j'avais des hanches. Je lui avais aussi demandé de coudre une poche spéciale dans la doublure sur la gauche, au niveau des côtes à peu près. Elle était parfaitement adaptée à mon .38, que j'avais soigneusement rangé dedans. Pour compléter la tenue, j'avais choisi une chemise blanche à col ouvert et des escarpins en cuir noir avec des talons de cinq centimètres. Ces derniers me grandissaient un peu sans pour autant me gêner sur la piste de danse. Ils ajoutaient aussi quelque chose à ma démarche que les hommes, aussi bien que les femmes, avaient trouvé attirant.

En fait, je n'aurais pas dû avoir peur qu'on me remarque. Je n'étais pas la seule femme en costume et Becca et moi n'étions pas non plus les seules à partager une table. Le club avait vraiment l'air d'être en zone neutre.

Une piste de danse avait été délimitée devant la scène et des couples de toutes sortes guinchaient sur chaque chanson entonnée par la chanteuse.

Mais, même dans des fringues élégantes, je me sentais comme une buse à côté de Becca. J'avais tenté sans beaucoup de conviction de cacher mes taches de rousseur sous du rouge à joues, et j'avais essayé quatre fards à paupières différents pour trouver celui qui irait avec le marron boueux de mes cheveux. En fin de compte, j'avais renoncé, avais tout enlevé et je m'étais décidée pour un simple rouge à lèvres carmin, suffisamment lumineux, espérais-je, pour détourner l'attention de tout le reste.

— Vous avez l'air nerveuse.

Elle dut pratiquement se pencher par-dessus la table pour se faire entendre. Ses lèvres n'étaient qu'à quelques centimètres des miennes. Je respirai son parfum de lavande.

— C'est moi ou c'est l'endroit ?

Je faillis lui demander si elle était passée devant un miroir récemment. Ma nervosité prouvait que j'avais un cœur.

Au lieu de quoi, je répondis :

— Je suis un peu à cran parce que je ne sais pas exactement de quoi il s'agit. D'habitude, je ne fraternise pas avec les clients.

— Fraterniser.

Elle fit rouler le mot dans sa bouche.

— Voilà un mot prétentieux qui enlève tout plaisir aux choses.

— Vous comprenez ce que je veux dire. Qu'est-ce que vous voulez ?

— Ce que je veux ?

Elle répéta la question comme si elle était étrange.

— Je veux profiter de ma soirée. Je veux arrêter de m'inquiéter. Arrêter de vivre dans la peur. Je veux arrêter de faire attention à tout ce que je fais ou dis.

Elle se pencha davantage. Encore quelques centimètres et nous en serions au stade du baiser.

— Je veux juste danser, ajouta-t-elle.

Très bien. Ma patronne me l'avait presque ordonné. Et je suis, à tout le moins, une excellente employée.

Je l'entraînai parmi les tables bondées jusqu'à la piste de danse, juste au moment où la chanteuse entonnait un pot-pourri de *jitterbugs*. Becca me laissa guider, ce que j'appréciai.

J'avais appris à danser avec les filles du cirque et les charmeurs de serpents, et je crois que je m'en sortais plutôt bien. Nous virevoltâmes sur trois morceaux qui remuaient, puis la chanteuse ralentit le rythme et attaqua un slow. La plupart des danseurs se dirigèrent vers le bar, mais Becca et moi restâmes sur la piste.

Pendant trois minutes, j'oubliai totalement le meurtre et les fantômes, la vérité et les mensonges, et peut-être qu'elle aussi. Je ne sais pas pour elle, mais mon univers s'était réduit à mes doigts contre son dos nu, à son menton sur mon épaule, aux fragrances de parfum et de cigarettes.

Lorsque la chanson s'arrêta, nous regagnâmes notre table d'un pas mal assuré. Je planais un peu, soit à cause de la danse, soit à cause de la fumée de marijuana. Becca commanda un autre gin à l'eau, et je terminai mon soda au gingembre.

— Tu es sûre que tu ne veux rien de plus fort ? demanda-t-elle.

— J'ai bien peur que non. Je suis partie pour rester sobre toute ma vie.

— Tu rates un gin fantastique. Ils ne sont plus obligés de le fabriquer dans des baignoires à présent.

— Certains jours, c'est tentant, dis-je. Mais mon père buvait assez pour toute la famille.

— Ça t'ennuie si je bois ?

— Pas du tout. Picole autant que tu veux.

Elle avala une bonne gorgée.

— J'aime sans doute un peu trop ça, reprit-elle. D'après Randy, beaucoup trop.

— Ça n'a pas été une année des plus faciles.

— C'est vrai.

— Tu étais proche de ta mère ? demandai-je sur un ton aussi désinvolte que possible.

— Tout dépend à qui tu me compares, répondit-elle. Tu étais proche de la tienne ?

— Je t'ai posé la question en premier.

Sur scène, la chanteuse entonna quelque chose que je n'avais jamais entendu auparavant – un morceau rapide sur un rythme endiablé. Les tables autour de nous se vidèrent. Soudain, nous nous retrouvâmes dans une petite bulle d'intimité.

— Et qu'est-ce que tu dis de ça ? proposa Becca en laissant échapper un sourire rusé. On échange les questions. Chacune son tour. On doit répondre et on doit être honnête.

J'étais plus à l'aise pour déterrer les secrets que pour les partager, mais j'acceptai.

— J'ai posé la question en premier, repris-je. Comment est-ce que tu t'entendais avec ta mère ?

— Bien, j'imagine.

— Il va falloir élaborer un peu plus si tu veux que je joue le jeu.

— D'accord, dit-elle. J'imagine que j'étais plus proche de mon père, c'est tout.

— Vraiment ? D'après ce que j'ai compris, ce n'était pas la personne… la plus chaleureuse.

— C'était un homme dur, reconnut-elle. Mais il devait l'être, non ? Pour diriger une entreprise. Il devait se montrer cruel parfois.

Je n'étais pas certaine que la cruauté soit un ingrédient indispensable au succès, mais je gardai ma remarque pour moi. Becca avala une longue gorgée de son gin et continua.

— Il n'a jamais été cruel avec moi, cela dit. Il me

laissait m'asseoir par terre dans son bureau, pour lire ou jouer avec mes poupées ou autre chose pendant qu'il travaillait. Je n'ai jamais été sa jolie petite princesse. J'ai toujours été son intelligente petite fille. Trop brillante pour n'être qu'un fleuron de l'aristocratie. Quand je… hum… Quand j'ai eu mon premier béguin pour une fille, c'est le seul à qui j'en ai parlé.

Je haussai les sourcils en entendant ça. Il la laissait dessiner sur les murs de son bureau avec ses crayons de couleur, et alors ? Ce n'est pas une chose qu'on laisse échapper à la légère.

— Enfin, je ne lui en ai pas vraiment parlé, admit-elle. J'ai tourné autour du pot comme tu le fais. Mais il… hm, il a compris. C'était une amie du lycée qui était venue à la maison et il nous avait vues ensemble. Il avait remarqué la façon dont je me conduisais avec elle. Il m'a demandé si je parlais de mon amie. J'ai fini par reconnaître que oui.

— Et comment a-t-il réagi ?

— Je m'attendais à ce qu'il se mette en colère. Qu'il me dise que j'étais idiote, répondit-elle. Au lieu de ça, il m'a recommandé de faire attention. Il a ajouté que le monde n'était pas tendre et que j'allais devoir cacher mes sentiments si je voulais survivre.

Elle suivit d'un long doigt fin le rebord de son verre, perdue dans ses pensées.

— Alors j'ai caché mes sentiments, reprit-elle d'une voix presque inaudible. Et puis il est mort, et faire attention ne m'a plus semblé aussi important depuis.

Je comptai jusqu'à dix avant de la titiller un peu plus.

— Tu n'en as jamais parlé à ta mère ?

Elle émergea brusquement de sa rêverie et secoua la tête.

— Elle n'aurait pas compris. Elle m'aurait vraiment traitée d'idiote, elle. Elle était persuadée que le mieux qu'une femme puisse faire était de sourire, de s'habiller avec élégance et de se marier.

J'avais rencontré un tas de femmes intelligentes qui avaient mis leur passion sous le boisseau afin de trouver la sécurité dans le mariage. Je ne connaissais pas bien Becca, mais je ne la voyais pas dissimulant sa flamme aux yeux de qui que ce soit.

— À mon tour, dit-elle. Et toi, comment est-ce que tu t'entendais avec tes parents ?

— Ma mère est morte quand j'étais gamine, répondis-je, alors on n'a jamais eu l'occasion de bien s'entendre.

— Je suis désolée.

Elle posa sa main sur la mienne et j'en eus les poils des bras qui se dressaient.

— Comment est-elle morte ?

— Pneumonie. Surtout.

— Surtout ?

Je retirai ma main et fis semblant d'être captivée par une petite peau autour d'un ongle.

— Elle n'a jamais été des plus solides. Elle se trimballait toujours avec des bleus, tu vois ? J'étais petite, alors je n'ai jamais compris. Le docteur a dit que la pneumonie pouvait tuer même une femme en pleine forme. Mais elle n'a jamais eu la possibilité d'être en pleine forme.

J'aurais pu mentir. Je suis une bonne menteuse. Zut,

je suis une menteuse géniale. Je ne sais pas vraiment pourquoi je lui ai dit la vérité. À son crédit, Becca ne dit rien, ne me tapota pas la main, ne fit aucun geste. Elle me laissa simplement un peu de temps.

— Après ça, continuai-je, il n'y a plus eu que papa et moi. Je ne me rappelle pas si on s'entendait bien. Je me suis enfuie quand j'avais quinze ans et je n'ai jamais regardé en arrière.

J'avalai une gorgée de soda en me disant que j'aurais bien aimé quelque chose de plus fort.

— À mon tour, repris-je. Qu'est-ce que tu penses de John Meredith ?

— Dans quel sens ?

— Dans le sens que tu veux, dis-je. Je demande ça parce que, pour quelqu'un qui est juste au-dessus d'un chef d'équipe, il semble avoir ses entrées dans la famille.

— Eh bien, il a toujours été là, non ? répondit-elle. Et pour être honnête, Randy en pince un peu pour lui. De façon totalement platonique, évidemment. Je pense qu'il voit en John un modèle. Un modèle d'homme véritable.

— Et toi, tu le vois comment ?

— Je ne sais pas. Comme un employé. Il est gentil. Un peu… Je ne sais pas. Fruste.

— Rien à reprocher à ta famille ?

— Rien.

Elle répondit avec une telle assurance que je la regardai d'un air interrogateur. Même si je n'avais pas senti chez Meredith un intérêt un peu trop prononcé pour Becca, je me serais quand même méfiée de n'importe quel employé de longue date qui n'aurait pas accumulé quelques rancœurs contre son patron.

— Pour autant que je sache, il est inoffensif, reprit-elle. Je le jure. À moi maintenant. Quelle est la situation la plus dangereuse dans laquelle tu te sois trouvée ?

Si j'avais continué à être cent pour cent honnête, j'aurais répondu une des fois où mon père était rentré complètement soûl à la maison et où j'avais dû passer la nuit cachée dans un champ de maïs. Au lieu de quoi, j'optai pour une demi-vérité, et lui racontai ma première rencontre avec Ms Pentecost. Quand j'en arrivai au moment où je lançais le couteau sur McCloskey, elle en resta bouche bée, assise tout au bord de sa chaise. Ses yeux bleus vibraient pratiquement d'excitation.

— C'est incroyable ! s'exclama-t-elle quand j'eus terminé mon récit. Tu es, de loin, la personne la plus intéressante avec laquelle je sois jamais allée danser.

— Merci, répondis-je avec une petite révérence. Mon tour ?

— Comment est-ce que je peux rivaliser avec ça ?

— Ce n'est pas une compétition, dis-je pour la rassurer. Juste un jeu amical.

Elle termina son gin et fit signe à la serveuse de lui en apporter un autre.

— Tant que ça reste amical, dit-elle.

Je réfléchis à la question suivante. Ce serait sans doute la dernière avant qu'elle ne se lasse du jeu ou qu'elle ait bu le gin de trop pour que ça reste décent.

— Jusqu'à quel point fais-tu confiance à ton oncle Harry ? demandai-je. Et pourquoi ?

La serveuse arriva avec un nouveau cocktail, ce qui laissa le temps à Becca de se retourner.

— Je lui fais autant confiance qu'à n'importe qui de vivant sur cette terre, répondit-elle. Il s'est toujours occupé de nous. Mon père lui faisait confiance, et j'avais confiance en mon père.

— Est-ce que ta mère lui faisait confiance aussi ?

— Je ne lui ai jamais demandé, répondit-elle.

— Mais qu'en penses-tu ?

— Je *pense* que tu essaies de poser des questions en douce.

Au cours de notre dernier échange, quelque chose s'était passé. Son visage jusque-là ouvert était maintenant renfrogné. J'allais devoir découvrir pourquoi elle protégeait ce bon vieil oncle Harry digne de confiance.

— Très bien, dis-je. À toi.

Elle étrécit les yeux en réfléchissant, puis me décocha un grand sourire.

— J'en ai une, dit-elle.

— Oh, oh. Je ne sais pas si j'aime ce regard.

— Quel est le baiser le plus absolument inoubliable que tu aies jamais reçu ?

J'admets, je rougis. Vous aussi vous auriez rougi, avec ce visage qui vous souriait de l'autre côté de la table. Je passai en revue les différentes possibilités puis finis par m'arrêter sur une en particulier.

— Carmine Vincenzio.

Son sourire faiblit.

— Mais il est inoubliable uniquement parce qu'il portait des collants jaune vif et avait une jambe enroulée autour de la tête.

Je lui expliquai brièvement mon aventure d'un été avec le contorsionniste italien.

— Mais si tu parles du meilleur baiser, ajoutai-je, ce serait Sarah. Pas de nom de famille.

Elle posa une main sur sa bouche, feignant l'horreur.

— Pas de nom de famille ? C'est scandaleux !

— Je n'ai jamais su son prénom non plus, ajoutai-je. Je l'appelle simplement Sarah parce qu'elle ressemblait à une Sarah.

— C'est une autre histoire de cirque ?

— J'ai bien peur que oui, répondis-je. Voilà ce qu'il en est. Nous nous étions installés pour le week-end dans un bled paumé en plein Ohio. Un soir, j'aidais les gens à monter et à descendre de la grande roue et il y avait cette fille qui sortait avec un garçon de ferme. Un premier rendez-vous, pas de doute, et elle n'avait clairement pas envie d'être là. Elle veut monter dans la grande roue mais il a peur de la hauteur et ne veut pas y aller. Elle, elle ne veut pas le faire sans être accompagnée, mais les seules autres personnes dans la file sont des hommes et le garçon refuse qu'elle voie le spectacle avec un autre type. Alors, je me porte volontaire pour y aller avec elle. Tout le monde est content.

Sur scène, la chanteuse termina une chanson. J'attendis que meurent les applaudissements avant de continuer.

— On arrive au sommet et la roue s'immobilise. Pour que tout le monde ait l'occasion de se peloter un peu. Sarah me dit : « À la fin de la soirée, il va m'embrasser. Ce sera mon premier baiser et il ne me plaît même pas. » Alors je réponds : « Et si moi, je t'embrassais ?

Ça n'empêchera pas Johnny le garçon de ferme de te donner un petit bisou en fin de soirée, mais au moins, ça ne sera pas ton premier. »

— Qu'est-ce qu'elle a dit ? demanda Becca, de nouveau perchée au bord de sa chaise.

— Rien du tout, répondis-je. Elle a juste fermé les yeux et s'est penchée en avant. Alors je l'ai embrassée.

Becca rit de plaisir.

— Cette fille sans nom au beau milieu de l'Ohio embrassait tellement bien qu'elle a pris directement la première place ? demanda-t-elle, incrédule.

— Quinze mètres de haut par une chaude nuit d'été. Les lumières de l'allée centrale qui s'étirent à nos pieds, énumérai-je en comptant sur mes doigts. Avec tout ça, on a tendance à noter un peu plus que ça ne mériterait.

Le groupe annonça qu'il prenait vingt minutes de pause. Becca et moi nous levâmes pour nous joindre aux applaudissements tandis que la chanteuse saluait.

— Tu veux mettre les voiles ? demanda Becca. J'ai plein de gin et un meuble rempli de quarante-cinq tours à la maison.

Sortir danser était une chose. La raccompagner jusque chez elle, une autre. Je me demandai jusqu'où elle ferait fi de la discrétion. Mais j'avais des ordres, alors j'acceptai. Elle régla l'addition et nous quittâmes les lieux. Une neige fine avait commencé à tomber et les trottoirs en étaient déjà tapissés.

Becca frissonna dans sa robe dos nu. Je transférai habilement mon pistolet dans la poche de mon pantalon et lui couvris les épaules de ma veste. Nous nous dirigeâmes vers l'extrémité du pâté de maisons où nous aurions plus de chances d'attraper un taxi.

Sans nous tenir les mains, nous étions suffisamment proches pour que nos doigts se frôlent en marchant.

Nous étions à mi-chemin du carrefour quand une silhouette émergea de la pénombre d'une ruelle et empoigna Becca. Je me retournai et trébuchai, glissai sur la neige fraîche et atterris durement sur le dos. Je plongeai la main dans ma poche pour attraper mon pistolet, terrifiée qu'il soit déjà trop tard.

Chapitre 18

Le chien de mon .38 resta accroché dans la doublure, seule raison pour laquelle Randolph ne reçut pas une giclée de plombs dans le ventre.

— Mais qu'est-ce qui se passe, Randy ! cria Becca en arrachant sa main de celle de son frère. Tu m'as fichu une peur bleue !

— Ça fait presque une heure que je t'attends, siffla-t-il entre ses dents.

— Ce n'est pas ma faute, répondit-elle en m'aidant à me relever. Tu aurais pu entrer.

— Pour qu'on nous voie tous les deux là-dedans ?

Son visage en disait long sur ce qu'il voulait dire exactement par « là-dedans ».

— Qu'est-ce que je t'ai dit à propos de tes soirées dans ce genre d'endroit ?

— Et qu'est-ce que je t'ai dit à propos de tes tentatives de contrôle ? cracha-t-elle en retour. L'argent et les apparences. Il n'y a que ça qui te préoccupe. Tu ne veux pas que je mette l'apprenti géant de l'industrie dans l'embarras.

Je n'aurais pas cru que son visage puisse rougir davantage, mais ce fut le cas.

— Et si la police avait débarqué dans cet endroit pendant que tu t'y trouvais, ta photo aurait fait la une de tous les journaux demain matin. « La fille des Collins arrêtée au… » Je ne sais même pas comment ça s'appelle. Et avec *elle* en plus, nom de Dieu, Becca !

C'est marrant. Il y a quelque temps de ça, je l'avais qualifié de plus bel humain sur lequel j'avais jamais posé les yeux. Rien de tel à présent. Son visage n'était plus qu'un affreux masque de colère et de dégoût. J'avais déjà vu ce visage avant. C'est à cause de ce visage que je m'étais enfuie de chez moi.

— Je le jure devant Dieu, Randy ! Je ferai ce que je veux avec qui je veux !

— Combien de verres est-ce que tu as bus ?

— Ça ne te regarde pas !

— Je peux le sentir sur toi, Becca ! Je sens l'odeur du gin !

À chaque salve, de nouvelles têtes se tournaient vers nous. Le videur de la boîte de nuit commença à monter quelques marches pour voir ce qui se passait.

Je pris Becca par le bras, avec l'intention de continuer la discussion dans la ruelle, à l'abri des regards. Randolph se méprit sur mon geste. Il m'attrapa l'épaule et serra.

— Enlevez vos pattes de ma sœur, grogna-t-il.

Je fus sidérée par sa force. Ce corps de nageur n'était pas simplement de la frime.

— Oncle Harry va en entendre parler, dit-il en me postillonnant au visage. Et votre patronne aussi. Je vais m'assurer que vous n'aurez plus de travail demain à cette même heure.

— Parlez-en à qui vous voulez, répondis-je en lui décochant mon sourire le plus mesquin. Ms Pentecost est endormie à l'heure qu'il est, elle a eu une longue journée, alors j'apprécierais que vous attendiez demain matin.

Je fis un geste vers mon épaule et lui saisis le poignet à deux mains. Tout en tirant d'un coup sec, je pivotai sur les talons et lui tordis le bras, lui bloquai le coude et lui fléchis le poignet vers l'avant, à un angle contre nature.

« Randy » laissa échapper un sifflement de douleur et je le lâchai.

— La prochaine fois que vous faites ça, je continue jusqu'à ce que ça casse, lui dis-je. Maintenant, si ça vous inquiète vraiment de faire la une des journaux, je vous suggérerais de ne pas traîner dans la rue. Vous avez à peu près trente secondes avant que le videur ne s'amène, et lui aussi, on dirait qu'il adore s'en prendre à des gens deux fois plus petits que lui.

Randolph lança un coup d'œil au type qui était sur le trottoir à présent et observait la scène en se demandant s'il allait devoir intervenir avant que les flics ne le fassent.

— Je suis juste inquiet que…

— Je sais, le coupai-je. Vous vous comportez comme un grand frère attentif. Donnez-nous deux secondes.

Je tirai Becca dans l'allée, à l'abri de la lumière des lampadaires. Elle se mordait la lèvre inférieure, les larmes aux yeux.

— Je suis tellement désolée, dit-elle. On passait une si bonne soirée.

— C'était une soirée géniale. Une des meilleures.

Que ton frère joue les chaperons n'enlève rien à ça. Mais il a raison.

— Quoi ?

— La police vous tient à l'œil. J'ai fait attention à ne pas être suivie en venant ici, mais quelqu'un surveille peut-être votre maison.

Elle fit un petit calcul rapide et parvint à la même conclusion.

— Alors pas de gin ni de quarante-cinq tours ?

— Pas ce soir, répondis-je. Tu devrais probablement rentrer chez toi avec ton frère.

Elle essuya ses larmes d'une main gantée.

— Quel pragmatisme. Je croyais que tu recherchais les sensations fortes.

— Je suis faite de multitudes.

Elle esquissa un sourire, mais il était légèrement figé. Elle inspira un grand coup, se calma, puis rappela son frère.

— Très bien, Randy. À toi l'honneur de me reconduire à la maison.

Randy, qui surveillait le videur avec appréhension, poussa un soupir de soulagement.

— J'amène la voiture, dit-il avant de descendre la rue à toute allure.

Becca se retourna vers moi.

— Est-ce qu'on pourra se revoir ? demanda-t-elle.

— C'est une possibilité, dis-je en haussant une épaule. Il y a une histoire de meurtre à éclaircir.

— Toujours aussi professionnelle.

— Pas toujours. Mais ça m'arrive.

Une Lincoln deux portes se gara au bord du trottoir dans un crissement de pneus.

— Mon chauffeur est là, dit-elle en soupirant.

Elle quitta ma veste et me la remit sur les épaules.

— Bonne nuit, Will. Tu es une sacrée bonne danseuse.

— Bonne nuit, Becca. Tu n'es pas mal non plus.

Elle était à deux pas de la voiture quand elle tourna brusquement les talons et revint dans l'allée en courant. Se penchant vers moi, elle m'embrassa. Pas un petit baiser, non, trois pleines secondes de contact. Non que j'aie eu la tête à chronométrer. J'avais l'esprit ailleurs.

Randy hurla quelque chose d'impossible à imprimer.

Puis ce fut terminé. Quand je rouvris les yeux, elle s'engouffrait dans la Lincoln. Dans un rugissement digne de Détroit, elle disparut.

Je quittai la ruelle d'un pas hésitant, descendis des nuages assez longtemps pour regarder autour de moi si quelqu'un m'observait. Le videur avait repris son poste, et personne ne me prêtait la moindre attention.

Je parcourus six blocs vers le sud avant de me rappeler que je n'étais pas venue en voiture. Je hélai un taxi.

Pas à tortiller.

Elle venait de reléguer Machine, de la grande roue, en deuxième position.

Chapitre 19

Le samedi, «Chez Pentecost» devenait un asile de fous, mais c'était comme ça tous les samedis en général. Les femmes commencèrent à arriver vers onze heures du matin, et ne repartirent qu'à l'heure du dîner. Femmes de chambre et cuisinières, étudiantes et professeures, serveuses et danseuses de revue venues de Brooklyn en passant par le Bronx et Harlem. Tous ces quartiers où des gens comme Randy auraient préféré mourir plutôt que se rendre.

Certaines venaient pour des conseils, d'autres pour de véritables crimes à résoudre. Une bonne d'enfants s'était fait renvoyer par sa patronne qui l'accusait d'avoir volé un bracelet en diamants. Deux coups de fil nous suffirent pour mettre la main sur le receleur. Un troisième nous permit de retrouver le propriétaire du mont-de-piété. Quelques questions rapides et la menace à peine déguisée de communiquer son nom aux flics en précisant qu'il faisait du trafic d'objets volés nous apprirent que le coupable n'était autre que la belle-fille de la patronne. Le propriétaire du mont-de-piété soupçonnait la fille d'avoir utilisé l'argent pour s'en mettre plein le nez.

Ms P promit à la bonne d'enfants qu'elle écrirait une missive soigneusement tournée à son ancienne patronne, mais elle lui suggéra de demander un mois d'indemnités de licenciement et une lettre de recommandation élogieuse en place de son ancien travail. Après le départ de la bonne d'enfants pleurant des larmes de gratitude, ma patronne se tourna vers moi et dit :

— Vingt minutes de mon temps. Et ça a probablement évité à cette femme et à sa famille de se retrouver à l'hospice pour nécessiteux. Ou pire.

Elle ne fanfaronnait pas, ou du moins pas seulement.

J'avais insisté pour qu'elle limite un peu les visites du samedi. Réussir à caser deux douzaines de requêtes dans une journée de huit heures laissait des traces. Il était rare qu'elle ne passe pas le dimanche au lit.

Elle n'avait pas voulu en entendre parler. Dans la mesure où elle consacrait une grande partie de son temps et de son énergie à maintenir la boutique à flot en aidant des gens comme la famille Collins, elle voulait rééquilibrer les choses.

Chaque femme des cinq arrondissements de New York qui faisait partie des tranches de revenus les plus bas savait que la porte de Ms Pentecost lui était ouverte tous les samedis. Mrs Campbell préparait suffisamment à manger pour nourrir tout un régiment. Quiconque se pointait avait droit à un repas chaud et à vingt minutes d'entretien.

Elle faisait ça depuis bien avant mon arrivée et, mauvais jours ou pas, elle n'était pas près de s'arrêter. Alors je l'aidais de toutes les façons possibles, y compris en potassant mon carnet d'adresses pour y trouver des receleurs, en rédigeant des lettres soigneusement formulées, et ainsi de suite.

L'affaire de la bonne d'enfants sortait du lot. La plupart étaient moins compliquées, et de loin. La majorité des femmes se présentant à notre porte vivaient avec les personnes mêmes qui leur causaient des ennuis. Beaucoup d'entre elles arboraient des coquards, des lèvres éclatées, et des membres cassés de temps à autre.

Peu après avoir commencé à travailler pour Ms Pentecost, je déclarai en blaguant que ce n'était pas d'un détective que ces femmes avaient besoin, mais d'un revolver, d'un avocat spécialisé dans le divorce ou, à tout le moins, de quelqu'un qui puisse leur apprendre à donner un coup de poing. C'était avant que je comprenne qu'une suggestion utile, même sous forme de blague, revenait à lever la main.

Nous nettoyâmes le sous-sol, qui contenait essentiellement de vieux meubles à l'époque, et créâmes un grand espace ouvert. Puis nous disposâmes un tas de vieux tapis de lutte que j'avais récupérés dans un lycée du coin. Le samedi suivant, pendant que Ms P consultait, j'invitai toutes les personnes présentes à me rejoindre au sous-sol pour apprendre quelques techniques de self-défense. J'avais découvert la boxe avec un Hercule, la lutte durant l'infortuné épisode avec le contorsionniste, et plus d'un vilain tour grâce à Kalishenko. Au début, j'eus assez peu de succès. Puis je montrai aux rares femmes qui m'avaient rejointe comment balancer un crochet, mettre quelqu'un à terre et, si tout allait bien, lui casser le bras en deux.

Le message circula.

Ce samedi-là, j'avais près de vingt femmes sur le tapis. Inspirée par les bouffonneries de Randy la veille, j'étais en train de leur enseigner comment renverser la situation si un type pose la main sur vous.

— La plupart du temps, ils seront assez costauds pour se libérer avant que vous ayez pu leur faire vraiment mal, expliquai-je, en mettant en application la clé de bras sur une ménagère qui suivait les cours depuis plus d'un an. Mais ça vous permet de vous dégager et ça vous donne de l'espace pour agir. Enchaînez avec un des autres mouvements qu'on a vus. Si vous avez une arme à portée de main, utilisez-la. Si vous avez la possibilité de sortir, foncez.

J'établis un contact visuel avec chacune d'elles, pour m'assurer qu'elles entendaient bien ce qui allait suivre.

— Peu importe les trucs que vous avez appris, si vous luttez avec un type qui pèse vingt-cinq kilos de plus que vous, vous serez blessées. Si vous avez une chance de pouvoir vous enfuir, vous vous enfuyez, jusqu'à ce que vous trouviez un endroit où vous mettre en sécurité.

Je les répartis en différents groupes selon leurs compétences et leur taille et commençai à travailler les mouvements. J'étais en train de montrer à cette femme d'un mètre soixante et quelques qui aurait pu être ma grand-mère comment balancer un crochet au foie digne de ce nom quand Mrs Campbell appela du haut des marches :

— Will ! Madame veut te voir.

Je laissai la pièce aux mains des élèves les plus anciennes et montai rejoindre ma patronne dans son bureau. J'y découvris une femme d'âge mûr aux avant-bras robustes et au visage en fer de hache – effilé, craquelé, et à peu près aussi aimable.

— Je te présente Mrs Nowak, dit ma patronne. Mistress Nowak, voici mon associée, Will Parker.

— Pas Mrs, répondit cette dernière avec un accent qui trouvait ses origines quelque part à l'est du Rhin. Je suis Ms Nowak. Ou Anna. J'étais madame quand j'avais un mari. Maintenant, c'est un poivrot que je ne laisserai pas entrer chez moi.

Ms P hocha la tête en signe de compréhension et d'excuse.

— Anna était en train de m'expliquer qu'elle a passé cinq ans au service de Vincent et Dianna Lance.

Les noms ne m'évoquèrent absolument rien.

— Je dois admettre, j'ai un blanc, là.

— Il n'y a aucune raison que tu les connaisses, expliqua ma patronne. Mr Lance était vice-président d'une modeste entreprise d'import spécialisée dans les soieries d'Asie. Mrs Lance était femme au foyer. Selon Anna, ils étaient à l'aise, mais pas richissimes.

Donc aisés, mais pas assez pour alimenter les pages société des journaux.

— Anna était en train de me parler de la dernière année qu'elle a passée au service des Lance. C'était il y a cinq ans à peu près, c'est bien ça ? avança ma patronne.

Le fer de hache acquiesça.

— Oui, répondit Anna. J'étais cuisinière. Je suis toujours, mais une famille différente. Je vois souvent cette femme que vous demandez. Elle n'aime pas les oignons. Qui n'aime pas les oignons ?

J'avais l'impression d'avoir un train de retard.

— Attendez, dis-je. Qui n'aimait pas les oignons ? Mrs Lance ?

— Non, non, non, répondit la cuisinière. La *czarownica*[1]. Belestrade.

Elle détourna la tête et cracha – *splatch* – sur le tapis, puis se rappela aussi sec où elle se trouvait et commença à s'excuser. Je l'arrêtai d'un geste.

— Tout va bien, dis-je. Je crache tout le temps par terre.

Je dois avouer quelque chose ici. Notre ordre du jour du samedi est aussi altruiste qu'annoncé, mais ça ne veut pas dire que nous n'en tirons pas profit si besoin. Si nous cherchons des informations, nous le faisons savoir. Les femmes qui viennent aux journées portes ouvertes savent que si elles tombent sur n'importe quel renseignement, même sordide, pouvant présenter un intérêt, on risque d'être preneuses. Elles font aussi passer le mot à leurs amies et à leurs voisins. Le message que Ms Pentecost avait fait passer plus tôt dans la semaine était le suivant : *Échange services ou récompense contre tous renseignements sérieux au sujet d'Ariel Belestrade.*

— Mrs Lance, elle commence à voir cette femme. Ensuite, elle l'amène à la maison. L'invite à dîner. C'est là qu'on me dit pas d'oignons, expliqua Anna. Première fois qu'elle vient, elle fait la gentille. La fois d'après, elle pose des questions. Mrs Lance dit que je devrais répondre. Qu'elles vont aider... quelque chose... Quelque chose comme donner bonne énergie.

1. Soit, « la sorcière » en polonais.

La façon dont elle prononça ces derniers mots ne laissait aucun doute sur l'opinion d'Anna en matière de « bonne énergie ».

— Quelle sorte de questions posait-elle ? demandai-je.

— Toutes sortes. Toutes sur Mr et Mrs Lance. Quelle nourriture ? Combien je dépense ? Quels soirs ils mangent ensemble ? Quels soirs séparés ? Quelle est leur humeur ? Qu'est-ce qu'ils mangent quand ils sont tristes ? Quand ils sont heureux ?

Anna leva les mains en signe d'exaspération.

— C'était *śmieszny*. Ridicule.

Ms P me jeta un coup d'œil. Je hochai la tête, pour lui faire savoir que je comprenais la même chose qu'elle.

— Laissez-moi essayer de deviner un peu le reste, dis-je. A-t-elle demandé si Mr Lance annulait souvent le dîner ? S'il était en forme le lendemain ? S'il se montrait pour le petit déjeuner ? S'il mangeait différemment depuis peu ? S'il avait réduit les sucreries ? S'il essayait de perdre ses bourrelets ?

— Oui, oui, oui !

Le fer de hache opinait du chef avec enthousiasme à présent.

— C'est bien comme ça.

— Combien de temps après ces questions les Lance se sont-ils séparés ? demanda Ms P.

— Je dirais deux mois ? Trois mois ? répondit Anna en haussant les épaules. Mr Lance, il a beaucoup changé. Très malheureux. Il me crie dessus. Très méfiant. Et puis Mrs Lance elle part et je suis virée.

Ms P la mitrailla encore de quelques questions

supplémentaires. Une fois certaine que nous avions tout ce que nous voulions, elle se leva et serra la main d'Anna.

— Vous allez aider pour logeur ? demanda la cuisinière.

On aurait dit qu'elle avait de nouveau envie de cracher mais se retenait.

— Je vais communiquer votre nom à un groupe spécialisé dans les litiges avec les propriétaires abusifs, expliqua Ms P. Vous entendrez bientôt parler d'eux. Si ça ne suffit pas, j'irai lui rendre personnellement visite.

Un sourire s'épanouit sur le visage d'Anna et toute ressemblance avec un fer de hache disparut.

— Merci, Ms Pentecost. Merci beaucoup. Je vous souhaite bonne chance contre la *czarownica*.

Sur ce, elle s'en alla, coupant à travers la cuisine pour sortir par la porte de derrière. Pas la peine de se faire une réputation d'informatrice.

— C'était édifiant, dis-je, une fois qu'elle eut disparu.

— Tu comprends comment ça fonctionne. Une affirmation, pas une question.

— Bien sûr, répondis-je. Mrs Lance la met sur la piste d'un problème conjugal. Elle lui dit alors qu'il y a de mauvaises ondes dans la maison et qu'elle doit les découvrir. Ensuite, elle cuisine les domestiques jusqu'à ce qu'elle mette le doigt sur ce que Mr Lance a fricoté. Ou avec qui il a fricoté.

Ms P tordit le nez devant le jeu de mots, mais acquiesça néanmoins.

— Si on considère le changement d'humeur de

Mr Lance entre les questions et sa séparation, en particulier sa toute nouvelle méfiance, on peut en déduire que Ms Belestrade a mis ses informations à profit, dit-elle.

— Si par «à profit», vous voulez dire chantage, je fais la même hypothèse.

— La vraie question est de savoir si Belestrade a employé les mêmes méthodes avec la famille Collins. Si c'est le cas, quels secrets a-t-elle mis à jour?

Je réfléchis quelques secondes.

— Ce n'est pas pour en remettre une couche, repris-je, mais il y a aussi une autre question. Comment Belestrade est-elle passée d'un vice-président anonyme à la clique de Gramercy Park? Ça fait un sacré bond niveau tranche d'imposition.

Ms P se laissa aller dans son fauteuil et ferma les yeux.

— Trop de questions et pas assez de réponses, murmura-t-elle. Mais au moins, on sait quoi demander quand on rendra visite à Ms Belestrade mercredi.

Mrs Campbell passa la tête dans l'embrasure de la porte. Elle avait les joues en feu et un sourire flottait sur ses lèvres habituellement boudeuses. Elle se plaignait des samedis – des courses en plus, de toute la cuisine à préparer et des pieds qui trimballaient de la boue partout dans la maison –, mais je la soupçonnais de nourrir un amour secret pour notre tradition de portes ouvertes. Elle laissa tomber ses manières bourrues et s'autorisa à jouer les hôtesses.

— Z'êtes prête pour la suivante? demanda-t-elle. Sinon, vous pouvez la faire entrer vous-même? J'ai un pain irlandais à sortir du four.

— Aucun problème, répondit la patronne en se forçant à rouvrir les yeux et en revenant sur terre. Faites entrer la suivante.

Ainsi congédiée, je retournai à ma boxe et à mes points de compression. Une fois le cours terminé et après avoir fait le plein de poitrine de bœuf, je battis en retraite dans ma chambre, sortis la Remington portative que je gardais dans mon placard et entrepris de taper les notes que j'avais prises pendant les entretiens à l'usine. Elle voulait un compte-rendu complet, pas seulement les points essentiels, et cela m'emmena jusqu'au dîner. Nos invitées étaient parties à cette heure-là, alors je migrai dans mon bureau pour y manger tout en terminant d'y taper mes notes.

Pour faire bonne mesure, j'y inclus un résumé de ma soirée avec Becca. Avec quelques coupes judicieuses, évidemment. Par exemple, je laissai de côté le flirt et la danse et le baiser. Mais je parlai de la rencontre avec Randy et de la probabilité que Becca ne soit pas étrangère aux soirées dans des clubs enfumés, avec des femmes à l'occasion.

Si Belestrade avait cherché à exhumer des saletés, elle n'aurait pas peiné à déterrer ce genre de pépite.

J'étais en train de relire les dernières pages quand ma patronne entra. D'une main, elle tenait une assiette sur laquelle se trouvait du pain, une bonne quantité de gelée de pommes maison et un couteau à tartiner. De l'autre, elle serrait fermement un grand verre à pied rempli d'hydromel.

— Je serai aux archives si tu as besoin de moi.

— Tenez, dis-je en posant la pile de feuilles dactylographiées sur son bureau. Vous pouvez ajouter ça à votre lecture.

Elle n'eut pas l'air ravie par les devoirs qui l'attendaient. Elle avait probablement prévu de se replonger à nouveau dans les dossiers sur Belestrade.

— Comment vous sentez-vous ? demandai-je.

Les samedis étaient toujours épuisants, et elle sortait d'une mauvaise journée. Elle posa l'assiette et le verre, tendit les bras devant elle pour montrer l'absence de canne et fit une petite révérence.

— Très bien, je crois, répondit-elle. C'était moins une rechute qu'un hoquet.

J'affichai un sourire convenu.

— Bien, dis-je. Ne veillez pas trop tard.

Se voyant ainsi maternée, elle ne daigna pas répondre. Elle cala les notes sous son bras, reprit son verre à pied ainsi que son assiette de pain et se dirigea vers l'escalier. Je suivis le bruit de ses pas lents et prudents jusqu'à sa chambre, accompagné du fracas énervant du couteau à beurre contre l'assiette.

Il y a une chose que vous ne devez pas oublier : Lillian Pentecost est une enquêtrice de classe internationale, ce qui veut dire que c'est aussi une menteuse de grande classe.

Il me faudrait garder un œil sur un nouveau « hoquet ».

J'allai me coucher peu après et dévorai la dernière histoire du numéro le plus récent de *Strange Crime* avant d'éteindre la lumière.

Au lieu de compter les moutons, je comptai les suspects. Il y avait Belestrade et son assistant, Randy et Becca, Harrison Wallace, John Meredith, n'importe lequel des milliers d'actionnaires de Collins Steelworks, sans parler des éventuels protagonistes tapis dans les recoins obscurs des années de jeunesse d'Abigail. Je rajoutai Dora et Sanford pour faire bonne mesure. Et bien entendu, il y avait le fantôme d'Alistair Collins.

Je les faisais défiler pour la treizième fois quand je m'endormis enfin.

Chapitre 20

Mrs Campbell était la seule sous notre toit à se montrer particulièrement religieuse, mais ma patronne et moi essayions encore d'observer le shabbat, même au beau milieu d'une enquête. Dans le cas contraire, nous nous retrouvions à travailler un mois d'affilée, et ça ne faisait de bien à personne, en particulier pas à Ms Pentecost.

Je dormis jusqu'à midi, puis fis une petite balade pour aller chez un coiffeur de Brooklyn ouvert le dimanche et qui savait comment maîtriser mes boucles rousses. Ensuite, je m'accordai une séance en matinée devant *Blithe Spirit*, dans l'espoir que ce film sur un romancier sceptique et une médium malchanceuse me donne quelques idées. Les seules idées qui me vinrent à l'esprit tournaient autour de Constance Cummings, la nouvelle épouse du romancier, qui doit faire face à l'esprit de sa première femme décédée. Malheureusement, aucune n'était applicable au cas des Collins.

J'étais à la maison au coucher du soleil, où je trouvai ma patronne en train de siroter un verre de vin à son bureau et de se mettre à jour dans la lecture des coupures de journaux du mois précédent. Vu qu'elle n'avait rien de pressant à me faire faire, j'emportai mon dîner, un reste de poitrine de bœuf, dans ma chambre. C'est là que je garde ma radio, et je ne voulais pas rater le dernier épisode de *The Shadow*[1].

Connaître le mal qui se cache dans le cœur des hommes permit à Lamont Cranston de résoudre son enquête en une petite demi-heure. Le présentateur rendit l'antenne, et je fis de même.

Le lendemain matin en descendant, je trouvai une note sur mon bureau.

> *Découvre ce qu'il en est de la famille d'Abigail Collins. On en sait trop peu sur sa vie avant son arrivée à New York.*

J'appréciai sa foi en mes capacités, comme le prouve le manque d'introduction « Essaie de ». Elle voulait connaître les antécédents d'Abigail et j'avais pour mission de les lui apporter sur un plateau.

Je commençai par téléphoner à la résidence des Collins. Après m'être chamaillée avec Sanford, il accepta de transférer mon appel dans la chambre de Becca. Elle laissa sonner trente secondes avant de répondre.

— Allô ?

Elle avait une voix endormie et enrouée.

— Bonjour, ma belle.

---

1. Héros justicier de fiction, créé par Walter B. Gibson, et ayant donné naissance à un feuilleton radiophonique.

Elle se racla la gorge et se força à prendre une voix gaie.

— Hello, Miss Parker. Je pensais ne plus jamais entendre parler de toi, étant donné la façon dont notre soirée s'est terminée.

— Je me rappelle que ça s'est terminé plutôt agréablement, répondis-je. Si tu fais allusion au petit incident avec ton chaperon, je l'avais pratiquement oublié.

— Est-ce que tu appelles pour convenir d'un autre rendez-vous ?

— Aussi charmant que ça paraisse, il s'agit d'un appel professionnel. Tu as mentionné que ta mère venait du nord de l'État de New York. Je suppose que tu ne sais pas exactement où ?

Elle resta silencieuse un moment.

— Elle n'aimait pas parler de son enfance. C'était quelque chose comme Prattsville ou Pattsville. Quelque chose comme ça, ajouta-t-elle d'une voix où perçait le doute. Je m'en souviens parce que ça ressemblait tellement à son nom de jeune fille.

— Tu as déjà rencontré quelqu'un de ce côté de la famille ? demandai-je.

— Jamais, répondit Becca. Ses parents sont morts quand elle était adolescente. Elle n'avait pas de frères ni de sœurs et n'a jamais été proche de qui que ce soit dans sa famille élargie.

Je réfléchis une seconde.

— Quelles sont les chances que Pratt ne soit pas son vrai nom ? demandai-je.

— Qu'est-ce qui te fait dire ça ?

— Une fille se pointe, prête à mordre dans la Grosse Pomme. Pas de famille. Elle part de zéro. Ce ne serait pas la première fois que quelqu'un comme ça se débarrasse de son nom en même temps qu'elle change de peau.

J'aurais pu être en train de me décrire, excepté que j'avais fini avec une détective excentrique au lieu d'un magnat de l'industrie.

— Pratt est son vrai nom pour autant que je sache, me dit Becca. Nous avons parcouru tous ses papiers personnels ces deux dernières semaines, et tout est au nom de Pratt.

Ça ne prouvait rien. Je savais d'expérience combien il est facile de se procurer un certificat de naissance bidon.

— Si ce n'est pas trop demander, pourrais-tu jeter un coup d'œil aux éventuels albums photos en sa possession ? dis-je. Fais-moi savoir si tu tombes sur quelqu'un qui lui ressemble.

— Je doute de trouver grand-chose. Mère n'était pas précisément une sentimentale, répondit Becca. Pourquoi as-tu besoin d'informations sur sa famille ?

— Dans n'importe quelle enquête, il est toujours bon d'en savoir le plus possible sur le disparu, répondis-je en lui sortant le texte passe-partout que nous remettions à chaque famille lorsque nous venions fouiner. On ne sait jamais ce qui peut se révéler pertinent.

Il y eut une ou deux secondes de silence embarrassé, puis elle reprit :

— Donc, à propos d'un nouveau rendez-vous…

J'étais à deux doigts de botter en touche. Une soirée de danse était une chose ; deux rendez-vous avaient déjà une autre allure. Et puis je me souvins des prospectus que j'avais vus placardés partout dans le métro l'autre soir.

— Qu'est-ce que tu fais vendredi soir ? demandai-je.

— Ce que tu me dis de faire.

La réplique dégoulinait du genre de sous-entendus pour lesquels on a inventé le code Hays[1].

— Cette fois, c'est moi qui viens te chercher. Disons à dix-huit heures. Le code vestimentaire est nettement plus bas de gamme. Plus une promenade au parc qu'une soirée de danse.

— On va se promener au parc, vraiment ?

— Pas de triche ! répondis-je. Je parie que tu vas t'amuser. Deux contre un que tu vas adorer.

— Je prends le pari, ronronna-t-elle.

Trois minutes après avoir raccroché, j'avais encore un sourire idiot sur le visage. Je le fis disparaître et me mis en chasse de notre atlas de l'État de New York. Et, oh surprise ! il existait bien une Prattsville. D'après l'atlas, la ville se trouvait à environ une heure au sud-ouest d'Albany, dans le comté de Greene, et s'enorgueillissait d'une population de huit cent quarante-huit habitants au dernier recensement. Pas une métropole, mais pas exactement un patelin sans importance non plus.

Je fis un saut rapide jusqu'à la bibliothèque et dénichai une copie de l'annuaire du comté de Greene. Comme Prattsville était proche des comtés du Delaware et de Schoharie, je récupérai aussi ces derniers. Et j'entrepris de recopier le numéro de tous les Pratt que je pouvais dégotter. Il y en avait deux cent quatre-vingt-quatorze

1. Code datant de 1930 qui organisa l'autocensure du cinéma américain, afin de décourager la tentation d'une censure officielle. Du nom du sénateur William Hays.

en tout. Je notai ceux qui se trouvaient dans des villes situées dans un rayon d'une trentaine de kilomètres autour de Prattsville. Ce qui réduisit le nombre à quatre-vingt-deux. Pas abominable, mais incontestablement une corvée.

Pendant que j'étais là-bas, je recopiai aussi les numéros de tous les postes de police, mairies et bibliothèques des trois comtés. On n'est jamais trop prudent.

Puis je regagnai le bureau et commençai à passer des coups de fil.

La nouvelle de la mort d'Abigail Collins étant peut-être parvenue à d'éventuels proches qu'elle aurait pu laisser derrière elle, je m'en tins donc à la vérité. Les enfants d'Abigail m'avaient engagée pour retrouver les membres de sa famille. Je restai vague sur les raisons de cette recherche. L'hypothèse la plus probable étant qu'il devait y avoir de l'argent à la clé dans le testament, ce qui, je l'espérais, pourrait faciliter ma démarche.

Je passai des coups de fil tout le lundi après-midi et toute la journée du mardi. Je composai tellement de numéros que je me demandai ce qui allait se mettre en surchauffe d'abord, le téléphone ou mon oreille. Ma Bell[1] aurait dû m'envoyer des fleurs.

Pour tous ceux qui pensent que le travail de détective est un boulot excitant et glamour, désolée de vous décevoir. C'est plutôt à ça que ça ressemble, neuf fois sur dix. Exténuant, fastidieux et fréquemment stérile.

---

1. De Bell System, l'ancien nom de l'entreprise de téléphonie dominante aux États-Unis, surnommée « Ma Bell » comme dans « Mother Bell ».

En plus, il y avait une chance sur deux que la famille d'Abigail n'ait pas le téléphone. Si elle avait grandi dans un milieu aussi pauvre que ce qu'elle avait raconté à Becca et à Randolph, les parents qu'elle avait laissés derrière elle, quels qu'ils soient, n'avaient peut-être pas de quoi allonger le fric pour une ligne privée.

À vrai dire, je réussis effectivement à retrouver Abigail Pratt. J'en retrouvai même sept. Ma préférée étant l'immigrée écossaise de quatre-vingt-quatre ans à l'accent tellement marqué que je dus demander à Mrs Campbell de traduire. J'avais bon espoir que notre Abigail soit sa petite-fille, perdue de vue depuis longtemps. Pas de chance. Mais Mrs Campbell en profita quand même pour récupérer une recette de farce à saucisses au passage.

À l'heure du dîner le mardi, Ms P était près d'arrêter les frais. Elle avait passé tout ce temps à appeler les épouses et les petites amies ayant assisté à la fête d'Halloween, un boulot aussi rébarbatif que le mien.

— Il est possible qu'elle ait changé de nom, concéda-t-elle. Si c'est le cas, j'ai bien peur que tu aies perdu ton temps ces deux derniers jours.

J'étais assez d'accord avec elle. Mais je me réveillai le mercredi matin avec une idée en tête. Je m'y étais peut-être prise complètement à l'envers. Je n'aurais pas dû chercher une Abigail Pratt. Elle avait très bien pu changer de nom, effectivement. Mais Prattsville était si petite qu'il paraissait peu probable qu'elle ait pu lâcher ce nom au hasard à moins d'avoir bien connu la région.

J'aurais dû poser des questions sur une fille – entre dix-sept et vingt ans, blonde aux yeux bleus et certainement considérée comme une des plus jolies du coin – qui serait partie aux environs de 1924.

Je commençai par les bibliothèques en leur servant le même baratin, mais en y ajoutant qu'Abigail avait peut-être changé de nom. Personne ne me répondit sur-le-champ, mais je ne m'attendais pas à ce qu'ils le fassent. Au contraire, je leur recommandai d'y réfléchir, de demander autour d'eux, et de me passer un coup de fil s'ils venaient à apprendre quoi que ce soit.

Je demandai aussi le nom et le numéro de téléphone des femmes les plus âgées et les mieux renseignées en ville. Je ne parlai pas de «potins», mais ce ne fut pas nécessaire. N'importe quelle bibliothécaire, sans exception, savait ce que je cherchais. Ensuite, j'entrepris de contacter ces différentes femmes, parmi lesquelles une veuve particulièrement bavarde.

Ce faisant, je récoltai beaucoup de ragots savoureux sur les rouages internes des villes du comté de Greene, y compris sur un pseudo-*bed and breakfast* qui tenait aussi lieu de bordel, et sur plusieurs conseillers municipaux qui n'avaient apparemment rien contre les pots-de-vin. En milieu d'après-midi, je la tenais. Pour être plus précise, je tenais une certaine Bettyanne Casey-Hutts, de Cockerville, une bourgade à une vingtaine de kilomètres au nord de Prattsville.

Vu la description de Cockerville que fit Bettyanne, sa voisine du sud devait ressembler à Paris, à côté.

— La ville est si petite qu'on est en train d'acheter notre premier feu de signalisation par livraison différée, plaisanta-t-elle d'une voix rauque de fumeuse. On ne peut pas blâmer la gamine d'être partie. Y avait rien pour elle ici. Surtout après ce qui s'est passé.

« La gamine » était Abby Crouch, qui – d'après le portrait détaillé qu'en donna Bettyanne – correspondait à notre Abigail.

— Il n'y avait pas un homme ou un garçon dans un rayon de trente kilomètres qui ne sache pas qui était Abby Crouch. Rien d'inconvenant là-dedans. Je veux juste dire qu'elle faisait tourner les têtes, m'expliqua Bettyanne. Ça n'était pas la plus jolie fille du coin, mais elle était quand même assez jolie. Elle dégageait quelque chose. De la confiance en elle, je dirais. Les hommes trouvent ça attirant jusqu'à ce qu'ils y soient confrontés de près. Et là, ils commencent à se dire qu'ils préféreraient peut-être une femme un peu plus docile.

Cinq minutes au téléphone et j'étais près d'adopter Bettyanne comme la grand-mère excentrique que je n'avais jamais connue.

— Tout ça, ce ne sont que des supputations, remarquez, continua-t-elle. Mon mari et moi fréquentions l'église méthodiste, tout comme la famille Crouch. Un dimanche, on apprenait qu'Abby voyait un tel. Deux ou trois dimanches plus tard, on entendait dire que c'était fini.

— Est-ce que ses parents sont toujours dans le coin ? demandai-je.

— Non. Sa mère est morte jeune. Pas en couches, mais peu de temps après, je crois, répondit Bettyanne. Elle a été élevée par son père et son frère aîné. Je n'arrive pas à me rappeler son prénom. Un truc bizarre. Un nom de famille. Orlando ? Orren ? Quelque chose comme ça.

Sa voix mourut tandis qu'elle essayait de repêcher le nom dans sa mémoire. Pendant un instant, je crus l'avoir perdue, mais elle retrouva brusquement le fil de son histoire.

— Le père avait une petite ferme. Un type tranquille. Plutôt solitaire. Il est mort. Je ne me rappelle pas quand exactement. Après le départ d'Abby, je crois. J'ai changé d'église après que Clarence… c'est mon mari… après sa mort. Ça fait des lustres que je n'ai pas pensé aux Crouch.

— Vous avez dit qu'on ne pouvait pas blâmer Abby d'être partie, repris-je pour revenir en arrière. Qu'il s'était passé un truc pas très joli. De quoi s'agissait-il ?

— Une chose horrible. Juste horrible.

Sa voix de grosse fumeuse se mit à trembler.

— C'est la seule fois qu'une chose pareille est arrivée par ici. Du moins avec un garçon aussi jeune. Qui avait toute la vie devant lui.

— Que s'est-il passé ? demandai-je.

— Billy McCray. Un garçon avec qui sortait Abby. Enfin, je crois qu'elle sortait avec lui. Ils avaient peut-être rompu quand c'est arrivé. Ça fait si longtemps. On croit que sa mémoire est aiguisée comme un rasoir et puis…

Si Ma Bell avait proposé un moyen de secouer gentiment une personne au bout du fil, je l'aurais prise au mot.

— Qu'est-il arrivé à Billy McCray ? insistai-je.

— Oh, il s'est tué, ma chère, répondit-elle, comme si c'était l'évidence même. Il s'est fait sauter la cervelle avec le fusil de son père.

Chapitre 21

Je garai la Cadillac en douceur de l'autre côté de la rue, juste en face du numéro 215, puis regardai vers le parc, cherchant les babouchkas. Le soleil était déjà couché et si elles étaient venues, elles avaient quitté les lieux.

Il m'avait fallu quinze bonnes minutes pour prendre congé de Bettyanne au téléphone. J'avais l'impression qu'elle ne recevait pas beaucoup de visites et qu'un coup de fil venant d'une détective de New York était la chose la plus excitante qui lui soit arrivée depuis très longtemps.

Elle n'avait pas pu m'en dire beaucoup plus. Billy McCray était un beau jeune homme brillant, pressenti pour succéder à son père à la tête de la quincaillerie quand le moment serait venu. Son suicide avait été un choc pour toute la ville. Les McCray avaient fermé boutique peu après et déménagé dans le Sud, où les hivers étaient plus doux et les mauvais souvenirs moins nombreux.

Je lui avais posé toute une série de questions complémentaires, mais la source s'était tarie. Elle allait rechercher le nom et le numéro du frère d'Abigail, m'avait-elle dit, et me passerait un coup de fil. Si elle y parvenait, je lui enverrais des roses. Peut-être un de ces perroquets bavards pour lui tenir compagnie.

Je mis ma patronne au courant des derniers développements tandis que nous roulions vers le Village, et lui communiquai le peu de renseignements que j'avais récoltés sur l'adolescence d'Abigail.

— Vous croyez qu'elle aurait pu le tuer ? demandai-je. Ça ne peut pas être une coïncidence. Deux hommes qui se font sauter la cervelle.

Ms P s'abstint fermement de s'engager.

— Un petit ami pendant quelques semaines quand elle avait seize ans. Un mari depuis vingt ans quand elle en avait près de quarante.

Dans le rétroviseur, je la vis qui mimait les plateaux d'une balance, soupesant ces deux points de la biographie d'Abigail.

— Il y a indéniablement une similarité, dit-elle, mais il est difficile d'y voir un motif récurrent quand les événements sont aussi éloignés.

— C'est sûr, c'est mince, dis-je. Mais je sais ce que vous pensez des coïncidences dans les affaires de meurtre.

Pour toute réponse, elle prit un air renfrogné et poussa un grognement. Le reste du trajet se passa en silence, hormis quelques invectives au passage à l'intention de mes collègues chauffeurs. Je ne voulais pas la relancer. Elle était en train de faire ce que font les génies pour rassembler leurs idées lorsqu'ils s'apprêtent à affronter un adversaire.

C'est ainsi que je voyais Belestrade : comme une adversaire. Intelligente, sournoise, attirante – si ce genre de chose vous plaît – et dangereuse. Elle n'avait peut-être pas tué, mais elle était sûrement une racketteuse, certainement une arnaqueuse, et incontestablement une personne avec qui il valait mieux ne pas plaisanter.

Une bonne chose que ma patronne ne soit pas du genre à plaisanter.

Le plan, me dit-elle, était de laisser Belestrade mener la soirée comme elle l'entendait. De lui lâcher la bride autant qu'elle le désirait. Et d'attaquer avec la question du chantage à la fin.

— Plus on passe de temps avec elle dans la pièce, expliqua Ms P, plus on en apprendra sur ses méthodes.

Elle prit quelques secondes au sortir de la voiture pour mettre de l'ordre dans sa tenue – un costume gris en laine peignée sur une chemise couleur sang, rehaussée d'une cravate noire fixée par une épingle en argent. Son ensemble va-t-en-guerre. Tous ses traits semblaient plus marqués : menton plus pointu, bouche plus large, nez juste un peu plus busqué. Ses yeux, véritable et en verre tout pareil, étincelaient.

Elle n'avait pas oublié sa canne, ce soir. Mieux valait montrer l'accessoire que chanceler sans le vouloir.

Nous frappâmes à la porte.

Renseignements à l'intérieur

Un instant plus tard, elle fut ouverte par Neal Watkins – cheveux d'un noir de jais, plaqués en une vague impeccable et costume qu'un croque-mort aurait remis sur le présentoir parce que trop austère.

— Bonsoir, dit-il.

Je crois qu'il s'appliquait à imiter le ton hypnotique de sa patronne, mais il donnait plutôt l'impression d'être endormi.

— Ms Belestrade sera prête dans quelques minutes. Si vous voulez bien patienter.

Il nous fit installer dans une pièce étroite meublée de bancs capitonnés de chaque côté, avec deux lourdes portes en chêne à un bout. Ms P et moi nous assîmes sur un banc. Après nous avoir demandé si nous désirions quelque chose à boire – aucune de nous ne voulait –, Neal se jucha sur l'autre.

— Ms Belestrade attendait votre visite avec grande impatience, dit-il.

— Vraiment ? Et pourquoi ça ? demanda Ms P.

— Je pense qu'elle vous voit comme un défi à relever, déclara Neal. Une incrédule qui a néanmoins les mêmes objectifs qu'elle.

— Et quels sont-ils ?

— Apporter de l'aide à ceux qui en ont besoin.

— C'est ça qui vous a poussé à vous mettre à son service ? Une occasion de faire preuve d'altruisme que n'offrait pas le département d'histoire à l'université ?

Si Neal fut troublé par cette pépite que nous avions obtenue grâce au Dr Waterhouse, il n'en laissa rien paraître.

— Ça en faisait partie. Et puis c'est un travail intéressant. Et Ms Belestrade paie bien. Plus que n'importe quel poste d'assistant d'enseignement, ajouta-t-il en écartant sa mèche de son front. Quant à vos autres questions, la réponse en est invariablement : « J'ai bien peur que non. »

— Mes autres questions ?

— Non, je ne suis pas sorti de la voiture le soir de la fête. Non, je n'ai rien vu de suspect. Non, j'ai peur de ne pas savoir qui a assassiné Abigail Collins.

Il nous décocha ce qu'il pensait probablement être un sourire charmeur et qui le fit ressembler exactement à ce qu'il était : un pseudo-universitaire qui s'entraîne à devenir un escroc médiocre.

Il n'eut pas le loisir de nous prédire les questions suivantes. Un carillon léger tinta derrière les doubles portes.

— Elle est prête pour vous recevoir, dit-il en se levant.

Nous le suivîmes. Avec un grand geste, il ouvrit les portes à la volée.

Nous franchîmes le seuil et pénétrâmes dans ce qui ressemblait au style de salon qu'on aurait pu trouver dans n'importe quel riche *brownstone* de New York : une demi-douzaine de fauteuils moelleux, une chaise longue contre un mur, des tables basses et des lampes Tiffany un peu partout, et un petit chandelier électrique qui se reflétait plaisamment dans le bois. Les tableaux aux murs représentaient des nus de bon goût et des paysages américains. Je ne suis pas une experte, mais je suis à peu près certaine d'avoir repéré un Hopper original dans le lot.

Pas de soieries sur les meubles. Pas de symboles ésotériques griffonnés sur les murs. Et pas de fenêtres ni de rideaux derrière lesquels Neal puisse se dissimuler.

La seule chose dans la pièce qui répondait à mes attentes était notre hôtesse. Elle se tenait pieds nus au centre de la pièce dans un vêtement en soie blanche à mi-chemin entre la robe du soir et la chemise de nuit. Elle arborait des bagues à chaque doigt et ses cheveux noirs coupés au carré étaient retenus par un morceau de jade en forme d'araignée.

Elle nous accueillit avec un large sourire empreint de sincérité auquel je ne crus pas une seule seconde.

— Ms Pentecost. Miss Parker. Bienvenue dans ma maison, dit-elle. Je vous en prie, asseyez-vous où vous vous sentez le plus à l'aise.

Je fus tentée de sortir et d'aller m'asseoir dans la voiture, la plus confortable des options disponibles, mais Neal avait refermé les portes derrière nous et je suivis donc l'exemple de Ms P. Elle s'installa sur un fauteuil qui composait un trio et j'attrapai celui qui se trouvait à côté d'elle. Non sans l'avoir auparavant déplacé de quelques degrés de façon à me trouver face aux doubles portes fermées. Je ne m'attendais pas vraiment à ce que quelque chose en jaillisse et essaie de nous buter, mais je n'avais pas non plus oublié mon .38, bien planqué dans son holster sous ma veste.

Belestrade parut amusée par ma chorégraphie.

— Vous êtes en sécurité ici, Miss Parker, dit-elle. Vous n'avez rien à craindre.

— Vous avez dit « à l'aise », lui rappelai-je. Je ne me sens jamais à l'aise quand je tourne le dos à une porte.

Son sourire s'évanouit, aussitôt remplacé par un regard apitoyé.

— Je trouve ça très triste, dit-elle. Votre expérience

du monde vous a appris que les portes étaient des objets à redouter plutôt que des ouvertures sur l'émerveillement et l'aventure.

Il me vint à peu près une demi-douzaine de répliques dans la foulée, mais toutes dans un langage impropre à un salon aussi convenable. De plus, il s'agissait de la prestation de Ms Pentecost. Je me contentai donc de sourire poliment tandis que notre hôtesse prenait le troisième siège. La voyante se mit à l'aise et croisa les jambes, laissant voir des anneaux d'orteil assortis en argent.

Pendant cinq bonnes secondes, personne ne dit mot dans le demi-cercle. Ms P et Belestrade s'observaient – lèvres pincées pour ma patronne, léger sourire pour notre hôtesse. J'envisageais de raconter une blague sur un postier et la fille d'un fermier lorsque Belestrade brisa le silence.

— Je n'ignore pas, j'en suis même reconnaissante, combien cette expérience est unique. Pour nous deux, commença-t-elle avec une même dose d'épices et de miel. J'ai déjà invité des personnes incrédules chez moi auparavant. Le Dr Waterhouse, par exemple. Mais seulement en tant qu'observateurs. Jamais en tant qu'objet de focalisation spirituelle. Je suis certaine que vous êtes toujours celle qui cherche des réponses dans cette pièce, et non celle dont l'âme est mise à nu.

Je ne sais pas comment Ms Pentecost prit sa remarque mais pour ma part, elle me hérissa. Si quoi que ce soit devait être mis à nu, ce serait à ma patronne de lever le rideau.

— Je ne dis pas ça pour vous faire peur, continua

Belestrade. Pour vous, « mettre à nu » a des connotations pénibles, il s'agit de révéler des manquements graves et des meurtres. Pour moi, il s'agit d'y voir clair et de respirer – d'arracher les choses aux ténèbres pour qu'elles puissent grandir et s'épanouir.

Ms P posa une main sur ses genoux, paume vers le haut.

— Comment procède-t-on ? demanda-t-elle.

— Fermez les yeux, ordonna Belestrade. Vous aussi, Miss Parker. Ne vous inquiétez pas. Il ne vous arrivera rien de mal ici.

Voyant que Ms P obtempérait, je fis de même. Mais je vous prie de croire que je restai à l'affût d'un grincement de porte ou du plus petit cliquetis d'anneau d'orteil.

— Videz votre esprit de ce qui s'est passé aujourd'hui, continua la spirite. Depuis ce matin jusqu'à maintenant. Oubliez tous les événements, les rencontres, les différentes tâches, les pensées, les désirs – prenez le tout dans vos bras, serrez-le contre vous puis laissez aller. Inspirez profondément et relâchez.

Elle répéta cette dernière phrase encore et encore jusqu'à ce qu'elle devienne une mélopée.

— Inspirez profondément, et relâchez. Inspirez profondément, et relâchez. Inspirez profondément, et relâchez. Inspirez profondément, et relâchez.

Les mots commencèrent à se mélanger, jusqu'à n'être plus qu'un seul enchaînement de syllabes. Lorsque j'avais fermé les yeux, mes nerfs étaient pratiquement en train de vibrer. Mais cette femme, avec sa voix et son tempo, était réellement en train de me faire lâcher prise.

— Inspirez profondément, et relâchez.

J'entendis un tic-tac assourdi et lointain derrière ses mots. Comme si une pendule était dissimulée quelque part dans les murs. Ou ces insectes mangeurs de bois dont ma grand-mère m'avait parlé à l'enterrement de ma mère. Ces coléoptères qui s'amassent dans les cloisons quand la mort se rapproche.

— Inspirez profondément, et relâchez.

Je commençai à flotter sur mon fauteuil.

— Inspirez profondément, et relâchez.

Elle resta silencieuse un long moment. Tout ce que j'entendais, c'était le faible tic-tac. *Tic, tic, tic, tic.* Le temps commençait à perdre de sa réalité. Depuis combien de temps étions-nous assises dans cette pièce ? Je n'en savais rien.

Tic, tic, tic, tic.

— Je veux que vous vous attardiez un moment dans cet espace vide, cette niche douillette au creux de votre cœur, reprit Belestrade. Je veux que vous écoutiez. Que vous écoutiez les voix de ceux qui sont passés au-delà du voile. Mais pas pour toujours. Ils sont juste occultés. Étouffés par les attentes de la vie quotidienne. Écoutez. Écoutez leurs voix. Leurs murmures.

J'écoutai.

Tic, tic, tic, tic. Y avait-il autre chose au-delà de ce bruit ?

— Il y en a tant autour de vous, murmura la spirite. Tant d'esprits dans votre sillage. *Écoutez.*

Je les entendis presque. Ou je m'imaginai les entendre. De doux murmures.

Des visages commencèrent à surgir des ténèbres

derrière mes paupières. Celui de ma mère. De ma grand-mère. De Lovely Lulu, morte de pneumonie dans un sanatorium deux mois avant mon départ du cirque. De McCloskey, masque de douleur et de désarroi, essayant de retirer le couteau planté dans son dos. D'une fille que j'avais vue se faire poignarder à mort dans un bar sur les quais. Et tous les corps que j'avais vus étalés sur la table d'autopsie glaciale de Hiram.

Je les vis l'un après l'autre un bref instant avant qu'ils ne disparaissent à nouveau dans l'obscurité.

— Maintenant, ouvrez les yeux.

Ce que je fis. La voyante n'avait pas bougé, mais quelque chose avait changé. Le reste de la pièce était enveloppé de ténèbres et la lumière semblait se concentrer en un cercle étroit autour de nos fauteuils, comme si la réalité elle-même se resserrait autour de nous.

Alors que nous avions les yeux ouverts, ceux de Belestrade étaient fermés, et elle avait penché la tête, comme si elle écoutait quelque chose.

— Il y en a tellement, murmura-t-elle. Tellement de morts à la traîne derrière vous. Un cortège de disparus.

Je regardai brièvement Ms P. Une nouvelle ride lui creusait le front en son centre. Je me demandai quels visages elle avait vus.

— Vous les entendez, n'est-ce pas ? demanda la spirite. Vous les entendez hurler – dans vos rêves, vos pensées silencieuses –, mais vous ne parvenez pas à comprendre ce qu'ils disent. Vous croyez qu'ils crient vengeance, justice, mais vous n'en savez rien.

Les doigts de Belestrade se crispèrent sur les

accoudoirs du fauteuil, ses ongles s'enfoncèrent dans le tissu moelleux.

— Je l'entends, lança-t-elle d'une voix sifflante, en se tortillant sur son siège. Elle vous appelle. Vous avez peur que sa mort reste impunie. Elle dit que vous… vous… Vous devriez la laisser partir. La laisser partir. Ne vous cramponnez pas à sa mort. Ça ne lui apporte que de la souffrance. Ça ne *vous* apporte que de la souffrance.

Du coin de l'œil, je vis les lèvres de Ms Pentecost esquisser un ricanement à peine visible.

— S'il s'agit d'un stratagème pour me convaincre de laisser tomber mon enquête sur le meurtre d'Abigail Collins, dit-elle, c'est peu judicieux et indigne de nous deux.

Les paupières toujours crispées, Belestrade secoua la tête.

— Nooooon.

Le mot s'échappa de ses lèvres comme un dernier souffle.

Aussi vive qu'un serpent, sa main jaillit et m'agrippa le poignet. J'essayai de le retirer, mais ses doigts étaient d'acier.

— Tu dois lâcher prise, Willowjean. Tu dois me laisser partir.

La voix de Belestrade avait changé. Elle avait pris l'accent monocorde, oh combien familier, du Midwest, avec un soupçon de Sud profond. Je connaissais cette voix.

— Tu avais raison, continua-t-elle. Depuis toujours. C'est lui qui m'a tuée. Il n'a pas pressé de gâchette, mais c'était lui tout pareil.

Les larmes roulaient sur les joues de Belestrade. Ses

paupières s'ouvrirent en papillotant, laissant voir le blanc de ses yeux.

— Tu dois me laisser partir, croassa-t-elle. Tu n'aurais rien pu faire. Tu dois arrêter de te faire des reproches. Tu n'étais qu'une enfant. Tu étais…

Là, j'ai comme un trou. Les alcooliques appelleraient ça une absence, mais je ne bois pas. Je sais simplement que j'entends la voix de ma mère singée par cette arnaqueuse, et que l'instant d'après, je lui braque mon pistolet sur la tête en hurlant.

— Ferme-la ! Ferme-la, bordel !

Mon fauteuil gisait derrière moi, renversé. Des larmes me coulaient sur le visage. Neal se tenait dans l'embrasure, bouche bée, sous le choc. Et Belestrade ne disait rien, fixant le canon du pistolet avec un calme absolu. Il n'y avait pas une once de peur dans ces grands yeux noirs. Seulement du triomphe.

Très lentement, Ms Pentecost posa sa main sur la mienne – celle qui tenait l'arme.

— Will, murmura-t-elle. Arrête. Elle n'en vaut pas la peine.

Inspirez, et relâchez.

Ce qui s'était emparé de moi reflua. Je baissai mon arme et la remis dans son holster.

— Je suis désolée, dis-je, bien que n'étant pas certaine de savoir à qui s'adressaient mes excuses.

— Tout va bien, répondit ma patronne. On s'en va.

Elle se tourna vers notre hôtesse.

— Vous avez commis une grosse erreur ce soir, dit-elle d'un ton glacial et monocorde. Me défier est imprudent. Mais vous moquer de mes compagnons ?

Elle accompagna ses mots d'un violent coup de canne sur le sol. Ses jointures étaient livides autour du pommeau de cuivre.

— Vous risquez de regretter que je l'aie empêchée de vous tuer.

Elle prit ma main encore tremblante dans la sienne et m'entraîna vers la sortie.

Chapitre 22

Ms Pentecost voulait qu'on prenne un taxi, mais je refusai de laisser la Cadillac devant la maison de cette femme.

Dieu sait comment, je nous ramenai jusqu'à Brooklyn. Au début du trajet, je me sentais comme hébétée et paralysée, mais, la réflexion et les sensations reprenant le dessus au fur et à mesure dans mon cerveau, mon engourdissement se transforma en colère. Soit Belestrade servait effectivement de canal à l'esprit de ma mère décédée, soit quelqu'un lui avait fourni suffisamment de renseignements personnels à mon sujet pour lui permettre de faire de moi une cible.

Il n'y avait qu'une personne dans mes souvenirs récents à qui j'avais révélé des détails sur la mort de ma mère.

Une fois dans le bureau, Ms P suggéra que j'aille me reposer dans ma chambre ou, qu'au moins, je laisse Mrs Campbell me préparer du riz au lait, ce qui aidait toujours quand je n'étais pas d'humeur. À la place, je lui demandai de me laisser seule dans la pièce.

Je décrochai le téléphone et composai le numéro.

Becca répondit à la troisième sonnerie. Elle eut à peine le temps de dire « allô » avant que je l'engueule.

— Elle t'a payée pour les renseignements ou tu les lui as simplement donnés comme ça ?

— Je ne sais pas ce que…

— J'espère que tu as obtenu quelque chose en échange, lançai-je d'un ton hargneux. Un billet de cent, un baiser. Quelque chose.

— Will, que se passe-t-il ? Qu'est-il arrivé ? implora-t-elle. Je ne comprends rien. C'est au sujet de ma mère ?

— C'est au sujet des détails sur la mort de la mienne que tu as laissés échapper devant cette… Belestrade.

— Pourquoi est-ce que j'aurais dit quoi que ce soit à cette femme ?

— Je ne sais pas. Tu étais peut-être soûle.

Ma voix dégoulinait d'amertume. Je la reconnaissais à peine.

— C'est peut-être comme ça qu'elle obtient toutes ses saletés pour faire chanter les gens. Elle offre du gin à de jolies petites nénettes jusqu'à ce qu'elles lui disent ce qu'elle veut savoir. Peut-être que la seule raison pour laquelle tu m'as invitée à danser, c'était pour me faire parler. Si c'est le cas, bien joué.

Silence au bout du fil. Je me demandai si elle avait coupé.

— Will, je vais raccrocher le…

Je fus la plus rapide.

Je contemplai le téléphone une bonne minute en attendant que mon rythme cardiaque ralentisse. En levant les yeux, je découvris Ms Pentecost à la porte.

— Je sais que j'ai foiré, d'accord ? Je les ai laissées toutes les deux me mener en bateau et…

Je me remis à pleurer pour la deuxième fois de la soirée. Ms P contourna son bureau, m'entoura de son bras et m'entraîna à l'étage. Elle m'accompagna jusqu'à ma chambre et attendit que je sois allée dans la salle de bains me laver la figure et enfiler mon pyjama.

— Je ne suis pas une enfant, dis-je tandis qu'elle me mettait au lit. Vous n'avez pas besoin de me traiter comme telle.

Elle eut l'air surprise.

— Je ne te prends pas pour une enfant. Mais tu es mon associée et mon amie, et tu m'as aidée à me coucher plus de fois que je ne peux les compter.

Puis elle quitta la pièce et je m'endormis. Ou j'essayai. Je n'arrivais pas à m'ôter les mots de Belestrade de la tête.

Tu dois arrêter de te faire des reproches.

Parce que je m'en faisais.

Je n'étais qu'une enfant à l'époque, mon côté rationnel le savait. Je n'aurais rien pu faire pour empêcher mon père de rosser ma mère. Je n'avais pas de pistolet planqué dans un holster sous mon bras, pas de couteau sanglé à mon mollet. Pas de mots pour la convaincre de le quitter pendant qu'elle le pouvait encore.

Mais cette partie de moi qui avait pointé le pistolet sur Belestrade ? Cette partie qui fait que j'en ai l'estomac retourné chaque fois que je pense à cette époque ? Elle est hermétique à la raison. Elle pense toujours que j'aurais dû faire quelque chose. Et que si je sauve assez de femmes, que j'aide à mettre assez de tueurs derrière les barreaux, alors peut-être que la culpabilité disparaîtra.

Le lendemain matin fut tout ce qu'il y a de plus ordinaire, comme dirait Mrs Campbell. Réveil, petit déjeuner, courrier, coups de fil, en attendant patiemment que ma patronne descende.

Je n'avais pas oublié les événements de la veille, mais ils me paraissaient moins immédiats. La colère avait presque entièrement disparu.

La seule chose qui détonnait était une culpabilité lancinante en repensant à la façon dont je m'étais déchaînée sur Becca. Je croyais toujours que la fuite venait d'elle. Mais si Belestrade avait utilisé un de ses trucs pour lui soutirer des renseignements ? Si elle l'avait hypnotisée, Dieu sait comment ?

Quoi qu'il en soit, Becca était un personnage central dans une enquête en cours, et elle ne méritait pas que je lui vomisse des imprécations au téléphone. Je me dis que j'allais attendre le début de l'après-midi, quand elle serait sûrement réveillée, pour l'appeler et m'excuser. Ou que j'irais la voir en personne, si elle acceptait de me recevoir.

Ms Pentecost descendit vers quatorze heures – un peu plus tard que d'habitude. Peut-être voulait-elle me laisser plus de temps seule. Je ne posai pas la question et elle n'offrit aucune réponse. Je m'apprêtais à demander les consignes pour la journée quand on frappa à la porte – cinq coups secs et rapides.

— Je connais ce code Morse, dis-je en me levant pour ouvrir.

Je constatai avec surprise que le lieutenant Lazenby n'était pas seul. Deux sergents en uniforme l'accompagnaient.

— Parker, dit-il d'une voix qui ressemblait à un éboulement. Elle est réveillée ?

Sa brusquerie me sidéra. Ce manque de cordialité ne ressemblait pas au robuste policier. Et son visage laissait transparaître un peu de la dureté que j'avais vue la fois où nous nous étions rencontrés.

— Je suis sûre qu'elle va être ravie d'avoir la visite de son fonctionnaire préféré.

Je les introduisis tous les trois dans le bureau. Lazenby tira immédiatement un document plié de la poche de son manteau et le tendit à Ms P.

— Voici un mandat pour toutes les armes se trouvant dans cette maison.

Il attendit qu'elle l'ait lu en entier. Puis elle me fit un signe de tête.

J'avais un tas de questions, mais je sortis mon .38 du tiroir de mon bureau et récupérai un .45 dans le coffre.

Ms P, quant à elle, tira un Derringer deux coups de son propre bureau. Il n'était précis qu'à environ deux mètres, ce qui lui suffisait largement si quelqu'un pénétrait un jour dans la pièce avec de mauvaises intentions.

Lazenby ordonna au sergent le plus proche de prendre les armes.

— C'est tout ? demanda-t-il.

— Vous croyez qu'on a un arsenal ? ironisai-je.

Ce qui me valut un regard qui me déplut fortement. Une fois le premier sergent parti avec nos flingues, Lazenby sortit un deuxième papier.

— Et voici un mandat d'amener pour Willowjean Parker, en tant que témoin essentiel, déclara-t-il.

Ms P bondit sur ses pieds et lui arracha le document

des mains. Elle le parcourut rapidement tandis que je regardais par-dessus son épaule.

Un mandat de témoin essentiel permet à la police d'arrêter une personne et d'exiger qu'elle leur fournisse des informations sur un crime. Si elle refuse, elle peut être condamnée pour outrage à la justice. Il n'était pas rare que les flics l'utilisent en prélude à un véritable mandat d'arrêt.

Un espace vide sautait aux yeux sur le document. Comme d'habitude, ma patronne l'avait vu en premier.

— Il n'y a aucun crime mentionné ici. On la soupçonne d'être au courant de quoi au juste ?

— Nous ne sommes pas tenus de donner cette information, répondit Lazenby.

Les yeux de Ms Pentecost auraient transpercé un homme moins costaud. Mais Lazenby aurait aussi bien pu être de pierre.

Voyant combien il était déterminé, le visage de ma patronne se détendit.

— Nathan, dit-elle d'une voix douce.

Un mot. Très calmement.

Il hocha la tête et tourna ses yeux noirs vers moi.

— Du meurtre d'Ariel Belestrade.

Chapitre 23

C'était exactement la même salle d'interrogatoire. Sans blague. Même table métallique bon marché. Même chaise branlante. Hormis que, cette fois, pas besoin de gravir les échelons. J'avais droit au patron, direct.

— On t'a prise la main dans le sac, Parker, gronda-t-il. On ne parle pas d'innocent ou de coupable ici. C'est meurtre ou homicide involontaire. Si on peut prouver que tu as été provoquée, peut-être qu'on pourra t'éviter la chaise.

Il se pencha par-dessus la table et continua d'une voix douce et basse.

— Ce que t'a fait Belestrade était horrible, dit-il. Utiliser une tragédie personnelle, te mener en bateau de cette manière. Si elle m'avait fait la même chose, j'aurais pu la tuer sur-le-champ. Tu as eu plus de retenue que moi. Alors ce que je dois savoir c'est : quand tu es retournée chez elle la nuit dernière, qu'est-ce qu'elle a dit ? Est-ce qu'elle en a rajouté une couche ? Encore plus de mensonges et de vaudou ?

Chaque enquêteur possède son propre style d'interrogatoire. Celui de Ms Pentecost, c'est de jouer la deuxième tantine préférée – pas la tante joviale avec qui on peut boire un verre, mais celle qui est pragmatique, vers laquelle on se tourne quand on a besoin d'un conseil sérieux ou d'une grosse somme d'argent.

Le mien utilise les idées fausses que se font les gens. Si en me regardant, ils voient en moi une gamine qui se prend pour une détective, je m'en sers. S'ils voient une simple secrétaire, je m'en sers aussi. Entre les deux, j'adopte le style de ces romans de gare avec lesquels j'ai grandi, charme cynique et esprit de repartie caustique. Ou du moins, j'essaie. Comme disait Kalishenko : chaque numéro est un chantier permanent.

Le style de Lazenby est celui du père confesseur. Peut-être s'imagine-t-il que, parce qu'il a l'allure d'un moine du XVIe siècle, il doit jouer ce rôle. Chaque question est formulée comme une offrande de compréhension, d'absolution. N'en étant pas trop souvent la cible, j'ai tendance à oublier à quel point il est bon.

Malheureusement pour lui, je connaissais ses trucs. Et même si ça n'avait pas été le cas, j'étais trop remontée pour qu'ils fonctionnent avec moi. J'avais toujours espéré que ses commentaires sur ma manie de planter des couteaux dans le dos n'étaient qu'un jeu. Des mises en boîte anodines entre professionnels. Mais il ne jouait pas. Il était allé voir un juge avec un mandat et avait obtenu de lui qu'il le signe. Peut-être ne pensait-il pas réellement que j'avais buté Belestrade et parait-il à toute éventualité, mais ça signifiait qu'il me considérait comme une éventualité à laquelle il valait mieux parer. Qu'en dépit de mes vêtements sur mesure, je restais toujours une saltimbanque avec un cadavre à son actif.

Je fus tentée de répondre à ses questions par quelques monosyllabes. Puis je pensai à la façon dont Ms Pentecost se comporterait dans la même situation. Je n'avais pas passé trois ans en sa compagnie pour rien. Jamais elle ne laisserait Lazenby l'atteindre, et si ça devait arriver un jour, elle ne le montrerait certainement pas.

Je songeai à mes héros de romans à deux sous, me laissai aller en arrière autant que la chaise branlante le permettait et affichai un grand sourire.

— C'est une belle histoire, dis-je. Personnellement je préfère Hammett. Gardner à la rigueur.

— Je suis tout ce qu'il y a de sérieux, Will, dit-il. Ça n'est pas une blague.

— J'ai l'air de rire ?

Je lui récitai un nom et un numéro de téléphone que j'avais mémorisés depuis longtemps – ceux de l'avocat que Ms P employait de façon permanente. Non que ce fût nécessaire. J'étais sûre que cette dernière et lui se trouvaient quelque part dans le bâtiment, œuvrant à ma libération.

Apparemment, Lazenby se rendit compte que coupable ou non, je ne mordrais pas à l'hameçon habituel, et il se mit donc à me poser les questions utiles. Le quand, où, comment, et ainsi de suite. Je lui racontai sommairement notre visite chez Belestrade la veille, passant sous silence les détails les plus intéressants.

À ma grande surprise, il avança toutes les pièces du puzzle que j'avais gardées pour moi.

— Tu as braqué un pistolet sur cette femme, déclara-t-il. Et ta patronne l'a menacée de mort.

— Vous savez que vous ne pouvez pas croire Neal sur parole, dis-je. Quels qu'aient été les plans de Belestrade, il en faisait partie.

— Nous avons beaucoup plus que son témoignage.

Quel aplomb dans cette phrase ! Je le crus. Ajouté à tout ce qu'il avait laissé transpirer, ça ne pouvait signifier qu'une chose.

— C'est enregistré, dis-je. La pièce était sonorisée.

J'étais loin d'un exploit à la Pentecost en matière de déduction. Pas avec les questions qu'il posait et son aptitude à citer Belestrade au mot à mot. Et puis je me souvins du léger tic-tac que j'avais entendu. Il ne s'agissait pas d'une pendule, mais de la bobine d'un magnétophone en train de tourner.

— À quand remontent les enregistrements ? demandai-je. Est-ce qu'elle enregistrait tout dans la pièce ? Vous les avez tous ?

Son visage demeura impassible, mais j'entrevis quand même brièvement une lueur de frustration.

— Vous ne les avez pas, c'est ça ? Vous n'avez pas le tout.

Son visage prit cette drôle de nuance cramoisie qui me plaît tant.

— C'est moi qui pose les questions ! hurla-t-il.

— Bien entendu, répondis-je. Je n'en ai jamais douté. Mais n'empêche… Si elle a enregistré hier soir, elle a enregistré *tous* les autres soirs. Pourquoi ne l'aurait-elle pas fait ? Ce qui signifie qu'elle devrait aussi avoir les sessions avec Abigail Collins.

Le mécanisme se mit en branle dans mon esprit.

— Quelqu'un vous a donné la bande de la nuit

dernière, dis-je. Neal, j'imagine. Donc, la question devient, a-t-il gardé les autres ? Ou ne les a-t-il jamais eues en sa possession ? Et si c'est le cas, qui les a ?

Je dois reconnaître que le lieutenant se refréna. Après un instant de silence rageur, il en revint aux questions basiques sur ma rencontre avec Belestrade. Cette fois, je ne lui cachai rien, y compris ma première filature ratée.

L'un dans l'autre, cela prit environ deux heures. Lorsque nous eûmes terminé, j'étais une loque. Lazenby lui-même avait perdu de son panache.

Il se laissa aller contre le dossier de sa chaise qui grinça sous son poids.

— On va bientôt recevoir les résultats de la balistique, dit-il. Tu veux ajouter autre chose à ton histoire ?

Je me laissai aller en arrière moi aussi. Comme j'avais la chaise branlante, l'effet ne fut pas tout à fait le même.

— Pas un mot, répondis-je. En avant pour la balistique.

Il hocha la tête. Si j'avais dû parier à ce moment-là, j'aurais dit que sa balance intérieure penchait en faveur de mon innocence. De très peu, cela dit.

— Donc, reprit-il, pourquoi Belestrade aurait fait une telle fixette sur toi, à ton avis ?

— Je ne dirais pas une fixette, répondis-je. Elle visait ma patronne et, moi, j'étais le deuxième meilleur choix. Elle a dû tomber par hasard sur une information me concernant et a décidé de me rouler dans la farine.

Le grand costaud se mit à glousser. C'est déconcertant d'entendre rire une statue.

— Elle n'est pas simplement tombée sur un truc, Parker. On a trouvé tout un dossier dans son bureau, dit-il. Elle a interrogé des copains journalistes à toi. Des gens avec qui tu as eu des relations. On dirait même qu'elle a réussi à avoir certains de tes anciens amis du cirque au téléphone.

J'en eus l'estomac retourné. Pas mal de gens chez Hart et Halloway connaissaient mon enfance. Je m'étais acharnée sur Becca pour rien.

— Apparemment, ça faisait un moment qu'elle vous tenait à l'œil, ta patronne et toi, continua Lazenby. Toi, beaucoup plus que Pentecost, mais Lillian a toujours été du genre à brouiller les pistes. Crois-moi, j'ai fouiné. Du coup, je me demande ce que Belestrade comptait faire de tous ces renseignements. À part te rendre dingue.

Je me demandais aussi.

Avait-elle découvert que Ms P enquêtait sur elle ces dernières années ? Avait-elle amassé des informations pour se couvrir au cas où nous nous serions trop rapprochées ? Si oui, elle n'en avait pas fait très bon usage. La scène dans son salon ? La balade tardive dans New York ? Rien de plus tape-à-l'œil. C'était le meilleur moyen qu'on ne la lâche pas des yeux.

Je réfléchissais encore à tout ça quand la porte s'ouvrit. Le sergent maigrichon qui nous avait confisqué nos armes entra, un papier à la main. Il le tendit à Lazenby qui le lut. D'un geste, il congédia le sergent qui ressortit à toute vitesse.

— La balistique, lança-t-il. Dernière chance de changer de version.

Durant un bref instant de panique, j'essayai d'évaluer les probabilités que quelqu'un se soit introduit furtivement dans la maison, ait emprunté un de nos pistolets, s'en soit servi pour tuer Belestrade puis l'ait remis à sa place pour piéger votre serviteur. Mais, comme dirait Ms Pentecost, c'étaient des élucubrations de romans à deux sous.

— Vous avez tout ce qu'il faut savoir, répondis-je.

Il me dévisagea quelques longues secondes, puis désigna la porte du pouce.

— Tu as terminé ici, dit-il. Ta patronne attend dehors.

Je m'extirpai de ma chaise branlante et m'étirai le dos avec un craquement.

— La balistique n'a rien donné ? demandai-je, connaissant déjà la réponse.

— Va-t'en, c'est tout. Et essaie de ne pas braquer ton arme sur quelqu'un dans un avenir proche.

— Ça risque pas, répondis-je. C'est vous qui l'avez. En parlant de ça…

— Vous allez les récupérer. Un jour. La paperasse, tu comprends ?

Je crus percevoir un sourire sous la barbe, mais ne m'attardai pas pour vérifier. La porte était restée ouverte et je sortis.

Chapitre 24

Quand il avait dit que ma patronne était dehors, je ne m'attendais pas à la voir de l'autre côté de la porte, mais elle était bien là, assise sur un banc dans le couloir.

— Il a tenu le coup un bon moment, mais finalement j'ai réussi à le faire craquer, lui dis-je tandis qu'elle rassemblait sa canne et son manteau.

— Bien, répondit-elle. J'aimerais m'en aller à présent. Je suis terriblement fâchée contre Nathan. J'ai peur de dire quelque chose qu'on risquerait de regretter tous les deux.

Nous prîmes un taxi juste devant le poste de police et comparâmes nos notes durant le trajet jusqu'à Brooklyn. Je lui fis le compte-rendu détaillé de mon interrogatoire, sans omettre mon hypothèse selon laquelle Belestrade enregistrait ses clients, ce qui voulait dire qu'il y avait quelque part des enregistrements d'Abigail Collins parlant de… quoi ? Je l'ignorais. Si elle soupçonnait la réponse, Ms P n'en dit rien.

De son côté, elle n'avait pas chômé non plus. Pendant que notre avocat essayait de trouver des failles dans les mandats, Ms Pentecost avait fait un saut à la morgue.

Hiram n'était pas là et un sergent en uniforme montait la garde. Mais nous le connaissions bien. Il n'avait rien d'amical, loin de là, mais comprenait la valeur d'un dollar. Ou d'une centaine, en l'occurrence.

— Donc, il n'y a aucun doute ? demandai-je.

— Aucun. Ariel Belestrade est bien morte.

— J'ai lu qu'il existait des drogues pouvant ralentir le cœur à un point tel qu'on peut se faire passer pour mort.

— À moins que ces drogues puissent imiter deux balles dans le crâne, répondit Ms P en secouant la tête, je crois qu'on peut éliminer la supercherie.

Bon sang. Belestrade aurait fait une bonne candidate pour le meurtre d'Abigail Collins. Si on devait en croire le message du regretté Jonathan Markel, c'était aussi une bonne candidate pour tout un tas d'autres affaires louches.

— Attendez, dis-je. Elle pourrait encore être en lice pour le meurtre. Il pourrait s'agir d'un retour de flamme. Cette femme s'était probablement fait pas mal d'ennemis.

— Peut-être, admit Ms P. Bien que le moment choisi suggère un lien.

— Ça englobe un grand nombre de possibilités. Tête pensante, complice, témoin, maître-chanteur. On commence par où ?

Ms P sombra dans une réflexion silencieuse qui dura jusqu'à ce qu'on arrive à la maison. Une fois dans le bureau, je m'installai à ma table de travail et composai le numéro de la résidence des Collins. Ce fut mon second jumeau préféré qui répondit.

— Elle ne veut pas vous parler, annonça Randy.

J'ignore ce que vous lui avez dit hier, mais elle s'est enfermée dans sa chambre et n'en est pas sortie de la soirée. Elle y est toujours.

— Très bien, dis-je. Je serai là dans une demi-heure. Moins, si la circulation le permet.

— Je vous l'ai dit. Elle ne veut pas…

Je raccrochai. Je le laisserais finir sa phrase en personne.

— Je dois aller m'excuser, dis-je à Ms P. Je ne sais pas s'ils sont au courant pour la mort de Belestrade. Vous voulez que je lâche la nouvelle en passant et que j'observe les réactions ?

— Je te laisse juge, répondit-elle. Mais garde les détails pour toi. On ne voudrait pas que le lieutenant nous accuse d'interférer dans l'enquête.

Je pris la berline et mis quelque chose comme cinquante minutes pour atteindre le manoir des Collins à cause de la circulation en centre-ville. Randy vint m'accueillir à la porte, redressant les épaules pour remplir le cadre dans une posture de défenseur au football.

— J'ai dit qu'elle ne voulait pas vous parler, répéta-t-il.

Je me demandai s'il avait répété ce regard hautain dans le miroir.

— Vous lui avez posé la question ?

— Je n'ai pas besoin de la lui poser. Au cas où vous auriez oublié, il s'agit de ma maison, et si je refuse que vous entriez…

Il fut interrompu par un cri en provenance du salon.

— Qui est là ? fit Wallace en se montrant. Si c'est à nouveau la police, je…

Il eut l'air surpris de me voir, mais apparemment pas mécontent. L'avocat paraissait lessivé. Il se tenait encore plus voûté, perdant ainsi quelques centimètres, et ses cheveux clairsemés et filasse tombaient sur son front dégagé.

— Miss Parker.

— Mister Wallace. Je suis désolée de vous déranger.

— Pas de problème, répondit-il. Votre patronne est avec vous ?

— Il n'y a que moi, j'en ai peur.

— Laisse entrer cette fille, Randy.

Randy pesa le pour et le contre : me laisser entrer ou devoir expliquer à son parrain pourquoi exactement il ne le voulait pas. Cette dernière option risquant d'ouvrir une boîte de Pandore dont je devinai que le cher oncle Harry ignorait parfaitement l'existence.

Randy s'écarta à contrecœur.

— Du nouveau ? demanda Wallace en m'introduisant dans le salon où ma patronne les avait interrogés quelques jours avant.

— Effectivement, bien que ce ne soit pas ce que vous attendiez, répondis-je en m'installant d'office sur un fauteuil particulièrement inconfortable. Il vaudrait mieux que vous preniez un siège.

Je ne les voyais flancher ni l'un ni l'autre, mais je voulais juste avoir leurs deux visages en ligne de mire quand je lâcherais le pavé dans la mare. Ils se juchèrent tous les deux sur un canapé rembourré – Wallace nerveux, et Randy renfrogné et bouillonnant de colère.

— Alors, dit Wallace en remontant ses demi-lunes sur son nez, de quoi s'agit-il ?

— Ariel Belestrade a été assassinée la nuit dernière.

Je voulais une réaction et je l'obtins.

— Assassinée ? Comment ? Par qui ?

C'était Randy, dont le visage exprimait un parfait mélange de surprise et de perplexité.

— C'est horrible… je veux dire, ce n'était… pas une femme agréable. Mais c'est quand même terrible. Quand est-ce que ça s'est passé ? demanda à son tour Wallace.

Lui aussi affichait surprise et confusion, mais on sentait autre chose en plus. De la peur, peut-être ?

Je m'apprêtais à répondre à toutes les questions possibles quand j'entendis un bruit de pas dans l'escalier. Becca avait quitté le palier d'où elle espionnait notre conversation, j'imagine. Elle était réveillée et habillée comme il faut, chemisier et pantalon – très Kate Hepburn dans *Indiscrétions.* Pas de maquillage, cela dit. Elle avait les yeux bouffis, comme quelqu'un qui a passé beaucoup de temps à pleurer. J'éprouvai une pointe de culpabilité.

— Cette femme est morte ? demanda-t-elle.

— La nuit dernière. Tuée par balles, répondis-je, un œil sur Wallace et un sur elle.

— Bien.

— Becca ! s'exclama Wallace. C'est terrible.

— *Elle* était terrible, oncle Harry. Tu l'as dit toi-même.

— Oui… mais… personne ne devrait se faire…

Il laissa tomber le sujet et revint en mode avocat.

— Qu'est-ce que cela signifie pour nous ? demanda-t-il en se tournant vers moi. Est-ce que la mort de cette femme a quelque chose à voir avec celle d'Abigail ? Est-ce que la police pense qu'il s'agit de la même personne ?

— Impossible de dire avec certitude ce que pense la police, répondis-je. Belestrade avait sûrement mis pas mal de gens en rogne, et je suis certaine qu'ils suivent toutes les pistes.

Je négligeai de mentionner que j'étais l'une d'elles.

— Vous pouvez être sûrs que si la police ne vient pas vous rendre visite ce soir, ils le feront demain matin à la première heure.

— Et qu'est-ce que la police pourrait bien avoir à faire avec nous ? demanda Randy.

— Je suis surprise qu'ils ne soient pas déjà venus, ajoutai-je. Belestrade était une suspecte dans le meurtre de votre mère. Aucun de vous ne s'est caché de l'aversion qu'il lui portait. Il faudrait que les flics soient bornés, paresseux, ou les deux, pour ne pas vouloir passer quelques heures à vérifier vos alibis.

Ils s'agitèrent un peu, Becca debout et les deux hommes dans leurs fauteuils. Personne n'aime se savoir soupçonné d'homicide, a fortiori quand il s'agit de deux homicides en quinze jours.

— J'étais au bureau jusqu'à près de minuit, dit Wallace.

Il tortillait nerveusement ses doigts, tête baissée, regard fuyant.

— Après ça, je suis rentré chez moi.

— Je suis resté ici toute la soirée, dit à son tour Randy. Et Becca aussi. Les domestiques peuvent se porter garants pour nous.

Lazenby m'ayant demandé où je me trouvais entre minuit et deux heures du matin, je supposais que Belestrade avait été tuée dans ce laps de temps. Le majordome et la cuisinière devaient dormir à minuit. Et l'alibi de Wallace était si mince que je ne me serais pas mouchée avec.

Je décidai de tenter un coup bas.

— La police ne va pas manquer de vous interroger sur les informations compromettantes que Belestrade détenait à propos de votre famille.

Becca et Wallace me regardèrent d'un air absent et perplexe. Randolph, quant à lui, sortit de ses gonds.

— J'en ai assez de ces insinuations ! lança-t-il d'un ton hargneux. D'abord la police, et maintenant celle-là ? Notre famille, notre mère, ce sont elles les victimes ici !

Je l'avais déjà vu bafouiller de rage avant, mais cette version me semblait quelque peu simulée. Pas au point d'ignorer les conseils que je donnais à mes élèves au sous-sol cependant – chercher une sortie ou une arme.

Wallace posa une main sur le bras de son filleul.

— Randy, calme-toi.

Randy trouva le frein et l'enfonça. Il bouillait toujours de colère, mais réussit à cracher la question par laquelle il aurait dû commencer.

— Qu'est-ce que vous voulez dire par « informations compromettantes » ?

Je lui expliquai ce que Ms Pentecost et moi avions découvert sur les manœuvres de Belestrade, ou du moins, ce que nous en supposions. Comment elle profitait des confidences de ses clients pour déterrer des secrets qu'elle pouvait ensuite utiliser afin de les faire chanter.

— La police va commencer à fouiner un peu partout, continuai-je. Si vous avez des cadavres dans le placard, ils ne vont pas manquer de les étaler au grand jour.

Aucun des trois ne parut particulièrement enthousiasmé à cette idée, mais qui le serait ?

— Bref, mieux vaudrait appeler vos avocats ce soir et leur demander de se tenir prêts, juste au cas où la police voudrait vous emmener au poste.

Wallace acquiesça et se leva.

— Je vais appeler Simpson tout de suite.

Il nous quitta pour aller passer un coup de fil et je me tournai vers Becca.

— Tu as une minute ?

Randy recommença à s'agiter, mais elle lui lança un regard qui lui cloua le bec et l'envoya fulminer dans la pièce voisine. Je me demandai dans quelle mesure son explosion de colère était feinte et ce qu'il savait réellement des informations que Belestrade aurait pu détenir sur sa mère.

Pendant que je réfléchissais, Becca m'entraîna à travers la maison jusqu'à la véranda. Le soleil avait disparu et un vent glacial faisait voler le peu de neige qui recouvrait le sol. Des diablotins blancs tourbillonnaient autour de nos chevilles. Je voyais ses bras grenelés par la chair de poule et résistai à l'envie pressante de la prendre dans mes bras.

— Tu n'as pas froid ? demandai-je.

— J'ai besoin de prendre l'air. J'ai été cloîtrée toute la journée.

Sans rouge à lèvres ni ombre à paupières, ses traits avaient tendance à disparaître dans son visage blafard. On aurait dit une des statues de marbre qui ponctuaient chaque coin de la véranda. Mais celles-ci ne braquaient pas sur moi leur regard bleu assassin entre des paupières plissées.

— Je suis désolée pour hier soir, dis-je. Tu ne méritais pas ça.

— Non, je ne le méritais pas, répondit-elle, menton en avant. Je n'aurais jamais rien dit à cette femme.

— Je le sais à présent.

Je lui expliquai en gros ce que la police m'avait appris – que Belestrade possédait tout un dossier sur moi.

— Pourquoi est-ce qu'elle te prendrait pour cible ?

— Probablement pour pouvoir atteindre ma patronne, répondis-je en haussant les épaules. Ou pour me pousser à faire quelque chose de stupide sous le coup de la colère. Comme t'appeler et te tirer dessus à boulets rouges.

Elle me prit la main. Sa chair de poule gagna mon bras.

— Je te pardonne, dit-elle en me faisant la grâce d'un sourire.

— On sort toujours demain soir ?

— Bien entendu. Mais je vais devoir insister pour que tu me dises où on va. Ne serait-ce que pour mettre les bonnes chaussures.

Je le lui dis.

Son sourire s'élargit.

Chapitre 25

À ma question, « On commence où ? », Ms Pentecost répondit : « Au début. » Le vendredi matin, nous commençâmes à trier toutes les informations que nous avions récoltées jusque-là. Une pratique habituelle lorsqu'une affaire traîne en longueur et qu'on fait du surplace.

Ms P adore répéter : « Si on ne revient jamais en arrière pour examiner ce qu'on a comme un tout, on risque de passer à côté du schéma existant dans le chaos. » Elle aime également son corollaire : « Quand on passe tout son temps à remâcher ce qu'on sait, on risque de manquer le nouvel élément qui se présente. »

Le premier adage lui va parfaitement. Le second ressemble à un truc qu'elle aurait emprunté à quelqu'un de beaucoup moins sophistiqué.

Ms P était en bas à dix heures trente et nous prîmes un rapide petit déjeuner avant de nous retirer dans le bureau. Mrs Campbell s'était levée avant l'aube pour préparer une fournée de saucisses maison. L'entreprise prenait toute la journée et un épais relent de porc et de poivre saturait l'atmosphère du *brownstone*.

À quatorze heures, nous y étions encore, alors nous

déjeunâmes à nos bureaux respectifs. La cuisine ayant été entièrement abandonnée à la fabrication des saucisses, j'appelai le deli[1] au coin de la rue pour nous faire livrer des sandwiches et deux sachets de frites graisseux.

J'en étais à mon second sandwich aux œufs lorsque je repérai un de ces schémas dans le chaos global. Je venais de passer en revue pour la troisième fois les déclarations des invités à la soirée. Mais ce coup-ci, j'avais pris en compte mes entretiens à l'usine et les coups de fil de Ms P aux épouses et aux extras comme une seule et même chose.

— Personne ne peut justifier de ses agissements, marmonnai-je pour moi-même.

Ma patronne leva la tête de son travail, son pastrami toasté toujours intact.

— Il n'y a pas un seul protagoniste important de ce petit drame dont les faits et gestes puissent être confirmés de façon continue, depuis la fin de la séance jusqu'à la découverte du corps, dis-je. Il y a des trous partout. Sans parler des employés de la compagnie qui avaient un compte à régler avec Abigail pour avoir fait des vagues avec les actionnaires. Personne n'a d'alibi décent. Sauf peut-être le Dr Waterhouse, qui est partie tôt.

Ma patronne n'eut pas un battement de cils.

— Vous le saviez déjà, n'est-ce pas ?

— Il fallait s'y attendre, répondit-elle en haussant les

1. Soit delicatessen. Épicerie fine ou restaurant traiteur, typique de la cuisine juive de New York, où on trouve des produits à emporter tels sandwiches, salades, soupes de boulettes, etc.

épaules. Avec autant d'invités, il aurait été utopique de penser qu'on pourrait suivre avec précision les déplacements de tout un chacun. Ajoute à ça l'alcool, et les choses deviennent encore plus nébuleuses. J'ai repassé un coup de fil à Mrs Buckley – la femme au Kodak. Elle a dit qu'elle allait faire développer le film dès que possible et m'en envoyer des copies. Ça aidera peut-être à y voir plus clair. Mais même avec ça, il y a des chances qu'on ait des trous dans les allées et venues des gens.

— Comme un trou de vingt minutes ?

Elle leva un sourcil.

Je lui montrai les pages que j'avais cornées.

— Wallace prétend qu'il a parlé au président du conseil d'administration, Henry Chamblis, avant de sortir sur la véranda dire deux mots à Randy. Mais Chamblis, lui, a déclaré qu'après avoir parlé à Wallace, il s'était éternisé afin de faire ses adieux à quelques membres du conseil puis avait gagné la véranda pour prendre congé du seul jumeau Collins encore en circulation.

Je feuilletai quelques pages jusqu'à l'entretien de Ms P avec le clan Collins.

— Regardez ça, dis-je en lui indiquant un passage. Randy déclare que Chamblis est sorti lui dire au revoir et qu'il s'en est allé. Dix minutes plus tard environ, Wallace l'a rejoint dehors.

Ms P se laissa aller dans son fauteuil, ferma les yeux et refit mes calculs.

— Des adieux qui traînent en longueur et ensuite, il prend congé de Randolph Collins. Oui, j'imagine que quinze minutes peuvent en paraître vingt, dit-elle à moitié pour elle-même et à moitié pour moi. Ou dix, si Collins se trompe sur l'heure.

— Dix minutes, c'est toujours dix minutes, renchéris-je. On devrait pouvoir le suivre à la trace si on rassemble suffisamment d'entretiens. C'est dur de perdre de vue un Oncle Sam qui brille de mille feux.

— On pourrait, admit-elle.

Puis elle ouvrit les yeux, attrapa le combiné et composa un numéro.

— Mr Wallace, s'il vous plaît. Dites-lui que c'est Lillian Pentecost.

Une pause puis…

— Mister Wallace, bon après-midi… Non… Oui, je me préoccupe de ça aussi… Oui, je pense que c'était sage… Mister Wallace, si je vous appelle, c'est pour vous poser une question. Le soir de la fête, vous dites avoir parlé à Henry Chamblis puis être immédiatement allé rejoindre votre filleul sur la véranda. C'est exact ?… Êtes-vous certain de ne pas avoir été retardé ?… Ah… Oui… Oui, bien entendu… Tout à fait compréhensible… Lequel, si je peux me permettre ?… Je vous remercie. Je vous recontacterai.

Elle raccrocha, coupant ainsi court à ce qui aurait été une avalanche de questions à n'en plus finir, j'en suis sûre.

— La police les a interrogés au poste, Randolph et lui, et Becca à la maison ce matin, expliqua-t-elle. Et d'après lui, il se trouvait dans la salle de bains.

— Ah… Je me demande pourquoi il n'a pas mentionné ce détail dès le début, raillai-je.

— Hmmm.

— Qu'est-ce que vous voulez dire, « hmmm » ? insistai-je. Qu'y a-t-il de mal à ce qu'il soit allé aux chiottes ?

— Il a dit que c'était la salle de bains du premier étage.

Il me fallut une seconde pour tilter. Je fouillai dans les entretiens jusqu'à ce que je trouve le bon.

Conroy a été « indisposé » dans la salle de bains du haut, du début de la séance jusqu'à la fin de l'incendie. Et je mettrais ma main à couper qu'il n'a pas inventé cette petite pépite.

Ce qui voulait dire que Wallace avait menti. Mais pourquoi ?

— Ça ne peut pas être lui, protestai-je. C'est lui qui nous a engagées. Et c'est son argent personnel dans le coffre.

— Les gens font des choses étranges pour des raisons plus étranges encore, répondit le génie derrière son bureau. Si tu te souviens bien, il nous a dit le premier jour que mon nom lui avait été suggéré par le conseil. Peut-être fortement suggéré. Peut-être en dépit des objections de Wallace.

Je tentai d'imaginer cet homme crédule et collet monté matraquant Abigail Collins, mais rien ne vint. Cependant, restait sa réaction quand j'avais annoncé la mort de Belestrade. L'ingrédient mystère avait peut-être été la culpabilité.

Nous passâmes encore quelques heures à chercher, mais rien d'autre ne nous sauta aux yeux. À dix-huit heures, je m'excusai et montai me changer.

Pour cette deuxième sortie avec Becca, j'optai pour du confortable. Je repassai un pantalon à plis et fis briller mes richelieus marron. Néanmoins, je choisis quand même mon chemisier le plus transparent, un chemisier en soie vert pâle que Mrs Campbell qualifiait de « scandale ne demandant qu'à arriver ».

J'essayai d'aplanir mes boucles rousses, plus dans le style Carole Lombard que Harpo Marx, mais je finis par y renoncer. J'enfilai un caban par-dessus mon scandale en soie avant de prévenir Ms P que j'ignorais à quelle heure j'allais rentrer.

— Fais attention, dit-elle.

Je me retournai, surprise. Elle se trouvait toujours à son bureau, cernée par des piles de papiers en équilibre précaire. Jouer les mères inquiètes ne lui ressemblait pas, mais j'imagine qu'entre une femme matraquée à mort et une autre avec deux balles dans le corps, il n'était pas déraisonnable de se sentir un peu concernée.

— Ne vous inquiétez pas, répondis-je. Là où je vais, je suis pratiquement à la maison.

Je fis une petite révérence et sortis dans la nuit.

Chapitre 26

La femme chuta d'un seul coup dans les airs, le sol se précipita à sa rencontre. La foule retenait son souffle. Becca porta les deux mains à sa bouche, les yeux écarquillés. Un homme surgit de nulle part, fondit sur la femme en piqué et referma les mains autour de ses poignets. Ils continuèrent à se balancer, les jambes du porteur solidement arrimées autour de sa barre tandis qu'il tenait fermement sa partenaire suspendue dans le vide.

Un tonnerre d'acclamations se fit entendre, auquel nous nous joignîmes Becca et moi, alors que le duo mari et femme atterrissait sans encombre sur une plate-forme quatre étages au-dessus de nos têtes.

Après les trapézistes vinrent les lions, suivis d'une voltigeuse à cheval qui chevauchait à l'envers une paire d'étalons blancs lancés au galop tout en faisant des sauts périlleux et en passant de l'un à l'autre avec aisance.

Le Darning Brothers n'était pas le plus grand cirque au monde, mais il était suffisamment impressionnant pour attirer une foule substantielle un vendredi soir au Madison Square Garden.

— Alors, c'était ça ta vie avant d'être détective ?

demanda Becca tandis que les chevaux quittaient la piste, remplacés par un groupe de clowns juchés sur un tricycle de six mètres de haut.

En matière de garde-robe, elle avait opté pour l'étudiante fantasque – jupe trapèze noire sur bas blancs, et pull-over rouge suffisamment moulant pour rendre toute imagination superflue.

— H & H était ringard comparé à ça, lui dis-je. On était plutôt bons dans notre genre, mais on tournait surtout à la campagne. Quand on venait en ville, on jouait à Long Island ou on plantait le chapiteau dans un parking vide de Brooklyn. On faisait la moitié de nos gains grâce aux stands de l'allée centrale et aux manèges. Ici, on aurait été ridicules.

Cependant, Darning Brothers ne proposait pas d'attractions, un mauvais point pour eux à mon avis. Pas d'Homme aux clous, pas de Femme tatouée, pas d'avaleurs de sabre ni de mangeurs de feu. Juste des numéros tape-à-l'œil sous chapiteau.

Becca cueillit un morceau de barbe à papa sur le bâtonnet que je tenais à la main.

— J'aurais quand même payé mes cinquante *cents* pour te voir en strass.

De la langue, elle enfourna le sucre rose dans sa bouche.

Mon regard revint à la piste centrale avec grande difficulté.

Les clowns en sortaient sous les rires et les applaudissements, et les trapézistes réapparurent – toute la famille cette fois, une douzaine de personnes. Ils saluèrent la foule de la main en grimpant aux échelles. Puis, dans un roulement de tambour menaçant, le filet fut descendu au sol et retiré. La foule regarda bondir un premier voltigeur, puis trois autres. Bientôt, la dizaine d'hommes et de femmes en rouge volaient à travers les airs, défiant la mort et la gravité.

Je jetai un rapide coup d'œil à Becca qui fixait les voltigeurs avec des yeux ronds, transportée. Je voyais la veine dans son cou battre de peur, d'excitation ou les deux.

Personne ne tomba.

Tout le monde les acclama.

Becca glissa sa main dans la mienne et la serra.

Nous demandâmes au taxi de nous laisser dix blocs au sud de chez elle. Nous avions envie de flâner. Tandis que nous marchions, je lui en racontai davantage sur mon improbable éducation chez Hart et Halloway.

— Ça te manque ? demanda-t-elle.

— Certaines choses. Les gens me manquent. Le voyage aussi. Ou du moins, certaines personnes et certains voyages.

Vivre au jour le jour, batailler pour gagner notre pain dans chaque ville ne me manquait pas. Non plus que le défilé de diacres au visage rubicond qui frappaient la Bible d'une main et me pinçaient les fesses de l'autre.

Je ne lui dis rien de tout ça. La soirée était trop belle.

— Ça paraît merveilleux d'avoir grandi de cette façon, reprit Becca tandis que nous traversions un carrefour vide.

— J'ai dû oublier de mentionner le nettoyage de la cage aux tigres.

— Tu avais toute une famille de cirque qui t'aimait

pour ce que tu es, répondit-elle. Ça mérite bien de pelleter quelques crottes.

Je m'apprêtais à blaguer sur la propension des tigres à ne rien faire avec modération, mais je me retins. Elle n'avait pas la tête à ça.

— Et regarde comment ta vie a évolué, continua-t-elle. Tu fais le bien. Tu aides les gens. Une vraie détective.

Le rire m'échappa avant que je puisse l'arrêter.

— Qu'y a-t-il de si drôle ?

— Tu dois être la seule personne en dehors de ma patronne à me considérer comme une vraie détective, expliquai-je. Je suis quasi certaine que la plupart des gens me voient comme son assistante, au mieux. Comme une pseudo-détective, au pire.

Elle s'arrêta au beau milieu du trottoir et se tourna vers moi.

— C'est comme ça que tu te vois ?

Je haussai les épaules, regrettant d'avoir dit ces mots.

— Je ne sais pas. Parfois.

Elle leva un sourcil parfaitement arqué.

— D'accord, la plupart du temps, peut-être. À côté de Ms Pentecost, c'est dur de ne pas avoir l'impression d'être simplement en représentation. Comme une petite fille qui essaie d'apprendre son texte.

Elle me prit les deux mains dans les siennes. Je jetai un coup d'œil du haut en bas de la rue. Il était tard et il n'y avait personne en vue.

— Je n'ai jamais vu en toi que de l'authentique, dit-elle.

Sa bouche se fendit d'un petit sourire taquin et elle ajouta :

— Et je ne te vois certainement pas comme une petite fille.

Elle se remit en route, mais garda une de mes mains dans les siennes. Nous parcourûmes le reste du chemin ainsi.

En approchant de chez elle, j'ouvris l'œil. J'étais curieuse de voir si la police les surveillait toujours. Et comme on pouvait s'y attendre, j'aperçus la silhouette d'un type qui s'enfonçait dans l'obscurité d'une ruelle plus bas dans la rue. J'imagine qu'il devait y avoir des heures sup à revendre dans la police de New York. Je lâchai doucement la main de Becca.

Nous nous arrêtâmes devant sa porte. Il n'était que vingt-deux heures et la lumière brillait encore largement à travers les fenêtres.

— Tu sais, dit-elle, j'ai toujours ces disques.

— Un peu tard pour passer du jazz, tu ne crois pas ?

Elle tendit le bras et écarta une boucle rousse de mon front.

— On n'est pas obligées de mettre du jazz, murmura-t-elle.

Je sentis ses longs doigts fins jouer négligemment avec les derniers boutons de mon chemisier. De simples opérations comme respirer et penser devinrent soudain très difficiles.

Un bouton céda.

Puis un deuxième.

Un troisième.

Une brusque rafale de vent déferla dans la rue en rugissant et fit voler la neige des avant-toits en pierre. De fines particules glacées atterrirent sur mon ventre nu.

En un éclair, je pus de nouveau réfléchir. Même si Ms Pentecost m'avait « laissée juge », je ne pense pas que cette liberté d'action allait jusqu'à sauter au lit avec la filleule d'un client.

— Désolée, dis-je en repoussant doucement ses mains et en reboutonnant mon chemisier. Peut-être une fois que tout ça sera bouclé.

Son visage s'assombrit et elle essaya immédiatement de faire bonne figure.

— Ça fait longtemps que je ne m'étais pas amusée comme ça.

— Moi aussi, répondis-je.

Je ne mentais pas.

Et puis, parce que je ne suis qu'humaine, je la poussai dans la pénombre de l'entrée, hors de vue des voyeurs et des policiers, et je l'embrassai.

Lorsque je repris mon souffle et regardai Becca disparaître à l'intérieur de la maison, je volais plus haut que cette famille de casse-cou.

Je tournai les talons et repartis vers le sud, où je pourrais attraper un taxi. J'arrivais au bout du pâté de maisons quand je perçus un mouvement du coin de l'œil. Le coup m'atteignit sur le côté gauche de la tête alors que je venais de passer le coin de la rue.

Je titubai contre le mur en briques d'une maison. Lorsque arriva le deuxième coup, j'avais les mains levées pour me protéger. Ce qui aurait dû être un direct en plein nez rencontra mon poignet gauche. La douleur irradia dans tout mon bras. Je décochai un crochet sans puissance puis un solide arrière qui toucha l'homme au visage, qu'il avait dissimulé sous un bas transparent.

Il poussa un grognement et j'entendis quelque chose craquer. Son nez ou mes doigts, je l'ignorais.

Il me fonça dessus. Je plongeai la main dans ma veste pour attraper mon pistolet, me rappelant trop tard qu'on me l'avait confisqué. Je tentai un retrait, mais j'avais oublié que j'étais acculée au mur. Je n'avais pas les idées claires. Il me décocha un coup dans les reins.

Je me ratatinai sur moi-même puis me redressai aussi sec, bras plié, coude visant le menton. Je le manquai carrément. Un autre coup à l'estomac et je m'effondrai.

Ce que je dis à mes élèves au sous-sol, c'est de fuir si on peut, de trouver une arme si on ne peut pas et, si le pire arrive, de se protéger la tête.

Je me roulai en boule sur le sol, bras autour de la tête, tandis qu'il me frappait – une fois, puis deux. Un troisième coup de pied franchit la barrière de mes bras et m'atteignit directement à la joue. J'essayai de hurler, d'appeler à l'aide, mais je ne parvenais plus à respirer. Une vague d'obscurité répugnante commençait à gagner du terrain.

Levant les yeux, je vis la silhouette du type planer au-dessus de moi, tel un monstre gigantesque dans le noir. Au loin, j'entendis des pas précipités et quelqu'un qui appelait la police à grands cris. L'homme se prépara pour un dernier coup de pied.

L'obscurité descendit alors sur moi et m'avala tout entière.

Chapitre 27

Je me réveillai entre des murs blancs et des draps amidonnés, dans une odeur caractéristique d'hôpital – horrible mélange d'environnement stérile et de maladie. Le soleil ruisselait à travers une fenêtre étroite. Une infirmière était en train d'ajuster quelque chose au pied de mon lit.

Je ne ressentais aucune douleur, ce qui me surprit. Pour être honnête, je ne sentais pas grand-chose.

— De retour parmi nous, mon chou ? demanda l'infirmière en s'approchant de la tête du lit pour se pencher sur moi. Elle va être contente.

Elle fit un signe de tête par-dessus son épaule. La « elle » en question était endormie sur un fauteuil dans un coin de la pièce. Je le savais parce que la tête de la grande détective reposait contre le mur et que je l'entendais ronfler pas vraiment discrètement.

— Elle n'a pas lâché les médecins, il fallait voir !

— Combien de temps ? demandai-je.

Ou du moins essayai-je. Ce qui sortit de ma gorge était plus un croassement qu'une question, mais elle comprit l'essentiel.

— Vous êtes arrivée vendredi soir. On est dimanche matin.

Toute une journée inconsciente ? Ça ne me disait rien qui vaille. Et puis les choses commencèrent à me revenir – brefs éclairs de lucidité. Le trajet dans une ambulance qui bringuebale. Le passage aux rayons X tandis qu'on me soutient. Les grognements de douleur pendant que des mains froides et gantées auscultent mes côtes.

Alors que l'infirmière vérifiait mes constantes, je fis l'inventaire de mes blessures. J'avais le poignet gauche plâtré et deux doigts de la main droite dans une attelle. Je sentais des bandages rigides autour de ma cage thoracique et j'avais l'impression d'avoir une tête énorme – comme un oreiller rembourré. Je levai une main vers mon visage, mais l'infirmière m'arrêta.

— Ne faites pas ça, dit-elle en me forçant délicatement à reposer la main sur le lit. Tout va être sensible un moment.

— Engourdie, croassai-je.

L'infirmière acquiesça.

— On vous a donné des trucs assez forts pour que vous puissiez vous reposer, expliqua-t-elle. L'effet ne va pas tarder à s'atténuer. Vous en sentirez bien assez à ce moment-là.

— Will ?

Ms P me regardait de son fauteuil, les yeux écarquillés et brillants.

— Présente… et avec un alibi.

— Je vous laisse toutes les deux, dit l'infirmière. Le médecin devrait revenir vous ausculter d'ici peu. Et vous aussi, Ms Pentecost.

Elle décocha un regard à ma patronne avant de continuer sa tournée.

— Pourquoi est-ce qu'il doit vous ausculter ? tentai-je d'articuler, mais ma langue était incapable de relever le défi.

Ms P se leva et s'approcha prudemment de mon lit sur des jambes flageolantes. Elle avait les mains qui tremblaient. Ça me suffisait amplement comme réponse.

Elle prit un verre d'eau sur ma table de nuit et m'introduisit une paille dans la bouche. Je bus quelques longues gorgées.

— Grand. Costaud. Vêtements sombres. Chaussures de travail. Bas sur le visage, dis-je. Il nous attendait.

Ms Pentecost leva une main mais je continuai quand même.

— Je lui en ai collé une bonne dans la figure. Je pense que j'ai fait du dégât. Ça devrait se voir.

— Tu n'as pas à t'inquiéter de ça maintenant.

— Donnez sa description aux… aux flics. Dites-leur de chercher.

— Ils cherchent déjà, m'assura-t-elle. Miss Collins a décrit l'homme à la police.

Est-ce que Becca avait aussi été agressée ? Je pensais l'avoir vue rentrer dans la maison, mais les médicaments rendaient tout brumeux et vague. Ma confusion dut se voir.

— Miss Collins est ressortie et a vu le type penché sur toi, expliqua Ms Pentecost. Elle a appelé à l'aide. C'est sûrement pour cette raison que l'agression s'est arrêtée là.

Je me souvins des bruits de pas et de quelqu'un qui

appelait au secours. Ainsi donc, les choses auraient pu être pires encore s'il n'y avait pas eu Becca. Je lui devais un autre baiser. Quand je sentirais de nouveau mes lèvres.

Je remarquai pour la première fois que ma patronne n'avait pas changé de vêtements.

— Vous êtes restée là tout le temps ? demandai-je.

— Je ne voulais pas dépendre des médecins ou de la police pour avoir des nouvelles par téléphone, répondit-elle. Ce fauteuil n'est pas aussi inconfortable qu'il y paraît.

Je lui lançai un regard. Ou du moins, j'essayai. J'avais du mal à savoir ce que fabriquait mon visage. Apparemment, elle saisit l'allusion.

— J'ai eu un petit problème à la cafétéria du rez-de-chaussée, expliqua-t-elle en prenant un air faussement penaud. J'essayais d'équilibrer mon plateau et ma canne en même temps, et je suis tombée. L'affaire a alarmé certains médecins plus que ça ne devrait.

Je n'avais pas la force de la sermonner. L'infirmière – il allait falloir que je trouve son prénom – paraissait compétente. Elle avait sûrement l'étoffe suffisante pour réussir à convaincre ma patronne de rester tranquille en attendant de faire un check-up.

Ms P était en train de dire qu'un repas décent et une bonne nuit de sommeil la remettraient d'aplomb, mais ses mots étaient confus dans mon oreille. Sans prévenir, le sommeil m'entraîna de nouveau par le fond.

Lorsque je me réveillai, on était en fin d'après-midi. Une nouvelle infirmière m'informa que Ms Pentecost était rentrée se changer à la maison et qu'elle reviendrait plus tard.

J'avais l'esprit plus clair, sans doute l'effet des médicaments qui commençait à s'estomper. Mais la douleur se fit alors sentir, et, bon sang, pas qu'un peu. J'avais mal partout, des bouclettes aux orteils, et par endroits avec une acuité que je n'avais jamais connue auparavant. Je souffrais même en respirant, ce qui, m'apprit l'infirmière, était dû à deux côtes fêlées.

— Génial, grognai-je. J'avais prévu d'arrêter de respirer.

Une demi-heure après mon réveil, un médecin qui semblait avoir deux semaines de plus que moi vint m'ausculter. Il me fit un descriptif complet de mes blessures.

— Vous avez un poignet cassé, deux doigts luxés, deux côtes fêlées, une vilaine lacération sur le visage que nous avons recousue, et un tympan perforé, annonça-t-il avec la dose requise de gravité.

Le tympan expliquait pourquoi je ratais un mot sur quatre.

— Vous savez, c'est un miracle que vous n'ayez pas de fracture du crâne. Vous avez eu de la chance. Vous devriez vous montrer plus prudente, ajouta-t-il.

Il m'annonça que j'allais rester à l'hôpital quelques jours et qu'il allait me prescrire de la morphine. Je lui répondis que je préférerais un truc moins fort. Je voulais garder l'esprit clair.

— Je pense que vous allez le regretter, dit-il. Vers deux heures du matin, probablement, quand vous essaierez de dormir. Si vous changez d'avis, appelez une infirmière.

Après son départ, je repensai à ses paroles. « Vous devriez vous montrer plus prudente. » Comme si j'avais atterri ici par ma faute.

Puis je commençai à me dire que c'était peut-être le cas, effectivement. À me comporter avec Becca comme je l'avais fait. Une rue de l'Upper East Side n'est pas exactement une boîte de nuit. Ensuite, je commençai à m'en vouloir de penser de cette manière. Et à en vouloir au médecin. Et au type qui m'avait tabassée.

Quand Ms Pentecost revint, vêtue de son ensemble va-t-en-guerre, j'étais prête à en découdre avec le monde entier.

— Des nouvelles de la police ? demandai-je.

— Rien encore. Le lieutenant m'a dit qu'ils suivaient des pistes.

— Lazenby participe à l'enquête ?

— C'est lui qui la dirige, répondit-elle en reprenant sa place dans le fauteuil du coin.

Lazenby avait dû penser que mon agression était liée aux meurtres. Mais si tout ça était le fait d'un même homme, pourquoi ne pas m'avoir descendue, tout simplement ? Pourquoi me laisser en vie quand une balle aurait pu faire le boulot plus vite, plus facilement, et de façon autrement plus définitive ?

Je fus parcourue d'un frisson en y pensant. Même la chair de poule me faisait mal.

— Vous pouvez me prêter votre canne ? dis-je. Je veux aller dans la salle de bains pour examiner les dégâts.

Elle hésita.

— Il vaudrait peut-être mieux attendre que ça ait désenflé un peu.

Ce qui m'en dit plus que n'importe quel miroir ne le pourrait jamais, mais j'avais besoin de voir par moi-même.

— J'ai aussi besoin d'y aller pour autre chose, ajoutai-je en mentant. Je sais que cet hôpital offre tous les services, mais je ne veux pas infliger ça à qui que ce soit.

Je tentai de sourire, mais cela me fit mal, aussi.

Ms P me proposa son bras plutôt que sa canne. Mes jambes semblaient fonctionner normalement. Rien n'était cassé dans la partie basse de mon individu et les médicaments avaient cessé de faire effet. Je refermai la porte de la salle de bains et me regardai dans le miroir.

Je vous épargne les détails. Il va sans dire, ça n'était pas beau, et ça ne le serait pas pendant un certain temps. Les œdèmes et les ecchymoses finiraient par s'estomper, mais l'entaille irrégulière en travers de ma joue laisserait une cicatrice. Elle coupait là où mes taches de rousseur étaient les plus drues.

Je pleurai. J'eus mal, là encore, mais moins qu'en souriant.

Quand j'ouvris la porte, Ms Pentecost se tenait là où je l'avais laissée. Elle me prit dans ses bras et me serra contre elle. Mes côtes protestèrent, mais je ne m'en plaignis pas.

Chapitre 28

En tout, je passai trois jours et quatre nuits sans sommeil à l'hôpital. Le jeune médecin suffisant avait eu raison. La morphine aux petites heures du jour aurait été la bienvenue, mais j'avais tenu bon et réussi à dormir environ deux heures chaque nuit.

Quatre incidents notables se produisirent pendant que j'étais coincée dans ma prison immaculée et amidonnée. Le premier fut la visite de Becca. Elle pleura. Je réussis à me retenir. Sa présence me mit étrangement mal à l'aise.

Au début, je crus que ça venait de mon allure. Elle était là devant moi, le visage baigné de larmes, mais toujours prête à faire la couverture de *Vogue*. Alors que moi, je ressemblais à une créature monstrueuse digne d'un film d'horreur.

Lorsque je me surpris à regarder la porte ouverte pour la cinquième fois en une minute, je compris ce qui n'allait pas en réalité. Une partie de moi craignait que l'homme masqué ne revienne finir le boulot.

Lazenby avait posté un homme en faction à mon étage et ma peur était irrationnelle. Pourtant, je n'arrivais pas à m'en débarrasser.

Je laissai la psychanalyse pour plus tard et demandai aussi poliment que possible à Becca de ne plus venir à l'hôpital. Je ne voulais pas qu'elle me voie comme ça. Elle répondit qu'elle comprenait, et peut-être était-ce vraiment le cas.

Le second incident notable fut une visite de Lazenby en personne, qui se pointa avec un sac rempli de romans policiers.

— J'ai passé trois semaines ici quand on m'a tiré dessus. Y a de quoi devenir dingue sans un bon livre. Même si aucun de ceux-là ne me paraît mériter ce qualificatif.

Je laissai glisser la critique littéraire et le remerciai. Puis nous en vînmes à la véritable raison de sa visite – entendre le récit des événements du vendredi soir de ma propre bouche. Je lui racontai tout, y compris un ou deux détails qui m'avaient échappé pendant qu'on me frappait. J'y ajoutai quelques idées de points de départ pour l'enquête. Il ne me donna pas de faux espoirs, mais ne m'envoya pas promener non plus. Je dois reconnaître que rien dans son attitude n'évoquait les reproches et le discrédit dont le médecin avait fait preuve dans son discours.

Je sautai sur l'occasion pour lui demander comment la police s'en sortait avec le cas Collins.

— Même alitée, tu ne lâches rien.

— Comme vous l'avez dit vous-même, on a beaucoup de temps pour cogiter ici, répondis-je. De nouvelles pistes ?

— Rien dont tu aies à t'inquiéter, répondit-il. Tiens-t'en à tes Raymond Chandler et laisse la police s'occuper des vrais criminels. On se débrouille pour en choper un de temps en temps.

Sur cette tirade de fin, le policier quitta la chambre.

Quelque chose dans notre conversation me chiffonnait. Je me repassai l'échange dans ma tête et finis par comprendre ce qui ne collait pas. Il était calme. Il n'y avait rien en lui de son habituelle colère rentrée. Il tenait quelque chose.

Plus tard dans l'après-midi, une infirmière vint changer mes pansements.

— Vous travaillez pour Lillian Pentecost, n'est-ce pas ? dit-elle. Je viens d'entendre à la radio qu'ils avaient arrêté quelqu'un dans l'affaire Collins.

Elle ignorait qui. Tout ce qu'ils avaient dit, c'était qu'une « arrestation avait eu lieu en rapport avec ». Il n'y avait pas de téléphone privé dans ma chambre, alors j'enfilai un peignoir et descendis à la cafétéria du soussol, où se trouvait un téléphone public.

Il me fallut dix minutes et trois essais pour parvenir à joindre le bureau.

— Qu'est-ce que c'est que cette histoire ? demandai-je à Ms P dès qu'elle fut en ligne. Quelqu'un s'est fait serrer pour le meurtre Collins ?

— Je viens juste d'avoir Randolph Collins au téléphone, répondit-elle. Lazenby a débarqué dans les bureaux de Collins Steelworks vers midi et il a arrêté Harrison Wallace.

— Pour meurtre ?

— Détournement de fonds. Apparemment, ils ont des preuves accablantes que Mr Wallace siphonnait de l'argent de la compagnie. Leur théorie, c'est que

Mrs Collins avait découvert son crime et que Wallace l'a tuée pour l'empêcher de parler.

Je fus franchement désarçonnée. Wallace paraissait tellement conventionnel. J'avais autant de mal à l'imaginer en train de détourner de l'argent que d'assassiner Abigail Collins.

— Ils sont sûrs d'eux pour l'argent ?

La question était superflue. Lazenby ne prendrait jamais ce genre de décision dans une affaire aussi médiatique si tout n'avait pas été parfaitement vérifié de fond en comble.

— Le lieutenant m'a paru très sûr de lui en ce qui concerne le détournement de fonds, répondit ma patronne. Ça durait depuis au moins un an, apparemment. On parle d'au minimum deux cent mille dollars. Bien qu'ils essaient encore de déterminer où tout l'argent est passé.

Deux cent mille dollars, ça n'était pas grand-chose comparé aux bénéfices annuels de Collins Steelworks qui allaient chercher dans les huit chiffres. Mais ça n'était pas rien non plus. Les flics de la brigade financière de New York s'étaient fait les dents en traquant le fric blanchi par la pègre et ils connaissaient leur boulot. Ça ne s'annonçait pas bien pour Wallace. Je me demandai si la pile de billets dans notre coffre faisait partie du lot.

— Autre chose ? demandai-je. Et Belestrade ? Qu'est-ce qu'elle a à voir là-dedans ?

D'après Ms P, Lazenby n'avait rien laissé filtrer là-dessus, mais il n'était pas difficile de faire le rapprochement. Abigail avait raconté à sa chouchoute de voyante ce qu'elle avait découvert et, d'une façon ou d'une autre, Belestrade s'était débrouillée pour que Wallace l'apprenne. Peut-être avait-elle même essayé de le faire chanter lui aussi.

— Qu'est-ce qu'on fait à présent ? demandai-je.

— Toi, tu récupères, répondit Ms P. Moi, je vais essayer d'entrer en contact avec Mr Wallace. L'audience pour sa demande de mise en liberté sous caution a été repoussée, dans la mesure où il risque d'être inculpé pour meurtre.

Meurtre au premier degré et détournement d'argent égalent risque de fuite élevé, ce qui voulait dire que le procureur allait s'opposer à la liberté sous caution.

Je raccrochai et laissai ma patronne faire son boulot. Je passai encore quelques coups de fil à des amis du *Times* et du *Mirror*, mais ils avaient plus de questions que de réponses. Je finis par laisser tomber et regagnai ma chambre. J'envisageai brièvement de sortir malgré les ordres du médecin, mais je me rendis compte que si je me pointais à la maison, on me ramènerait manu militari à l'hôpital.

Je m'étais rarement sentie aussi inutile.

Le dernier événement notable eut lieu le mardi matin. J'étais sur le départ et j'avais tout préparé et rangé, mais Ms P mettait du temps à arriver. J'attendais dans le fauteuil avec une petite valise où se trouvaient mes vêtements, mes livres et un sac en papier rempli de comprimés.

Pour ce que j'en savais, Wallace était toujours en prison. Ms P n'avait pas réussi à le voir. L'accusation de meurtre courait toujours.

Quand ma patronne entra enfin dans la chambre, elle avait l'air aussi proche de l'agacement qu'elle puisse l'être. Ses nattes avaient connu une sorte d'effondrement structurel et reposaient de guingois sur son crâne.

— Je suis désolée, dit-elle en se juchant sur le lit pour remettre de l'ordre dans sa coiffure. On était en chemin quand on a reçu un coup de fil. De l'avocat personnel de Mr Wallace.

— Laissez-moi deviner : il veut tout ce qu'on a sur le meurtre Collins et il le veut pour hier.

— Non, répondit-elle d'un air renfrogné. Il voulait me remercier pour mes efforts à ce jour et m'a annoncé qu'on n'aurait plus besoin de mes services.

On s'était fait virer de l'affaire Collins.

Chapitre 29

S'ensuivirent trois des jours les plus frustrants que j'aie jamais eus à traverser. Comme on s'y attendait, Wallace fut inculpé de meurtre le mardi soir. Mais, de façon inattendue, pour celui de Belestrade, et non d'Abigail Collins. Apparemment, un officier intrépide avait découvert l'arme du crime dans un collecteur d'eaux pluviales à quelques blocs de chez Belestrade. Il s'agissait d'un Colt .38 automatique enregistré au nom de Harrison Wallace.

Nous apprîmes tout cela en même temps que le reste de la ville dans les journaux du mercredi matin. Personne ne nous retournait nos appels. Ni Lazenby, ni l'avocat de Wallace, ni la famille Collins. La seule fois où je réussis à avoir quelqu'un au bout du fil, ce fut Sanford, qui me répondit que la famille « ne souhaitait pas parler à qui que ce soit en ces moments difficiles ».

Je fus tentée de me rendre chez les Collins en personne et de lancer des cailloux contre la fenêtre de Becca jusqu'à ce qu'elle ouvre, mais j'aurais eu du mal à le faire. Les médecins m'avaient prescrit du repos pour mes côtes. Même si Ms Pentecost ne pouvait légalement pas me confiner au lit, elle pouvait au moins me mettre des bâtons dans les roues pour m'empêcher de m'éloigner.

Je n'avais pas accès à la berline et Mrs Campbell s'était improvisée garde-chiourme. Chaque fois que j'approchais de la porte, elle m'interceptait.

— Vous croyez aller où comme ça ? mugissait-elle. Ms Pentecost vous a donné un travail, un lit, un toit, et le moins que vous puissiez faire, c'est de prendre soin de vous comme elle vous l'a demandé, et si vous croyez que ça n'est pas mon genre de vous tordre le bras et de vous ramener de force au lit, vous vous mettez le doigt dans l'œil.

Et ainsi de suite.

Je restai donc où j'étais et récupérai et avalai mon poids de saucisses maison. Je passais des heures au sous-sol à lancer des couteaux dans une bille de bois, d'abord avec ma main droite et ses deux doigts luxés, puis avec la gauche et son poignet cassé.

Le premier jour, je parvins à peine à mettre le couteau à soixante centimètres de la cible. Le deuxième, même si je manquais encore de puissance, ma précision dans le geste s'était améliorée. À chaque lancer, je visualisais le visage masqué de mon agresseur.

J'avais du mal à dormir. Je n'arrêtais pas de ressasser les éléments de l'affaire encore et encore. Quand je parvenais enfin à mettre mon esprit au repos, c'étaient mon poignet, mes côtes ou ma tête qui se rappelaient à moi en hurlant. Les médecins m'avaient prescrit des antidouleurs. J'essayai de les prendre une fois et ils me donnèrent des cauchemars. D'énormes silhouettes jaillissant de coins sombres qui me fonçaient dessus.

J'avais donc opté pour cinq bonnes heures de sommeil plutôt que huit minées de mauvais rêves.

Apparemment, l'avocat de Wallace en avait marre de recevoir une dizaine de coups de fil par jour de notre part. Le jeudi, nous reçûmes au courrier une lettre recommandée signée de Wallace lui-même nous relevant officiellement de nos fonctions. Elle fut suivie d'un appel de Lazenby qui nous annonça, sans tourner autour du pot, que nous n'avions plus de client ni d'enquête et, par là même, plus aucune raison de fourrer notre nez dans les affaires des Collins.

Ce qui fit écho à ce que nous lisions dans les journaux. Dans un article du *Journal*, nous apprîmes que Wallace et Collins Steelworks prenaient leurs distances, les avocats de chaque partie soulignant qu'il avait assuré les fonctions de directeur général par intérim et que l'entreprise demeurait aux mains de la famille. D'après différents M. Je-sais-tout de Wall Street cités dans l'article, il s'agissait d'une tactique pour permettre à l'entreprise de renouveler ses contrats militaires à coup sûr.

Apparemment, il en fallait beaucoup plus que des détournements de fonds et un meurtre pour dégoûter le gouvernement américain.

À ce propos, Wallace n'avait fait aucune déclaration contestant les allégations de détournement et de meurtre. De notre point de vue, on aurait dit qu'il allait s'écraser et faire le mort devant l'accusation.

Après le coup de fil de Lazenby, Ms P se laissa aller dans son fauteuil et ferma les yeux. Au bout de quelques minutes de silence, je pris la parole.

— Si on parvient à entrer en contact avec Becca ou peut-être même Randolph, je parie qu'on pourrait les persuader de nous engager. On n'a même pas besoin de se faire payer, vu qu'on a l'acompte de Wallace. Jusqu'à ce qu'ils lui collent le meurtre d'Abigail Collins sur le dos, l'enquête est toujours ouverte.

Elle rouvrit les yeux. Ils étaient injectés de sang et encore plus cernés que d'habitude.

— La culpabilité de Wallace dans les deux meurtres est certainement sous-entendue, dit-elle, que la police obtienne ou non assez de preuves pour l'inculper de celui d'Abigail un jour.

— Que Wallace soit ou non coupable, si on arrive à se faire réembaucher, on pourra au moins aider à rassembler les pièces du puzzle, argumentai-je. Laissez-moi essayer de recontacter Becca. Si je vais là-bas, je suis sûre que…

— Non ! rétorqua-t-elle sèchement. Tu n'approcheras pas Miss Collins. Tu ne travailleras plus sur l'affaire Collins. Notre rôle dans cette histoire est terminé. D'autres tâches nous attendent.

J'en restai abasourdie. J'avais vu ma patronne contourner toutes les règles et les réglementations officielles afin de découvrir la vérité. Ce serait comme laisser un puzzle en suspens avec une demi-douzaine de pièces manquantes.

— Je n'en crois rien, rétorquai-je. Vous n'allez pas lâcher l'affaire. Deux meurtres – dont celui d'une femme que vous traquez depuis des années. Et vous laisseriez tomber juste comme ça ?

— Je t'ai prévenue du risque qu'il y avait à trop

s'impliquer émotionnellement dans le travail, répondit-elle en haussant les épaules.

— Foutaises !

Je bondis de mon fauteuil.

— Émotionnellement impliquée ? Et c'est la femme qui passe ses jours et ses nuits à étudier ses dossiers qui me dit ça, désespérée parce qu'elle a peur que quelqu'un s'en sorte sans être puni ? Vous vous en rendez malade. Et vous me dites de ne pas trop m'impliquer ?

Je me rendis compte que je hurlais, mais j'étais incapable de m'arrêter. Mrs Campbell passa la tête dans l'embrasure, mais Ms P la congédia d'un geste.

— Vous ne pouvez pas me dire qu'il s'agissait juste d'une affaire comme une autre. Belestrade, c'était personnel à vos yeux. Vous le savez. Je le sais. Ne me racontez pas que Jonathan Markel n'était qu'un informateur de plus. Ou que… que…

Je calai. Ce qui était aussi bien. Un peu plus et j'aurais franchi une ligne, et je n'aurais su dire ce qui m'attendait de l'autre côté.

Je me laissai retomber dans mon fauteuil, la respiration laborieuse, les côtes douloureuses. Elle laissa passer un moment avant de parler. Puis sa réponse arriva, lente et posée, comme si elle traversait un champ de mines sur la pointe des pieds :

— Mon travail ne me rend pas malade. Ma passion pour ce boulot ne me rend pas malade. C'est la sclérose en plaques qui me rend malade, déclara-t-elle. Si je vais au-delà de mes limites, c'est parce que je sais que je ne vais pas pouvoir faire ce travail éternellement. C'est pour ça que ta sécurité, aussi bien physique qu'émotionnelle, m'importe. Afin que tu puisses reprendre le flambeau quand je n'en serai plus capable.

C'était la première fois qu'elle le formulait franchement. Je n'étais pas simplement son assistante. Un jour, je serais sa remplaçante.

La colère s'écoula de moi comme un poison.

— Tu as été gravement blessée, continua-t-elle. Je suis ta patronne et pas ta mère, et je ne peux pas te forcer à suivre une direction que tu ne veux pas suivre. Mais en tant qu'employeur, et je l'espère en tant qu'amie, j'aimerais que tu laisses tomber cette affaire et que tu prennes le temps de te rétablir.

En la regardant dans les yeux, je me demandai comment j'avais pu un jour me méprendre et y voir de l'indifférence. Je fus incapable de répondre quoi que ce soit, tellement je me sentais fatiguée. Les mots ne venaient pas. Je hochai la tête, m'excusai et montai m'allonger dans ma chambre.

Mais le fait qu'elle n'ait pas répondu à ma question sur l'affaire Collins ne m'avait pas échappé, croyez-moi.

Chapitre 30

Le lendemain en me réveillant, je découvris que Ms P était partie.

— Elle a loué les services d'un chauffeur, comme elle le faisait avant votre arrivée, m'expliqua Mrs Campbell pendant le petit déjeuner. Elle avait sa valise – la petite – et elle a dit qu'elle serait absente au moins une nuit, mais pas plus de trois. Elle a ajouté qu'elle appellerait ce soir pour nous faire savoir qu'elle était bien arrivée.

— Bien arrivée où ? demandai-je.

— Elle ne l'a pas dit.

Par le passé, elle était déjà partie seule pour l'une ou l'autre de ses enquêtes de prédilection, mais elle m'avait toujours donné une idée générale de l'endroit où elle se rendait. Ne rien dire sur sa destination ne pouvait signifier qu'une seule chose : ça avait un lien avec l'affaire Collins et elle ne voulait pas que je me lance à sa poursuite.

Je me sentais fâchée et inquiète à la fois. Fâchée pour d'évidentes raisons. Inquiète parce que c'était toujours comme ça quand elle partait seule. Que ferait-elle si un de ses mauvais jours survenait ? Jetant un coup d'œil dans sa chambre et dans le bureau, je constatai qu'elle avait au moins pensé à emporter sa canne avec elle, ce qui me réconforta.

Je m'assis à ma table de travail et tentai de m'occuper. Il y avait des notes d'enquêtes précédentes à classer, des listes de contacts à mettre à jour, plein de choses à faire. Au bout d'une heure, j'avais seulement réussi à transformer une pile de papiers en cinq autres plus petites. À vrai dire, j'envisageais de sortir la cire Murphy et d'astiquer mon bureau quand le téléphone sonna.

— Dieu merci, dis-je, persuadée qu'il s'agissait de Ms P.

Mais ce fut une Olivia Waterhouse paniquée que j'eus au bout du fil.

— C'est vrai ce qu'on raconte ? demanda-t-elle. Qu'Ariel faisait chanter les gens ?

Une fois Wallace accusé du meurtre de Belestrade, tout avait commencé à fuiter. Les journaux n'attendaient que ça, les mains en coupe. Ils n'étaient pas précisément au courant de ce qui s'était passé durant la soirée d'Halloween chez les Collins, mais ils en connaissaient les grandes lignes. Les journalistes les plus entreprenants avaient retrouvé d'anciens clients de Belestrade et ces derniers, ou leurs femmes, commençaient à parler. Parmi les cinq piles sur mon bureau, plusieurs demandes émanaient de journalistes voulant des commentaires. J'allais devoir leur refourguer quelque chose à un moment ou un autre, mais pour l'instant, je ne me sentais pas encore d'attaque pour faire la conversation.

Étant donné que le Dr Waterhouse nous avait aidées

à comprendre le contexte avec Belestrade, je me dis que je lui devais bien la mauvaise nouvelle.

— J'en ai peur, professeure. Du moins, ça en prend l'allure.

— Mais c'est horrible ! s'exclama-t-elle. Qu'elle se serve de ses talents pour blesser les gens de cette manière.

Je fus tentée de lui demander pourquoi elle semblait si surprise. Une personne qui se prétend capable de parler aux chers disparus est sûrement prête à aller un peu plus loin. D'une certaine façon, se montrer sous son vrai jour et racketter ses clients faisait de Belestrade un spécimen plus honnête que ses pairs.

Je gardai mes réflexions pour moi.

— Ouais, c'est un grand choc pour tout le monde, répondis-je en mentant.

— J'ai dû demander à mon éditeur de repousser l'impression de mon livre. Je ne peux pas avoir tout un chapitre sur Ariel sans mentionner une chose pareille. Je serais la risée de tous.

— Est-ce que votre éditeur a tiqué ?

— Au contraire ! Il a dit qu'un chapitre sur Belestrade racontant son meurtre des mains de… d'une de ses victimes… eh bien…

Sa voix faiblit. Je l'imaginai en train d'ôter ses lunettes, de plisser les paupières, de remettre ses lunettes.

— Ferait vendre beaucoup plus ? proposai-je.

— En gros, répondit-elle. Je trouve ça grotesque. Il s'agit d'un ouvrage universitaire, pas d'un magazine à sensation.

Je ne relevai pas, ce qui ne voulait pas dire que j'étais d'accord. D'après mon expérience, les universitaires se délectaient du sang et des intrigues autant que la populace. Et puis, quand bien même Waterhouse avait pu trouver cela grotesque, elle n'avait pas parlé de s'y opposer.

Comme je l'avais au bout du fil, je me dis que je pouvais en profiter pour creuser un peu.

— Aviez-vous la moindre idée de ce qui se passait ? demandai-je.

— Le chantage ? Non. Aucune, répondit Waterhouse. Je croyais que le pire de tout ça, c'était qu'elle… Eh bien, qu'elle était comme le reste d'entre eux. Qu'elle savait cerner ses clients et leur donner ce qu'ils voulaient entendre.

— Quand vous assistiez à ces séances dans son bureau, vous n'avez jamais rien vu qui sortait de l'ordinaire ? Rien qui puisse vous suggérer qu'elle enregistrait les gens pour les faire chanter par la suite ?

— Est-ce que c'est *ça* qu'elle faisait ?

Les détails à propos des enregistrements n'étaient pas parvenus aux journaux.

— On le dirait bien, répondis-je. Elle les amenait probablement à avouer quelque chose sur eux-mêmes ou sur un être aimé qu'elle enregistrait afin de pouvoir l'utiliser pour leur extorquer de l'argent plus tard.

Silence au bout du fil.

— Doc ? Vous êtes toujours là ?

— Oui, je suis là, répondit-elle presque dans un murmure.

— Vous saviez quelque chose ?

— Je… j'étais au courant pour les enregistrements.

— Vraiment ?

— Je l'ai vue récupérer la bande. Le magnétophone était caché à l'intérieur d'un faux panneau dans une étagère, ajouta Waterhouse. Elle m'avait expliqué que c'était pour avoir une trace de ce qu'elle disait quand elle communiquait avec l'au-delà.

— Et vous n'avez pas trouvé ça louche ?

— Pas à l'époque, non.

Ce qui signifiait qu'elle croyait effectivement Belestrade quand celle-ci prétendait ne pas être consciente de ses paroles durant la « communication ». Je commençai à soupçonner Waterhouse non seulement d'avoir été sous le charme de la défunte voyante, mais aussi de faire partie de ses adeptes en secret.

Puis j'eus une autre idée.

— Qu'a-t-elle fait de cette bande ? demandai-je.

— Je ne sais pas, répondit Waterhouse. Elle est montée à l'étage. Ensuite, j'ai entendu comme un grondement.

— Un grondement ?

— J'ai cru qu'il pouvait s'agir d'un train qui passait, mais il n'y a pas de train près d'ici.

J'enregistrai l'info dans un coin de ma tête.

— Est-ce que ça aide ? demanda la professeure.

— Peut-être, dis-je. Je vais transmettre ces renseignements à la police. Ms Pentecost n'est plus officiellement sur l'enquête.

— Oh. Alors cet homme qu'ils ont mis en prison… Elle pense qu'il est coupable ?

— Elle n'élimine aucune option, dis-je.

— Qu'est-ce que je devrais faire pour mon livre ? demanda-t-elle d'un ton implorant. Je ne peux pas attendre un procès. Ça pourrait prendre des mois.

Considérant le peu de résistance qu'offrait Wallace, je n'étais pas sûre qu'un procès prenne aussi longtemps.

— Utilisez le mot « présumé » au maximum, suggérai-je. C'est un truc de journaliste. Cela dit, le plus juteux, c'est ce que manigançait Belestrade. Pas qui l'a tuée.

Elle me remercia et m'assura qu'elle m'enverrait un exemplaire quand son livre serait sur les rayons.

À peine avais-je raccroché que j'entendis des coups bien reconnaissables à la porte. En ouvrant, je découvris le visage de Lazenby qui ne présageait rien de bon.

— J'ai bien peur que vous n'ayez pas de chance, dis-je. La maîtresse de maison est partie à l'aventure et j'ignore où.

— Ce n'est pas grave. C'est toi que je viens voir.

Je m'apprêtais à crier à Mrs Campbell d'appeler l'avocat quand il ajouta :

— On l'a eu.

Inutile de demander qui. J'accompagnai Lazenby jusqu'à un poste de police au sud du centre-ville. Une fois là-bas, nous nous rendîmes dans une des salles d'interrogatoire les moins hospitalières.

— Allumez la lampe ! hurla-t-il en cognant un grand coup sur la porte.

— C'est fait ! répondit une voix à l'intérieur.

Lazenby ouvrit la porte.

Je découvris John Meredith, assis sur une chaise en métal, lampe braquée dans la figure.

Le bandage sur son nez semblait vieux de plusieurs

jours. Apparemment, mon coup droit n'avait pas cassé que mes doigts. Je ne pouvais revendiquer le reste, cependant. Il avait la lèvre fendue en deux endroits, un œil enflé et fermé, et il penchait sur sa chaise, comme si c'était douloureux de se tenir droit.

Sur un signe de tête de Lazenby, le sergent referma la porte.

— Ça n'a pas été facile, dit le lieutenant en lisant dans mes pensées.

— Est-ce qu'il a parlé ?

— Au début, non. Alors on a commencé à aligner les preuves : son nez, le sang sur ses brodequins, les copeaux métalliques.

C'est moi qui avais attiré l'attention sur ces derniers. À l'hôpital, mon jeune médecin arrogant avait mentionné avoir retiré à la pince à épiler un certain nombre de particules de métal acérées dans les blessures que mon agresseur m'avait causées au visage. J'avais dû en enlever de semblables des semelles de mes chaussures après ma visite à l'usine.

Ça se jouait à pile ou face entre Meredith et Randolph Collins. Soit le premier avait agi sur les instructions du second, soit il s'agissait d'un tiers, un employé de la boîte, aux ordres de quelqu'un d'autre. J'avais parlé à Lazenby de mes déductions quand il était venu me rendre visite à l'hôpital.

— C'est léger comme preuves, lui fis-je remarquer. Et elles sont toutes indirectes.

— C'est vrai, répondit Lazenby, avec une ombre de sourire. Ensuite, je lui ai parlé de notre témoin.

— Un témoin ?

— La petite dame âgée qui était en train de regarder par sa fenêtre juste au moment où Meredith a enfilé le bas sur sa tête. Un amour de petite mémé. La grand-mère idéale. J'ai dit à Meredith qu'elle ferait merveille à la barre, que ce serait un coup fatal en faveur de la tentative de meurtre. Il a craqué et avoué qu'il avait appris pour ton… rendez-vous… avec Rebecca par le frère de cette dernière.

— C'est Randolph qui l'a poussé à m'agresser ?

— Pas d'après lui, répondit Lazenby en secouant la tête. Il dit avoir agi de son propre chef. J'imagine qu'il en pinçait pour la fille.

Je repensai à la façon dont Meredith avait parlé de Becca pendant notre entretien. J'en avais conclu qu'il avait le béguin pour elle. La voir sortir avec moi avait dû le pousser à bout.

— Une petite dame âgée ? demandai-je. Vous lui avez raconté un bobard ?

Lazenby haussa les épaules et fit de son mieux pour prendre un air innocent.

— Je vais parler au procureur. M'assurer qu'il fait le maximum afin d'obtenir une inculpation pour tentative de meurtre et ensuite, on conclura un accord pour coups et blessures volontaires. Ça évitera les frais d'un procès à la ville.

En d'autres termes : je n'aurais pas à étaler ma vie privée ni celle de Becca devant un jury, ni à jouer aux dés leur refus de voter non-coupable uniquement parce que je le demandais.

Nous échangeâmes un regard et je le remerciai d'un signe de tête.

Je déclinai sa proposition de me ramener en voiture, sortis du poste de police et commençai à marcher. L'hiver était arrivé en force la semaine précédente et le vent transperçait mon manteau telle une lame. Au moins, ça m'évitait de penser à mes côtes, à mon bras, à mon visage.

Et à tout le reste.

Je rentrai à la maison en flânant, m'arrêtai dans mon *diner* préféré pour commander un sandwich chaud à la dinde que je touchai à peine, puis dans une librairie où je passai près d'une heure à errer dans les allées.

En parcourant le rayon romans sentimentaux pour la cinquième fois, je compris que je ne faisais rien d'autre que repousser le moment de regagner le bureau vide. Je ne voulais pas me confronter à mon inutilité et à l'attente.

À peine eus-je reconnu cet état de fait que je sortis du magasin en levant haut les pieds, hélai un taxi et fus de retour à la maison en quinze minutes.

Mrs Campbell sortit de la cuisine, les bras couverts de farine jusqu'aux coudes.

— Vous êtes partie drôlement longtemps, je m'inquiétais.

— J'étais avec la police. Que vouliez-vous qu'il m'arrive comme ennuis ?

« Des tas », disait son regard.

— Je fais du pain aux noix et aux raisins. Ça va me prendre un moment. Il y a de quoi faire des sandwiches dans la glacière si vous avez faim, dit-elle. Et on a livré un paquet pour vous. Je l'ai mis sur votre bureau.

Elle retourna pétrir son pain et je me rendis à mon

bureau sur lequel je découvris une épaisse enveloppe plate venant de chez Liberty Developing. À l'intérieur se trouvaient deux douzaines d'instantanés pris durant la fête d'Halloween chez les Collins.

Comme promis, la plupart étaient mal cadrés, flous, ou les deux. Mais il y en avait quelques-uns de réussis dans le lot.

Ici, on voyait Wallace en train de discuter avec un groupe de cadres, qui avaient tous l'air un peu bourrés. Là, Abigail Collins posait sur les marches, masquée et en robe blanche, inconsciente de vivre sa dernière heure. Sur un autre cliché apparaissait le Dr Waterhouse, l'air mal à l'aise et pas à sa place. Et Meredith, souriant, en train de rire de quelque chose.

Becca et Randolph avaient été pris en toute candeur dans le cabinet de travail, juste avant que le show de Belestrade ne commence : Randolph portait un smoking sur mesure, Becca une robe fourreau noire dont l'effet était rehaussé par des gants blancs lui arrivant au coude et une cape pailletée. Tous deux arboraient des masques d'Arlequin.

Même à demi masqué et sur celluloïd, le visage de Becca me mit le cœur en émoi. Je songeai à l'appeler. Puis j'y réfléchis à deux fois. Puis trois et quatre, et ainsi de suite.

Finalement, je remis les photos dans leur enveloppe et allai la ranger dans un tiroir du bureau de Ms Pentecost. Ce faisant, je remarquai une feuille de bloc-notes jaune planquée à l'intérieur. Dessus, ma patronne avait griffonné une adresse de son écriture en pattes de mouche.

Orly Crouch
#213 Rte 5 (Old Wallace Drive)
Cockerville, NY

Ceci répondait à cela. Mrs Bettyanne Casey-Hutts avait fait le nécessaire. Ms Pentecost s'était lancée à la poursuite d'Abigail Collins, née Pratt, née Crouch.

Pour quoi faire ? Je l'ignorais. Mais au moins, j'avais une idée du lieu où elle se trouvait. Je me sentis le cœur plus léger.

Lorsqu'elle téléphona dans la soirée, je lui répondis :

— Et c'est comment, Nulle Part, New York ? Vous avez trouvé un endroit où dormir à Cockerville ou vous faites le trajet depuis Albany ?

— Je loge à l'auberge Driftwood, une petite pension à Prattsville. Qui n'est pas loin de Cockerville, comme tu le sais.

— Vous cachez bien votre admiration pour mes qualités d'enquêtrice, répondis-je avec malice, mais je suis sûre qu'elle existe.

— Je suppose que tu as trouvé quelqu'un à soudoyer parmi les chauffeurs pour obtenir des informations.

Je crois que j'ai déjà mentionné à quel point ma patronne m'insupportait parfois.

— Vous avez déjà parlé à Orly Crouch ? demandai-je, histoire de changer de sujet.

— Il a refusé d'ouvrir sa porte. Je réessaierai demain.

— Pourquoi ? insistai-je. On a été virées, vous vous rappelez ? Et en matière de pistes de recherche, celle-ci n'a pas l'air des plus pittoresques.

— Tu l'as dit toi-même. Je n'aime pas les coïncidences.

Ce fut tout ce qu'elle accepta d'expliquer sur le sujet.

Je la mis au courant de l'arrestation de Meredith. Elle parut ravie, mais pas surprise.

— Tu avais noté dans ton rapport que tu ne te sentais pas à l'aise en sa présence, dit-elle. Ton instinct, en particulier avec des gens ayant un potentiel violent, n'est pas à négliger.

Je lui demandai si elle pensait être rentrée le lendemain. Elle répondit qu'elle n'en savait rien. Si elle faisait chou blanc avec Orly Crouch, elle serait probablement à la maison en début de soirée. Je lui souhaitai bonne chance et lui rappelai de prendre du repos et de manger ses Wheaties.

— Tu te rends bien compte que j'ai survécu un certain nombre d'années sans ton aide, rétorqua-t-elle.

— Je sais. C'est un miracle.

Je raccrochai avant qu'elle puisse avoir le dernier mot.

Chapitre 31

Le journal du samedi matin apporta un autre scoop :

Le suspect de meurtre a une tumeur, tiendra-t-il jusqu'au procès ?

Wallace s'était effondré dans sa cellule la veille. On avait appelé un spécialiste qui lui avait diagnostiqué un cancer du foie – quelque chose que Wallace savait apparemment depuis des mois. J'avais bien remarqué qu'il paraissait épuisé, mais j'avais mis ça sur le compte du stress.

Un article subsidiaire signalait que la police avait finalement rendu le corps d'Abigail Collins à la famille et que les funérailles auraient lieu le lundi. Hiram allait libérer une table d'autopsie et la famille Collins pourrait commencer à mettre tout ça derrière elle.

Bien que je sache qu'ils n'en feraient rien. Pas avec ce cher oncle Harry en train de mourir à petit feu dans une cellule.

Je posai le journal sur mon bureau et regardai le paysage tout blanc à l'extérieur. Il y avait sept centimètres de neige sur le sol et elle continuait à tomber à gros flocons. À la radio, le présentateur annonça qu'on pouvait s'attendre à en avoir soixante centimètres d'ici dimanche. Je commençai à me dire qu'il y avait de moins en moins de chances que Ms P rentre le soir même.

Notre habituelle journée portes ouvertes avait été annulée et toutes les tâches ménagères courantes avaient été effectuées. J'en fus réduite à contempler fixement le tableau au-dessus du bureau de Ms P, assise dans mon fauteuil. Pour la énième fois, je me demandai qui était la fille à la robe bleue. Que fabriquait-elle sous cet arbre solitaire et jauni au milieu de nulle part ?

Lorsque le téléphone sonna, je faillis tomber de mon siège.

— Pentecost Investigations, Will Parker à l'appareil.

— Ms Pentecost. S'il vous plaît, j'ai besoin de Ms Pentecost.

L'accent me paraissait familier, mais je n'arrivais pas à le resituer.

— Je suis désolée, mais Ms Pentecost est absente pour le moment. Je peux lui laisser un message ?

— S'il vous plaît, dites-lui que j'ai besoin de son aide. Elle doit lui dire.

— Je suis désolée, répétai-je. Qui est à l'appareil ? Dire quoi à qui ?

— C'est Anna. Anna Nowak.

Le déclic se fit. La cuisinière au visage émacié qui nous avait fourni les renseignements sur Belestrade. Je n'avais pas reconnu sa voix tant elle était déformée par la panique.

— Ms Nowak, c'est Will Parker. On s'est rencontrées samedi dernier.

— Oui. Oui, je m'en souviens.

— Quel est le problème ?

— Mon mari. Il revient, dit-elle. Il a trouvé que je suis allée voir Ms Pentecost. Il croit qu'elle me paye. Une récompense pour les renseignements. Je lui dis que non, mais il ne me croit pas.

— Où est-il en ce moment ?

— Dehors. Il ne partira pas. Il ne me laissera pas partir. Il…

Il y eut un bruit de bois volant en éclats. Anna se mit à hurler et la ligne fut coupée.

Je fouillai dans les calepins sur mon bureau jusqu'à ce que je retrouve celui dont je m'étais servie quand on avait interrogé Anna. Dedans, il y avait son adresse.

J'avais décroché le téléphone et commencé à composer le numéro du poste de police de Brooklyn quand je m'interrompis. Quelles étaient les chances qu'ils arrivent là-bas plus vite que moi ? Ou qu'ils prennent même la chose suffisamment au sérieux pour envoyer un agent de police ? Je savais parfaitement qu'aucun flic ne serait en train de faire sa ronde dehors par ce temps. Et encore moins dans le quartier où habitait Anna Nowak.

Je reposai le téléphone sur son socle. Puis restai là, immobile.

Avant l'agression, avant l'hôpital, j'aurais déjà été dehors. À faire ce que mes héros de pacotille auraient fait – régler le problème par moi-même.

Maintenant, je n'étais plus qu'une pelote d'hésitation tremblante.

Qui étais-je pour prétendre savoir ce que je faisais ? Étais-je seulement capable de faire le bon choix ?

Et puis je repensai à la panique dans la voix d'Anna. À la terreur qui s'en dégageait. Et c'est nous qu'elle avait appelées. Pas la police. Nous.

Je jouais peut-être à l'héroïne endurcie, mais c'est de cette personne qu'elle avait besoin.

J'attrapai mon manteau et mon chapeau et étais déjà à mi-chemin de la porte quand je changeai d'avis. J'ignorais dans quoi j'allais me fourrer. Réflexion faite, mieux valait arriver un peu en retard, mais préparée.

Je montai dans ma chambre en courant, ouvris ma commode et en sortis un de mes couteaux planqué sous une pile de sous-vêtements. Puis, après une autre hésitation, je décidai de prendre deux autres objets.

L'un se trouvait dans le même tiroir. Pour l'autre, je me précipitai dans la cuisine où je découvris Mrs Campbell penchée sur la table en train de trier les vieilles épices.

— Quelle mouche vous a piquée ? lança-t-elle en me voyant fouiller dans le placard où on rangeait les produits non périssables.

— Une de nos clientes a des ennuis.

— Dans ce cas, appelez la police.

— Ça ne servira à rien, répondis-je. Pas à long terme. Peut-être même pas à court terme d'ailleurs.

Ayant trouvé ce que je cherchais, je le fourrai dans ma poche et courus vers la porte.

— Vous êtes censée vous reposer ! cria-t-elle dans mon dos.

Ou du moins, c'est ce que je supposai. J'étais déjà en bas des marches et piétinais dans la neige.

Ms Pentecost ayant pris la berline et les taxis se faisant plus rares avec la neige, je décidai de courir. L'immeuble de Nowak se trouvait à vingt bons pâtés de maisons de là, mais je réussis à réduire la distance en coupant à travers quelques ruelles.

Tout en avançant péniblement, j'essayai de ne pas penser à la stupidité de ce que j'étais en train de faire. J'essayai d'invoquer la voix de mon père. C'était un enfoiré, mais un enfoiré qui ne remettait jamais en question ce qu'il faisait. Il le faisait, point barre, à tort ou à raison.

Vingt minutes après avoir raccroché le téléphone, je grimpais à la volée les cinq étages menant à l'appartement d'Anna. Il ne fut pas difficile à trouver. C'était la seule porte ouverte de tout l'étage. Le bois autour de la serrure avait volé en éclats.

Avant d'entrer, je sortis deux choses de ma poche. J'en glissai une à l'intérieur de l'autre, et les planquai toutes les deux dans la manche de mon manteau.

Puis je m'avançai avec prudence dans l'appartement. L'endroit était bien rangé – cuisine, coin repas et coin salon, tous ramassés en une seule pièce.

Ou du moins, l'endroit avait été bien rangé.

La table de la cuisine était retournée et de la vaisselle en mille morceaux jonchait le sol. Ce qui me parut avoir été une plante en pot gisait sur le tapis tressé. Un homme pesait de tout son poids contre la porte menant à la seule autre pièce. Guère plus grand que moi, il était deux fois plus large. Un estomac proéminent tendait son maillot de corps autrefois blanc et sa salopette lui avait glissé au milieu de la raie des fesses.

Restant loin de lui, je criai :

— Anna, vous êtes là ?

L'homme fit volte-face et manqua perdre l'équilibre. Son visage n'était que traces de petite vérole et nez couperosé.

— Z'êtes qui ? lança-t-il d'une voix pâteuse. Dégagez. Occupez-vous de vos oignons.

Pas d'accent, sauf si on considère que le whisky en est un. Il puait tellement l'alcool que j'aurais pu prendre une cuite rien qu'en restant debout devant lui.

— Je suis Will Parker, une associée de Lillian Pentecost. Du coup, j'imagine que ce sont peut-être mes oignons.

Ses lèvres charnues se retroussèrent en un sourire.

— T'apportes le fric à cette salope ?

— Je ne connais aucune salope, mister Nowak. Et je n'ai pas d'argent avec moi.

— Tu mens, dit-il en lâchant un rot alcoolisé. C'est pour ça que quelqu'un t'en a collé une ? Pour t'apprendre à pas mentir ?

Mes mains et mon visage devinrent glacés. Comme quand on sent qu'une bagarre approche et qu'on ne peut pas y échapper.

— Vous devriez vraiment vous en aller, lui dis-je, en faisant un dernier effort pour éviter ce qui était à deux doigts d'arriver.

— Mon frère m'a dit qu'elle était allée voir cette garce de Pentecost. Qu'elle lui avait tout balancé et qu'ils avaient foutu ce type en taule. Me raconte pas qu'y avait pas une récompense. Quand les riches clamsent, y a toujours une récompense.

Il dirigea un poing musclé vers moi et je compris alors pourquoi il avait le pantalon en berne. Une ceinture en cuir était enroulée autour de ses doigts, la boucle argentée maculée de sang.

— Désolée, mister Nowak. Pas de récompense pour vous, répondis-je en lui décochant mon sourire le plus mesquin. Mais si vous partez tout de suite, j'épargnerai peut-être vos dents de devant.

Il poussa un rugissement et me fonça dessus à l'aveuglette. C'était exactement ce que j'attendais.

Je laissai le bas en laine glisser de la manche de mon manteau, bien lesté au niveau du pied par le bocal de sauce aux airelles. Puis je balançai le coulis maison droit devant moi.

J'atteignis Nowak pile sous la mâchoire. Il tituba vers l'avant, mais je l'évitai tel un matador et l'envoyai se fracasser contre le mur le plus éloigné. Il rebondit dessus, mais avant qu'il ait pu retrouver ses marques, je frappai à nouveau. Cette fois, le bocal vint s'écraser sur le côté de son crâne avec un craquement sonore.

Nowak roula par-dessus une chaise et atterrit sans ménagement sur le sol.

Il avait la tête couverte de sang vermillon. L'avais-je assommé aussi violemment ? Puis je me rendis compte que le bocal s'était fendu et qu'il s'agissait de sauce aux airelles. Essentiellement.

Il se remit debout en chavirant, chancela sur ses pieds et cracha une pleine giclée de sang.

— Arrêtez ça si vous savez ce qui est bon pour vous, dis-je.

Il chargea.

Je me baissai, lui plantai l'épaule dans l'estomac et utilisai son inertie pour le faire valdinguer par-dessus mon dos. Il atterrit violemment sur la table de la cuisine, faisant voler les pieds en mille morceaux.

Il tenta de se redresser, puis s'effondra avec un grognement.

Tout en le tenant à l'œil, je m'approchai de la porte de la chambre et frappai.

— Anna ? C'est Will Parker. Vous pouvez sortir à présent.

Je l'entendis pousser des meubles lourds en raclant le sol. La porte s'ouvrit et Anna passa la tête dans l'entrebâillement. Son nez émacié était plein de sang, mais il n'avait pas l'air cassé, et on voyait les traces d'un futur coquard.

Je lui dis d'emballer quelques affaires puis attendis pendant qu'elle jetait des vêtements dans une valise cabossée. Lorsqu'elle eut fini, je l'entraînai dans le couloir. En passant devant son mari à moitié inconscient, elle s'arrêta le temps de lui cracher au visage.

Une fois en sécurité dans l'entrée, je lui demandai si elle avait un endroit où aller.

— J'ai des amis de l'église. Je peux rester chez eux.

— Bien, lui dis-je. J'ai vu un téléphone public à l'extérieur. Allez-y, je vous rejoins tout de suite.

Anna en route, je retournai dans l'appartement. Son mari était là où je l'avais laissé, mais il commençait à remuer. Je tirai le couteau de Kalishenko de mon manteau et me laissai tomber à genoux sur son colossal estomac.

Il poussa un cri quand des échardes de bois et des débris de vaisselle lui entrèrent dans le dos, mais ravala ses couinements lorsque je lui collai la lame sur la gorge.

— Vous savez ce que c'est ? demandai-je.

Il tenta de secouer la tête mais son geste fut arrêté par le couteau.

— Ouais, croassa-t-il.

— Et vous savez qui est ma patronne ? La garce de Pentecost ? Vous savez tout sur elle, je me trompe ?

— Je sais.

— Si je vous dis un truc, vous êtes assez sobre pour vous en souvenir ?

Il répliqua quelque chose d'impoli et je pressai davantage la lame. Un filet de sang apparut sous le tranchant.

— Ouais. Ouais, je m'en souviendrai.

— Bien.

Je lui demandai alors s'il avait entendu parler d'un certain gentleman – chef d'une organisation fraternelle très spéciale qui avait beaucoup d'influence dans le quartier.

— J'le connais.

— Ms Pentecost et moi, on lui a rendu service une fois, en aidant à résoudre le meurtre d'un membre de sa famille. Il nous en a été très reconnaissant. Et nous a dit que si nous avions besoin de quelque chose un jour – peu importe quoi –, il suffisait de le lui dire.

Je collai ma bouche tout près de son oreille pour la suite.

— Vous vous approchez à nouveau d'Anna – vous

vous trouvez même à portée de voix simplement – et je solliciterai cette faveur, murmurai-je en appuyant le couteau tant que je pus contre son cou. Je lui demanderai de s'occuper de vous. Et je lui dirai de prendre son temps.

Ses yeux n'étaient plus que deux flaques frémissantes. Il pissait la sueur et le sang.

— Compris ?

Il articula un « oui » muet.

Je m'apprêtais à me relever mais m'arrêtai.

— J'ai failli oublier.

J'abattis le lourd manche du couteau sur sa bouche, lui fendant la lèvre. Ses dents de devant disparurent au fond de son gosier.

Puis je me redressai et sortis.

Une fois dehors, je retrouvai Anna debout à côté de la cabine téléphonique, frissonnant dans la neige. Je lui appelai un taxi et lorsque celui-ci arriva, je donnai cinq dollars au chauffeur en lui disant de s'assurer qu'elle franchissait bien la porte.

Puis j'entrepris à pied le long trajet de retour sous la neige qui tombait encore.

Mes côtes me faisaient atrocement mal et j'étais presque sûre de m'être à nouveau cassé au moins un doigt. L'effet de l'adrénaline s'étant dissipé, je me sentais gelée et endolorie et tremblante.

Mais mieux que je ne l'avais été depuis longtemps.

Chapitre 32

— C'était incroyablement stupide. Tu aurais dû appeler la police. Tu aurais pu être gravement blessée. Tu es *déjà* gravement blessée !

Et ainsi de suite. Ms Pentecost était en train de me sermonner par téléphone interposé depuis la chambre qu'elle louait à Nulle Part, New York.

Je traçai des cercles sur mon bureau du bout de mon attelle et attendis patiemment qu'elle s'épuise.

— Je sais, répondis-je. C'était stupide et dangereux, et n'importe qui avec un sou de bon sens aurait appelé les flics.

Je l'entendis reprendre son souffle pour répondre, mais je la devançai :

— Mais j'aimerais faire remarquer que nous sommes toutes les deux douées d'un sens commun rien moins que singulier. Vous et moi savons ce qui serait arrivé. Les flics seraient *peut-être* venus. Ils auraient mis fin à la bagarre et auraient viré le mari. Il aurait *peut-être* passé une nuit en taule. Et serait revenu le lendemain. Ou le jour suivant. Et cette fois, il n'aurait pas laissé une seule chance à Anna d'arriver jusqu'au téléphone.

Silence à l'autre bout du fil.

— Tu as conscience que tes menaces, c'était du bluff? reprit enfin Ms P. On a déjà mis à profit cette reconnaissance de dette.

— Je sais ça, mais Nowak l'ignore.

— Et il t'a crue?

Je revis le regard terrifié du type pendant que j'étais à cheval sur lui.

— Oh ouais, dis-je. Il a tout gobé.

— Bien, fit-elle alors.

Ma patronne et moi partagions beaucoup de choses et cette philosophie pragmatique qu'elle avait évoquée le tout premier jour dans son bureau était l'une d'elles.

Même si je ne voyais pas vraiment ce qu'il y avait de pragmatique à passer une autre nuit dans le comté de Greene. Orly Crouch avait refusé de la voir pour la deuxième fois, mais Ms P n'avait pas envie d'abandonner.

— La troisième fois, vous lui jetez un sort? demandai-je.

— Je vais tenter une autre approche, répondit-elle. Si j'échoue encore, je considérerai mes efforts comme une cause perdue et je rentrerai à la maison.

— Je n'en suis pas si sûre, répondis-je. Vous pourriez bien rester coincée là-bas un moment.

La nuit tombait à l'extérieur, et la neige continuait à s'entasser.

— Le temps n'est pas aussi mauvais ici, dit ma patronne. Les gens du coin avec qui j'ai parlé pensent que ça ne devrait pas être trop méchant.

— Bon, j'espère que vous avez emporté quelques livres.

— Tu as d'autres aventures prévues durant mon absence ? demanda-t-elle avec une très légère pointe de sarcasme.

— Juste une, répondis-je. J'ai une idée et je voudrais la tester.

Je lui expliquai ce que j'avais en tête. Je m'attendais à ce qu'elle dise quelque chose du style : « Je ne veux plus que tu prennes de risques. »

Au lieu de quoi, elle se contenta d'un rappel.

— On sera dimanche. Il faudra bien choisir ton moment.

Comme je disais – pragmatique.

Quand les cloches de l'église qui se trouvait au bas du pâté de maisons où habitait Belestrade sonnèrent, j'étais plantée au coin de la rue depuis près d'une heure.

J'avais fait trois incursions jusque-là pour l'instant. Chaque fois en restant un peu en retrait de divers groupes de personnes, pour la plupart des cousines germaines des babouchkas que j'avais vues la première fois que j'étais venue.

À chacun de mes passages devant le numéro 215, j'avais jeté un coup d'œil aux fenêtres. Et chaque fois, une lumière brillait au premier étage. Lors d'une de mes visites, je vis l'ombre d'une silhouette bouger derrière le rideau – grande, mince, masculine.

Neal Watkins. Ça ne pouvait être que lui. Il devait avoir sa propre chambre dans la maison. Ou alors, il était en train de se débarrasser de preuves. Mais j'imagine qu'il se serait montré un peu plus discret si ça avait été le cas.

La dernière cloche résonna et la foule grouillante des babouchkas entra dans l'église à la queue leu leu. Je décidai de rester une heure de plus.

La neige ne tombait plus qu'en légères bourrasques, mais il y en avait bien soixante centimètres au sol. Mes pieds avaient gelé depuis longtemps.

En plus, mon visage m'embarrassait. En volant au secours d'Anna la veille, je n'avais pas eu le temps d'y penser. Maintenant, j'avais l'impression que tout le monde me regardait en passant.

Des sutures à la Frankenstein maintenaient en place les bords de mon estafilade, et même si l'enflure avait un peu diminué, la plus grande part de mon visage présentait toujours des nuances de noir et de violet, avec quelques zones jaunâtres qui ressortaient, apportant un peu de variété. Le maquillage n'aurait rien pu y faire, même en en mettant une bonne couche. J'avais enfoncé mon chapeau sur mes oreilles et entortillé une écharpe autour du reste, de sorte qu'on ne voyait que mes yeux.

Une heure. Et puis je rentrerais à la maison et supplierais Mrs Campbell de me préparer un chocolat chaud.

Ma patience fut payante.

Environ vingt minutes après le début du service, la porte du numéro 215 s'ouvrit et Neal Watkins en sortit. Il avait troqué son costume de croque-mort contre un manteau en laine, un chapeau, et ce qui ressemblait à un chandail d'université, vu de loin. Il s'éloigna dans l'autre direction, balançant un sac d'épicerie en toile à bout de bras.

Il allait faire des courses. Ce qui signifiait qu'il pouvait être parti une demi-heure ou dix minutes, selon le menu du jour. Je décidai de tenter le coup. Dès qu'il eut tourné au coin de la rue, je me précipitai dans la neige vers la porte d'entrée de Belestrade.

Je frappai bruyamment.

— Livraison !

Comme ça, si jamais un voisin regardait dehors, il me prendrait pour un coursier en train de laisser un mot.

Je sortis un long étui plein de crochets d'une poche intérieure. Après avoir jeté un rapide coup d'œil d'un côté et de l'autre, je m'attaquai à la serrure. En moins d'une minute, j'étais dedans. Pas mon record personnel, mais pas mal quand même si on considère que je travaillais avec deux doigts cassés et un poignet fichu.

Je pénétrai dans la maison de la morte.

Ce que j'étais venue chercher se trouvait à l'étage. Mais je ne pus résister à l'envie d'entrer dans le salon. L'odeur de la pièce rappelait que quelqu'un y avait été tué – sang, entrailles et air vicié. Personne ne s'était donné la peine de nettoyer après le passage des flics, et il y avait de la poudre à empreintes partout. Guidée par ces traces noires, il ne me fallut pas longtemps pour localiser les différents gadgets.

Des micros avaient été installés dans des endroits stratégiques, et tous étaient reliés à un magnétophone à bande planqué derrière une rangée de faux livres. Il s'agissait d'un matériel professionnel utilisant des bandes magnétiques audio, chose rare à l'époque, en dehors de l'armée ou de certaines agences gouvernementales à sigles.

Il y avait aussi des cadrans contrôlant l'éclairage et des haut-parleurs cachés qui, je le découvris après les avoir testés, produisaient une variété limitée de sons : vagues, vent, bruits de pas, et voix qui murmuraient des mots trop faibles pour qu'on puisse les percevoir.

Elle n'était pas meilleure que Madame Fortuna en fin de compte. C'était à la fois réconfortant et décevant.

Après m'être assurée que j'avais bien repéré tous les trucages, je montai à l'étage.

Au premier, je découvris une salle de bains, un bureau et ce que je supposai être la chambre de Neal. Le bureau avait été entièrement vidé par la police. La table de travail et le meuble de rangement étaient vides. Même le ruban de la machine à écrire avait été embarqué. Ne restaient que quelques notes anodines griffonnées d'une main résolument masculine.

Je continuai jusqu'au second.

Là, je tombai sur une chambre somptueuse, décorée de soieries noires. Dans la salle de bains attenante, une baignoire aux pieds en pattes de lion aurait pu contenir trois personnes, avec de l'espace en sus. Le lit était tout aussi démesuré – un énorme lit à baldaquin avec cadre en chêne, parfait pour une orgie.

Exactement ce que j'avais espéré découvrir.

L'incident chez les Nowak m'avait fait envisager sous un jour nouveau une remarque du Dr Waterhouse et je voulais mettre ma théorie à l'épreuve.

Il n'y avait pas de tapis sur le sol. Pas même une carpette. Juste le plancher d'origine. Il ne me fallut pas longtemps pour trouver ce que je cherchais – de longues rainures à peine visibles qui dessinaient un demi-cercle à partir du pied de lit.

Me penchant en avant, je découvris des bouts de tissu

noués aux quatre pieds du cadre. Je m'appuyai contre le lit et commençai à pousser. Il était aussi lourd qu'il y paraissait, mais le tissu lui permettait de glisser assez facilement.

Ce qui n'évitait pas un raclement bruyant cependant – le bruit que le Dr Waterhouse avait entendu deux étages plus bas. Le bruit que j'avais entendu quand Anna avait poussé les meubles derrière la porte pour me laisser entrer.

Une fois le lit écarté, je me mis à quatre pattes et examinai le plancher. Je découvris un compartiment caché sous les lattes, rappelant ce qui camouflait notre coffre au bureau, mais plus intelligemment conçu.

Dans la cache, je trouvai un lourd coffret plat en métal. Le genre de coffret qu'un millionnaire parano se méfiant des banques pourrait utiliser pour planquer son magot. Il y avait des griffures autour de la serrure, et je me demandai si quelqu'un n'aurait pas déjà tenté de la crocheter.

Il me fallut environ dix secondes pour y parvenir.

La seule chose que renfermait le coffret était une boîte en métal circulaire contenant une bande magnétique d'environ deux mètres cinquante. On avait collé un bout de sparadrap dessus et écrit au crayon : *A.C./20/10/45*

AC ? Abigail Collins ? Et si la date était exacte, la bande avait été enregistrée moins de deux semaines avant la fête d'Halloween.

Le coffret avait presque certainement contenu des dizaines de bandes du même genre. Qui avait pris le reste ? Et pourquoi laisser uniquement celle-ci ?

N'ayant jamais été du style à cracher dans la soupe, je

glissai la bande dans la poche de mon manteau, refermai le coffret et son compartiment secret dans le plancher, et remis le lit en place. Une fois certaine que tout était plus ou moins comme je l'avais trouvé, j'entrepris de regagner le rez-de-chaussée.

J'atteignais la dernière marche quand j'entendis une clé tourner dans la serrure.

Zut ! Je m'étais trop attardée.

Se planquer n'était pas une bonne idée. Qui sait combien de temps il allait rester là ? J'optai pour une autre tactique. Je regagnai le salon à toute vitesse, trouvai un fauteuil face à la porte et m'installai.

Quand Neal entra, j'avais adopté une attitude qui, je l'espérais, pouvait passer pour de la nonchalance.

Avec son pardessus élimé et son chandail d'université, il ressemblait plus à l'étudiant diplômé prometteur qu'il avait été qu'à l'assistant d'une parfaite arnaqueuse.

— Qu'est-ce que vous faites là ? demanda-t-il.

— J'ai simplement suivi l'invitation sur la porte.

Il parut déconcerté.

— « Renseignements à l'intérieur. » Je cherchais des renseignements, alors je suis entrée.

— Je vais appeler la police, lança-t-il en faisant mine de s'approcher du téléphone, sans grande conviction.

— Ce serait intéressant de voir de quel côté les flics vont pencher. La détective fouineuse ou le maître-chanteur.

Ma remarque le mit sur la défensive.

— Je n'ai jamais fait chanter personne, rétorqua-t-il, menton en avant. J'étais juste un assistant. Je l'ai dit à la police.

— Et le meilleur chercheur que le département d'histoire ait jamais vu passer d'après le Dr Waterhouse, ajoutai-je d'un ton songeur. Je me demande à quel point votre patronne comptait sur vous pour combler les trous dans la biographie de ses clients. Est-ce que vous aviez accès à ses bandes ? Ou était-elle la seule à pouvoir les écouter ?

Il ne regardait même plus le téléphone à présent.

— Comme je l'ai dit, j'ai déjà parlé à la police, reprit-il. Ils ont fouillé toute la maison de haut en bas. Ils n'ont trouvé aucune preuve de méfait.

— Bien sûr, répondis-je avec un soupçon de sarcasme. Juste des micros cachés, des jeux de lumière et des effets sonores. Mais ils n'ont pas découvert la planque des bandes, n'est-ce pas ? Je parie qu'ils n'ont pas pris la peine de regarder sous le lit. C'était votre ouvrage sur la serrure ?

Neal prit un air qu'il devait penser impassible.

— Je ne sais pas de quoi vous parlez, répondit-il.

— Et moi, je ne sais pas à quoi vous jouez, mais si vous avez l'intention de reprendre les choses là où votre patronne les a laissées, je vous le déconseille. Vous ne voudriez pas vous retrouver dans le collimateur de Ms Pentecost. Votre patronne disparue, je pense qu'elle se contenterait d'un second couteau.

Il redressa les épaules et prit la pose.

— Si vous avez l'intention de vous en prendre à moi, votre patronne et vous, allez-y, lança-t-il. Je n'ai rien à cacher. Pas comme certaines personnes.

Je lui décochai ce que ma grand-mère appelait un sourire « à vous expédier direct au cimetière ».

— À quoi est-ce que vous faites allusion, Neal ? Au fait que je fréquente des femmes aussi bien que des hommes ? Ou que j'ai vu trois fois *Follow the Girls* à Broadway ? Parce qu'il n'y a qu'une chose sur les deux qui me fasse honte.

Je me levai, passai devant lui et quittai le salon. Je tendais la main vers la poignée de la porte d'entrée quand il se décida à parler.

— Je ne veux pas d'ennuis, d'accord ? lança-t-il. Elle me confiait des missions. Des missions spécifiques. Je n'en connaissais pas toujours les détails. Alors je ne sais rien.

Pas mal, comme monologue. Mais il avait fait ses classes avec la meilleure.

— J'ai failli vous croire, dis-je en sortant dans la neige.

Chapitre 33

J'appelai le bureau d'un téléphone public pour voir où on en était. Mrs Campbell répondit à la cinquième sonnerie.

— Des nouvelles de madame ? demandai-je.

— Non, mais il y a eu un coup de fil pour vous. Un certain Hollis Graham m'a dit de vous transmettre qu'il était de retour dans les rayons aujourd'hui, si vous voyez ce que ça veut dire.

— Ça veut dire que je vais rester dans la nature un peu plus longtemps, répondis-je. Gardez la boutique.

Malgré la neige, la bibliothèque était animée. Tous les tire-au-flanc ou les bibliophiles du week-end dans un rayon de trente pâtés de maisons arpentaient les allées en tous sens.

Évitant la foule, je me dirigeai vers les archives au sous-sol, où je trouvai ma proie en train de faire du tri sur une table qui croulait sous des piles de magazines.

Hollis n'avait pas beaucoup d'allure. Petit, trapu, une paire de culs-de-bouteille qui lui glissaient perpétuellement sur le nez et une touffe d'épais cheveux gris métal perchée en équilibre précaire au sommet de son crâne.

Il portait son uniforme habituel, une blouse de peintre et des bottines poussiéreuses. Il aurait sûrement préféré s'habiller correctement – je suis allée chez lui et j'ai vu son impressionnante collection de costumes Savile Row. Mais il termine toutes ses journées couvert de la poussière des journaux qui tombent en miettes et dont beaucoup portent sa signature quelque part entre leurs plis.

Il était en train de parcourir les magazines d'un œil noir.

— Français ? demandai-je en lorgnant par-dessus son épaule.

— Belges.

— C'est quoi la différence ?

— Système monétaire, rois, superficie, histoire, et l'endroit où on les range, dit-il. Si ça ne tenait qu'à moi, je ne prendrais pas la peine de les classer, mais ils font partie d'une donation et… Seigneur Dieu, qu'est-il arrivé à ton visage ?

— Tu devrais voir l'autre gars.

— L'autre gars, c'était Sugar Ray Robinson[1] ?

Je lui racontai ce qui s'était passé dans les grandes lignes. Il secoua la tête, faisant tressauter ses boucles argentées.

— Tu dois faire plus attention, ma fille. Cette ville est pleine de monstres, de voleurs et de connards. Et je ne parle que de la municipalité.

— Ouais, ouais, fis-je en balayant d'un geste ses inquiétudes. Tu as eu mon message ?

---

1. De son vrai nom, Walker Smith Jr, célèbre boxeur américain professionnel.

— Je l'ai eu. Je suis toujours en train de rattraper mon retard dans l'affaire Collins. J'étais en vacances à Panama City Beach. Ils ne recevaient pas les journaux de New York là-bas. Tu y crois ?

— Des sauvages.

— Tu n'as pas idée. Bref, tu cherches quoi ?

— Tout ce que tu peux savoir qui n'apparaît pas dans les documents officiels, répondis-je. On a une mondaine arrivée à New York sous un faux nom et maintenant morte. Dont le mari s'est suicidé sans véritable bonne raison, d'après la plupart des gens. Sans parler de la voyante assassinée qui faisait chanter ses clients et pourrait avoir été impliquée, ou pas, dans le racket des habitants de Gramercy Park.

— Ta patronne ne croit pas ce Wallace coupable ?

— Je suis bien incapable de te dire ce que croit ma patronne. Elle n'est pas en ville, elle suit ses propres pistes, répondis-je. En ce qui me concerne, il y a pas mal de pièces manquantes dans ce puzzle et j'adorerais en trouver certaines.

Il me lança un regard que je ne pus déchiffrer puis demanda :

— Tu as déjeuné ?

Je fis non de la tête.

— Sortons de ce cachot, dit-il. Je vais y passer la journée et j'aimerais bien voir le soleil. En plus, j'ai deux assistants géniaux pour classer, et encore meilleurs pour espionner.

Baissant la fermeture Éclair de sa blouse, il laissa apparaître un chandail et un pantalon en laine dans des tons de bleu coordonnés, et échangea ses bottines poussiéreuses contre une paire de richelieus en cuir marron. Puis il attrapa son manteau et nous remontâmes vers la lumière et le froid avant de patauger dans la neige jusqu'à un petit restaurant italien de la Quarante-quatrième Rue devant lequel j'étais déjà passée, mais où je n'avais jamais mangé. Le maître d'hôtel sourit en appelant Hollis par son nom avant de nous installer dans un box de coin isolé d'où nous pourrions regarder tomber la neige et parler à l'abri des oreilles indiscrètes.

Un serveur qui semblait en âge de pouvoir se rappeler l'époque où le pont de Brooklyn n'était encore qu'une chimère prit notre commande. Je choisis le pain de viande. Hollis opta pour des pâtes *primavera*. Après lui avoir apporté un verre de vin rouge et de l'eau pour moi, le garçon s'éclipsa.

— Déjà venue ici ? demanda Hollis.

— Jamais eu ce plaisir.

— Une bonne adresse. On y mange bien. C'est la même famille qui le tient depuis le début du siècle. Fut un temps, c'était le seul endroit vingt blocs à la ronde qui servait un menu complet jusqu'à deux heures du matin et avait autre chose en réserve que du gin de contrebande.

— Ça devait être populaire chez les journalistes et les flics, avançai-je.

Il secoua la tête.

— Trop cher pour les prolos. Pendant les horaires normaux, on y voyait surtout de futurs magnats des affaires.

— Et en dehors des horaires ?

— C'était le premier arrêt pour quiconque sortait tard le soir, pouvait se payer un repas à dix dollars et voulait de l'intimité, répondit Hollis. C'est ici que j'ai vu Al Collins de près pour la première fois. Je dînais avec un ami qui m'avait invité. Il se faisait tard – bien après minuit. L'endroit était bondé, même si on ne pouvait pas s'en rendre compte. Tous les box possédaient des rideaux à l'époque, et il y avait une grande salle à l'étage pour les soirées privées. Quoi qu'il en soit, deux types en costume entrent, bien éméchés et riant tout leur soûl. Je lève les yeux et croise le regard d'un des deux – grand, mince, le genre sévère. Il semble avoir repéré que je suis journaliste, attrape son compagnon et disparaît à toute vitesse à l'étage. Je demande à l'ami avec qui j'étais de qui il s'agit. « Oh, répond-il, c'est Al Collins. Tu devrais garder un œil sur lui. Un jour, il fera partie de ceux qui tirent les ficelles dans cette ville. »

Le garçon arriva avec nos commandes et nous interrompîmes momentanément la conversation. Ayant grandi là où l'argent se faisait rare, ainsi que la viande, j'ai développé une affection particulière pour le pain de viande. Mrs Campbell ne semblait pas parvenir à le réaliser comme il faut, s'obstinant à y ajouter de gros morceaux de légumes. Cet endroit y était presque.

— Et tu as gardé un œil sur Collins ? repris-je quand nous eûmes avalé quelques bouchées.

— J'ai gardé un œil sur pas mal de gens, répondit Hollis. Bien que Collins ne soit pas vraiment devenu un décideur avant un bon bout de temps.

Sa remarque me désarçonna un peu.

— Pourtant, il avait l'air d'avoir bien réussi dès le

départ, dis-je. Ça n'était peut-être pas Rockefeller, mais il se trouvait dans la bonne fourchette, non ?

Holly secoua la tête.

— Je ne parle pas d'argent, Will. Des tas de types en ont dans cette ville. Mais seule une poignée prend vraiment les décisions. Qui va être nommé à quel poste ? Dans quoi la ville place-t-elle son argent ? Quels sont les quartiers qu'on développe et ceux qu'on oublie ? Dans sa jeunesse, Collins était en marge de ce cercle très fermé.

— Peut-être qu'il ne voulait pas en faire partie, suggérai-je.

— Jamais vu un homme riche renoncer à une occasion de devenir plus riche encore. En particulier un type aussi impitoyable et féroce que Collins, répondit-il, la bouche pleine de pâtes.

Ça demandait des éclaircissements, mais j'attendis que nous ayons terminé nos assiettes pour balancer ma question.

— Et qu'est-ce qui l'a empêché de jouer dans la cour des grands ? Tu as parlé de la plus grande partie de sa carrière. Ce qui signifie qu'on l'a accepté, finalement. Qu'est-ce qui a changé ?

Hollis essuya la sauce qu'il avait sur le menton puis jeta un rapide coup d'œil dans le restaurant pratiquement vide. Quoi qu'il s'apprête à me dire, il voulait que ça reste entre nous.

— Ce n'est que deux ans après l'avoir vu cette toute première fois que j'ai repensé à Collins. J'étais occupé à dénicher des ragots sur les gens qui comptent vraiment. Je n'avais pas de temps à perdre avec un outsider, commença-t-il. Et puis j'ai appris qu'il épousait sa secrétaire. Ça a fait du bruit à cause de la différence de classe et du fait qu'elle soit enceinte. À l'époque, je couvrais tout ce qui touchait à la municipalité et j'ai simplement suivi l'affaire de loin. Mais un soir, avec la fille qui tenait la rubrique société, on a partagé une même machine à écrire pour rédiger nos articles de dernière minute. Elle – cette journaliste – a lâché que ça la surprenait vraiment qu'Al Collins se marie. Quand je lui ai répondu qu'il se comportait correctement avec la fille, un truc dans le genre, elle a éclaté de rire. Je lui ai demandé ce qu'il y avait de si drôle. Et elle a répliqué qu'elle savait pertinemment qu'il s'agissait d'un célibataire endurci.

Il me regarda, attendant une réaction.

— Et alors ? fis-je. Elle avait parié qu'il ne se marierait jamais et elle a perdu son pari.

Hollis se mit à rire, d'un gros rire tonitruant et incontrôlable, sans commune mesure avec sa carcasse trapue.

— Mon chou, dit-il en souriant toujours, parfois j'oublie à quel point tu es jeune. Ce que je veux dire, c'est qu'il s'agissait d'un célibataire endurci du même genre que moi.

— Attends.

Je luttai pour trouver mes marques.

— Tu es en train de dire qu'Alistair Collins était… ?

— Comme un phoque.

Je pris trente secondes pour assimiler tout ce que ça sous-entendait. Il y avait trop de pistes à envisager. Hollis continua.

— Soudain, que Collins n'ait jamais atteint les échelons supérieurs prenait tout son sens, dit-il. À l'époque, la situation n'était pas aussi grave qu'elle l'est maintenant, mais ça n'avait quand même rien de terrible. Avec le Comité des Quatorze[1] qui tombait sur tous ceux qu'il pouvait atteindre. Mais les choses ont changé pour Collins avec ce mariage. Il a commencé à montrer ses muscles, à réprimer les grèves ouvrières. Il y a eu des rumeurs comme quoi il aurait fait disparaître certaines personnes. Et après, les contrats du gouvernement ont commencé à arriver. Il était passé dans la cour des grands.

Hollis termina son vin.

— Bref, quand elle m'a parlé de Collins, je me suis souvenu de la première fois où je l'avais vu ici, dans ce restaurant. Ça jetait un éclairage complètement différent sur la scène. Ce regard qu'il m'avait lancé. La façon dont il avait attrapé son ami et s'était empressé de monter à l'étage.

— Une idée de l'identité de l'autre homme ?

— C'est marrant que tu demandes, répondit-il. Je ne l'avais jamais vu avant. Je ne l'ai jamais revu après. Jusqu'à hier.

— Tu l'as vu ?

— Ouais.

— D'accord, dis-je. Crache le morceau. Où est-ce que tu as vu ce type ?

Alors il cracha le morceau.

Et tout un tas de pièces du puzzle se mirent en place.

---

1. Comité créé durant la prohibition par des propriétaires de bars s'opposant aux lois Raines de 1896 qui permettaient aux hôtels de vendre de l'alcool au prétexte qu'ils proposaient des chambres à louer.

Chapitre 34

Je raccompagnai Hollis à la bibliothèque. La neige avait enfin cessé de tomber.

Nous nous quittâmes sous le regard inflexible d'un des lions postés en sentinelle à l'entrée. Avant de partir, Hollis me fit part d'une dernière réflexion.

— Je ne blaguais pas quand j'ai dit que les choses empiraient. La guerre avait momentanément mis un terme à tout ça. Mais maintenant que les gens ne sont plus aussi préoccupés, ils vont revenir à la charge. Tous ceux qui ne pourront pas facilement être rangés dans une case vont se faire jeter.

— Tu crois que je ne le sais pas, Holly ? répondis-je en lui montrant mon visage tuméfié.

— Je crois que tu es jeune. En dépit de tout ce que tu as traversé – ou peut-être à cause de ça –, tu te crois immortelle.

— Je ne me fais aucune illusion là-dessus.

Je lui décochai un grand sourire qu'il ne me rendit pas. Fronçant les sourcils, il se passa dans les cheveux une main aux doigts calleux à force de taper à la machine.

— Non seulement tu détonnes, mais tu n'as pas peur de te faire remarquer, continua-t-il. Toi et ta patronne tout pareil. Le clou qui dépasse appelle le marteau, Will. Fais attention, c'est tout ce que je dis.

Ses mots ne me quittèrent pas jusqu'à la maison. Fut un temps, Hollis avait été le meilleur journaliste à l'est de l'Hudson, ou du moins, c'est ce que m'avaient dit des gens qui savaient. Je songeai à la façon dont il se perdait dans les rayonnages à présent. Très loin à l'abri des regards de ceux qui tiraient les ficelles. Faisant profil bas. Restant en vie.

Si on pouvait appeler ça une vie.

De retour au bureau, j'allai déposer la bande magnétique dans le coffre et vis un message de Mrs Campbell sur ma table de travail. La patronne avait téléphoné. La météo le permettant, elle espérait être de retour plus tard dans la soirée.

L'intensité de mon soulagement me sidéra. Je voulais qu'elle revienne pour son bien, mais aussi pour le mien. Elle avait peut-être été un clou qui dépassait, mais elle tenait sacrément le coup.

Je passai le reste de l'après-midi et le début de la soirée à terminer la paperasserie et à regarder par la fenêtre toutes les deux ou trois minutes. Mrs Campbell finit par sortir de sa cuisine et me lança :

— Si elle ne peut pas rentrer, elle restera sur place et passera un coup de fil. Arrêtez de faire les cent pas et venez manger un peu de ragoût d'agneau.

J'en avalai deux bols, ainsi qu'un morceau de pain aux raisins et aux noix avec un café. Il était vingt-deux heures et j'en étais à ma cinquième tasse quand j'entendis une voiture s'arrêter devant la maison. Jetant un coup d'œil par la fenêtre, j'aperçus une silhouette familière qui montait les marches en boitant. Je me précipitai dehors et m'emparai de la valise de ma patronne.

— Merci, dit-elle en me suivant à l'intérieur. J'avais peur de ne pas pouvoir rentrer ce soir et d'être obligée de trouver refuge dans un motel en bord de route.

Elle avait des cernes noirs sous les yeux et sa peau semblait desséchée et aussi translucide qu'un parchemin. Comme si elle pouvait tomber en miettes d'un instant à l'autre et s'éparpiller dans le vent.

J'attendis qu'elle se soit installée à son bureau avec un verre d'hydromel. Quand ses joues commencèrent enfin à rosir, je lui demandai si elle avait réussi à voir Orly Crouch.

— Effectivement, répondit-elle. La première fois que j'ai tenté d'entrer en contact avec lui, j'ai remarqué que sa ferme montrait des signes de laisser-aller. J'en ai déduit qu'il devait connaître une période de vaches maigres et qu'une motivation financière l'aiderait sûrement à accepter une discussion avec moi.

— Vous l'avez soudoyé.

— Je l'ai soudoyé, répondit-elle en buvant une gorgée de vin.

— Et vous avez appris quelque chose d'intéressant ?

— Plutôt, même s'il reste quelques questions.

Je lui racontai les résultats de mon aventure du jour, en commençant par ma visite au repaire de Belestrade et ma confrontation avec Neal.

— Je t'avais dit de faire attention. Tu n'aurais pas dû te laisser surprendre.

— Oui, c'est ma faute, dis-je. La curiosité est un vilain défaut et ainsi de suite. Mais ça nous a permis de récupérer l'enregistrement de la séance d'Abigail Collins.

— Ou du moins, c'est ce que tu crois.

— J'en mettrais ma main au feu, répondis-je. Avant que vous posiez la question, on a toujours le matériel de l'affaire McGinnis, alors on peut l'écouter à tête reposée. Mais la bande n'est que la cerise sur un très gros gâteau. Attendez d'entendre le reste.

Je lui rapportai ma conversation avec Hollis et ce que j'avais appris à propos d'Al Collins. Rien de ce que je lui dis ne sembla la surprendre.

— Pourquoi est-ce que j'ai l'impression que vous saviez déjà tout ça ?

— Au contraire, je l'ignorais, avoua-t-elle. Mais ça colle parfaitement avec ce qu'on a découvert jusque-là et ce que j'ai appris à Cockerville.

Mrs Campbell apporta un bol de ragoût d'agneau fumant que Ms P attaqua aussi sec. Elle continua à parler tout en mangeant. Plus tard, elle me tendit un calepin rempli de notes en sténo afin que je les tape.

Ce qui suit retranscrit en grande partie la conversation qu'elle a eue avec le frère d'Abigail, plus quelques observations occasionnelles que j'ai repiquées dans ses notes.

NOTE DE LP : J'ai rencontré Orly Crouch dans la cuisine de sa ferme à huit kilomètres de Cockerville environ. Mon chauffeur attendait dans la voiture avec la seconde moitié de l'argent que je devais remettre à Mr Crouch en échange de notre conversation. Je ne crois pas qu'il aurait accepté de me parler sans cette motivation. C'est un homme élancé aux cheveux blonds qui mesure au moins un mètre quatre-vingts, bien que son dos voûté donne une impression fausse de sa taille. Son visage et ses mains sont abîmés et burinés et il paraît bien dix années de plus que ses cinquante ans réels. Sa ressemblance avec Abigail Collins est indubitable.

De la fenêtre de la cuisine, je pouvais apercevoir des cochons et des moutons, ainsi qu'un poulailler. Ce dernier, les enclos et les clôtures, tout était dans un état de délabrement complet. Plusieurs dépendances tombaient en ruine. L'entretien de la maison elle-même laissait à désirer. Les mauvaises herbes poussaient entre les lattes du porche extérieur. Il y avait des fissures dans le plâtre du plafond et des murs. Même si les renseignements que j'ai obtenus des habitants de Cockerville laissent à penser qu'une telle misère est courante dans les fermes de la région, la propriété des Crouch semblait bien plus dégradée que celles de ses voisins.

L'un dans l'autre, elle m'a donné l'impression d'être lentement reconquise par la terre qui l'entoure.

LP : Je vous remercie d'avoir accepté de me parler, mister Crouch. J'espère que ce sera bénéfique pour nous deux.

OC : C'est votre argent. Et ça ne vous achète pas toute la journée. J'ai du travail qui m'attend. Cette ferme ne tourne pas toute seule.

LP : Dans ce cas, je vais être brève et directe. Quand avez-vous communiqué avec votre sœur pour la dernière fois ?

OC : Pas depuis qu'elle a quitté la maison.

LP : Vous ne receviez aucune nouvelle de sa part ?

OC : J'ai reçu une carte postale quelques semaines après son départ. Avec le Chrysler Building dessus. Elle n'était pas signée ni rien. Mais je me suis dit que ça venait d'elle. Pour me faire savoir qu'elle était en vie.

LP : Ça vous inquiétait ? Sa sécurité ?

OC : C'est New York. Elle n'avait que dix-neuf ans. Dieu sait ce qui peut arriver à une fille seule dans un endroit pareil.

LP : Et c'est la dernière fois que vous avez entendu parler d'elle ?... Mister Crouch ?

OC : Ce gars. Un copain. Il a un élevage de porcs de bonne taille. Il vend à des restaurants en ville. Vous pouvez me croire, il a dû graisser des pattes pour obtenir un arrangement pareil. Bref, il faisait une livraison en ville et il a vu une photo d'Abigail dans le journal. Elle s'apprêtait à se marier. Il m'a rapporté un exemplaire.

LP : Donc, vous saviez qu'elle avait changé son nom pour Pratt ?

OC : Ouais.

LP : Et qu'elle avait épousé Alistair Collins ?

OC : Oui.

LP : Vous avez cherché à la joindre ?

OC : Non.

LP : Je trouve ça surprenant, mister Crouch. Votre seule sœur qui se marie. Et avec quelqu'un de riche.

OC : Qu'est-ce que vous voulez dire ?

LP : Que vous n'auriez pas craché sur une aide financière.

OC : Je m'en sortais bien. Je m'en sors juste bien...

Je veux dire… Je n'avais pas autant besoin d'aide à l'époque.

LP : Mais plus tard ?

OC : Ma sœur n'était pas du genre à… Elle n'était pas du genre charitable.

LP : Même avec la famille ?

OC : Elle n'était pas très portée sur la famille.

LP : Comment ça ?

OC : Je veux dire qu'elle n'en a jamais eu grand-chose à faire de la vie à la ferme. Elle a toujours eu envie d'aller voir ailleurs.

LP : Et comment se passait la vie d'Abigail à la maison ?

OC : Normale.

LP : Mais elle avait envie d'aller voir ailleurs ?

OC : Ça n'avait rien de glamour ici, comme toutes les filles en rêvent peut-être. Mais sa vie était correcte.

LP : Ça n'est pas toutes les filles qui s'enfuient à New York, changent de nom et coupent tous les ponts avec leur famille.

OC : Je ne sais pas quoi vous dire. C'est ce qu'elle a fait.

NOTE DE LP : La posture de Mr Crouch a changé à ce moment-là. Il s'est raidi, s'est renfermé sur lui-même et a évité mon regard.

LP : Mister Crouch, n'oubliez pas que vous ne toucherez la seconde moitié de votre argent que si vous me donnez des réponses complètes et honnêtes.

OC : Très bien. D'accord. Peut-être qu'elle en a bavé. Quand notre mère est morte, Abby n'avait que trois ans environ. Notre père, il… Eh ben, il était de la vieille école. Il ne s'attendait pas à devoir élever une gamine. Ne savait pas vraiment quoi faire avec elle. Fallait que je lui donne un coup de main à la ferme. Abby a dû se débrouiller seule.

LP : Ça a sûrement été difficile.

OC : Ça l'était. Et quand elle a grandi, Pa et elle n'ont fait que se disputer encore plus.

LP : À propos de quoi ?

OC : Des petits trucs au début. Des histoires d'argent, surtout. Elle voulait une nouvelle robe, des nœuds, ou des livres, ce que réclament les filles, quoi. Pa devait constamment lui expliquer qu'on ne pouvait pas gaspiller d'argent pour ce genre de choses. Dans ces moments-là, il l'enlevait de l'école pour aider à la ferme quand ça chauffait vraiment trop. Ils s'engueulaient en hurlant dans la cour. Les voisins pouvaient les entendre à des kilomètres.

LP : Est-ce qu'il la corrigeait ?

OC : Bien sûr. Mais seulement quand elle le méritait.

LP : Et elle le méritait souvent ?

OC : Elle était obstinée. Têtue. Elle ne voulait rien entendre.

NOTE DE LP : Le langage corporel de Mr Crouch suggère qu'il était mal à l'aise avec ce type d'échange. J'ai choisi de ne pas continuer plus loin de peur qu'il n'interrompe prématurément l'entretien. Mais, pour parler comme toi, Will, je dirais qu'il y a cinquante pour cent de chances qu'Abigail Collins ait été physiquement abusée par son père.

LP : J'ai cru comprendre que votre sœur avait un certain nombre de prétendants.

OC : C'est vraiment méchant. Vraiment méchant de dire les choses comme ça. Vous avez parlé à ces commères de l'église, c'est ça ?

LP : J'ai fait quelques recherches.

OC : Bon… Ouais, c'était une jolie fille. Les types s'intéressaient à elle. Mais elle ne les faisait pas marcher, d'accord ? Les femmes à l'église en rajoutent. Elle n'est même pas sortie avec un garçon jusqu'à ses dix-sept ans. Il y avait d'autres filles déjà enceintes à cet âge. C'était une sainte comparée à certaines d'entre elles.

LP : Mais elle n'est jamais restée avec un prétendant très longtemps.

OC : Il y avait toujours quelque chose qui clochait. Elle n'était jamais satisfaite.

LP : Elle était romantique ?

OC : Ça, je ne sais pas. Elle n'était pas… Je ne crois pas qu'elle ait été… Ce n'était pas ce genre de fille.

LP : Quel genre ?

OC : Le genre qui se laisse totalement envoûter par quelqu'un.

LP : Comment ça ?

OC : Je veux dire… Elle avait toujours une bonne raison pour laisser tomber ces garçons. L'un était trop pauvre. L'autre pas assez futé pour faire quelque chose de sa vie. Un autre encore – elle ne s'entendait pas avec sa sœur et avait décrété qu'elle n'allait pas s'enchaîner à une famille qu'elle ne pourrait pas supporter.

LP : Très pragmatique.
OC : Ouais. Abby était comme ça. Pragmatique.
LP : Une de ces relations aurait-elle évolué ? A-t-elle jamais dit qu'elle aimait un de ces garçons ?

NOTE DE LP : Mr Crouch n'a pas répondu à cette question. Il s'est excusé pour aller aux toilettes. Il est resté parti environ un quart d'heure. Quand il est revenu, il avait l'haleine chargée de whisky.

LP : Parlez-moi de Billy McCray.
OC : Qu'est-ce qu'il y a à en dire ?
LP : Votre sœur est sortie avec lui plusieurs semaines.
OC : Elle est sortie avec beaucoup de garçons plusieurs semaines. Billy n'avait rien de spécial.
LP : Il était spécial dans le sens où il s'est suicidé.
OC : Abby et lui avaient rompu à l'époque.
LP : La rupture venait-elle d'elle ?
OC : Ça venait toujours d'elle.
LP : Croyez-vous que Mr McCray se soit suicidé parce que votre sœur l'avait éconduit ? Mister Crouch ?
OC : Je commence à en avoir un peu marre que vous mettiez le nez dans les affaires de ma famille. Vous essayez de faire passer ma sœur pour… pour…
LP : Je vous assure, il n'y a que la vérité qui m'intéresse.
OC : La vérité !
LP : Oui.
OC : La vérité, c'est que si Billy McCray s'est collé un fusil dans la bouche, ça n'avait rien à voir avec ma sœur.
LP : Que voulez-vous dire ?

OC : Billy aimait le jeu. Les cartes, surtout. Il allait régulièrement à Albany acheter de la marchandise pour la quincaillerie de son père. Il était censé loger à l'hôtel le soir, mais il se servait de cet argent pour jouer aux cartes dans un endroit qu'il connaissait. Il a beaucoup perdu. Et il a emprunté du fric à des types qu'il n'aurait pas dû approcher. Il s'était sacrément endetté, d'après ce que j'ai entendu dire.

LP : Votre sœur était au courant ?

OC : De qui vous pensez que je tiens ça ? Mince, c'est pour ça qu'elle l'a largué. Elle disait que les types comme lui étaient faibles. Qu'il allait saigner ses parents à blanc pour pouvoir continuer de jouer. Bref, vous voyez que sa mort n'avait rien à voir avec ma sœur.

LP : Et pourtant, elle est partie immédiatement après.

OC : Je crois que j'en ai assez.

LP : Puis-je vous rappeler que l'autre moitié de votre argent dépend de…

OC : Peut-être que je ne veux pas de votre fric.

LP : Je peux aussi informer les personnes chargées de la succession de votre sœur de votre existence. C'était une femme très riche. Il pourrait y avoir des surprises dans son testament. En faveur des membres de sa famille.

NOTE DE LP : S'en sont suivies plusieurs minutes de silence. Je lisais une sorte de conflit intérieur sur le visage d'Orly Crouch. Quand il a repris la parole, c'était sans se faire prier, et il semblait très loin de là en esprit.

OC : C'était un été bizarre. Abby et Pa se bagarraient encore plus qu'avant. On aurait dit une poule qui refuse de se poser. Qui essaie sans cesse de sortir du poulailler. Et puis il y a eu cette foutue fille. Une voisine plus haut dans la rue a reçu la visite d'une cousine qui venait du Sud. Je ne me souviens pas de son nom. Un truc pas courant. Plus jeune qu'Abby de quelques années, mais elles se sont tout de suite bien entendues. Des gars au magasin d'alimentation ont raconté que la mère de la fille était une prostituée, qu'elle se trouvait en prison, et que c'est pour ça que la gamine habitait là. Je crois que si Abby est devenue amie avec elle, c'est en partie parce que ça mettait Pa hors de lui. C'était peut-être un mois après qu'Abby avait cessé de voir Billy. Elle m'avait paru plutôt décidée à ne pas retourner avec lui, mais un jour, je suis entré dans la quincaillerie et je les ai aperçus tous les deux au fond du magasin. Pas… pas comme ça. Juste en train de discuter. Il avait l'air… effrayé. Ils se sont tus en m'apercevant. Plus tard, j'ai vu Abby et sa copine sur le porche en train de parler tout ce qu'il y a de sérieux. Et peu après, j'ai surpris Abby dans l'ancienne remise à outils. On ne s'en servait pas, sauf pour stocker de la camelote. Elle avait ôté une des lames du plancher et tenait une liasse de billets à la main. Je lui ai demandé où elle les avait trouvés. Elle m'a répondu que ça n'était pas mes affaires, et qu'il ne fallait rien dire à Pa. Elle, hm… elle m'a filé quelques dollars. En disant que j'en aurais d'autres si je la bouclais. À la fin de l'été, la copine d'Abby est repartie d'où elle était venue. Et puis Billy s'est tué. Moins de deux jours après, Abby avait disparu. Sans prévenir. L'argent aussi. J'ai vérifié. Bon débarras. C'était un poids mort, vous comprenez ? Pa est décédé un an plus tard. On l'a retrouvé dans l'enclos aux cochons, la figure dans la gadoue. Crise cardiaque. Je crois que j'ai terminé. Gardez votre fric. Laissez-le. Je m'en fous pas mal. Mais si vous n'avez pas fichu le camp de ma propriété dans cinq minutes, vous allez le regretter.

Parce que Ms Pentecost ne triche pas, elle a laissé l'argent. Plus que ce qu'un type comme lui ne mérite, mais l'information en valait la peine.

Après avoir entendu la version abrégée, j'émis une ou deux hypothèses éclairées que ma patronne valida. Puis elle me mit au parfum de quelques petites choses que j'avais négligées et fit à son tour quelques suppositions.

Je remontais péniblement le magnétophone du sous-sol et l'avais presque installé quand Ms P découvrit l'enveloppe de photos dans le tiroir de son bureau. Elle la sortit et les étudia avec attention. Comme elle n'avait jamais vù la plupart des protagonistes, je me penchai par-dessus son épaule et jouai à mettre un nom sur chaque visage.

En observant un cliché en particulier – une photo de groupe où l'on voyait tout le monde –, je remarquai un élément que je n'avais pas vu avant. Je le montrai à Ms Pentecost, qui confirma mes soupçons. Puis elle attira mon regard sur autre chose. Un petit détail qui m'avait échappé. Les pièces du puzzle qui manquaient se mirent en place toutes seules.

À ce stade, nous n'avions plus vraiment besoin d'écouter la bande, mais nous le fîmes quand même. Il était minuit largement passé quand la bobine arriva à son terme.

Nous eûmes un long débat sur ce qu'il fallait faire et comment le faire. Mais nous savions pour ainsi dire qui avait tué Abigail Collins et Ariel Belestrade. Et, plus important encore, nous savions pourquoi.

Chapitre 35

Au début de cette histoire, j'ai raconté un mensonge. Soyons honnêtes, j'ai raconté beaucoup de mensonges. Certains à mon avantage, certains au vôtre, mais aucun suffisamment gros pour changer quoi que ce soit au fond de l'affaire.

Le mensonge auquel je pense, c'est quand j'ai affirmé que Lillian Pentecost ne travaillait pas comme dans les romans policiers, qu'elle ne recourait pas au mélodrame : rassembler tous les suspects dans une même pièce, par exemple, et faire un numéro où on identifie le tueur.

Ce n'était qu'à moitié vrai. Elle apprécie une certaine mise en scène, même si ça n'est que pour un seul spectateur. Enfin deux, techniquement, mais je ne me considérais pas vraiment comme une spectatrice. Plutôt comme celle qui aide en coulisses.

Installée à son bureau, un verre d'hydromel à portée de main, Ms Pentecost braqua son œil valide sur la personne assise dans le fauteuil en face d'elle. Elle ressemblait exactement à ce qu'elle était le premier soir où je l'avais rencontrée.

Déterminée. Avançant à contre-courant de la tempête.

— L'origine de cette affaire remonte à vingt ans au moins, peut-être plus, commença-t-elle. Abigail Pratt, née sous un autre nom, a grandi à la campagne, dans la misère, et elle a vraisemblablement été abusée régulièrement par son père. Elle a appris très tôt que si elle voulait survivre et réussir dans la vie, elle devrait se débrouiller seule. Elle a appris à considérer ses relations – en particulier avec les hommes – en fonction des avantages qu'elle pouvait en retirer. Ceux qui n'étaient ni riches ni ambitieux, comme ce garçon qui avait un problème de jeu et volait de l'argent à ses parents pour payer ses dettes, étaient rejetés.

« Et puis elle a rencontré une fille, de passage dans son coin de campagne. La mère de cette dernière l'avait élevée de façon qu'elle s'épanouisse en marge de la société. La fille avait appris comment tirer profit des autres, en particulier des hommes vulnérables.

« Abigail et son amie ont fait chanter le garçon accro au jeu, le menaçant de révéler à ses parents qu'il les volait. Le garçon s'est mis à voler encore plus pour pouvoir payer Abigail et son amie. Finalement, pris de désespoir, il s'est suicidé. La fille est repartie dans le Sud et Abigail s'est enfuie à New York avec l'argent qu'elle avait extorqué.

« Elle avait beaucoup appris de son amie, y compris comment se procurer de faux papiers. Elle a changé de nom. Peut-être parce qu'elle avait peur que la famille du garçon ne découvre ce qu'elle avait fait. Mais plus vraisemblablement parce qu'elle voulait couper tous les ponts avec la sienne.

Ms P tendit le bras pour attraper son verre mais sa

main tremblait tellement qu'elle renonça. La soirée avait été longue, et précédée d'un voyage qui l'était tout autant. Je savais qu'elle se trouvait au bord de l'épuisement. J'avais fait valoir qu'on pouvait attendre une journée, peut-être deux. Pas moyen. Elle voulait en finir avec cette histoire. Et honnêtement, moi aussi.

Elle changea de position dans son fauteuil, prit une longue inspiration et continua :

— Mais les gens obéissent à des schémas de fonctionnement, exactement comme les crimes. Abigail – dorénavant Pratt – ne pouvait supporter de se sentir prise au piège. Être une simple secrétaire aurait été une autre sorte de cage à ses yeux, rien de plus. Elle a d'abord cherché du réconfort et s'est retrouvée enceinte au passage. Puis elle a cherché un moyen de pression, comme son amie le lui avait enseigné. Et c'est là qu'elle a découvert un secret sur son employeur, quelque chose qui aurait mené celui-ci à sa perte si ça avait été connu. Mais Abigail avait appris de ses erreurs. Au lieu de simplement courir après l'argent, elle a approché son patron avec une offre. L'épouser, reconnaître ses enfants comme les siens, et pouvoir ainsi continuer à mener sa vie clandestine à l'abri de tout soupçon. Alistair Collins a accepté l'offre. Il n'avait guère le choix, sûrement, mais il s'est quand même débrouillé pour exercer un certain contrôle en octroyant à Abigail une pension draconienne. Et c'est ainsi qu'Abigail Pratt est devenue Abigail Collins. Et qu'Alistair a pu poursuivre la relation qu'il entretenait depuis des années avec son vieil ami et maintenant associé, Harrison Wallace.

Hollis Graham avait vu la photo de Wallace dans

le journal après son arrestation et avait reconnu en lui l'homme qui avait suivi Al Collins à l'étage du restaurant.

— J'ignore à quel point Abigail Collins était satisfaite de sa nouvelle vie. Les gens qui ont connu une enfance comme la sienne – privés de tout et abusés – ont tendance à se méfier du confort. Il est très possible qu'elle ait été incapable d'amour, du moins d'amour désintéressé. Qu'elle ait ou non été satisfaite, sa vie durant les vingt années qui ont suivi a été stable.

« Les choses ont basculé le jour où elle a assisté à un bal de charité dont l'une des attractions était une voyante. Les deux femmes avaient changé depuis ce fameux été, mais Ariel Belestrade a reconnu son amie, celle qu'elle avait convaincue de faire chanter son ex-petit copain. J'ignore de quelle manière leur partenariat a repris vie. Pour quelqu'un d'aussi habile que Belestrade, ça n'a pas dû être difficile de percevoir les failles dans la vie et le mariage d'Abigail. Quoi qu'il en soit, avant peu, la voyante avait réveillé chez elle ce vieux sentiment d'insatisfaction. Cette… sensation d'être piégée. Elle n'a pas dû peiner à… lui faire accepter l'idée d'utiliser… le secret d'Alistair pour lui extorquer de l'argent. Pour Abigail, ça devait plus être… une histoire de… liberté qu'une histoire… d'argent.

Le débit haché commençait à se faire sentir dans la voix de Ms Pentecost. Je savais qu'elle le détestait, parce que ça détournait l'attention de son propos. Mais elle approchait du dénouement, cependant.

Elle tint bon.

— Que ce soient les effets combinés d'avoir à…

dissimuler sa véritable nature et de… subir un chantage, ou qu'il y ait eu… un incident déclencheur ayant poussé Al Collins à… mettre fin à ses jours, je l'ignore. Peut-être les deux. Il avait mis un terme à sa… relation avec Harrison Wallace cette même année. Il avait même… déménagé le bureau de celui-ci de l'autre côté du bâtiment. Pour moins le… voir. Une personne… qu'on pousse à nier qui elle est peut facilement plier sous le poids de sa détresse.

Les yeux de Ms P vinrent se poser sur moi. Je lui avais répété ce qu'avait dit Hollis sur les clous qui dépassent. « Sois aussi prudente que tu le juges nécessaire, m'avait-elle répondu, mais ne renie pas ce que tu es. Il y aura toujours quelqu'un qui cherche à t'enfoncer. Ne fais pas le boulot à sa place. »

J'avais essayé de prendre le conseil à cœur, mais je ne m'étais pas vraiment sentie mieux pour autant. En particulier avec l'affaire qui nous occupait.

— Combien de temps… Abigail et Ariel ont-elles attendu… avant de… avant de…

Je me levai, attrapai une grande chope munie d'un couvercle sur une des étagères, y versai le vin favori de Ms P et la lui tendis. Elle me remercia de la tête et réussit à boire une gorgée sans en renverser. Pendant qu'elle rassemblait ses forces, je poursuivis l'histoire.

— Peut-être qu'elles ont laissé passer un laps de temps décent après la mort d'Alistair avant de faire pression sur Wallace, mais je doute que la décence ait été en tête de leur liste, dis-je en reprenant ma place au bureau. Belestrade était une habituée de la haute voltige en matière de chantage. Maintenant que son amie possédait des parts dans l'entreprise, elle a dû se dire qu'elle détenait le genre de levier qui pourrait pousser Wallace à casquer dans les six chiffres. Plus même, si elles s'y prenaient bien.

Je regardai Ms P. Elle me fit signe de continuer.

— Wallace s'est avéré plus coriace qu'elles ne le pensaient, repris-je. Il soupçonnait la raison du suicide de son ami et amant, et ça lui a donné de la force. En plus, il n'avait pas la fortune d'Alistair. Et il était marié. À une femme qui avait accès à leur compte en banque. Et qui ne manquerait pas de remarquer des trous réguliers de dix mille dollars.

« Mais il y avait l'héritage de son ami à considérer. Abigail possédait suffisamment de parts pour prendre l'entreprise en otage. Tout ce numéro, son refus d'être une profiteuse de guerre, n'était que du vent. J'imagine que c'est ça qui a tout déclenché. Wallace avait toujours été loyal envers Alistair et la compagnie. Il a fini par trouver le moyen de se procurer l'argent en siphonnant les comptes de l'entreprise. Ça a duré à peu près un an. Et puis son médecin lui apprend la mauvaise nouvelle. Cancer. Après un peu d'introspection, il a décidé de fermer le robinet. Plus de détournement. Plus de versements.

« Des criminelles ordinaires auraient probablement coupé le cordon. Elles avaient extorqué un paquet de fric à Wallace. Mais ces deux femmes-là… Elles n'avaient rien d'ordinaire. Pour Abigail, il s'agissait autant de pouvoir que d'argent. Que Wallace se soit débarrassé de son joug n'a fait qu'accentuer sa détermination. Elle a demandé à son amie voyante de lui faire passer un message. Toute cette mise en scène durant la soirée d'Halloween lui était destinée. Qu'a dit Belestrade déjà ? "S'il vous plaît, laissez-moi juste trouver le repos. Ne me trahis pas, mon amour." En d'autres termes, ce n'est pas parce que ton amant est mort que sa réputation ne risque plus rien.

En un éclair, je me revis assise dans le salon de Belestrade tandis qu'elle singeait la voix de ma mère et me remémorai avec quelle facilité elle avait réussi à me faire sortir de mes gonds.

— Il n'est pas certain qu'elle soit arrivée à ses fins cela dit, continuai-je. Wallace s'est éclipsé durant la soirée pour avoir une petite discussion dans le bureau avec Abigail. On a retrouvé des ecchymoses sur le poignet de cette dernière, qui avaient été faites juste avant sa mort. Si je devais parier de l'argent, je dirais que Wallace lui a tenu tête et lui a dit quelque chose de désagréable, qu'elle l'a giflé et qu'il lui a saisi le poignet. Quelque chose comme ça, en tout cas.

« Lazenby et son équipe ne le savent pas encore. Que Wallace est remonté dans le bureau. Ils finiront bien par l'apprendre. Peut-être par Wallace lui-même. Qui leur expliquera comment il s'est mis en colère et a attrapé la boule de cristal, etc. Le procureur de district va probablement laisser de côté le problème de la porte fermée de l'intérieur. Ce qui va contrarier Lazenby, qui déteste ne pas cocher toutes les cases, mais il doit faire ce que ses chefs lui ordonnent.

Ma patronne leva la main, signalant ainsi qu'elle était prête à prendre le relais. Je lui repassai le témoin avec reconnaissance, n'ayant aucune envie d'être celle qui allait raconter la suite.

Elle reprit lentement la parole, énonçant chaque mot avec précaution.

— Jusqu'à sa mort, Ms Belestrade était la suspecte la plus évidente, bien que les faits immédiats ne soient pas forcément allés dans ce sens. Ce que j'ai obstinément refusé de voir, commença-t-elle. Comme du temps de leur jeunesse, Abigail lui a servi d'intermédiaire pour son plan. Ça la… dédouanait en cas de représailles. La mort de Mrs Collins ne l'a pas aidée.

« Mais en raison d'autres événements – qui n'ont aucun lien avec cette affaire –, je suis restée focalisée sur elle, admit-elle. John Meredith a fait de son mieux pour que je continue à croire à la culpabilité d'Ariel Belestrade. Il a menti en prétendant l'avoir vue lors de la découverte du corps. Mais personne d'autre ne l'avait vue, et elle n'était pas du genre à passer inaperçue. Ce n'est qu'après le meurtre de Ms Belestrade que j'ai réussi à y voir suffisamment clair pour comprendre la signification de ce mensonge.

« Un des points de détail qui m'échappent – et il est vraiment infime –, c'est de savoir si Mr Meredith vous a aperçue à travers la fumée, déjà dans la pièce. Ou s'il a vu la porte de votre chambre ouverte et en a tiré la conclusion qui s'imposait.

Becca était assise telle une statue de l'autre côté du bureau. Les funérailles avaient eu lieu la veille, mais elle avait gardé ses habits de deuil – robe noire épurée, bas noirs et gants noirs – qu'elle portait comme une armure. Il n'y eut ni larmes ni lèvres mordillées. Elle ne cilla même pas. On aurait dit qu'elle s'attendait à ce discours.

— Peu importe, reprit Ms P. C'est un petit détail. Ce qui compte, c'est qu'il connaissait ou suspectait fortement la vérité. À savoir que vous aviez tué votre mère ce soir-là.

Chapitre 36

Si vous vous attendiez à ce que Becca craque une fois montrée du doigt, vous n'avez pas fait attention.

On est deux, dans ce cas-là.

Peut-être aviez-vous percé Becca à jour il y a déjà un moment. Peut-être n'avez-vous cessé de me crier tout ce temps : « C'est la pépée ! Ne lui fais pas confiance ! »

Mais vous n'étiez pas à ma place. Je peux suivre la reine jusque dans la manche de n'importe quel arnaqueur au bonneteau, mais je n'ai pas vu venir Becca. Appelez ça de l'amour ou du désir, comme vous voulez, ou juste un cliché stupide, tomber amoureuse de la demoiselle en détresse.

Je vous ai dit précédemment que je serais honnête en ce qui concerne mes erreurs. Becca a été la plus grosse de toutes.

Ma patronne et moi aurions de nombreuses et longues conversations jusque tard dans la nuit sur le sujet.

— Miss Collins était exceptionnelle, m'assurerait Ms Pentecost. Dans un monde meilleur, c'est elle que nous aurions soutenue.

Dans le monde tel qu'il était, j'aurais voulu que

Becca dise quelque chose. Qu'elle avoue. Qu'elle nie. N'importe quoi. Elle se contenta de rester assise là, calme et silencieuse, ses yeux bleu némophile regardant droit devant elle, en attendant que Ms P continue.

Ce qu'elle fit.

— Je ne crois pas que vous ayez été au courant du chantage qui a entraîné la mort de votre père. Je pense que si vous l'aviez su, vous auriez agi plus tôt, avança ma patronne. Mais j'imagine que vous suspectiez quelque chose. Quelque chose qui commençait à vous ronger. Vous buviez plus. Vous sortiez en boîte de nuit. Vous preniez des risques. Vous faisiez de votre mieux pour fuir.

Des larmes commencèrent à rouler sur les joues de Becca. Je dus m'agripper aux accoudoirs du fauteuil pour m'empêcher d'aller vers elle. Même en sachant ce qu'elle avait fait, elle exerçait toujours son influence sur moi.

— Et puis votre mère s'est mise à insister pour que l'entreprise renonce à ses contrats militaires, sous prétexte que c'était un devoir moral, continua Ms P. Ça ne lui ressemblait tellement pas. C'est ça qui a déclenché vos questions. Sur ses agissements. Sur les raisons qui avaient poussé votre père à se suicider. Sur le comportement de votre parrain qui semblait tellement triste et hagard.

Nous avions compris tout ça en écoutant l'enregistrement de la dernière visite d'Abigail à Belestrade. Ça ne disait pas tout, mais ça nous en avait appris suffisamment long pour savoir que la curiosité de Becca n'était pas passée inaperçue. C'est durant cette visite que les deux complices avaient mis au point leur plan pour la séance – s'en servir comme d'un moyen pour bousculer Wallace et le forcer à cracher le fric. L'idée d'utiliser Becca comme « volontaire » venait de Belestrade. La mère de Becca avait fourni l'anecdote sur le parfum volé. Apparemment, son père n'avait pas gardé le secret en fin de compte. Je me penchai en avant et repris la main.

— La partie du puzzle qui me manque, c'est le meurtre lui-même, dis-je. Comment tu t'es retrouvée à attraper cette boule de cristal. Je n'arrive pas à visualiser la scène. On sait que ça n'était pas planifié. Si ça l'avait été, tu aurais gardé tes gants.

En voyant la question dans ses yeux, j'expliquai :

— On a trouvé tes empreintes sur la boule de cristal. Mais tu portais des gants pendant la soirée. La police a découvert des traces qui ressemblaient à des empreintes de gants. Ce qui veut dire que tu les avais pendant la séance, mais pas quand tu es revenue. Si tu avais su ce qui allait se passer, tu ne les aurais pas retirés.

Je l'observai tandis qu'elle enregistrait ce petit détail. Ce n'était pas exactement un indice essentiel. Si les flics mettaient la main sur les clichés de la soirée et remarquaient les gants, elle pourrait toujours dire qu'elle avait touché la boule de cristal après qu'on avait découvert le corps. Ou qu'elle les avait enlevés durant la séance. Et si quelqu'un y trouvait quelque chose à redire, ce serait sa parole contre la leur.

D'ailleurs, elle aurait pu la boucler et s'en aller, et on n'aurait absolument rien pu faire pour l'en empêcher.

Au lieu de ça, elle répondit :

— Je les ai entendus se disputer. Oncle Harry et… et ma mère.

— C'était dans le bureau après la séance ? demanda Ms P.

Becca acquiesça.

— Je n'ai pas entendu ce qu'ils disaient. Mais j'ai reconnu les voix. Et la colère, ajouta-t-elle. J'ai entrouvert ma porte et j'ai vu oncle Harry sortir du cabinet de travail. Il avait l'air tellement… anéanti.

Elle observa ses mains. Découvrant un fil qui dépassait de la couture d'un des gants, elle se mit à le triturer.

— J'y suis allée et je l'ai trouvée assise au bureau, en train de contempler son reflet dans cette boule de cristal. Je lui ai dit… Je lui ai dit que je savais qu'il se passait quelque chose. Quelque chose ayant un lien avec oncle Harry et avec… avec mon père. Et que je ne… Que je ne le tolérerais pas. Quoi qu'il se passe, je ne le tolérerais pas.

Elle avait libéré le fil. Elle tira dessus, faisant un trou dans la paume de son gant.

— Elle a ri. Elle a ri de moi et m'a lancé que je ne savais pas de quoi je parlais. Que ça ne me regardait pas. Je lui ai répondu que si ça concernait mon père, alors ça me regardait… Et c'est là qu'elle m'a dit…

Elle retira le gant abîmé d'un geste brusque, puis fit de même avec l'autre. Elle s'était rongé les ongles jusqu'au sang.

— Que t'a-t-elle dit ? insistai-je doucement.

Elle leva la tête et croisa mon regard. Ce que je lus dans le sien était dur et hostile, semblable à la glace qui borde l'Hudson.

— Elle m'a tout raconté pour mon père et oncle Harry, répondit-elle. M'a dit que leur mariage n'était qu'un vaste mensonge. Qu'il l'avait toujours été. Qu'il s'était servi d'elle. Qu'il s'était servi de moi. Qu'il… avait une dette envers nous. Que l'argent qu'elle avait… qu'elle avait obtenu de lui, il le lui devait.

— Tu n'avais jamais soupçonné quoi que ce soit pour ton père ? demandai-je.

— J'aurais dû, répondit Becca. Quand je lui ai parlé de ce premier béguin et qu'il a tout de suite vu clair en moi. Ce conseil qu'il m'avait donné. De cacher mes sentiments. J'aurais… j'aurais dû comprendre qu'il parlait d'expérience.

Quelque chose s'alluma au fond de ses yeux.

— Ça me rend tellement… J'étais là devant lui, à lui raconter mes secrets… Et il n'a pas eu le sentiment qu'il pouvait faire pareil. Il a fallu qu'il me cache les choses. Lui et oncle Harry, tous les deux. Même à moi. La plus grande partie de sa vie et… je n'en ai jamais rien su. Et maintenant, il est mort et on ne pourra jamais… Je la hais pour ça. Je la hais toujours.

— C'est ça qui a tout déclenché ? demandai-je. C'est pour ça que tu as attrapé la boule de cristal ?

Elle secoua la tête, retroussant les lèvres de dégoût.

— Non, répondit-elle. Je commençais à intégrer que c'était à cause de ça qu'il avait mis fin à ses jours. À cause de la pression qu'il y avait à toujours devoir se cacher. De… Non. C'est quand elle a dit qu'il n'était même pas vraiment mon père. Qu'il était juste… Qu'il était juste un vieil homosexuel et qu'on avait été ses marionnettes.

Elle prit une profonde inspiration chevrotante.

— Quand j'ai compris ce que j'étais en train de faire, c'était fini.

— Et l'incendie ? demanda ma patronne.

— J'ai jeté la boule de cristal dans la cheminée, répondit Becca. Elle s'est accrochée dans un des rideaux et l'a entraîné dans les flammes. La pièce a commencé à se remplir de fumée. Je me suis simplement assise. Je ne pensais à… à rien. J'ai entendu frapper de grands coups à la porte. Je les ai ignorés, mais ça a continué. Alors je me suis levée pour aller répondre. Et puis la porte s'est ouverte à la volée et John Meredith s'est engouffré à l'intérieur. Il a tout vu. Il a dû comprendre ce qui s'était passé. Il m'a attrapée et poussée sur le côté, dans les rideaux. Ensuite, tous les autres sont entrés. Dans la fumée et la confusion…

Elle n'eut pas besoin de terminer sa phrase. Becca était peut-être meurtrie et blessée à l'intérieur, mais les rouages de son cerveau fonctionnaient toujours si nécessaire. « J'étais seule dans ma chambre », tenait la route comme alibi, tant qu'elle n'en démordait pas et que Meredith la bouclait.

Ça avait dû être deux jours épouvantables. À attendre que Meredith crache le morceau. Puis à se demander pourquoi il ne l'avait pas fait. En se disant que, peut-être, il avait lui aussi un chantage en tête. Alors qu'il s'agissait d'amour.

Qui sait si elle aurait été capable de garder son secret éternellement. Même si Meredith n'avait rien dit, même si la police n'avait pas réussi à lui coller le meurtre sur le dos – tuer sa propre mère est un fardeau lourd à porter.

Et puis le destin s'en était mêlé par le biais de Lillian Pentecost. Peut-être le conseil d'administration avait-il réellement pressé Wallace de l'embaucher. Plus vraisemblablement, il devait craindre qu'une enquête prolongée ne finisse par faire remonter à la surface sa relation clandestine. Il lui fallait un enquêteur qui lui rende directement des comptes, trouve rapidement la solution et se garde de dévoiler le passé.

— J'ai une question, dis-je. Quand tu m'as invitée à sortir avec toi, tu allais simplement à la pêche aux informations pour savoir où on en était de l'enquête ou tu espérais entrer dans ma tête et me court-circuiter ?

Becca répondit immédiatement :

— Au début, j'allais juste à la pêche aux infos.

Elle eut au moins la décence d'afficher un air honteux.

— Et puis c'est devenu autre chose.

— Quand ?

— Environ trois minutes après le début de la première danse.

Elle sourit. Pas moi.

Je ne sais pas si elle avait répondu franchement. Je ne voulais pas le savoir. Je fis signe à Ms P de continuer.

— Vous étiez en proie à la rage quand vous avez commis le meurtre de votre mère. Pas pour Ariel Belestrade, déclara Ms P. Vous la soupçonniez peut-être d'être impliquée dans le chantage ayant mené au suicide de votre père. Mais ce n'est que quand Will vous a appelée – en colère et en vous accusant d'avoir trahi sa confiance – que vous en avez eu la confirmation.

Ouais. C'est moi qui avais mis en branle cette

série d'événements, telle une rangée de dominos qui s'écroulent. Je n'en suis pas spécialement fière, et je n'ai plus jamais composé un numéro sous le coup de la colère depuis. Belestrade ne serait pas citoyenne de l'année, mais sa mort avait brutalement refermé des portes que Ms P tentait de forcer depuis des années.

— Vous saviez où trouver une arme. Il s'agissait peut-être d'un cadeau de Mr Wallace à votre père. Ou à vous-même ou votre frère, continua Ms P. Vous vous êtes rendue chez Ms Belestrade, qui vous a laissée entrer avec joie, voyant éventuellement en vous sa prochaine victime. Ses capacités à lire dans les pensées lui ont fait défaut ce soir-là. Elle n'a pas compris que c'était elle, la cible, et vous l'avez tuée. Puis vous vous êtes débarrassée du pistolet dans une bouche d'égout et vous êtes repartie vers un autre alibi non confirmé, mais approprié.

Becca avait joué de malchance, cependant. On avait retrouvé et identifié le pistolet, et oncle Harry avait fait le rapprochement. Il ne savait peut-être pas à coup sûr que c'était Becca, mais il se doutait probablement qu'il s'agissait d'un des rejetons d'Alistair.

Alors, il avait décidé d'agir en bon parrain. Il l'avait bouclée, avait demandé à son avocat de ne pas contester les accusations, nous avait virées et avait choisi d'attendre aux Tombeaux[1] que le cancer mette fin à toute cette histoire.

— Et maintenant ? demanda Becca.

---

1. « The Tombs », surnom du complexe de détention de Manhattan.

On aurait dit une femme aux confins du monde, en train de contempler l'abîme.

— C'est en grande partie à vous de voir, répondit Ms P.

— Vous devez en avertir la police, n'est-ce pas ? C'est ce que vous avez dit le premier jour. Si vous avez les preuves d'un crime, c'est votre devoir.

Ms P tendit les mains devant elle en montrant ses paumes vides.

— Je n'ai aucune preuve, expliqua-t-elle. Seulement des suppositions et des déductions.

— Mais je… j'ai avoué. Je vous ai raconté…

— Très peu, en réalité, répondit Ms P. Des bribes de ce qui s'est passé la nuit où votre mère est morte. Vous n'avez jamais reconnu explicitement l'avoir tuée. Et vous n'avez jamais reconnu non plus avoir tiré sur Ms Belestrade. Contrairement à la voyante disparue, je n'ai pas semé de micros dans toute la pièce et Will ne prend aucune note. D'autre part, un témoignage venant de nous serait des plus suspects. Ms Parker se remet encore d'une blessure à la tête, et j'ai une maladie dégénérative qui, au stade le plus avancé, affecte la mémoire. Ce serait courageux ou stupide de la part d'un procureur de district de monter un dossier sur la foi de nos déclarations communes.

Nous en avions longuement discuté la nuit précédente – comment aborder cette affaire, jongler avec les implications morales et tout le tremblement. Pour moi, il s'agissait d'un combat inégal. Pour Ms Pentecost, ça n'était pas aussi simple. En fin de compte, nous nous étions retrouvées sur la même longueur d'onde.

Becca clignait des yeux, en pleine confusion. À présent, ce n'était pas simplement le néant qui s'ouvrait devant elle. Elle ne savait plus où elle se trouvait.

— Qu'est-ce que je devrais faire ?

Elle paraissait tellement perdue. Mon cœur se brisa.

— Je ne peux pas vous dire quoi faire, Miss Collins, répondit ma patronne.

— Et *vous*, vous feriez quoi ?

Ms P se laissa aller contre le dossier du fauteuil et lissa doucement les cheveux qui s'étaient échappés de ses nattes. Sa mèche gris acier semblait prendre toute la place.

Elle avait l'air tellement âgée. Bien plus que quand je l'avais rencontrée. Plus qu'au début de cette affaire.

— Ce que je ferais ?

Des émotions fugaces passèrent dans son œil valide, trop vite pour que je puisse les analyser. Je savais qu'elle-même était épuisée et au bord du gouffre. Je savais aussi qu'elle voulait choisir ses prochains mots avec soin.

— Je me… Je me débrouillerais pour entrer en contact avec des femmes comme Abigail à temps. Avant qu'elles aient appris à troquer une souffrance pour une autre, dit-elle. Je trouverais un moyen de détourner le talent de femmes comme Ariel Belestrade à de meilleures fins. Je découvrirais comment rendre votre père libre et heureux pour que vous n'ayez pas à le venger. Mais je ne peux rien faire de tout ça. Alors à la place, j'aimerais briser cet engrenage, pour que personne d'autre n'ait à en souffrir, qu'il soit innocent ou coupable.

Durant la demi-heure qui suivit, Becca et Ms P discutèrent des différentes options. Je proposai quelques idées moi aussi. Lorsque Becca partit enfin, il était encore impossible de dire ce qu'elle comptait faire exactement. Il y eut un moment embarrassant à la porte, quand je la laissai sortir dans l'obscurité hivernale.

Pas de baiser. Pas de paroles. Juste un regard.

Une part de moi craignait qu'elle ne rentre chez elle et choisisse d'en finir de la même façon expéditive que son père. J'aurais voulu dire quelque chose, mais je n'en fis rien. Je la regardai s'éloigner d'un pas peu assuré et continuai à la suivre des yeux jusqu'à ce qu'un taxi l'emporte hors de ma vue.

Chapitre 37

Nous apprîmes le dénouement de l'affaire Collins de la même façon que le reste de la ville – dans les pages des quotidiens. Même si nous complétâmes ces informations en passant quelques coups de fil discrets à nos différents contacts.

Deux jours après notre conversation dans le bureau, Becca et Randolph convoquèrent une réunion d'urgence du conseil d'administration de Collins Steelworks, à huis clos. Personne ne laissa fuiter ce qui s'était dit derrière ces portes, mais si on considère la suite, je peux avancer une hypothèse.

Le même jour, le conseil s'entretint avec le procureur de district et les accusations de détournement de fonds furent abandonnées. L'entreprise, semblait-il, refusait de s'associer à toute poursuite à l'encontre d'Harrison Wallace. Plus tard dans la journée, son avocat fit enfin une demande de libération sous caution, qui fut acceptée. Becca et Randolph la payèrent. Quelques jours plus tard, en page deux de la rubrique « affaires » du *Times*, je lus que les jumeaux vendaient leurs parts dans l'entreprise. À des conditions très avantageuses.

Voici mon hypothèse sur la réunion du conseil d'administration. Une menace avait été lancée et un accord conclu. Ou vous aidez Wallace à sortir de prison et, en échange, on vous donne les rênes de l'entreprise. Ou vous laissez les poursuites continuer, au risque qu'un paquet de saletés ne parviennent aux oreilles du grand public et que les principaux actionnaires se retournent contre vous à l'avenir.

Le conseil avait fait le choix qui s'imposait.

Le dossier contre Wallace dans le meurtre de Belestrade avait fait un flop. On n'avait pas retrouvé d'empreintes sur le pistolet et le manque de preuves supplémentaires avait fait hésiter le procureur. La police avait tenté d'en monter un autre contre lui pour le meurtre d'Abigail. Même après qu'ils avaient rassemblé les témoignages des invités à la fête comme nous l'avions fait et découvert qu'il était retourné dans le bureau ce soir-là, ça n'avait pas suffi. Les avocats hors de prix peuvent réaliser des miracles.

L'accord allait connaître un revers et leur retomber sur la figure, cela dit. Quelques semaines plus tard, l'armée annonça qu'elle partait ailleurs avec ses gros contrats. Les péripéties chez Collins Steelworks étaient allées trop loin, même pour le gouvernement américain.

Lazenby nous rendit une ou deux visites, espérant nous soutirer quelques informations. Il voulait tout ce qu'on pouvait lui donner sur Wallace. Nous restâmes muettes et répondîmes que nous n'avions rien. C'était franchir une ligne, mais j'en ai franchi beaucoup. Il quitta la maison frustré, convaincu que nous en savions plus que nous ne voulions bien l'avouer.

La police avait aussi très envie de mettre la main sur Neal Watkins. Il s'était évaporé de sa chambre chez Belestrade, laissant derrière lui des tiroirs et un compte en banque vides. Il avait aussi emporté, supposai-je, quelques dizaines de bandes audio contenant de quoi faire chanter un certain nombre de personnes. Pourquoi avoir laissé l'enregistrement d'Abigail Collins ? Par loyauté envers son ancienne patronne, pensant que ça nous mettrait sur la bonne piste ? Je l'ignorais.

La bande en question atterrit aux archives du deuxième étage pour finir, avec le reste des notes sur cette affaire. On ne sait jamais quand des choses qu'on croyait mortes et enterrées vont revenir vous hanter.

Peu de temps avant les vacances, John Meredith plaida coupable devant un juge et fut condamné à quatre ans de prison. Je n'étais pas dans la salle du tribunal. À ce moment-là, nous nous trouvions au beau milieu d'une autre enquête – une histoire de personne disparue – et l'affaire se compliquait.

Qu'il plaide coupable ne fut pas une surprise. Pas pour moi, en tout cas.

La semaine précédente, j'avais fait une excursion jusqu'au centre pénitentiaire. Cinquante dollars en douce au bon gardien m'avaient permis de m'entretenir dix minutes avec Meredith dans une salle d'interrogatoire. Cinquante de plus m'avaient assuré qu'il n'écouterait pas aux portes.

À cette époque, mes fractures et mes ecchymoses avaient guéri. Le seul souvenir de l'agression restait la cicatrice sur ma joue. J'essayais de me convaincre qu'elle me donnait un air féroce.

Meredith n'avait pas aussi bien récupéré. Son nez n'avait jamais été remis correctement et son œil gauche s'affaissait, lui conférant une allure perpétuellement endormie. Me voir entrer à la place de son avocat le réveilla, cela dit.

— Qu'est-ce que vous foutez là ? gronda-t-il en tirant sur les menottes qui l'enchaînaient à la table. Je ne veux pas vous parler. Garde ! Garde !

— Le garde est parti se balader.

— Je ne vous parlerai pas.

— Je n'ai pas besoin que vous me parliez. Écoutez-moi simplement. Cinq minutes et vous ne me reverrez plus jamais.

Ça n'était pas pour lui plaire, mais il se calma. Je m'assis en face de lui.

— Ma patronne et moi, on sait tout. On sait qui a tué Belestrade et Abigail Collins. On sait pourquoi vous avez menti pour elle.

Ses traits se déformèrent, tiraillés entre la peur et la colère qui se livraient bataille.

— Et on n'en dira rien à qui que ce soit, repris-je. Personne ne sait. Personne n'a besoin de savoir. Tout le monde croit que c'est Wallace qui l'a fait, et il sera bientôt mort. Il n'y a aucune raison que les questions en suspens ne disparaissent pas avec lui.

Son visage s'apaisa, mais il me regarda d'un air circonspect. Comme s'il attendait la contrepartie. Qui arriva aussi sec.

— Si vous plaidez coupable, il n'y aura pas de procès ni de questions sur le pourquoi de ce que vous avez fait. Si vous allez devant un jury, impossible de savoir de quel côté le procureur pourrait se mettre à creuser ni ce qui pourrait en sortir. Je voulais juste que vous le sachiez. Au cas où vous seriez en train de peser le pour et le contre.

Je me levai et tapai un grand coup sur la porte pour prévenir le gardien que j'en avais terminé.

— Est-ce qu'elle sait ? demanda-t-il d'une voix étouffée et tremblante.

Je me retournai. Des larmes coulaient de son œil blessé.

— Pas par moi, répondis-je. Mais elle est intelligente. Elle sait que Collins n'est pas son vrai père. Elle sait que vous n'avez rien dit après l'avoir vue dans le bureau ce soir-là. Il y a des chances qu'elle fasse le rapprochement. Une photo de vous trois dans un même lieu m'a suffi. Ils ont hérité de la beauté de leur mère. Mais vos pommettes saillantes sont bien là. Si on y regarde de près.

— Mais vous n'allez pas lui dire ? croassa-t-il.

Le lourd verrou coulissa et la porte s'ouvrit.

— Elle a déjà eu assez de chagrin en matière de famille. Je ne vois aucune raison d'en rajouter.

Je lui tournai le dos et sortis.

Nous célébrâmes Noël à notre façon. Pas de décorations, hormis une couronne sur la porte. J'offris une nouvelle canne à Ms P – avec une lame de soixante centimètres dissimulée à l'intérieur.

— Tu crois vraiment que j'aurai l'occasion d'utiliser cet engin ? demanda-t-elle.

Je lui rappelai ses propres conseils.

— Mieux vaut être préparée que prise en défaut.

De son côté, elle m'avait dégotté une édition originale des *Vacances d'Hercule Poirot* pour remplacer mon exemplaire de poche en lambeaux. Sur la page de garde, on pouvait lire : *Will, continuez votre excellent travail – Agatha.*

Il est possible que j'en aie poussé des cris de joie, mais vous ne pourrez jamais le prouver.

L'après-midi de Noël, nous accompagnâmes Mrs Campbell à son église et servîmes le dîner à ceux qui n'avaient pas de maison ou pas d'argent pour en préparer un eux-mêmes. Nous fîmes la même chose pour le réveillon du jour de l'An. Chouette moyen de saluer l'arrivée de 1946.

La deuxième semaine de janvier, je tombai sur la nécrologie d'Harrison Wallace en ouvrant le *Times*. Ils avaient utilisé une photo tronquée. Dessus, on voit un bras d'homme posé sur son épaule. Il sourit.

Je m'attendais à moitié à ce que Becca m'appelle cette semaine-là, mais il n'en fut rien. Je songeai à le faire, mais chaque fois que je tendais la main vers le téléphone, quelque chose m'arrêtait. Ce n'était pas de la colère. Du moins pas seulement.

J'en étais arrivée à la conclusion qu'elle avait peut-être vraiment des sentiments pour moi. Qu'elle ne faisait pas que me mener en bateau. Je décidai que, moi aussi, j'avais des sentiments pour elle.

Si ça n'avait été qu'une vulgaire amourette, je l'aurais peut-être appelée. Pour lui demander si elle avait envie d'aller danser.

Mais j'étais encore en convalescence. Et certaines blessures ne s'étaient pas complètement refermées.

Du temps s'écoulerait avant qu'on se revoie.

Au printemps, l'affaire Collins avait plus ou moins été oubliée.

Le truc, quand on vit avec Lillian Pentecost, c'est qu'on n'a jamais tellement le temps de s'appesantir sur le passé. Les premiers mois de 1946 nous virent empêtrées dans tout un tas d'enquêtes. Certaines avec des chèques à la clé, d'autres qui nous étaient tombées dessus pendant nos journées portes ouvertes du samedi.

Quelques questions en suspens nous titillaient quand même. D'après mes sources, la police avait perdu la trace d'une bonne partie de l'argent détourné. Quelque chose dans les six chiffres. Si Neal Watkins l'avait, j'imagine qu'on n'était pas près de le revoir. Avec cinq zéros, on peut s'acheter une longue vie d'anonymat.

Mais pourquoi Belestrade s'était-elle lancée si tôt dans des recherches à notre sujet ? Et de quelle manière était-elle impliquée dans les affaires que Jonathan Markel avait examinées ?

C'est comme ça avec la plupart des énigmes. Il y a toujours plus de questions que de réponses. Peu d'entre elles sont aussi bien ficelées que dans mes romans à deux balles. C'est sûrement pour ça que j'aime tellement les lire.

Chapitre 38

Par une chaude journée de mars, on nous livra un paquet. En l'ouvrant, je découvris un exemplaire du nouveau livre d'Olivia Waterhouse intitulé : *Communiquer avec les morts : les spirites au* XX*e* *siècle*. Elle avait écrit un petit mot sur la page de garde :

> *À Lillian Pentecost. Une consœur dans la recherche de la vérité. J'espère que le chapitre sur Ariel Belestrade recevra votre approbation. Olivia Waterhouse.*

Je tendis le livre à Ms P par-dessus son bureau.

— De la lecture dominicale pas trop compliquée, si ça vous intéresse.

Elle ouvrit le livre, lut la dédicace et se figea immédiatement. Elle la regarda si longtemps que j'eus peur qu'elle ne fût saisie d'une sorte de crise d'épilepsie.

Puis elle reprit enfin la parole.

— S'il te plaît, téléphone au Dr Waterhouse. Dis-lui que j'aimerais qu'elle vienne ici dès que possible.

Dès que possible s'avéra être trois jours plus tard, à midi.

— Merci beaucoup de m'inviter chez vous, dit la gracile professeure en passant le seuil de notre bureau. Pour être honnête, cela m'a fait excessivement plaisir. Voir où habite la plus grande détective du pays. C'est excitant.

Elle portait les mêmes fringues que dans l'amphithéâtre : veste et jupe de confection dans des tons fades de marron et de gris. Ses boucles châtain auraient encore eu besoin d'être coiffées et ses lunettes à monture d'acier lui tombaient sur le nez.

Je gardai un visage aussi inexpressif que possible tandis que la professeure prenait place dans le plus beau de nos fauteuils jaunes. Elle était si menue qu'on aurait presque dit qu'il l'avalait.

Ms P fit glisser le livre sur son bureau.

— Ah, c'est bien, il est arrivé, dit Waterhouse. J'espère que vous le trouvez intéressant. Ou du moins, pas affreusement ennuyeux. L'éditeur m'a poussée à inclure plus de détails macabres que je ne l'aurais voulu, mais il sait mieux que moi ce qui se vend, je suppose.

Il y eut dix bonnes secondes de silence. Ms P se contenta de regarder – d'examiner à vrai dire – la femme peu engageante assise en face d'elle.

Et enfin, elle demanda :

— Qui êtes-vous ?

— Que voulez-vous dire ? répondit la femme qui se faisait appeler Waterhouse, un air perplexe parfaitement imité sur le visage.

— Je veux dire que jusqu'à ce que vous preniez votre poste de maître de conférences, vous n'aviez aucune existence.

Ou du moins, aucune existence administrative. J'avais passé trois jours à éplucher toute la documentation que je possédais et à donner une cinquantaine de coups de fil afin de me procurer le curriculum vitae du Dr Waterhouse. Les numéros de téléphone n'étaient plus valables, ses employeurs précédents injoignables ou morts, les registres universitaires disparus dans un incendie. Alors que tous ses papiers d'identité tiendraient la route devant les tribunaux, je n'avais pas pu trouver une seule personne connaissant Olivia Waterhouse avant 1938.

En attendant, dans notre bureau, Waterhouse ne laissa pas tomber le masque une seule seconde. Elle ôta ses lunettes, plissa les paupières, remit ses lunettes.

— J'ai peur de ne pas comprendre, Ms Pentecost, dit-elle. Est-ce que c'est à propos du livre ? Me serais-je méprise quelque part ?

Ms P ouvrit le livre afin de lui montrer ce qu'elle avait utilisé pour marquer la page de garde où se trouvait la dédicace. Il s'agissait d'un bout de papier sur lequel avait été tracé d'une petite écriture serrée et élégante : *Ariel Belestrade*.

— L'analyse graphologique est une science imparfaite, reprit Ms P. Et il existe des faussaires qui sont experts dans l'art de reproduire une écriture particulière. Mais même en se concentrant, certaines manies sont difficiles à camoufler. Tout spécialement quand on travaille dans l'urgence. Ce délié du *t* par exemple. Cette petite boucle dans le *d*.

Je regardais attentivement le profil d'Olivia Waterhouse pendant que Ms P parlait. Rien de visible.

Juste une légère crispation autour des yeux, mais j'aurais aussi bien pu l'imaginer.

— J'ignore l'enchaînement exact des événements, mais je peux conjecturer. Vous avez chargé Robert McCloskey d'attaquer Jonathan Markel pendant qu'il rentrait chez lui à pied après sa soirée au club. McCloskey l'a assommé et traîné sur le chantier où vous attendiez. Vous avez remplacé le message caché dans sa montre – quelque chose que vous avez dû faire à l'abri du regard de McCloskey, puisqu'il a ensuite décidé de la voler. Vraisemblablement parce qu'on l'avait fait chanter pour faire ce boulot plutôt que de le payer. Dieu sait comment, vous aviez découvert qu'il avait déjà commis des crimes semblables auparavant. La montre était sa récompense. Heureusement pour vous, le message a fini par atteindre sa destination et McCloskey est mort avant d'avoir pu vous décrire.

— C'est… fantastique, déclara Waterhouse.

— Fantastique, non, répondit ma patronne en secouant la tête. Juste l'explication la plus plausible si on regarde les faits. Il se peut que je me trompe sur quelques détails, mais ils mènent tous à la même conclusion. J'avais chargé Jonathan Markel de trouver un lien. Quelqu'un qu'on puisse associer à une série de crimes – pas même des crimes pour certains, simplement d'étranges occurrences. Je cherchais la main derrière tous ces événements. Il a réussi. Il vous a trouvée.

Waterhouse changea de position et croisa les jambes. Le mouvement soudain me fit glisser la main de quelques centimètres vers le .38 niché dans son holster au creux de mon aisselle. Peut-être me trompais-je, mais je crus voir la professeure me suivre brièvement des yeux, avant de bouger imperceptiblement les lèvres.

— J'ai peur que vous ne soyez obligée de développer, Ms Pentecost, reprit-elle. Cette personne a trouvé quoi exactement ?

— Quelqu'un qui perce des secrets à jour – indiscrétions, crimes – et qui s'en sert pour faire pression sur des individus ayant du pouvoir et de l'influence. Ces incidents se sont souvent conclus par des disparitions ou des décès.

Ma patronne lui fit la liste des affaires contenues dans son dossier : le président de la banque, le commissaire à l'urbanisme, le magnat du textile, et d'autres.

— Vous ne vous limitiez pas aux personnes influentes. Mr McCloskey en est un exemple. Bien que des hommes dans son genre aient leur raison d'être.

Waterhouse remonta ses lunettes sur son nez et se pencha en avant, comme l'aurait fait un de ses étudiants. Ma patronne continua son exposé.

— En Belestrade, vous avez trouvé quelqu'un que vous pouviez non seulement influencer, mais aussi utiliser pour aller à la pêche aux secrets. C'est grâce à vous qu'elle est parvenue à s'élever jusque dans les cercles les plus fermés de la ville. C'est grâce à vous qu'elle a si bien su faire face à ma curiosité, qu'elle en savait tellement sur Will et moi.

En entendant mon nom, Waterhouse se tourna vers moi. Je scrutai son visage pour y déceler un indice prouvant que ma patronne avait vu juste. Rien. Uniquement mon propre reflet que me renvoyaient ses verres de lunettes.

— En remplaçant votre nom par le sien, vous aviez fait de Belestrade votre cheval de Troie, continua Ms P. Vous pouviez m'observer en train de l'observer et ainsi apprendre ce que vous vouliez sur mes méthodes. Que le meurtre d'Abigail Collins vous ait propulsée dans mon orbite était pure malchance. Bien qu'impossible à éviter, peut-être.

— Êtes-vous en train de m'accuser d'avoir un lien avec le meurtre d'Abigail Collins ? demanda Waterhouse. Et celui d'Ariel ?

— Oh non, répondit Ms P. Je sais que vous n'êtes pas responsable de leur mort. Mais je suis persuadée que vous êtes à l'origine des événements qui ont provoqué ces meurtres. Vous aviez découvert la relation qu'Ariel Belestrade avait entretenue avec Abigail Collins par le passé, et vous l'avez incitée à reprendre contact. Ce qui a entraîné toute la suite.

— Incroyable, fit Waterhouse en secouant la tête, bien que je n'aurais su dire précisément à quoi se rapportait cet adjectif. Toutes ces choses que vous m'accusez d'avoir faites. Et quel avantage est-ce que j'en aurais tiré ?

— C'est la question avec laquelle je me débats encore, reconnut ma patronne. Dans l'affaire Collins, une grosse somme d'argent n'a toujours pas été retrouvée. La police pense que c'est Neal Watkins qui l'a, mais je commence à soupçonner autre chose. Quant aux autres cas, on doit encore découvrir ce qu'ils vous ont rapporté financièrement parlant. Mais nous n'avons eu que trois jours.

Pendant une bonne demi-minute, Waterhouse cilla à peine. J'imagine que ça devait aller bon train dans sa tête. Mais tout en elle était verrouillé comme dans un coffre, et je ne voyais pas les engrenages tourner.

Elle ôta ses lunettes, plissa les paupières et… rangea ses lunettes dans sa poche de poitrine. Lorsqu'elle reprit la parole, ce fut avec lenteur et précaution, comme si elle avançait à tâtons dans une pièce obscure.

— Ces… cas… dont vous avez parlé. Le président de la banque ? Si je me rappelle bien, on a découvert par la suite qu'il avait détourné de l'argent d'un certain nombre d'organisations de charité qu'il avait pour tâche de superviser. Le commissaire à l'urbanisme, lui, acceptait des pots-de-vin pour trancher en faveur des promoteurs immobiliers et permettre la destruction des quartiers plus défavorisés. Quant au magnat du textile…

Elle prononça « magnat » comme la plupart des gens auraient dit « violeur ».

— Ça n'était pas une de ses usines qui a pris feu il y a quelques années de ça ? Celle où toutes ces couturières sont mortes piégées, dans des hurlements ? Et où beaucoup d'autres ont été brûlées ?

À chaque mot, elle prenait davantage confiance en elle. Comme si elle retrouvait lentement ses marques.

— J'imagine que vous avez rencontré certaines de ces femmes, dit-elle. Peut-être durant vos sessions du samedi. Quand vous avez ouvert votre porte. Vous avez vu les cicatrices qu'elles ont sur le corps. Cet homme menait la lutte contre de nouvelles normes de sécurité.

Trente ans depuis l'incendie de Triangle Shirtwaist[1], et c'est comme si on n'avait rien appris.

J'avais devant moi la véritable Olivia Waterhouse, si tel était son vrai nom, d'ailleurs. Il y avait de la passion dans ses yeux et dans sa voix, comme chez un prédicateur de rue. Elle se penchait en avant à chaque mot, gardant le tempo donné par un chef d'orchestre qu'elle était seule à voir.

— Et pensez à Alistair Collins, continua-t-elle. Un homme qui a gagné son prestige en faisant brutalement tabasser des leaders syndicaux. Passages à tabac qui se sont parfois soldés par des morts. Un homme qui a corrompu, poignardé dans le dos et vendu son âme. Longtemps avant la capitulation de l'Allemagne, il se renseignait déjà auprès de l'armée pour savoir où aurait lieu la prochaine grande guerre, et comment il pourrait en tirer profit.

— Qu'est-ce que vous voulez dire ? demanda ma patronne.

— Que tout n'est pas qu'une histoire d'argent, répondit Waterhouse.

Je pris une seconde pour digérer sa réponse avant d'intervenir :

— C'est pour ça que vous m'avez appelée à propos des bandes.

Elle leva de nouveau la tête vers moi. Sans ses lunettes, je pouvais voir ses yeux. On aurait dit deux

1. Incendie de l'usine Triangle Shirtwaist en 1911, à New York, une des catastrophes les plus meurtrières de l'histoire de la ville, avec 146 morts et 71 blessés.

puits noirs sans fond dans lesquels j'aurais pu tomber si je n'y avais pas prêté attention. Je dus me concentrer pour empêcher ma main de glisser vers mon arme.

— Même avec Wallace qui allait porter le chapeau et l'entreprise en train de couper les ponts avec lui, ça n'aurait rien changé pour les contrats, dis-je. Vous deviez vous assurer que nous suivions la bonne piste. Alors vous m'avez parlé des bandes et du grondement que vous aviez entendu, et ainsi de suite. Évidemment, vous aviez déjà nettoyé les lieux. Non sans oublier de laisser l'unique enregistrement qui pouvait nous mettre sur la voie. Ce que je me demande, c'est si Neal Watkins se planque en Californie ou au Canada, ou s'il est en train de bouffer les pissenlits par la racine dans les marais du New Jersey. Quelle coïncidence incroyable qu'il ait débuté comme chercheur au bout du même couloir que vous. Vous aviez dû le placer là.

— À vous entendre, on dirait que j'ai tout du truand, répondit Waterhouse avec une ombre de sourire.

— Nooon. J'ai rencontré des truands. Vous, c'est autre chose.

— Et quoi donc ?

— Quelqu'un qui aime tirer les ficelles des gens qui tirent les ficelles.

Cette fois, son sourire était plus qu'une ombre, il était presque joyeux.

— Quelle merveilleuse tournure de phrase, dit-elle.

Puis elle décroisa les jambes, lissa les plis de sa jupe, l'air de rien, et se leva.

— Vous n'avez aucune preuve, bien entendu.

— Effectivement, admit Ms Pentecost.

Waterhouse se tourna vers la porte, mais s'arrêta en voyant ma patronne lever la main.

— Une chose m'interpelle, reprit Ms P. Vous auriez facilement pu éviter que je vous remarque. En me lançant sur Belestrade tout en restant dans son orbite, vous étiez pratiquement sûre que nous finirions par entrer en contact à un moment ou un autre.

Waterhouse hocha la tête comme si elle lui accordait le point.

— Même aujourd'hui, vous deviez vous douter de la raison de mon invitation, continua ma patronne. Alors pourquoi être venue ? Si ce n'est pour faire des aveux ?

De nouveau, Waterhouse prit son temps pour répondre. Comme si elle élaborait quelque chose dans sa tête.

— Je pense… j'espère, commença-t-elle, que nous pourrons devenir amies.

Quelle qu'ait été la réponse que Ms P attendait, ce n'était pas celle-là.

— Ou au moins alliées, ajouta Waterhouse. Nous avons tant de choses en commun. En tant que femmes qui luttent pour un monde meilleur.

Ms Pentecost se redressa d'un coup, raide comme un piquet, œil valide brillant de colère.

— Je remets les criminels aux mains de la justice. Vous, vous faites chanter les gens, vous volez, vous tuez et vous justifiez vos actions en vous servant de votre propre code moral biaisé, lança-t-elle. On est loin d'être pareilles.

Waterhouse hocha la tête, comme si elle réfléchissait à une question venant d'un de ses étudiants en amphi.

— Peut-être, répondit-elle. Peut-être pas. Comment Becca s'en sort-elle, au fait ? demanda-t-elle en me regardant. Elle va de l'avant, j'espère ?

La gorge sèche, je laissai mes doigts se refermer sur la crosse de mon pistolet.

— C'est sans importance, Miss Parker, continua Waterhouse. Le secret de Becca ne risque rien avec moi. Je fais simplement remarquer qu'il y a souvent un gouffre entre la loi et ce qui est juste. Et que tout le monde dans cette pièce le comprend. La seule différence, en ce qui nous concerne, c'est jusqu'où chacune d'entre nous est disposée à aller pour que justice soit rendue.

Elle sortit ses lunettes et se les remit sur le nez, comme si elle revêtait un costume.

— Ça a été très éclairant. De vous voir travailler, dit-elle. Vous êtes, et de loin, une des personnes les plus intéressantes que j'aie jamais eu le plaisir de rencontrer. Ça vaut pour vous deux. J'espère que vous allez le lire, ajouta-t-elle en montrant le livre ouvert sur le bureau de Ms Pentecost. En apparence, il traite de notre incapacité à affronter notre condition de mortels, et de la façon dont cela peut être utilisé pour nous tenir la bride.

— Et en profondeur ? demanda Ms P.

— On pourrait dire que ça parle des ficelles et de ceux qui les tirent. Qui les ont tirées depuis toujours, et comment il est largement temps de se libérer de certaines entraves, répondit-elle. Bonne journée, Ms Pentecost. Miss Parker.

Sur cette dernière tirade, elle quitta la pièce. Sans bouger de mon fauteuil, j'écoutai la porte d'entrée se refermer. Puis je me levai et allai vérifier. Elle était partie. Je tirai le verrou et revins m'asseoir.

— Et maintenant ? dis-je. On appelle Lazenby ?

— Et pour lui dire quoi ? demanda Ms P. Qu'une professeure d'anthropologie culturelle est responsable, directement ou non, d'un certain nombre de crimes, dont plusieurs ne sont même pas répertoriés en tant que tels ? Notre crédit auprès de la police de New York ne s'étend pas jusque-là.

— Je suppose qu'on ouvre un dossier sur Waterhouse, dis-je alors. Ou quel que soit son vrai nom.

Ms P acquiesça.

— On va devoir la surveiller de près.

Elle attrapa sa canne et se leva. Ça faisait un moment qu'elle n'avait pas connu de mauvais jour, mais elle s'en servait plus régulièrement. Et les cernes sous ses yeux n'avaient jamais vraiment disparu.

— Vous croyez qu'elle va continuer ? demandai-je. Même en sachant qu'on sait ?

— Je crois que ce qui lui plaît, répondit Ms P, c'est d'être percée à jour. Comme tu l'as remarqué, elle s'anime dès qu'elle a un public.

Elle se dirigea vers la cuisine pour voir ce que Mrs Campbell était en train de préparer pour le déjeuner.

Tandis que je tape ce récit à la machine, une odeur de pain tout juste sorti du four flotte jusqu'à moi. Ces jours-ci, pétrir la pâte réveille l'arthrite de Mrs Campbell et elle doit plonger ses mains dans de l'eau glacée pendant une heure après avoir fait une fournée. Mais elle continue à refuser mon aide quand je la lui propose.

Quelle vieille femme têtue.

Je l'entends chantonner doucement. Un hymne que je ne reconnais pas. La lumière qui entre par la fenêtre commence à décliner. Je vais bientôt devoir allumer les lampes.

Le grand bureau est vide. Mrs Campbell dit que je devrais commencer à l'utiliser, mais je ne parviens pas à m'y résoudre. Du moins pas ce soir.

Peut-être demain. Peut-être jamais.

Moi aussi, je suis têtue.

Au début de cette histoire, j'ai parlé de coûts invisibles. Je me suis demandé où en serait mon grand livre de comptes à la fin de la journée – dans le rouge ou dans le noir.

Il s'est passé tant de choses, et je n'en sais encore rien.

Mais ce que je sais, par contre, c'est que j'ai démarré ce récit avec un conseil sous forme de leçon : le truc, c'est d'apprendre à lâcher pile au moment voulu.

Il y a un revers à la médaille. Ces jours-ci, la leçon qui me tient à cœur en est une que Ms P n'a jamais exprimée à voix haute, mais qu'elle a appliquée chaque jour de sa vie : s'accrocher à ce qu'on peut tant qu'on peut. Il n'existe pas de monde meilleur dehors. Il n'en existera jamais.

Sauf si nous le créons.

REMERCIEMENTS

Tant de gens ont participé à la réalisation de ce livre, permettant qu'il passe de ma tête à vos mains. Remerciements tout particuliers à :

Mon agent, Darley Anderson, dont la foi et l'enthousiasme pour ce roman ont été spectaculaires. C'est grâce au travail exemplaire que son équipe et lui ont accompli que vous le tenez à présent entre vos mains.

Mes éditeurs, Bill Thomas et Margo Shickmanter, qui m'ont permis de connaître une première expérience exceptionnelle. Ils ont contribué à ce que ce livre soit le meilleur possible, et ont évité que je ne me prenne les pieds dans le tapis à la première occasion. Ils étaient assistés d'une cohorte de personnes talentueuses, parmi lesquelles Carolyn Williams, Maria Massey, Maria Carella, Peggy Samedi, Mike Windsor, Elena Hershey, Hannah Engler, Aja Pollock, et une foule d'autres. Et si vous tenez entre vos mains l'édition américaine, trois hourras pour le travail de l'illustrateur Rui Ricardo sur la couverture.

Le meneur de jeu, Austin Auclair, qui a été assez gentil pour accepter de faire une première lecture pour moi et de tester l'énigme. Un jour, je te poserai une colle.

Ma chère amie et complice, Melissa Hmelnicky, qui a toujours été une de mes supportrices inconditionnelles et dont l'amour qu'elle a porté à Lillian et Will m'a donné l'espoir qu'il en serait de même pour les autres.

Et, plus que tout, ma femme, Jessica, qui a été ma première lectrice, mon premier soutien, et mon premier amour depuis des années. Qui, après avoir lu une version préliminaire du texte, a déclaré qu'elle aimerait en voir plus sur le processus émotionnel chez Will, ce qui en fait une prétendante à la meilleure remarque que j'ai jamais eue. Si vous avez aimé ce livre, je pense que vous serez d'accord. Elle me fournit régulièrement des exemples sur la manière d'être un meilleur écrivain et une meilleure personne, et ce roman n'existerait pas sans elle.

PAPIER À BASE DE FIBRES CERTIFIÉES

Le Livre de Poche s'engage pour l'environnement en réduisant l'empreinte carbone de ses livres. Celle de cet exemplaire est de :
450 g éq. CO_2
Rendez-vous sur www.livredepoche-durable.fr

Composition réalisée par Soft Office

Achevé d'imprimer en avril 2022 en Espagne par
LIBERDUPLEX
Dépôt légal 1re publication : mai 2022
LIBRAIRIE GÉNÉRALE FRANÇAISE
21, rue du Montparnasse – 75298 Paris Cedex 06

55/5856/5